Loi n° 49-956 du 16 juillet 1949 sur les publications destinées à la jeunesse

Autoédité
Delphine PALAU
5 rue plan st roch
34150 Gignac

Dépôt légal mai 2023

Impression à la demande
V2

ALICIA MALBOSC
ET
LA QUETE DES
TALISMANS

Remerciements :

Ce livre a pris forme au cours des deux dernières années, et sa finalisation réside dans le soutien des nombreux relecteurs et testeurs qui se sont pliés au jeu, de près ou de loin. Un remerciement particulier à ma mère, chasseuse hors pair de fautes d'orthographe !

A vous tous merci !

Amélie, Aurélie, Christelle, Laurence, Mariko,
Melaine, Mikayil, Natacha et à tous ceux qui m'ont
exprimé leur soutien.

Fiche d'Aventure

Caractéristiques

Points de Vie ________ /35

Initiative ________

Force ________

Vigueur ________

Agilité ________

Inventaire

Or :

Argent :

Armes :

Sac d'Alicia :

Sommaire

Sur la Route de Peg

Tout livre est un voyage. C'est un fait ; et le voyage quel qu'il soit est une aventure. Une aventure où l'on découvre des lieux inexplorés mais aussi une aventure où on se découvre des talents insoupçonnés. En ouvrant celui que vous tenez dans vos mains, vous ressentez déjà cette exaltante sensation de l'aventure qui vous appelle. Cette brise estivale qui souffle sur vos cheveux tandis que vous admirez un lever de soleil au-dessus de l'océan. Cessez de trépigner à l'idée de plonger dans cette agréable sensation à la découverte de moult lieux et compagnons qui peuplent les récits qui vous tiennent en haleine ! Votre voyage a déjà commencé ! Et celui-ci sera probablement différent de ceux que vous avez déjà goûtés. N'avez-vous jamais été frustré de n'être qu'un acteur passif de la réussite ou des échecs des héros que vous suivez ? D'être relégué au rôle de témoin, d'être celui qui sait, qui connaît la vérité et de ne pouvoir la transmettre au héros qui continue à évoluer au milieu de péripéties plus ou moins tumultueuses que vous auriez pu lui éviter ? N'avez-vous jamais haussé le ton lors de vos lectures en vous écriant que le héros n'aurait jamais dû ouvrir telle porte, qu'il était évident qu'il y avait un piège derrière ? Si, bien sûr, et plusieurs fois cela vous aurait plu de pouvoir changer le cours des choses pour écrire votre propre récit ! Eh bien, ce livre va vous permettre de plonger plus profondément encore dans l'histoire qui vient. Vous, oui vous, et vous seul allez pouvoir faire avancer l'histoire, ou la terminer prématurément de façon funeste, mais nous y reviendrons.

Pour le moment, vous suivez déjà depuis plusieurs minutes une femme d'une quarantaine d'année, d'une petite taille, rondelette, cheveux bruns grisonnants attachés en une natte glissant de ses épaules, jusqu'à un large châle d'un rose vif sur lequel courent de larges broderies couleur soufre et émeraude. Sa longue robe framboise rallonge sa silhouette. A son bras, un large panier en osier, rempli de plantes, se balance docilement au rythme de ses pas. C'est Calico, la Mystique du village de Peg. Elle a quitté sa roulotte calée aux abords d'un champ de blé, le long d'un petit cours d'eau, pour se rendre à sa boutique en ville. Calico y est installée depuis assez longtemps pour qu'on ne la traite plus de folle mais qu'on la trouve juste extravagante et originale. Maintenant, elle fait partie du paysage de Peg, et si elle devait reprendre la route demain, les habitants auraient alors une sensation de vide.

Tout le monde connaît Calico. Sa boutique est au cœur du village. Elle y vend des plantes aromatiques et médicinales capables de soigner n'importe quel rhume ou peine de cœur. Ainsi les habitants franchissent-ils sa porte régulièrement, mais peu avouent avoir déjà mis les pieds dans l'arrière-boutique, de peur des quolibets et racontars à leur encontre. C'est dans cette arrière-boutique que Calico fait venir ceux qui souhaitent davantage qu'une potion. Ceux à la recherche d'une réponse à des interrogations personnelles. Ceux qui croient à ses pouvoirs de devineresse. C'est là, où parait-il, Calico fait des séances individuelles de lecture d'aura, et de divination, ce qui provoque le sourcillement et l'amusement de plus d'un Péguant ; et qui lui a valu son surnom de Mystique ! Si on interroge le village sur cette arrière-boutique, la plupart des hommes diront que c'est une affaire de bonne-femme, la plupart des femmes répondront que c'est des fables pour jeunes filles et la plupart des jeunes filles diront qu'elles n'y sont jamais allées elles-mêmes bien qu'elles connaissent quelqu'un qui y a été et que, si d'aventure l'occasion se présentait, elles iraient certainement, par esprit de curiosité et d'analyse, car il est bon de connaître des choses nouvelles et dans l'air du temps ! Quant aux jeunes hommes de Peg, s'ils savent où est l'entrée de la boutique, c'est que leur mère les a sommés d'aller y faire une course ; alors l'arrière-boutique ... jamais entendu parler !

Ce matin, Calico a rendez-vous avec une jeune femme qui a traversé les plaines pour venir jusqu'à elle. Alicia lui a écrit il y a plusieurs mois car elle désirait ardemment entreprendre une quête lui permettant de trouver des Talismans ayant des prétendus pouvoirs liés à des créatures fantastiques ! Balivernes, Calico est voyante mais pas née de la dernière pluie. Des créatures il y en a ça pour sûr ! Calico ne sait pas si elles sont « fantastiques » mais celles qui cachent tout le temps ses clefs et font disparaître soudainement les objets dont elle a besoin sont pour le moins vicieuses ! Mais des Talismans ? Personne n'a jamais entendu parler de ça ! Et maintenant une jeune femme l'a contactée pour qu'elle puisse utiliser ses dons dans l'espoir de savoir où ils seraient. Ah ça des histoires délirantes et farfelues, elle en a tous les jours à sa porte, mais celle-ci restera la plus savoureuse !

Arrivée à son échoppe, Calico s'affaire en commençant par un coup de ménage. Elle ouvre les fenêtres mais se ravise très vite : le poissonnier d'en face vient d'être livré de la pêche de la veille et un jour de transport pour du poisson dans des conditions de conservation hasardeuses ce n'est pas l'idéal quand on veut que sa boutique soit accueillante. Calico trie ensuite les plantes qu'elle a ramenées de sa roulotte, lorsque la clochette de l'entrée retentit. Le dos tourné à la porte, Calico finit de s'affairer dans son étagère :

— Nous ouvrirons plus tard ce matin, repassez vers dix heures.

— Excusez-moi, Madame, mais je pensais avoir rendez-vous à huit heures trente.

C'est une jeune femme qui a parlé. Son teint crème teinté de rose encadre ses yeux caramel, assurément fixés sur la voyante. Ses cheveux châtain clair attachés en haut chignon se cachent sous un chapeau en paille orné d'un grand ruban blanc glissant sur ses épaules tout comme quelques mèches rebelles. Vêtue d'une courte veste cavalière verte, tombant sur une longue jupe grise, la jeune femme s'avance dans la boutique.

— Alicia Malbosc, enchantée, lui dit-elle en tendant sa main.

Calico peine à détacher ses yeux de ceux d'Alicia. Elle lui serre la main sans la quitter du regard. Quelque chose dans cette jeune femme l'intrigue. Une détermination, du courage et autre chose encore. Au moment où leurs mains se touchent, Calico ressent un large froid, des hurlements de loups frappent ses oreilles et une vague galope sur elle, engloutissant toute sensation.

— Euh, Madame, vous... pardon... mais pourriez- vous... ma main ?

— Oh euh pardon jeune fille, dit Calico en lâchant la main d'Alicia et en luttant pour regarder ailleurs.

— Je vous ai écrit il y a plusieurs mois et vous m'avez donné rendez-vous ce matin. Je suis peut-être en avance.

— Non, non... vous êtes pile à l'heure, répond Calico lentement.

Elle a du mal à reprendre ses esprits et se sent vidée de toute son énergie. Peu de fois elle avait eu des visions aussi claires.

Ainsi, il y a des années, la petite Marcella, fille du poissonnier, avait traversé la rue pour venir lui demander des conseils sur ce qu'elle devrait faire avec ses cheveux. Elle était rousse comme la forêt d'automne mais haïssait sa couleur. Elle souhaitait ardemment avoir les cheveux bruns. Malheureusement aucun coiffeur ne résidait à Peg. Marcella souhaitait savoir si son destin lui amènerait prochainement une solution à ce funeste sort. Calico lui avait répondu qu'elle n'avait pas de temps à perdre avec des questions aussi banales et qu'elle n'avait qu'à prendre son mal en patience ! Elle avait mis sa main sur l'épaule de la demoiselle pour la raccompagner vers la sortie. C'est alors que Calico avait eu une sensation semblable à celle de ce matin. Elle avait ressenti une forte odeur d'ammoniac, qui aujourd'hui encore lui brûle le nez lorsqu'elle s'en souvient. Se demandant d'où cela venait, elle avait tourné la tête vers Marcella et vu ses cheveux se flétrir jusqu'à tomber, laissant à la jeune fille une apparence tristement ridicule. Avant qu'elle n'eût passé la porte, Calico lui avait prédit un prochain changement d'allure mais, au moment où elle allait ajouter que

Marcella ferait bien de s'y préparer, la jeune fille était partie dans une tirade exaltée, ne laissant pas le temps à Calico de terminer son avertissement. Quelques jours plus tard, Marcella dû sortir, les cheveux courts, mal coupés, le regard triste et des racines encore abîmées : elle avait voulu se décolorer les cheveux seule, et avait visiblement raté son coup !

Revenant au cours des choses, Calico verrouille la porte d'entrée et accompagne Alicia dans l'arrière- boutique. Il est difficile de donner les dimensions de la pièce. Les murs et le plafond sont drapés de nombreux tissus tous plus colorés les uns que les autres. Au milieu une table ronde, et en son centre une boule de cristal. Calico invite Alicia à prendre place. La voyante allume plusieurs bougies et bâtons d'encens. Bientôt le mélange d'odeurs prend Alicia à la gorge, la faisant tousser. Calico s'installe en face d'elle et pose délicatement ses mains autour de la boule de cristal. Elle perçoit une faible vibration.

— Mademoiselle Malbosc, racontez-moi cette histoire de Talismans.

— Eh bien l'été dernier je suis partie dans le comté de Cnoc m'aérer quelques temps. C'était la première fois que j'allais là-bas. Mes parents sont négociants et je les aide, mais nous ne restons jamais nulle part. Toujours sur les routes. J'avais besoin d'un temps à moi, au calme. Lors d'une balade, je me suis rendue à l'Abbaye de Valespire. Au cœur de l'abbatiale en ruine, une fresque était toujours intacte. J'ai passé quelques instants à l'admirer. Ses couleurs chatoyantes représentaient des animaux. Je distinguais un lion, des libellules... et plusieurs humains poétiquement difformes à leur côté. Un petit homme rondelet, un autre au nez allongé, une femme aux oreilles allongées… J'allais partir quand un détail a attiré mon regard. Sur la fresque par endroits des petits trous hexagonaux avaient été sculptés dans le mur. C'était très étrange. Il y en avait sept, tous de la même taille, parfaitement identiques. Je me suis approchée pour les observer de plus près. Et là, j'ai vu que la fresque ne représentait pas des animaux mais des créatures fantastiques ! Ce que j'avais pris pour un lion était une Manticore, son museau était en fait un visage hideusement humain. La libellule ? Une Fée longiligne. Et les humains ? Des Nains, un Satyre, un Troll, … J'avais devant moi des témoignages de croyances païennes dans un tel lieu de culte, impensable !

— C'est étrange mais pas inexplicable, un plaisantin aura pu faire cette fresque, un moine rêveur peut- être ? interroge Calico. En tout cas, vous semblez avoir des connaissances sur ce sujet : peu de gens savent ce qu'est une Manticore.

— Depuis toujours, j'ai été passionnée par l'idée que notre monde est peut-être plus fantastique qu'il n'y parait. Mes parents me lisaient souvent des contes peuplés de créatures. J'ai beaucoup appris en lisant Homère, Ovide et autres poètes de cette époque. Puis j'ai voulu étendre mes connaissances à d'autres cultures et j'ai commencé à voyager davantage en Allemagne, Ecosse, Irlande, etc… et j'ai écouté les récits sur les mythes locaux. J'ai chez moi, un carnet dans lequel je reporte mes notes de voyages. Concernant la fresque, j'ai demandé au gardien de l'abbaye ce qu'il savait. Il m'a dit que les archives du lieu l'ont toujours mentionnée, que c'était certainement, comme vous le pensez, une lubie d'un moine à qui on avait donné l'autorisation de réaliser une telle œuvre. La fresque daterait d'il y a environ 500 ans, juste avant que la dernière communauté religieuse ne quitte ce lieu lors de son rachat par la ville. Aurait-on voulu faire passer un message par ce biais ?

Calico reste concentrée sur sa boule de cristal. Alicia poursuit :

— J'ai eu la chance d'avoir accès aux archives de Valespire. Là-bas on m'a dit que je n'étais pas la première à vouloir en savoir davantage. Un professeur du nom de Joram Finkel était venu il y a une vingtaine d'années et s'était mis à fouiller également.

— Finkel ..., murmure Calico. Continuez.

— Il avait laissé des copies de ses recherches pour qui s'y intéresserait. J'ai tout récupéré. J'ai étudié la fresque pendant des mois : le professeur Finkel avait compris que chaque interstice était l'emplacement d'un Talisman. Un moine avait laissé des notes expliquant qu'il y avait sept Talismans et qu'ils permettaient de contrôler les créatures fantastiques peuplant notre monde. Il n'y avait pas d'autres explications. Quelles créatures, où sont-elles, qui a fait les Talismans, dans quel but et comment fonctionnent-ils ? Je n'en sais rien. Mais le professeur Finkel avait compris qu'une fois les Talismans remis en place, cela formerait une constellation. Je n'en sais pas plus. Peut- être que si j'arrivais à les trouver, je comprendrais !

— Et à quoi cela vous amènera-t-il de comprendre ?

— Alors je saurai ! Je saurai qu'elles existent réellement,

qu'il y a quelque chose en ce monde qui ne relève pas du réel, un grand tout invisible autour de nous qui nous dépasse et je pense que l'on doit le protéger.

— Ou bien s'en protéger ?

— L'homme est bien plus destructeur qu'autre chose. Ces créatures étaient assurément là, il y a des milliers d'années. De nombreux récits nous content leur existence depuis l'Antiquité et même avant.

Calico ne lève pas les yeux, toujours plongée dans son globe.

— C'est pour cela qu'il est venu, reprend Alicia.

— Qui ça ?

— Le professeur Joram Finkel, vous le connaissez. Je suis sûre que vous vous en rappelez. Votre nom était griffonné sur un des documents qu'il a laissés aux archives !

— Joram Finkel ... reprend doucement la voyante, ses mains toujours en contact avec le cristal froid. Je me souviens ... Lui aussi m'avait parlé de créatures, mais comme tant d'autres avant lui. Combien de fois est-on venu pour me demander où est tel trésor gardé par je ne sais quel dragon ? Ou bien où se trouve la Manticore qui terrifie tel village ? Ça fait partie de mon quotidien. Joram était l'un des plus passionnés par la question.

— Qu'a-t-il demandé ?

— Et vous, que me demandez-vous ?

— Assurément la même chose que lui : où sont les Talismans ? Pouvez-vous le savoir ? Je pense qu'il espérait que vous le lui disiez.

— Je ne lui ai rien dit car il n'a rien demandé à ce sujet. Je ne sais rien sur ces Talismans. Comment pourrais-je le savoir ?

— Pourquoi vous avoir choisi, vous, alors ? Combien y a-t-il de voyantes dans ce monde ? Des milliers ? Pourquoi vous ?

— Sûrement car je lui avais prédit alors qu'il était enfant qu'il vivrait une grande aventure et qu'il reviendrait me voir. Mais cela est une brève de comptoir ! J'aurais très bien pu lui dire qu'il ne mangerait plus que des noisettes au petit-déjeuner et il s'en serait auto-persuadé et l'aurait fait. Pour autant ce n'est pas de la voyance !

— Vous ne seriez donc qu'un charlatan comme les autres ? répond Alicia, déçue.

— Ne m'insultez pas ! J'exprime ce qu'ils ont besoin de savoir. Qu'est-ce que ça change dans leurs petites vies monotones que ça soit vrai ou non ? Ils doutent tous plus ou moins de la vérité sinon ils ne reviendraient pas après la première consultation.

— Vous avez déjà eu des vraies prédictions ? Des visions ?

— Peut-être …

— Tout à l'heure, vous avez gardé ma main anormalement longtemps ! En était-ce une ?

— Si je réponds oui, qu'est-ce qui vous dit que je ne vous mentirai pas ?

Alicia pose ses mains sur celles de Calico et fixe ses yeux dans les siens.

— Allez-y mentez et je le saurai. Calico soutient son regard.

— Oui, j'ai eu une vision.

En disant ces mots un frisson la parcourt, elle entend à nouveau l'écho des hurlements, le bruit de la vague qui se brise. Son regard se détourne de celui d'Alicia.

— Vous ne mentez pas, murmure-t-elle. Qu'avez- vous vu ? Dites-le-moi !

— Des choses insignifiantes…

— Je vous en prie, ça peut être un début de piste.

— C'est une drôle d'aventure dans laquelle vous vous jetez… N'avez-vous pas des parents à aider ?

— J'ai plus soif d'aventure que de commerce. Dites- moi, s'il vous plaît, Calico, dites-moi ce que vous avez vu. Le professeur Finkel vous a fait confiance, il a cru en vous. Pourquoi ne pas me dire ce que vous savez ? Le garder pour vous ne vous servira pas, alors que cela pourrait me desservir dans mes projets.

— Me croirez-vous ? Me croirez-vous, quoi que je dise ?

— Oui, je vais vous croire car je sais que ce ne sera pas une invention de votre part. Je le ressens.

Calico esquisse un vague sourire puis elle lui décrit sa vision. Le froid qui s'empare d'elle, les hurlements de loups et la vague qui la frappe encore dans un grand bruissement sonore.

Un silence s'installe puis Alicia reprend :

— La mer est-elle proche d'ici ?

— La mer ?

— Vous avez vu une vague.

— Oui, mais je ne pense pas que c'était la mer. L'image que j'ai eue, était plus étroite et l'horizon n'était pas une ligne continue délimitant le ciel, mais plus hachurée. Coupée par des arbres peut-être ?

Silence encore. Les yeux d'Alicia se joignent à ceux de Calico sur la boule de cristal.

— Peut-il y avoir des vagues de la sorte dans un lac ? demande Alicia.

— Un lac ? Oui, pourquoi pas. A vous de me le dire jeune fille. C'est vous qui chassez le fantastique !

Calico croise le regard d'Alicia et les deux femmes se sourient, ravies d'avoir trouvé une potentielle piste.

— Y a-t-il des lacs dans la région ? demande Alicia.

— Le plus proche est celui qui jouxte le village de Camac, au-delà des montagnes.

Calico se lève et sort de l'arrière-boutique. Elle se dirige vers une vieille commode dont les tiroirs n'ont pas bougé depuis des lustres, et elle doit s'y reprendre à plusieurs reprises pour réussir à ouvrir celui du milieu dans un grincement infernal. Elle revient dans la pièce, une carte à la main.

— Voyez, Mademoiselle, nous sommes ici et le lac se trouve là-bas. Vous devrez traverser les plaines puis la route basse des premières montagnes et bifurquer dans la forêt de Parse. Le lac se trouve de l'autre côté de la forêt juste avant Camac. C'est le plus grand et le plus proche de la région. M'enfin y'a peu de chance que vous y trouviez quoique ce soit, à part peut-être une meute de loups.

— Peu de chance que j'y trouve grand-chose mais vous me donnez tout de même l'information ! Vous y croyez donc.

— Ou je vous mène à la mort. L'avenir nous le dira.

— Mais, Calico, c'est vous qui dites l'avenir ! rétorque Alicia, un sourire au coin des lèvres.

— Assurément !

Calico émit un léger rire.

— Je sens qu'au fond de vous, vous croyez en ma quête ! Merci.

— Si cela vous rassure, Mademoiselle, croyez ce que

vous voulez.

— Puis-je garder votre carte ?

— Allez-y, mais pensez bien que vous en avez pour trois à quatre jours de marche. Je vous note les abris et gîtes existants dans le coin.

— Eh bien, je vais me mettre en route dès maintenant ! Je vous remercie pour le temps que vous m'avez accordé, dit Alicia en se levant, glissant la carte dans sa sacoche.

Elle tend une bourse à Calico qui l'attrape et commence à compter.

— Un instant, Mademoiselle Malbosc.

— Oui ?

— Votre enthousiasme est une force, mais ce n'est pas avec cela que vous allez battre des loups. Et si elles existent, vos créatures, vous avez de quoi vous défendre ? Vous êtes-vous déjà seulement battue ?

— Euh non mais je pourrais engager un mercenaire !

— Il n'y en a pas à Peg. De plus, une jeune femme voyageant seule et sans arme … vous n'arriverez pas aux montagnes, ça je vous le garantis !

— Auriez-vous une arme à me vendre ?

— J'ai peut-être quelque chose. Quelque chose de mieux qu'une simple épée.

— Dites m'en plus, Calico.

— Seriez-vous prête à une expérience particulière ? Quelque chose qui vous ferait vous sentir différente, qui vous donnerait des ailes, de l'assurance, des techniques de combat, de la clairvoyance ?

— Une sorte de pouvoir magique ?

— En quelque sorte.

Alicia prend un air sceptique mais poursuit tout de même :

— Cela me permettrait-il d'aller au bout de l'aventure ?

— C'est probable, en tout cas je pense que cela vous donnera plus de chance de survie que si vous aviez quitté mon échoppe seule à l'instant.

— Je suis ici pour vivre une aventure, la vivre passionnément et intensément, alors si vous avez quelque chose qui puisse m'aider à me dépasser, je suis preneuse !

— Fort bien. Allongez-vous.

— Où voulez-vous que je m'allonge, il n'y a pas ...

Elle n'a pas le temps de finir sa phrase, que Calico s'empare de deux tissus contre le mur du fond, qui sont en fait des rideaux, dévoilant ainsi une petite chambre d'appoint. Pourvue seulement d'un sofa et d'un petit guéridon, cet espace n'est éclairé que par le reflet des lumières de l'arrière-boutique sur des centaines de morceaux de miroir, formant ainsi une mosaïque, informe.

Sans rien dire d'avantage, Alicia s'installe dans le sofa rubis, laissant ses pieds retomber sur le bord de l'assise.

— Il est préférable de vous allonger le plus confortablement.

— Le sol des rues de Peg n'est pas ce qu'on peut appeler immaculé, je ne voudrais pas salir votre sofa.

— Certes non, mais ce que je m'apprête à faire est plus important que quelques mottes de terres sur mon sofa.
Alicia obéit, change de position et se tient maintenant allongée de tout son long. Sa tête et ses pieds reposants sur les accoudoirs arrondis.

— Bien, reprend Calico. Je vais vous mettre en état de transe. Vous aurez la sensation de vous échapper de vous-même puis vous deviendrez inconsciente.

— Comment voulez-vous que j'agisse en étant inconsciente ? s'offusque Alicia, en se redressant légèrement.

— Rallongez-vous. Vous n'aurez plus conscience du monde qui vous entoure pendant un court instant. Ce laps de temps me permettra de vous apporter le fameux petit plus dont je vous parle. Puis vous retrouverez vos sensations habituelles, excepté que vous devrez cohabiter avec un autre esprit.

— Un autre esprit ? Je ne comprends pas …

— Je vais endormir votre mental pendant un bref moment, là un autre esprit pourra combler le vide ainsi laissé, puis je vous ferai revenir et vous cohabiterez ensemble.

— Resterai-je maîtresse de mes actes ?

— Le second esprit pourra prendre le dessus si vous l'y autorisez.

— Ainsi il se peut que je ne maîtrise plus ce que je fais ? Ni mes choix ?

— Oui, si vous laissez l'esprit prendre le dessus. Mais vous me semblez avoir une forte personnalité pour parer à cette éventualité.

— Au contraire, je ne pense pas être assez forte pour cela ...

— Je comprends tout à fait. J'arrête donc la séance ici.

Calico lui sourit et se lève, lui tendant une main pour qu'elle fasse de même. Alicia hésite, mais décide de partir.

— Si vous changez d'avis, vous savez où me trouver.

Calico raccompagne Alicia jusqu'à la sortie. Cette dernière quitte la boutique de la Mystique, perdue dans ses interrogations.
Vous suivez également Alicia lorsque la porte se referme derrière elle. On approche de la fin de matinée et la rue principale de Peg est bien remplie. Les gens vont et viennent dans les différentes boutiques, se bousculant quelque peu pour les dernières miches de pain frais et se

disputant la place dans la queue devant le maraicher. Alicia traverse tant bien que mal la petite foule, recevant çà et là des commentaires déplacés sur ses atouts physiques, qu'elle ignore totalement, plongée qu'elle est dans ses pensées. La jeune femme arrive à la place du village, où une fontaine des plus banales ornemente quelque peu le lieu. Cette place est aussi l'entrée depuis la porte ouest du village, menant aux plaines.

— « Vous devrez traverser les plaines puis la route basse des premières montagnes et bifurquer dans la forêt de Parse. » Elle prononce cette phrase pour elle- même en contemplant les départs des différents marchands vers les plaines. Au loin les montagnes se dessinent.

Les marchands partent du relais postal jouxtant la porte du village. Alicia se dirige vers celui-ci et entre dans une grande salle tout en bois où quelques clients sont déjà installés pour le déjeuner. A droite, un long comptoir court jusqu'au fond de la pièce, derrière lequel un tavernier, chemise sale et barbe grisonnante astique un verre. Au fond, une porte à double vantaux mène à la cuisine et, à gauche de cette porte, une alcôve abrite un salon privatisé par un groupe d'homme fumant le cigare et jouant aux cartes. Un escalier part vers l'étage, à votre gauche. C'est une mezzanine avec un balcon courant sur tous les côtés de la salle. Accoudées aux balustrades, trois jeunes femmes attendent, nonchalamment, que des hommes soient autorisés à monter. Alicia s'avance vers le comptoir et se renseigne sur le prix d'un cheval.

— Et vous savez monter à ch'val vous ?

— Evidemment, Monsieur !

— « Evidemment, Monsieur » reprit le tavernier en se moquant ouvertement d'elle.

Alicia lui lança un regard noir.

— Vous ne m'avez pas répondu, combien coûte un cheval ?

— Ecoute-moi bien ma jolie, si j'parle d'argent avec une pintade dans ton style c'est uniquement pour la r'fourguer aux gars d'passages, capiche ? Alors ou tu déguerpies et tu vas remuer ton délicat popotin ailleurs que sous mon nez, ou tu viens me montrer comment tu travailles à l'étage !

— Ne me parlez pas sur ce ton !

Alicia hausse la voix, accompagnant son geste d'un doigt menaçant. Le tavernier s'esclaffe et la petite assemblée de passage qui, pour la plupart, n'en est pas à son premier verre, l'accompagne à cœur joie. Un homme sort alors du salon privé. Il a la trentaine, des cheveux bruns qui lui retombent sur le visage, une longue redingote noire et une assurance démoniaque.

— Qu'est-ce qui te fait rire, mon vieux Kringour ? demande-t-il au tavernier.

— Semblerait que je me fais m'nacer par la jolie paire de mam'lons devant moi.

L'assistance rit à nouveau.

— Ne me traitez pas comme la dernière des catins, Monsieur.

— Oh là, oh là, chaton, reprend l'homme, faut pas s'énerver comme ça ! Le méchant tavernier, il vous a menacé ? demande l'homme au manteau noir.

Alicia reprit, ignorant son sarcasme :

— J'aimerais juste qu'il réponde à ma question : combien pour un cheval ?

— Tu vois Sprat, elle veut monter un ch'val, p't-être que tu pourrais être le sien ?

Cette fois, un homme bedonnant manque de s'étouffer avec sa gorgée de bière lorsqu'un rire le prend à l'entente de cette dernière pique.

— Vous êtes pathétique …

— Kringour, tu n'sais pas y faire avec les femmes. Offre-nous deux bières veux-tu ? Enfin non, une bière et … un sirop, faudrait pas non plus que vous finissiez ivre, qui sait ce que vous pourriez nous faire !

L'homme bedonnant tombe de sa chaise en s'esclaffant. Il renverse son reste de bière sur sa chemise. Les rires partent en tous sens jusque dans les étages. Impossible de dire si c'est cet homme, ou ce que vient de dire Sprat qui les fait le plus rire maintenant.

— Arrêtez de vous payer ma tête ! Voilà 10 pièces d'or et je vais seller moi-même mon cheval. Bonne journée !

Alicia dépose l'argent sur le comptoir et va pour sortir, lorsque que le dénommé Sprat l'attrape par le poignet.

— Tu vas nulle part, chaton.

— Vous me lâchez immédiatement !

— Je fais ce que je veux.

Elle lui décolle une baffe monumentale qui fait reculer Sprat et sort, sous les rires gras de la taverne. A peine dehors, il la rattrape et la plaque contre un mur. Alicia se met à crier.

— Laissez-moi tranquille ! Au secours !

— Tais-toi sale garce, dit-il en lui décochant une baffe.

Alicia crie plus fort encore attirant ainsi de nombreux habitants.

— Laissez-moi partir !

Devant les regards interrogateurs des passants, Sprat n'a plus d'autre choix que de la lâcher.

— Si je te revois, on passera une sacrée nuit ensemble, lui chuchote-t-il à l'oreille, tout en resserrant sa main autour du cou de la jeune femme.
Il lâche prise et Alicia se précipite hors de son infâme étreinte. Repartant aussi vite que possible chez Calico.

La Mystique a ouvert sa boutique entretemps et une file nombreuse s'est formée devant sa porte. Sans hésiter, Alicia double tout le monde et rentre, subissant des insultes de filles plus jeunes qu'elle. A l'intérieur, cinq personnes attendent devant le comptoir.

— Calico, je vais le faire ! dit Alicia en rentrant en trombe dans l'arrière-boutique, puis dans la chambre attenante. Son visage est ferme et assuré, derrière les mèches tombantes de ses cheveux en bataille.

Les autres clientes, car il n'y a que des femmes, se mettent à piailler. Une inconnue vient de rentrer ouvertement dans l'arrière-boutique, et même dans une pièce que personne n'avait vue ! Calico a un sourire victorieux.

— Mesdames, on ferme pour le déjeuner. Revenez cet après-midi.

Les femmes râlent et tout est prétexte à rester plus longtemps pour observer la scène. Calico finit par les mettre dehors, verrouille la porte et tire le rideau faisant office de séparation entre la boutique et l'arrière-boutique.

Alicia est déjà allongée.

— Qu'est-ce qui vous a fait changer d'avis aussi vite ?

— Les hommes de Peg sont des idiots. Des dangereux idiots.

— Malheureusement, il faudrait des siècles pour les instruire …

— Et encore, si cela est possible …

Calico repart dans la boutique, pour se servir une tasse d'un breuvage ressemblant à du thé qu'elle rapporte ensuite à Alicia, sous les regards et interrogations des femmes et enfants maintenant collés à la vitrine.

— Faut que je pense à mettre davantage de rideaux !

— Vous finiriez par transformer votre échoppe en yourte.

— Ma foi, ça aurait du style ! Buvez Alicia, ça va vous détendre, et j'ai besoin que vous soyez détendue.

— Qu'est-ce que c'est ?

— De la verveine, tout simplement.

Alicia porte la tasse à ses lèvres, souffle et avale plusieurs gorgées. Son rythme cardiaque ralentit pour revenir à la normale. Elle inspire profondément puis expire toute sa colère.

— Je suis prête.

— Très bien.

— Calico ?

— Oui ?

— Serais-je toujours moi ?

— Vous serez vous, plus un autre ou une autre, ça, vous le découvrirez par la suite. Vous pourrez toujours reprendre le contrôle de votre corps et, si vous souhaitez vous débarrasser de l'esprit, revenez me voir.

— C'est entendu alors. Vous avez ma confiance.

— Définissez un objectif à atteindre pour l'esprit.

— Trouver un Talisman.

— Très bien, l'esprit vous accompagnera jusqu'à ce point et quittera votre corps instantanément lorsque vous trouverez un Talisman. Maintenant, fermez vos yeux et détendez-vous le plus possible.

Calico se saisit d'un tambour et entame un chant dans une langue inconnue. Sa voix passe des graves aux aigus avec beaucoup d'aisance. Son tambour rythme ses mots et, à chaque parole, vous et Alicia descendez un peu plus dans l'inconscient. Oui, vous aussi qui tenez ce livre dans vos mains ressentez jusqu'ici la puissance du chant de Calico. Le maillet rebondissant à chaque coup sur la peau tendue du tambour résonne à vos oreilles avec un bruit plus sourd que les battements de votre cœur. La voix de Calico commence à vous bercer, tandis que le tambour vous permet de rester connecté à la réalité. Vous voici errant dans un espace entièrement noir. Des formes lumineuses vous apparaissent, comme lorsque l'on ferme les yeux après avoir regardé une lumière de trop près. Loin devant vous, la voix de Calico vous appelle. Vous vous forcez à avancer dans sa direction, avançant très lentement comme si vos jambes portaient des poids invisibles. A chaque pas, les taches de couleur changent de forme, sans que vous puissiez les définir. Chaque pas est un défi mais il vous rapproche de Calico dont la voix se fait de plus en plus audible. Un pas de plus dans le néant et maintenant vous entendez ce qu'elle dit. Vous ne le comprenez toujours pas mais vous entendez des mots. Vous pourriez essayer de les reproduire mais aucun son ne sort de votre bouche. Soudain, vous tressaillez.

— Alicia, vous chuchote-t-on à l'oreille.

Vous forcez sur vos paupières pour qu'elles se soulèvent. Des centaines de petits points colorés dansent devant vos yeux. Vos paupières retombent lourdement.

— Alicia, il faut ouvrir les yeux maintenant.

Vous ne savez pas comment, mais vous reconnaissez la voix. Vous fournissez un nouvel effort pour ouvrir les yeux. Cette fois, vous accrochez plus de lumière à vos pupilles, ce qui vous aide à pousser vos paupières jusqu'à vos sourcils. Vous clignez des yeux de nombreuses fois, jusqu'à ce que Calico vous apparaisse. Vous êtes là où était couchée Alicia.

— Ça a marché ?

Vous avez parlé sans vous en rendre compte. Vous vous sentez à l'étroit dans votre propre tête et le corps où vous êtes ne vous est pas familier. Vous commencez à observer vos mains qui ne sont pas les vôtres, toucher votre visage qui ne vous dit rien. Lorsque vous parlez à nouveau :

— Un miroir, s'il vous plaît.

Votre voix est quelque peu faiblarde. Une fois encore, vous n'aviez pas voulu parler. Calico vous apporte ce que vous avez demandé. Vous découvrez alors que vous avez le visage d'Alicia. Vous êtes bel et bien dans son corps.

— J'ai l'impression de ne pas me reconnaître, dites- vous.

— C'est normal, vous êtes deux dans un seul corps. Je vous conseille, Alicia, de laisser de la place au second esprit afin que celui-ci puisse comprendre comment agir avec votre corps. Si, bien sûr, vous êtes d'accord.

Vous fermez les yeux et sentez que votre esprit se libère. D'un coup, vous êtes plus serein et vous commencez à sentir que vous pouvez prendre les commandes.

— Bien, dit Calico. Essayez de vous lever maintenant.

Vous vous exécutez, non sans peine, mais réussissez à faire quelques pas. Les vêtements de l'époque ne sont pas du tout confortables ! Heureusement Alicia ne porte pas de corset, vous pouvez au moins respirer ! En revanche, les chaussures vous font déjà mal aux pieds ; il faudra s'habituer.

— Très bien ! Alicia, je vais maintenant m'adresser à l'esprit qui est en vous afin de lui expliquer comment vous aider. Voulez-vous bien le laisser agir ?

Vous clignez des yeux, sans en avoir donné l'ordre. Alicia, l'a fait pour vous et vous la sentez se caler dans un coin de son cerveau, vous laissant les rênes de sa destinée.
— Parfait, merci. Bien le bonjour, esprit ! Entame Calico. J'espère que vous n'êtes pas trop surpris de vous retrouver ici ! C'est une position inhabituelle j'en conviens. Cependant, si vous voulez de l'aventure, vous êtes au bon endroit ! Je m'adresserai à vous en tant qu'entité féminine puisque vous êtes dans le corps d'une femme. Je sais que vous voyez tout ce qui se passe en ce bas-monde, aussi devez-vous être au courant pour la quête d'Alicia. Vous êtes là pour l'aider et uniquement pour cela. Si vous déviez de votre objectif, Alicia reprendra le contrôle et vous n'aurez plus qu'à fermer cette parenthèse. Pour l'instant vous êtes seule aux commandes, mais si elle en

éprouve le besoin elle pourrait vous évincer. Après tout, vous êtes dans son corps et non l'inverse ! Ne soyez pas surprise si d'aventure vous disiez ou faisiez une action que vous ne contrôlez pas, c'est qu'Alicia aura repris le pouvoir, pour un temps au moins. Comme je le lui ai dit, vous serez séparées dès l'objectif atteint : trouver un Talisman. Vous avez la carte et Alicia s'est fixé comme but de commencer sa quête vers le lac proche du village de Camac. C'est donc là que vous devez vous rendre.

Calico vous regarde un instant, puis reprend.

— Et maintenant il va falloir vous équiper pour cette aventure ! Je ne parle pas forcément de vous vêtir confortablement et chaudement, ni des armes que vous pourrez porter mais bien d'avoir les compétences suffisantes pour entreprendre un tel périple. Le corps d'Alicia dans lequel vous avez atterri n'a jamais eu d'entraînement physique particulier, si ce n'est les longues heures de marche lors de promenades à travers champs, ou la route faite pour venir jusqu'ici.
Avant tout, munissez-vous d'un crayon, d'une gomme et d'un dé à 6 faces. Je vais donc vous attribuer cinq caractéristiques qui se révéleront fort utiles face aux événements qui vous attendent. Je parle de votre total de *Points de Vie,* déterminant le nombre de coups et de blessures que vous pouvez endurer avant d'être mortellement touchée, votre *Agilité* qui vous offrira la possibilité de fuir et de réaliser des actions nécessitant plus d'adresse, votre *Initiative* qui vous permettra d'attaquer en premier, votre *Force* grâce à laquelle vous pourrez attaquer à mains nues ou avec une arme et enfin votre *Vigueur* qui vous permettra d'encaisser les coups. J'établi votre total de *Points de Vie* à 35. Attention à ne pas descendre à 0 ou

votre aventure se finira instantanément.

Pour les quatre autres caractéristiques, à vous de les équilibrer. Voici une série de valeurs : 8, 6, 4 et 2. Premièrement, répartissez chacune d'elles devant une caractéristique de votre choix dans votre *Fiche d'Aventure* (page 8). Par exemple 4 en *Force,* 8 en *Agilité,* etc. A vous de jouer !

Ça y est ? Bien passons aux explications techniques !

Si jamais vous avez un trou de mémoire vous pouvez vous reporter au *Mémo Combat* (page 219).

Lorsque vous serez face à un ennemi, le texte vous précisera les conditions du combat. Sauf indication contraire, c'est celui de vous deux qui a le plus d'*Initiative* qui commence. Si vous êtes à égalité, lancez un dé : si vous faites un chiffre pair, vous commencez, si c'est impair l'ennemi attaque le premier ! Vous jouez autant pour vous que pour l'ennemi.

Pour attaquer, vous choisissez si vous attaquez à mains nues ou avec une arme. Votre choix durera tout le combat mais vous pourrez changer d'avis à chaque rencontre. Pour toucher votre adversaire, vous additionnez votre *Force* au résultat d'un dé. Si vous combattez avec une arme, vous rajoutez le bonus de l'arme. Le résultat obtenu vous donne votre *Force de Frappe*. Si ce résultat est supérieur (supérieur et non égal) à la *Vigueur* de l'ennemi, vous le touchez. Pour savoir combien de *Points de Vie* il perd, vous soustrayez sa *Vigueur* à votre *Force de Frappe*. Celui qui n'a plus de *Points de Vie* est mort.

Dans un combat, l'*Agilité* permet de fuir. Pour cela, il faut que votre *Agilité* soit strictement supérieure à celle de l'ennemi, supérieure et non égale ! Si ce n'est pas le cas, vous ne pouvez pas utiliser votre *Agilité* contre cet adversaire. Vous ne pouvez utiliser la fuite qu'avant la première attaque d'un combat et si le texte ne donne pas d'ordre contraire. Lorsque vous fuirez, l'ennemi vous infligera sa *Force de Frappe*. Son attaque est calculée comme d'habitude (*Force de Frappe* = *Force*+ un dé). Si la *Force de Frappe* est supérieure à votre *Vigueur*, vous êtes touchée. Vous déduisez alors votre *Vigueur* du score de la *Force de Frappe* et subissez les dégâts ainsi calculés (perte de *Points de Vie*). Si l'attaque est de puissance égale ou inférieure, vous n'êtes pas blessée. Vous retournerez alors au paragraphe précédent et ferez attention à mieux choisir votre route.

Un adversaire ne fuit jamais un combat.

Vous écoutez attentivement, mais tout cela vous paraît peut-être un peu flou et vos interrogations se lisent dans vos yeux. Calico le remarque et reprend :
— Je vois que je n'ai pas été très claire ! Je vais vous donner un exemple (et rappelez-vous que vous avez un *Mémo* page 219).

Vous voyez Calico retourner dans sa boutique et revenir avec un sachet de poudre. Avant que vous n'ayez pu réagir, elle vous en souffle au visage et vous voyez un être minuscule voleter devant vous. Il a une flammèche sur sa tête et est vêtu d'un costume rouge.

— C'est un Feu Follet, reprend Calico. Voici ses caractéristiques :

Feu Follet
Points de vie 10
Agilité 10
Initiative 6
Force 4
Vigueur 8

Le Feu Follet attaque à mains nues uniquement et vous aussi puisque vous n'avez pas d'arme. Ne vous inquiétez pas, ce n'est qu'une illusion qui vous paraîtra réelle à la première blessure mais une fois le combat terminé tout reviendra à la normale et ni lui ni vous ne serez vraiment blessé.

Tout d'abord, avec 10 en *Agilité* vous ne pouvez pas avoir un score supérieur donc vous ne pouvez pas fuir.

Ensuite vous comparez votre *Initiative* avec celle de la créature, celui qui en a le plus commence. Si vous êtes à égalité, faites un lancer de dé. Un chiffre pair et vous commencez, un chiffre impair et c'est à lui !

Passons à l'attaque. Vous lancez le dé autant pour vous que pour la créature. Commencez par additionnez le résultat d'un lancer de dé à la *Force* de celui qui frappe en premier.

Ensuite, vous comparez ce résultat à la *Vigueur* de l'opposant. Si la *Force de Frappe* (*Force* + un dé) est supérieure à la *Vigueur* de l'opposant, l'attaquant le touche. Si elles sont égales, l'opposant pare l'attaque. Si la *Force de Frappe* est inférieure à la *Vigueur* de l'opposant, l'attaquant ne le touche pas.

Si l'attaque touche, vous soustrayez la *Vigueur* de l'opposant à la *Force de Frappe* de l'attaquant, ce qui vous donne le nombre de dégâts qu'il subit.

Vous retirez le résultat obtenu du nombre de *Points de Vie* de l'opposant. Fin de l'attaque. C'est au tour de l'opposant. Et ainsi de suite, jusqu'à ce que l'un de vous soit à zéro *Points de Vie.*

Allez-y, je vous regarde !

Lorsque vous finissez le combat, la créature disparaît de votre champ de vision et toutes les blessures que vous aviez subies s'estompent à l'instant. Votre total de *Points de Vie* retourne à son niveau initial.

— Bien, ça commence à rentrer ! vous, congratule Calico. Cependant n'espérez pas que votre total de *Points de Vie* revienne à son point de départ après chaque combat ! Il s'agissait d'un combat illusoire, pour les prochaines fois, si vous voulez le ré-augmenter, il vous faudra vous soigner. Pour ce faire, il vous faut soit consommer une ration de nourriture, ce qui vous redonnera 5 *Points de Vie,* soit prendre un remède (potions, onguents…). Un remède vous rend 10 *Points de Vie.* Vous ne pouvez pas avoir plus de *Points de Vie* que votre total initial.

Prenant note de ces précisions, Calico vous raccompagne sur le pas de la porte.

— Et maintenant à l'aventure !

Place du Village

Vous saluez Calico, et vous sortez. Les Peguants, qui n'avaient pas décollé de devant l'échoppe, vous dévisagent. Vous les ignorez puis traversez la ville jusqu'à la place du village et sa fontaine puis vous vous asseyez un instant face à la porte de la ville donnant sur les montagnes. Quelle étrange sensation que de ne pas être dans son propre corps ! Les quelques pas que vous avez faits jusqu'ici vous ont permis de vous familiariser un peu plus avec Alicia, mais vous avez du mal à vous déplacer convenablement avec ces bottines aux pieds. Vous profitez du rebord de la fontaine pour les reposer et inspecter le sac d'Alicia. Il contient :

- La carte que vous a donnée Calico

-Une petite bourse contenant 10 pièces d'or et 50 pièces d'argent

-Un peigne et un miroir de poche, un carnet et un crayon où Alicia avait consigné les notes de ses recherches sur la fresque

-Une petite bourse avec le nécessaire pour allumer du feu (une pierre à feu, un silex, plusieurs bouts de bois gras, un sachet de laine– ce qui vous fait assez pour 3 feux)

-Une torche de 40 cm à usage unique (que vous devrez allumer, votre kit pour faire du feu pourra servir)

-Cinq pots d'onguents pour cicatriser d'éventuelles blessures (1 pot rend 5 *Points de Vie*)

-Une outre encore pleine d'eau

-Deux rations de nourriture faisant chacune un repas (1 ration rend 3 *Points de Vie*)

Pensez à noter tout cela dans votre *Inventaire* (page 9), cela sera plus pratique pour vous rappeler vos possessions le moment venu.

Votre estomac semblant encore bien plein malgré l'heure, vous supposez que son petit-déjeuner a été tardif et copieux.

Calico a noté sur la carte qu'elle vous a donné les points de chute potentiels où passer la nuit. Jusqu' à Camac il y en a trois :

-Une auberge à l'entrée des montagnes

-Un chalet reculé dans les hauteurs

-Une cabane dans la forêt de Camac

Vous remettez le tout dans le sac et balayez la place du regard. Derrière vous se situe la demeure du bourgmestre, la moins délabrée. A votre gauche, un lavoir où les femmes s'affairent tandis que les enfants jouent sur la place, et à votre droite le relais postal. L'esprit d'Alicia semble vif dans votre corps commun car lorsque vous regardez ce dernier bâtiment, une furieuse envie d'en découdre vous submerge. Vous vous approchez de la sortie du village où de nombreux marchands préparent leur convoi et vous vous renseignez sur ceux qui seraient susceptibles de vous emmener en direction de Camac. Tous refusent. La saison ne se prête pas à passer par les montagnes dont la neige menace déjà la lande et il reste encore des brigands sur la route. A vous maintenant de faire les bons choix pour mener à bien votre mission. Chaque proposition vous mènera à un paragraphe dont le numéro est noté entre parenthèse. A vous de jouer !

Vous pouvez proposer d'aider les marchands en cas de mauvaises rencontres, dans ce cas, rendez-vous au (1). Ou bien préférez-vous retenter d'obtenir un cheval au relais postal et retrouver le tavernier, et peut-être le fameux Sprat (13) ? Vous pouvez aussi choisir de partir à pied en vous dirigeant au (67). Si vous voulez commencer par vous procurer une arme auprès du forgeron, allez au (42).

A Travers les Plaines

(1)

Près de la porte ouest plusieurs carrioles sont chargées et déchargées. Un couple que vous n'aviez pas remarqué est affairé à l'écart. Vous approchez et entendez la fin de leur conversation :

—Mais si, je te dis que ça ira, tu te fais toujours un monde de tout ! Encore cette fois et après c'est fini, on ira jusqu'à Camac et on pourra s'acheter une maison.

L'homme prononce ces mots en tenant les mains de sa femme, visiblement mal à l'aise.

—Ils pourraient nous tuer ...

Vous vous manifestez alors, proposant vos services de mercenaire gratuitement en échange de vous amener à Camac. Le couple hésite.

Etes-vous munie d'une arme ? Si oui allez au (9), si non, il vous faut aller en acheter une, sans quoi ils n'accepteront pas.

Souhaitez-vous aller acheter une arme (42) ou bien préférez-vous partir tout de suite mais à pied (67) ? Ou bien vous en retourner au relais postal (13) ?

(2)

Les cris de rage des marchands découvrant leur carriole pillée vous réveillent. Très vite, on commence à vous accuser, vous et le vagabond. Celui-ci encore dans des vapeurs alcoolisées ne répond pas grand- chose d'audible. Agacée Alicia prend la parole :

—Si j'avais pillé votre cargaison, je ne serais pas restée ici ! Et tout ce que j'ai – elle montre son sac – c'est là-dedans. Il n'y a rien à vous je suppose ?

Les marchands ne décolèrent pas.

—Et vous n'avez rien vu ?

—Si, ils étaient deux. L'un grand et émacié, l'autre tout aussi filiforme mais une démarche claudicante.

—Et ça ne vous est pas venu à l'esprit de donner l'alerte ?

—Et ça ne vous est pas venu à l'esprit de surveiller votre chargement ?

Et sur cette phrase Alicia quitte la grange. Le froid matinal balaye les lieux et Alicia frissonne. Elle vous redonne les rênes de son esprit. Après un regard sur votre carte, vous trouvez le bon chemin à suivre en quittant ce hameau. Vous passez devant une boutique de vêtements, peut-être trouverez-vous quelque chose pour vous réchauffer ? Si vous souhaitez y faire un saut allez au (54), sinon poursuivez au (68).

(3)

Vous ne bougez pas et les bandits agissent sans se douter de votre existence. Quelques instants plus tard, ils ont disparu et le contenu des carrioles également. Souhaitez-vous donner l'alerte (10), partir discrètement (51) ou bien ne rien faire (39) ?

(4)

— Attendez, criez-vous.

Le chef des brigands vous observe, intrigué, tandis que vous sortez votre bourse. Il fait signe à celui qui est près de vous de vous prendre la bourse et de la lui donner. Il compte les pièces, sourit et dit :

— Allez, ça ira, mais c'est la dernière fois que tu ne m'apportes pas ce que je veux !

— Oui, oui c'est promis, répond le marchand en remontant maladroitement sur sa carriole.

Vous et sa femme faites de même. Vous abandonnez donc votre bourse et même s'il y avait plus de 5 pièces d'or, les brigands ne vous rendront rien. Il vaut mieux partir.

Vous poursuivez votre chemin, sans un mot, jusqu'au (28).

(5)

L'air est ici irrespirable. A mesure que vous montez, vous manquez de vous évanouir. Vous ne respirez plus que dans votre main, tentant inutilement de filtrer l'air nauséabond. Une chose est sûre, vous vous rapprochez de sa source !

L'escalier débouche sur une salle s'étirant sur toute la tour, c'est d'ailleurs le seul point d'accès. L'espace est entièrement clos et ne possède aucune véritable ouverture si ce n'est des éboulements du toit vous permettant d'y voir clair. Au fond de la pièce, se trouve un unique coffre.

Au moment où vous posez le pied dans la pièce, l'escalier disparaît. Vous tâtez le sol avec votre pied et rien ne se passe. Vous voilà prisonnière !

Soudain, le coffre bouge ! Il y a quelque chose là- dedans. Vous vous demandez si l'ouvrir serait raisonnable, mais l'esprit putrifié qui y habite ne vous laisse pas le temps d'y réfléchir et sort d'un bond vous fonçant dessus ! De forme vaguement humaine, son corps semble fait d'un liquide visqueux translucide. Lorsqu'il ouvre la bouche pour pousser un râle, l'odeur de son haleine vous prend à la gorge, vous immobilisant quelques secondes, assez pour qu'il vous touche et vous fasse perdre 3 *Points de vie*.

L'esprit à l'*Initiative* et, prise au piège, vous ne pouvez pas fuir. Il se bat à mains nues. Si vous le terrassez, allez au (29), dans le cas contraire, vous aurez rendez- vous au (53).

Esprit
Points de vie 37
Agilité 10
Initiative 6
Force 8
Vigueur 2

(6)

Vous dégainez votre arme et engagez le combat avec le premier brigand à portée de coup. Les autres vous regardent, amusés, se demandant comment une femme pourrait réussir à vaincre un de leur gars. Vous avez l'*Initiative,* à vous de prouver qu'ils ont tort.

Brigand 1
Points de Vie 15
Agilité 10
Initiative 6
Force 5
Vigueur 8

Vous avez gagné ? Rendez-vous au (59) ! Sinon c'est le (53) qui vous attend.

(7)

Vous fouillez le bureau mais sans lumière vous ne trouvez pas grand-chose. Alicia vous souffle au creux de l'oreille que vous pourriez facilement détacher les planches qui barricadent les fenêtres. Elles ne résistent effectivement pas et ainsi vous faites entrer les rayons du soleil dans la pièce et parvenez à distinguer le contenu du bureau et des bibliothèques.

Vous trouvez beaucoup de documents administratifs et militaires, des livres de comptes, des listes du personnel des différentes garnisons de Peg, etc... Votre seule réelle découverte, au fond d'un tiroir, est la somme de 5 pièces d'Argent, que vous pouvez ajouter à votre *Inventaire*.

Et maintenant que faîtes-vous ? Le (23) vous mène au second étage, mais si vous préférez partir choisissez le même mode de transport que celui de votre venue jusqu'ici : si vous êtes à pied, allez au (47), à cheval au (11).

(8)

La chambre située à l'étage se compose sobrement d'un lit au matelas usé et d'un cabinet de toilette. A peine allongée, le sommeil s'empare de vous et vous sombrez pendant plusieurs heures.

Au matin, les rayons du soleil percent difficilement derrière une ligne de nuages bas. Vous en profitez pour faire une bonne toilette avant de rassembler vos affaires et de vous remettre en route. En descendant, Himmer vous propose le petit-déjeuner inclus dans le prix de votre chambre. Voici qui finira de vous remettre d'aplomb et vous rendra jusqu'à 5 *Points de Vie* ! Elle vous conseille de vous équiper chaudement pour entamer votre ascension. Une boutique accolée au relais postal vend manteaux et fourrures.

Souhaitez-vous y faire un saut (54) ? Sinon l'aventure se poursuit au (68).

(9)

Vous montrez votre arme flambant neuve au marchand, qui accepte que vous embarquiez avec lui direction Camac. L'affaire est conclue : ils vous emmèneront jusqu'aux montagnes en échange de votre protection. Vous vous installez donc à l'arrière de la carriole pleine à craquer de sacs et de tonneaux. Vous voilà partie au (65).

(10)

Vous rentrez précipitamment dans l'auberge et aller trouver Himmer. Vous lui expliquez tout ce qui s'est passé, en précisant qu'un vagabond qui dormait dans l'auberge n'y est pour rien et décrivez tant que possible les voleurs.

Himmer vous congratule de l'en avoir averti et va réveiller un garçon de cuisine pour qu'il aille prévenir la garde de Peg, tout en s'habillant, fusil à la main, pour partir à leur poursuite.

— Prenez donc ce gros manteau de fourrure en remerciement, il faut se vêtir chaudement dans la région ! vous dit-elle. Et allez donc voir Jacob dans la boutique d'à côté, il vend des bottes qui pourraient vous être utiles !

Vous enfilez le manteau en la remerciant. Les fourrures vous donnent vite chaud et vous sentez qu'il vous sera fort utile pour la suite de votre trajet. Sachez qu'il vous donne

+2 en *Agilité*. Estimez-vous avoir besoin de plus ?
La boutique de Jacob se situe au (54), vous pourrez y regarder ces collections. Sinon c'est au (68) que se poursuit l'aventure.

(11)

Vous dépassez la tour au galop, sans lui jeter un coup d'œil. Au bout d'une heure, la lande devient plus vallonnée jusqu'à une succession de collines. De la hauteur de votre cheval vous y apercevez des ombres mouvantes. Est-ce déjà la fatigue qui vous joue des tours ou bien y'aurait-il quelqu'un plus loin ? Pour contourner cet endroit, bifurquez maintenant en direction du (27), sinon continuez jusqu'au (21).

(12)

Vous voici opposée à cinq brigands. Vous les affrontez à tour de rôle et ne passerez à l'adversaire suivant qu'une fois le précédent à terre. Si vous prenez des dégâts vous pouvez les répartir entre vous et votre cheval qui a 15 Points de Vie. La fuite n'est plus possible. Victorieuse, allée au (58), sinon au (53).

Brigand 1	**Brigand 2**
Points de Vie 15	Points de Vie 27
Agilité 10	Agilité 2
Initiative 6	Initiative 8
Force 5	Force 7
Vigueur 8	Vigueur 4

Brigand 3	Brigand 4
Points de Vie 22	Points de Vie 24
Agilité 6	Agilité 4
Initiative 10	Initiative 6
Force 9	Force 9
Vigueur 2	Vigueur 2

Chef des Brigands
Points de Vie 31
Agilité 10
Initiative 8
Force 2
Vigueur 6

(13)

Vous dirigez vos pas vers le relais postal en espérant bien obtenir un cheval cette fois-ci, d'autant qu'Alicia avait déjà payé ! Lorsque vous poussez la porte, une tension s'installe en vous, mélange d'appréhension et de colère ne demandant qu'à exploser.

C'est l'heure du déjeuner et le lieu est bondé. De nombreuses serveuses vont et viennent entre les tables pleines. Kringour, le tavernier, enchaîne les commandes au bar - à peine une bière est-elle sur le comptoir que deux autres sont à la commande - et ne vous prête pas attention. Vous n'avez pas fait trois pas qu'une serveuse chargée d'un plateau débordant d'assiettes sales vous accoste :

— Pour les recrutements il faut venir le matin, là on n'a pas le temps.

Puis elle repart, vous laissant en plan sans avoir le temps de lui répondre que vous n'êtes pas là pour du travail. Que souhaitez-vous faire ?

Repartir et retourner à la place de la fontaine (37) ? Vous confronter à nouveau au tavernier pour obtenir un cheval ou le remboursement des 10 pièces d'or laissées (60) ? A vous de choisir !

(14)

A côté de votre main droite se trouve une fourche que vous pouvez saisir, elle vous donnera +1 en *Force*. Dans tous les cas, vous avez l'*Initiative*, Sprat ne s'attendant pas à ce que vous vous défendiez.

Sprat
Points de Vie 32
Agilité 4
Initiative 6
Force 8
Vigueur 10

La victoire vous mènera au (63), la défaite au (40).

(15)

Un coup fatal vient achever le dernier brigand que vous combattiez, vous laissant la victoire !

Pendant que le marchand range le chargement et démontre à sa femme qu'il n'y avait pas lieu de s'inquiéter, celle-ci fouille les corps et vous décidez de faire de même. Vous trouvez 5 pièces d'or, une ration de nourriture (équivalent à 3 *Points de Vie*), une potion de soin (permettant de retrouver 5 *Points de Vie*) et un carnet comportant d'étranges dessins. Il s'agirait d'une sorte de recherche sur la résurrection d'enfant ou comment stopper l'évolution d'une maladie impliquant des chiens. Vous mettez le tout dans votre *Inventaire*.

La femme a trouvé un pendule et une broche. La marchande n'est pas très intéressée par le pendule, et vous le laisse pour 15 pièces d'argent. En revanche elle espère tirer un bon prix du bijou, et souhaite le vendre à un prêteur sur gage qu'elle connaît. Si vous achetez le pendule, notez-le dans votre *Inventaire*. Vous pouvez ramasser une des armes des brigands, ils combattaient avec des dagues qui donnent +1 en *Force*. Vous remontez dans la carriole et poursuivez votre route, en espérant que la journée se termine plus calmement qu'elle n'avait commencé.

Vous continuez votre route au (28).

(16)

Vous vous approchez doucement. La créature vous fixe toujours et vous commencez à voir son corps. Humanoïde, sa peau noire comme de la suie vient englober ses membres cadavériques, au bout desquels pendent des mains griffues. Une masse de cheveux hirsutes gribouille sa tête. Elle vous montre ses dents, mais ne semble pas vouloir vous attaquer. Est-ce votre cas ?

Si oui, allez au (64). Vous pouvez aussi reculer et sortir pour choisir de monter au second étage (5) ou bien vous en aller à pied (47) ou à cheval si vous êtes venue ainsi (11).

(17)

Vous descendez de cheval. En vous approchant de la tour, une vague d'air froid et nauséabond vous picote le nez. L'endroit est encore plus antipathique de près. Souhaitez-vous tout de même rentrer ? Dans ce cas, allez au (43). Sinon poursuivez au (11).

(18)

Vous descendez mains levées, le regard fixé sur vos adversaires. Le marchand bougonne. Les brigands vous ordonnent de vous écarter de la carriole et commencent à fouiller les sacs et tonneaux. Ils en sortent des vêtements, des bijoux, mais ne semblent pas intéressés par cela. Celui qui semble être le chef finit par s'adresser directement au marchand pour lui demander où est LA marchandise. Tremblant, il répond qu'il n'a pas pu s'en procurer cette fois-ci. Les brigands deviennent plus menaçants.

La tension s'installe et le combat est proche, souhaitez-vous l'engager tout de suite et ainsi avoir l'*Initiative* sur un des brigands (6) ou ne pas vous en mêler pour le moment (57) ?

(19)

Vous demandez au marchand de vous déposer à la tour et sa réaction ne se fait pas attendre :

— Vous voulez vraiment aller visiter ça ? Ça sera sans nous ! On vous abandonne ici, et bonne chance !

Pour changer d'avis et rester ici retournez au (26), sinon ils vous déposent devant la tour avec vos affaires au (43).

(20)

Sprat rigole à ce que vous lui dites.

— T'as p'têtre payé mais moi j'ai pas l'argent et personne ne m'a payé pour que je te laisse tranquille. Il faut que tu payes !

La situation n'est pas en votre faveur. Souhaitez-vous abandonner et partir (35), ou attaquer Sprat (14) ?

(21)

Arrivée à la seconde colline, une bande de brigands vous fait face. Vous pouvez choisir de les affronter en allant au (12) ou bien de les contourner au galop en esquivant l'altercation pour vous rendre au (27).

(22)

Quoiqu'il arrive, vous ne souhaitez pas vous retrouver seule avec lui et ne prenez pas le risque de le suivre. Vous tournez les talons et partez, sous les remarques des clients :

— Elle hurle car elle veut un cheval et s'en va quand on lui en propose un … la politesse de nos jours …

Une fois dehors, vous vous retrouvez au (37).

(23)

Vous montez au second et dernier étage de la tour. L'escalier débouche sur une salle s'étirant sur toute la tour, c'est d'ailleurs le seul point d'accès. L'espace est entièrement clos et ne possède aucune véritable ouverture si ce n'est des éboulements du toit vous permettant d'y voir clair. Il n'y a ici que des cadavres d'anciens aventuriers déchus et un coffre entrouvert à l'intérieur duquel vous trouvez une épée ! Elle vous donnera +4 en *Force*. Si vous l'emportez, notez-la dans votre *Inventaire*.

Vous n'avez plus qu'à repartir. Au (47) si vous êtes à pied, et au (11) si vous êtes à cheval.

(24)

Vous lui ordonnez de vous rendre votre argent sur le champ. Kringour se penche alors vers vous et vous chuchote à l'oreille, son souffle détestablement chaud fouettant votre peau.

— Là j'vais m'énerver, p'tite peste. Ton argent j'lai pas, alors du balai ou tu vas l'regretter.

Alicia crispe ses poings et serait prête à se battre si le lieu n'était pas aussi bondé.

Souhaitez-vous céder à sa pulsion colérique et attaquer l'homme encore penché sur vous ou bien laisser couler et repartir ?

Dans le premier cas, allez au (31), et sinon au (37)

(25)

Vous plongez vos mains dans les poches pour certaines pleines de sang séché, une main sur votre nez pour ne pas avoir de haut-le-cœur. Malheureusement, d'autres sont passés avant vous et vous ne trouvez pas grand-chose, si ce n'est un pendule et un carnet comportant d'étranges dessins. Il s'agirait d'une sorte de recherche sur la résurrection d'enfant ou comment stopper l'évolution d'une maladie impliquant des chiens. Vous mettez le tout dans votre *Inventaire* et poursuivez, vers les montagnes, au (36).

(26)

La carriole dépasse la tour à toute allure. A travers l'un des interstices il vous semble apercevoir quelqu'un, mais vous vous déplacez trop rapidement pour en juger. La route se poursuit et bientôt la lande devient plus vallonnée jusqu'à une succession de côtes ralentissant le véhicule. La femme se rapproche de son mari, l'air inquiet puis vous jette un coup d'œil comme pour s'assurer que vous tiendrez vos engagements.

A la seconde colline, vous êtes accueillis par une bande de brigands armés, au nombre de cinq. Ils arrêtent la carriole, demandant à tous de descendre. Le marchand vous lance un regard appuyé et s'exécute.

Qu'allez-vous faire ?

Vous enfuir et ne pas tenir votre parole (46) ? Descendre calmement comme les brigands le demandent (18) ? Ou bien attaquer directement les brigands (6) ?

(27)

Vous orientant sur quelques kilomètres vers le sud, vous retrouvez un terrain plus plat, peuplé de bruyère. Au loin, un cours d'eau est traversé par un pont étroit. Vous continuez votre trajet sans encombre. Rendez-vous au (36).

(28)

La route se poursuit sans encombre. Le silence règne à bord de la carriole ainsi que le stress d'une autre attaque, jusqu'à ce que vous aperceviez une auberge en haut d'un col. Il vous faut encore plusieurs heures pour l'atteindre. Le soleil commence à descendre derrière les montagnes lorsque vous commencez leur ascension. Vous arrivez au col lorsque les torches et la lune accompagnent vos derniers pas.

Vous vous séparez des marchands devant l'auberge, en vous saluant sans plus d'amitié que cela et rentrez dans l'auberge où Himmer, la tenancière, vous accueille chaleureusement. Vous pouvez vous restaurer en mangeant vos propres rations ou en payant un repas sur place à 10 pièces d'argent (vous permettant de récupérer 5 *Points de Vie,* immédiatement), vous pouvez aussi demander que l'on vous prépare jusqu'à 3 rations (rendant 5 *Points de Vie* chacune). Cela vous coutera également 10 pièces d'argent par ration, mais si vous en prenez trois, Himmer vous fait une ristourne et vous les propose à 25 pièces d'argent. Quant à la chambre elle est à 25 pièces d'argent, petit-déjeuner inclus. Pour dormir à l'auberge, en payant le prix de la chambre, dirigez-vous au (8).

Si vous n'avez pas assez d'argent, ou souhaitez faire des économies, vous pouvez dormir gratuitement dans la grange en allant au (61).

(29)

L'esprit tombe au sol dans une grosse flaque visqueuse répugnante dont l'odeur ne se dissipe pas. Une partie de ces résidus commence à se transformer en poussière.

L'escalier par lequel vous êtes venue ne réapparaît pas. Vous êtes toujours coincée. Hormis le coffre d'où la créature est sortie, il n'y a ici que des cadavres d'anciens aventuriers déchus. En vous approchant du coffre, resté ouvert, vous y découvrez une épée ! Elle vous donnera +4 en *Force*. Si vous l'emportez, notez-la dans votre *Inventaire*.

Vous commencez à réfléchir à une solution pour partir d'ici, mais rien de concret ne vous vient. A force de patienter, les restes de l'esprit finissent par disparaître totalement et au même instant l'escalier réapparait, vous laissant redescendre. Arrivée au palier du premier étage vous êtes surprise de voir que la porte a été remise sur ses gonds. Tandis que vous passez devant, elle s'ouvre d'un coup et en sort un jeune homme qui vous saute dans les bras.

— Mille mercis Madame de m'avoir secouru ! Vous avez rompu le sortilège qui me retenait prisonnier en tuant l'esprit ! Nous devrions nous hâter de sortir ! La dernière fois j'ai trop tardé et l'esprit est revenu à la vie, me bloquant à nouveau ici ... Le professeur était alors loin et voilà presque vingt ans que j'étais là, me décomposant lentement ... Mais je parle trop ! Que puis-je vous offrir en retour ?

— Le professeur ?

Alicia avait repris le contrôle au moment où le jeune homme avait dit le mot « professeur ». Vous la laissez parler.

— Oui, c'est un professeur qui m'a délivré la dernière fois. Ah, comment s'appelait-il ?

— Joram Finkel ?

— Oui, c'est cela ! Un de vos parents peut-être ?

— Non, mais nous travaillons sur le même sujet : des Talismans permettant de contrôler les créatures fantastiques. Vous en aurait-il parlé ?

— Oui bien sûr ! Après qu'il a tué l'esprit nous avons discuté et il m'a parlé de ses recherches. Il était sur la piste du Talisman de l'esprit de l'eau qui se trouverait près du

Lac de Camac.

— C'est là où je vais ! J'étais certaine d'être sur la bonne piste !

Tout en parlant, le jeune homme retourne dans le bureau et fourre plusieurs livres et documents dans un sac, avant de descendre l'escalier, se dirigeant vers la sortie. Vous le suivez.

— Après notre discussion, le professeur a quitté la tour pendant que je récupérais des affaires. A peine avait- il posé le pied dehors, que la porte du bureau s'est refermée. J'ai poussé de toutes mes forces pour la faire tomber, puis j'ai couru jusqu'à la sortie mais la porte ne s'est jamais ouverte… l'odeur infâme est réapparue et l'esprit m'a à nouveau jeté son sort… Je suggère donc que nous sortions immédiatement et en même temps.

Arrivés en bas, il ouvre la porte donnant sur l'extérieur, puis attend que vous soyez sur le pas de porte avec lui pour sortir. Vous posez le pied à l'extérieur au même moment. Derrière vous la porte se referme, puis dans un grand fracas, la tour s'éboule sur elle-même.

— Et voilà, le sort est rompu ! Bon débarras ! Je suppose que vous allez vers les montagnes ?

— En effet. Et vous, Monsieur… ?

— Vous pouvez m'appeler Kaliba. Je vais aller me reposer quelques temps à Peg avant de repartir vers la mer. Bonne route à vous, Madame. Et si un jour vous croisez Joram, passez-lui le bonjour !

— Alicia Malbosc. Merci, je n'y manquerai pas et bon voyage également.

— J'espère que vous trouverez ce que vous cherchez, Alicia, dit-il tout en s'éloignant.

Vous avez encore le temps d'arriver à l'auberge des montagnes avant la nuit. En route !

Si vous êtes à pied, allez au (47), si vous êtes à cheval au (11).

(30)

Vous partez à travers la plaine en direction des montagnes. Plusieurs fois, vous manquez de tomber, déséquilibrée par le déhanchement de votre cheval, mais Alicia réussit à stabiliser votre corps en vous indiquant la bonne position. Soudain, un coursier vous double à vive allure, et cela donne l'envie à votre cheval d'accélérer la cadence : vous voici au trot. Surprise et non habituée, vous manquez de glisser à de nombreuses reprises. Alicia finit par vous suggérer de mettre le cheval au galop, ce qui s'avère beaucoup plus simple pour garder l'équilibre que le trot ! En cette fin de première journée d'équitation, qui va vous laisser de profondes courbatures, vous apercevez une tour sur votre route. Quelque chose vous inquiète dans cette tour, seul bâtiment à l'horizon. Elle vous semble austère et intrigante à la fois.

Vous la verrez demain car la nuit descend et vous n'avez

d'autre choix que de vous arrêter, au milieu de nulle part car bientôt vous ne verrez plus votre chemin. Vous attachez votre cheval à un arbre, proche d'un cours d'eau, le dessellez, puis le laissez paître. Si vous avez encore des rations, vous pouvez vous restaurer (et gagner 3 *Points de Vie*) puis, sommeil venant, vous vous emmitouflez dans le tapis de selle, encore chaud de la sueur de l'animal, pour vous couvrir.

Au matin, vous êtes réveillée par les premiers rayons du soleil. Vous prenez quelques instants avant de vous lever, sous les protestations de vos muscles engourdis. Au loin, la tour guette votre arrivée.

Vous sellez votre cheval et vous remettez rapidement en route, souhaitant arriver à l'auberge des montagnes avant le soir.

Au bout d'à peine une heure, vous arrivez au pied de la tour. Elle semble encore plus austère de près. Seriez- vous tentée d'aller visiter l'intérieur (17) ? Ou allez- vous poursuivre votre route (11) ?

(31)

Vous assénez un coup de poing dans le menton du tavernier, qui pousse un léger râle à l'impact. Quelques personnes poussent un cri puis la taverne se tait attendant la réponse de Kringour.

— Garce ! Comment penses-tu lever la main sur moi ?

Le tavernier sort de derrière son comptoir et arrive sur

vous, les poings fermés, prêt à cogner.

— Tu vas voir !

—Monsieur, voyons ! Un peu de retenue, s'il vous plaît ! Ce n'est qu'une femme ! se hasarde un jeune fermier.

—Femme ou pas, j'm'en moque. J'corrige tous ceux qui m'manquent de respect chez moi ! Et si tu n'veux pas y passer, tu t'interposes pas !

Le jeune homme se rassoit comme si de rien n'était.

Vous voilà face à un combat inévitable. Vous gagnez si Kringour arrive à plus de la moitié de ses *Points de Vie* (soit 16), il tombera alors dans les pommes et le combat s'arrêtera. Il en va de même pour vous : en dessous de 17 *Points de Vie*, vous vous retrouverez au (62). Si vous êtes victorieuse, rendez-vous au (49).

Kringour
Points de Vie 33
Agilité 2
Initiative 8
Force 10
Vigueur 4

(32)

— Intéressant mais ce n'est pas suffisant. Qu'as-tu d'autre à m'offrir ? dit-il en se collant à vous, ignorant l'argent que vous lui présentez.

La situation n'est pas en votre faveur. Souhaitez-vous abandonner et partir (35), ou attaquer Sprat (14) ?

(33)

Vous êtes plus rapide que lui et vous le distancez facilement. Avant de disparaître derrière les collines, vous jetez un dernier regard en arrière, et voyez les marchands se faire tuer. Rendez-vous au (27).

(34)

Vous donnez un coup sec dans le tibia du brigand qui répond par un cri. Vous profitez de cette seconde d'inattention pour l'attaquer et avez donc l'*Initiative*.

Les autres brigands vous regardent, amusés, se demandant comment une femme pourrait réussir à vaincre un des leurs ? Ne vous laissez pas déconcentrez par leurs rires, le combat vous attend :

Brigand 1
Points de Vie 15
Agilité 10
Initiative 6
Force 5
Vigueur 8

Vous avez gagné ? Rendez-vous au (59) ! Sinon c'est le (53) qui vous attend.

(35)

Vous le repoussez et vous dirigez vers la sortie de la grange, sans un mot de plus. Sprat vous rattrape, en vous agrippant.

— Où tu crois aller, là ? J'en ai pas fini avec toi, à genoux !

Vous comprenez qu'il ne vous laissera pas tranquille à moins de l'attaquer. Rendez-vous au (14).

(36)

Le soleil commence à descendre derrière les montagnes lorsque vous commencez leur ascension. L'air devient plus froid et vous frissonnez davantage à chaque pas. Alicia vous encourage à ne pas vous arrêter, repartir serait encore plus difficile, mieux vaut avancer lentement, à votre rythme.

Vous arrivez au col alors que la lune accompagne vos derniers pas. Calé au creux des montagnes une auberge et quelques autres commerces, appellent les derniers voyageurs des lueurs de leurs bougies. L'auberge est tenue par Himmer, large bonne femme native de ce hameau, qui vous accueille chaleureusement. Vous pouvez vous restaurer en mangeant vos propres rations ou en payant un repas sur place à 10 pièces d'argent, quant à la chambre elle est à 25 pièces d'argent. Dormir dans une chambre vous rend la totalité de vos *Points de Vie* manquants. Si vous avez un cheval, Himmer vous précise qu'il est impossible de continuer par-delà les montagnes à cheval. Le terrain est trop escarpé pour le faire autrement qu'à pied. Vous devez donc le laisser ici. Si votre cheval est mal en point (5 *Points de Vie* ou moins), l'aubergiste n'acceptera d'en prendre soin et de le remettre sur pied qu'au prix de 4 pièces d'or, sinon il mourra.

Pour dormir à l'auberge, en payant le prix de la chambre, dirigez-vous au (8).

Si vous n'avez pas assez d'argent, vous pouvez dormir gratuitement dans la grange en allant au (61).

(37)

Vous ressortez du relais postal. La possibilité d'insister auprès des marchands pour qu'ils vous conduisent à travers les plaines reste ouverte en allant au (1), tout comme partir à pied en vous dirigeant au (67).

(38)

Seule l'entrée de la pièce est éclairée grâce à la lumière du palier. Votre ombre avance dans le bureau jusqu'à ce qu'elle soit avalée par l'obscurité. Les fenêtres de la pièce ont été barricadées de l'intérieur. Vous laissez vos yeux s'adapter à la luminosité puis observez la pièce en détail. De grandes bibliothèques parcourent les murs, au centre un bureau en pin recouvert d'une épaisse couche de poussière et au fond, une cheminée devant laquelle est posé un fauteuil. Attendez ! Quelque chose a bougé derrière le fauteuil ! Deux yeux sont maintenant braqués sur vous ! Sous la surprise, Alicia reprend le contrôle et lance un « qui est là ?» mais n'obtient qu'un grognement en guise de réponse.

Souhaitez-vous vous approcher ? Alicia vous le déconseille mais peut-être est-ce là l'occasion de voir une créature en chair et en os ? Dans ce cas, c'est au (16) que vous saurez de quoi il retourne. Vous pouvez encore sortir de la pièce pour monter au second étage (5) ou bien vous en aller à pied (47) ou à cheval (11). N'oubliez pas que vous ne pouvez partir à cheval si vous êtes venue à pied.

(39)

Vous faites semblant de dormir et ne bougez pas. Les bandits récupèrent leur butin sans souci. Et vous finissez votre nuit jusqu'au (2).

(40)

Sprat finit par s'emparer de la fourche à l'instant où vous relâchez votre attention et en profite pour vous assener un coup fatal. Rendez-vous au (53).

(41)

L'esprit tombe au sol dans une grosse flaque visqueuse répugnante dont l'odeur ne se dissipe pas. Une partie de ses résidus commence à se transformer en poussière. Souhaitez-vous poursuivre l'exploration des lieux ? Vous pouvez fouiller le bureau (7), ou bien monter au second étage (23). Peut-être serait-il plus prudent de partir ? Dans ce cas, si vous êtes venue à pied allez au (47) et si vous étiez à cheval, chevauchez au (11).

(42)

En demandant où se situait le forgeron, on vous a indiqué une ruelle dans laquelle vous vous avancez. Il vous est facile de repérer la forge tant une large fumée odorante remplit l'espace.

Vous entrez dans l'échoppe attenante, un enfant d'une douzaine d'année vous accueille et vous présente l'étalage : épées, rapières, dagues et même haches, le choix est large mais pas forcément dans votre budget. Outre les armes, il y a aussi des armures. Voici quelques propositions :

Epée courte 10 pièces d'or, + 3 en *Force* et -1 en *Vigueur*

Glaive léger 5 pièces d'or, +2 en *Force*

Dagues 3 pièces d'or, +1 en *Force*

Plastron léger 3 pièces d'or, +1 en *Vigueur*

Brigandine en cuir 6 pièces d'or, +2 en *Vigueur*

Si quelque chose vous intéresse, allez voir l'enfant et payez-le, vous déduirez la somme de votre bourse dans votre *Inventaire*.

Pour retourner voir le marchand avec une arme allez au (9), sinon vous prendrez la décision de partir seule, à pied, direction le (67), ou bien de retourner voir Sprat (13).

(43)

La tour sinistre vous fait face. Vous poussez la vieille porte en bois en priant pour qu'elle ne se détache pas de ses gonds et pénétrez dans une salle haute de plafond, dont personne n'a dû fouler le sol depuis bien longtemps. De petites ouvertures laissent filtrer la lumière du jour, éclairant une fresque. La peinture s'écaille par endroits, laissant le mur vide prendre la place d'un arbre ou d'une colline. Alicia vous informe que le style est proche de la fresque qu'elle avait décrite à Calico, mais pour autant aucune trace de créatures fantastiques ici, seulement des paysages.

Un grand escalier s'impose à vous, desservant deux niveaux. L'odeur ressentie depuis l'extérieur vous envahit les poumons quand vous vous approchez de l'escalier.

Souhaitez-vous monter au premier (56) ou bien, si vous vous sentez découragée, repartir ? Dans ce cas, rendez-vous au (47) si vous êtes à pied et au (11) si vous êtes à cheval.

(44)

Vous descendez de la mezzanine mais les bandits vous repèrent et vous attaquent. Ils ont pris l'*Initiative* et vous ne pouvez fuir. Le premier s'élance vers vous, le second n'interviendra que si son comparse est à terre. La victoire vous mènera au (66), la défaite au (53).

Bandit 1	**Bandit 2**
Points de vie 32	Points de vie 28
Agilité 8	Agilité 10
Initiative 4	Initiative 6
Force 4	Force 7
Vigueur 10	Vigueur 2

(45)

Avant qu'il ne vous assène un coup fatal, l'Esprit se penche vers vous et vous enveloppe dans sa chair visqueuse. Vous sentez alors tout votre corps s'assécher, vos cheveux tombent tout comme des morceaux de votre peau. L'esprit vous laisse ainsi, transformée en goule. Vous tentez de sortir du bureau mais il vous est impossible de passer la porte, l'Esprit y a créé un mur transparent qu'il vous est impossible de franchir.

C'est la fin de votre aventure, vous n'êtes pas morte mais c'est tout comme. Ordonnant à votre propre corps de vous ramener au début de ce livre, vous laissez l'esprit d'Alicia et son corps ici. Vous ne pouvez, de toute façon, rien faire d'autre si ce n'est recommencer l'aventure, en espérant que vous ferez des choix moins fatals !

(46)

Vous sautez de la carriole du côté opposé aux brigands. L'un d'eux se lance à votre poursuite, sous les insultes du marchand. Lancez un dé. Si vous obtenez de 1 à 3, rendez-vous au (50). Si c'est un chiffre de 4 à 6, allez au (22).

(47)

Vous continuez votre route. En milieu de matinée, la lande devient plus vallonnée jusqu'à une succession de collines où passe le sentier que vous suivez.

Après la seconde colline, vous tombez sur les cadavres de cinq brigands, visiblement morts lors d'un combat. Laissez depuis plusieurs heures au soleil, une odeur pestilentielle s'en élève : corbeaux et rapaces ont déjà effectué leur travail. Souhaitez- vous les fouiller (25) ou continuer votre route vers les montagnes (36) ?

(48)

Vous vous avancez, Sprat vous laisse passer et referme la porte du couloir derrière vous. Vous lui lancez un regard le défiant de tenter quoique ce soit.

— Vous n'avez rien à craindre, vous sourit-il. Au fond du couloir se trouve l'écurie. Là-bas, nous pourrons vous trouver un cheval.

Vous ne bougez pas et continuez de garder un œil sur lui.

Sprat soupire et vous double, avançant le long du couloir. Vous le suivez et, arrivé au bout, il ouvre la porte en bois qui, dans un grincement, vous dévoile l'écurie. L'endroit est assez exigu et, hormis la porte que vous venez de franchir, il n'y en a qu'une autre : celle qui permet le passage des chevaux vers l'extérieur. Parmi les quatre emplacements disponibles, seulement deux stalles sont occupées.

— Nous y voici. Alors lequel prenez-vous ? Gutenberg est un trait comtois solide, il tiendra les longues distances mais n'ira pas très vite ; Galilée en revanche est un coureur hors pair, c'est un jeune Barbe de deux ans.

Gutenberg, un large cheval à la robe alezane et crin beige avec de longs fanons sur ses pattes, renifle à votre approche, se laissant caresser le museau amicalement. Galilée, quant à lui, vous fixe de son œil noir comme la nuit, tout comme l'est son pelage. Le museau droit et fin, il est musclé et racle le sol, ennuyé qu'il est d'être enfermé. Ils sont attachés face au mur, leurs croupes tournées vers l'allée où vous êtes.

— Alors, lequel souhaitez-vous ?

Sprat a posé la question à quelques centimètres de vous, vous faisant tressaillir. Alicia vous laisse désigner le cheval qui vous plaît.

— Fort bien. Comment payez-vous ?

Une nouvelle vague de colère s'empare d'elle et elle reprend le contrôle de son corps.

— Je vous ai déjà payé ! lance Alicia sur un ton ferme.

—Si vous n'avez pas d'argent, je ne pourrai pas vous laisser partir, dit-il en plantant ses yeux dans les vôtres vous donnant une sensation désagréable d'infériorité.

Alicia trop énervée pour agir sereinement vous laisse la main. Pour proposer à Sprat les cinq pièces d'or qu'il y a dans la bourse d'Alicia, en espérant que cela suffise à ce qu'il vous laisse tranquille, allez au (32), pour lui faire comprendre que vous avez déjà payé : direction le (20).

(49)

Vous finissez par frapper un bon coup et le tavernier s'écroule à vos pieds. Un silence s'installe dans la taverne. Vous récupérez 10 pièces d'or dans la caisse du comptoir et quittez le relais postal sans un mot.

Il ne faudra pas traîner ici, les gens sont restés stupéfaits qu'une femme ait pu mettre Kringour à terre mais on trouvera bien un moyen de vous arrêter et de vous le faire payer.

Que faites-vous ? Tenter de négocier avec les marchands pour qu'ils vous emmènent (1) ou partir à pied (67) ?

(50)

A être restée trop longtemps assise, vos jambes sont engourdies et vous ne courez pas assez vite. Le brigand vous rattrape, et essaie de vous donner un coup de dague, mais celle-ci ripe et vous ne subissez qu'une égratignure.

Vous ne perdez pas de *Points de Vie*.

Le combat s'engage. En cas de Victoire rendez-vous au (59), sinon au (53).

Brigand 1
Points de Vie 15
Agilité 10
Initiative 6
Force 5
Vigueur 8

(51)

Vous sortez de la grange tandis que les premiers rayons de soleil commencent à filtrer, montant de l'horizon dans le ciel nocturne. A travers une vitre de l'auberge vous apercevez Himmer s'activer près de l'âtre de la cheminée, dos à vous. Si vous changez d'avis, vous pouvez toujours donner l'alerte au (10) ou bien poursuivre votre route en prenant la direction des montagnes au (68).

(52)

Adressant un regard noir au tavernier, vous vous dirigez donc vers le salon privé, passant devant la cuisine d'où sort un flot de serveuses, sous les injures du chef. Arrivée à l'entrée de l'alcôve, vous cherchez Sprat du regard. Il est de dos, assis seul sur un canapé en cuir, les bras allongés sur le dossier. Vous contournez le canapé pour vous positionner face à lui. En vous voyant, il vous regarde du coin de l'œil, puis boit une gorgé du whisky posé devant lui.

— Ainsi tu reviens me voir. Peu de femmes seraient revenues. Aucune à vrai dire … Laisse- moi deviner, tu es revenue pour t'excuser de m'avoir tourné en ridicule la dernière fois ?

— Cessez de vous moquer de moi ! Je suis venue car je veux que l'on me donne le cheval pour lequel j'ai payé ou que l'on me rende mon argent ! Dit Alicia, en laissant exploser sa colère.

Elle avait parlé fort et les autres clients à proximité se sont tournés vers vous et Sprat, l'œil interrogateur. L'homme se lève alors et vous fait signe de le suivre.

Il ouvre une porte au fond de l'alcôve donnant sur un couloir. Ne vous voyant pas bouger, il lance :

— Eh bien, si vous le voulez votre cheval, suivez-moi.

Alicia se calme, et vous laisse faire votre choix : allez- vous suivre Sprat ? Dans ce cas, vous vous retrouverez au (48). Si cela ne vous inspire pas confiance vous pouvez toujours partir, rendez-vous au (33).

(53)

Vous sentez le corps d'Alicia s'effondrer. Un brouillard noir s'empare de vous. L'esprit d'Alicia se dissipe. Vite ! Quittez ce corps avant de subir le même sort qu'elle. Vous pouvez vous téléporter au début de ce livre pour recommencer l'aventure ! En espérant que vous ferez des choix moins fatals.

(54)

Vous vous dirigez vers le bâtiment accolé à l'auberge. Une enseigne annonce « *Aux Fourrures Chaudes* ». Par une fenêtre, vous apercevez différents vêtements, sacs, et chaussures. Vous poussez la porte et êtes accueillie chaleureusement par un vieil homme :

— Mademoiselle, bienvenue ! Que puis-je pour vous ?

Après lui avoir expliqué que vous preniez la direction des montagnes, voici ce qu'il vous propose :

— En cette fin d'automne, il vous faut de quoi vous protéger de l'humidité et du vent. Je vous conseille donc cette paire de bottes antidérapantes et fourrées, ainsi que ce manteau en poil de yack, doublé, permettant ainsi à l'eau de ne pas s'infiltrer. J'ai également une paire de gants en peau de chamois, gardant vos doigts au chaud en toutes circonstances !

Sachez que les conditions météorologiques dans les montagnes diminueront vos compétences. Ainsi vous allez devoir vous amputer des points en *Agilité*. Vous équiper convenablement permettra de diminuer le malus que vous devrez vous attribuer.

Voici les articles disponibles :

Gants en peau de chamois 17 pièces d'argent, +2 en *Agilité*

Bottes Antidérapantes et Fourrées 33 pièces d'argent, +3 en *Agilité*

Manteau en poils de Yack 7 pièces d'or, +4 en *Agilité*, + 1 en *Vigueur*

Le marchand poursuit :

— Pour le règlement, j'accepte le troc, si toutefois vous avez un objet de valeur, je suis prêt à l'échanger contre un article équivalent.

Si vous avez une broche, vous pouvez la troquer contre les Gants ou les Bottes.

Une fois que vous aurez fait un choix sur les potentiels achats que vous voulez effectuer, reprenez le cours de votre aventure au (68), et n'oubliez pas de noter vos nouveaux équipements dans votre *Inventaire*.

(55)

Il vous faut passer la nuit ici. De toute façon vous n'y voyez plus. Vous vous installez contre le tronc d'un arbre accueillant, vous pelotonnant autant que possible afin d'échapper au maximum à la fraîcheur de la nuit. Vous pouvez allumer un feu, si vous avez le matériel requis, tout comme manger une ration (vous redonnant 5 *Points de Vie*) s'il vous en reste.

Rapidement la fatigue vous envahit mais un écho dans le lointain vous perturbe et vous peinez à sombrer dans des rêves de landes et de bruyères. Au matin, vous êtes réveillée par les premiers rayons du soleil. Au loin, la tour guette sombrement votre arrivée.

Vous vous remettez rapidement en route, souhaitant arriver à l'auberge des montagnes avant le soir. Après quelques heures, vous voici au pied de la tour.

Seriez-vous tentée d'aller visiter l'intérieur (43) ? Ou allez-vous poursuivre votre route (47) ?

(56)

Vous prenez une profonde inspiration et montez en apnée. Vous tenez quelques secondes, puis, bien obligée de respirer, vous offrez à vos poumons une odeur de mort et de décomposition infâme. Des nausées commencent à vous prendre à la gorge. Malgré cela, vous arrivez au premier étage où un palier dessert une unique pièce dont la porte, dégondée, gît au sol. Une ouverture, dans le mur opposé, permet de l'éclairer, laissant deviner un bureau. La porte étant tombée face aux escaliers, vous devrez forcément marcher dessus pour continuer et cela risque de faire du bruit et de résonner dans tout le bâtiment. Allez-vous rentrer dans le bureau (38) ou alors monter au second (5) ? A moins que vous n'en ayez assez vu et décidiez de repartir ? Pour déguerpir à cheval (si vous êtes venue ainsi) allez au (11) et à pied au (47).

(57)

Les brigands s'énervent, ils veulent réparation pour la marchandise manquante.

— Vous n'avez qu'à prendre toute ma cargaison, vous pourrez en tirer un bon prix ! Propose le marchand.

— On n'est pas commerçants, nous. Alors, soit tu nous payes nos 10 pièces d'or maintenant et on ferme les yeux, soit vous allez tous les trois passer un sale quart d'heure.

— Je ... je n'ai que 5 pièces d'or sur moi ...

De plus en plus blême, le marchand sort l'argent de sa poche, sa femme est collée à lui et n'ose bouger. L'homme se prend alors une balafre sur la joue de la part du chef des brigands.

— Il manque la moitié ! Moitié de paiement : moitié de main, ricane-t-il.

— S'il vous plaît, je vous promets que je reviendrai avec le double de marchandises.

— Tes promesses ne m'intéressent pas !

A ces mots, le brigand fait un geste à ses comparses qui vous mettent tous à terre, dagues pointées vers vous.

— Trouve une solution rapidement, sinon c'est fini pour vous !

Souhaitez-vous proposer les 5 pièces d'or manquantes, si vous les avez (4) ? Ou bien attaquer le brigand à côté de vous (34) ?

(58)

Votre dernier adversaire s'effondre enfin ! Vous pouvez récupérer une des armes des brigands si vous le souhaitez (ils utilisaient tous des Dagues donnant +1 en *Force*) et fouiller leur dépouille. Cette action vous permet de trouver 10 pièces d'or, un pendule, une ration de nourriture, une potion de soin, une broche (banale avec une pierre rose foncé, qu'Alicia semble détester) et un carnet qui comporte d'étranges dessins. Une sorte de recherche sur la résurrection d'enfant ou alors sur comment stopper l'évolution d'une maladie impliquant des chiens. Vous mettez le tout dans votre *Inventaire*. Si votre cheval est mort, vous repartez à pied. S'il est mal-en-point (5 *Points de Vie* ou moins) vous marchez en le tenant par la bride. Sinon vous repartez en chevauchant. Dans tous les cas, rendez-vous au (36).

(59)

Vous avez tué le brigand mais les autres sont déjà sur vous. Vous ne pouvez, vous échapper. Le marchand en profite pour attaquer celui qui est à droite de la carriole. Il l'attaque avec un petit couteau, mais est assez agile et réussit à le mettre en déroute.

Vous affrontez les trois autres brigands à tour de rôle. Vous ne passerez à l'adversaire suivant qu'une fois le précédent à terre. Si vous êtes victorieuse, rendez- vous au (15), sinon au (53).

Brigand 2	Brigand 3
Points de Vie 27 Agilité 2 Initiative 8 Force 7 Vigueur 4	Points de Vie 22 Agilité 6 Initiative 10 Force 9 Vigueur 2

Chef des Brigands
Points de Vie 31 Agilité 10 Initiative 8 Force 2 Vigueur 6

(60)

Vous vous avancez d'un pas décidé vers le comptoir, naviguant entre les tables, leurs occupants et les serveuses. Arrivée face à Kringour, vous sentez le cœur d'Alicia s'accélérer et une onde de stress vous parcours.

— Ah ! La r'voilà ! lance le tavernier dans un rictus.

— Bonjour, je viens pour avoir un cheval ou que vous me rendiez mes 10 pièces d'or.

Alicia n'a pas réussi à contenir sa hargne et à parler sans vous laisser agir sur ce coup.

— J'vois pas d'quel argent vous parlez et de toute façon c'est Sprat qui gère les ch'vaux. Vous l'trouverez dans l'salon privé, comme d'hab. Sur ce, j'ai du boulot, bougez vos p'tites miches, ma jolie.

Rencontrer à nouveau Sprat ne vous enchante guère et vous sentez bouillir la colère d'Alicia en vous. Que décidez-vous ? Elle vous laisse choisir.

Obéir à Kringour en vous poussant de son comptoir et aller au salon privé (52) ? Refuser de bouger et insister pour récupérer les pièces d'or (24) ? Ou bien abdiquer et repartir sur la place de fontaine (37) ?

(61)

La grange, de belle taille, accueille carioles encore chargées et chevaux, tandis que la mezzanine, où est stockée le foin, héberge les voyageurs sans le sou. Un vagabond dort déjà dans un recoin. Vous trouvez un espace pas trop inconfortable entre deux ballots de paille. La paille vous pique le dos, mais la fatigue de votre journée prend le pas sur tout autre sentiment.

Au milieu de la nuit, vous êtes réveillée par du raffut dans la grange : deux bandits se sont infiltrés et ont entamé le pillage des différents chargements. Le vagabond n'a pas bougé.

Voulez-vous intervenir pour faire déguerpir les bandits et sauver les chargements (44) ? Ou préférez- vous rester cachée (3) ?

(62)

Votre tête vous fait mal. Lentement, vous ouvrez les yeux. Tout est flou autour de vous. La pièce où vous vous trouvez dispose d'une étroite fenêtre à votre droite. Vous

vous asseyez sur le rebord d'un lit très inconfortable, plus proche de la planche de bois que du lit d'ailleurs. Une énorme bosse s'est créée à l'arrière de votre tête. Peu à peu, le monde s'éclaircit. Il fait plutôt sombre ici. De longues minutes passent. Vous distinguez des bruits au-dessus de vous. Seriez- vous au sous-sol d'un bâtiment ? Un cheval s'arrête près de la fenêtre, vous distinguez dans la pénombre ses sabots par celle-ci, puis il repart. Vous essayez de vous lever et vous vous écroulez.
Plusieurs heures plus tard, vous émergez à nouveau. Toujours au sol. Aucune lumière ne filtre par la fenêtre. Vous vous traînez vers l'avant de la pièce, attirée par un rai de lumière, lorsque vos mains entrent en contact avec des barreaux. Impossible d'aller plus loin, vous êtes enfermée.

Vous retournez vous asseoir sur votre lit. Rien d'autre ne se passe avant que les premières lueurs du jour n'illuminent la pièce, accompagnées par des pas descendant un escalier. Vous entendez une porte s'ouvrir et les pas se rapprocher. Un jeune homme très maigre, cheveux châtains emmêlés, ouvre la porte, une gamelle à la main.

—Bonjour Mademoiselle, je vois que vous vous êtes réveillée. Je vous ai apporté du porridge. Tenez.

Il vous tend la gamelle que vous posez à côté de vous.

—Vous êtes enfermée ici pour trouble à l'ordre public. Cependant, comme on n'a plus de tribunaux dans le coin et qu'on ne va pas vous garder indéfiniment, on a décidé de vous bannir de la ville. Vous sortirez donc ce soir et serez conduite à quelques kilomètres du village. Nous vous rendrons vos affaires également. A ce soir. Et il vous quitte sans autre mot.

Vous n'osez pas toucher à votre repas mais à midi votre estomac vous supplie de manger et vous avalez votre gamelle lentement. Le repas et le repos vous font regagner les *Points de Vie* qu'il vous manque.

Le soir venu, le jeune homme vient vous chercher et vous fait monter à l'étage, dans un bureau miteux, poussiéreux et désordonné, où vous attend un homme plus âgé vêtu d'un long pardessus.

— Parfait, allons-y, on fait ça fissa et je rentre chez moi. Mademoiselle ...

Il vous regarde, attendant que vous disiez quelque chose.

— Votre nom, vous souffle le jeune homme.

— Malbosc, Alicia Malbosc. Alicia a répondu à votre place.

— Très bien, reprend l'homme âgé, donc Mademoiselle Malbosc, vous avez été arrêtée pour trouble à l'ordre public sur la personne de Kringour, le tavernier du relais postal de Peg. On vous a enfermée le temps qu'on délibère sur votre sort. Il a donc été décidé que vous seriez bannie de la ville, sans possibilité d'y revenir sous peine de prison. Bon, évitez vraiment de revenir, car on n'a personne en temps normal pour garder la prison et du coup vous seriez transférée à Briturn, et ils ne sont pas commodes là-bas !

Ensuite, l'homme vous rend votre sac et votre arme si vous

en aviez une, et vous êtes accompagnée à la sortie de la ville. Là une calèche vous attend et vous conduit en direction de l'ouest, à travers les plaines. Au loin, une tour austère se dessine. Le cocher vous explique qu'il s'agit d'un ancien avant-poste laissé à l'abandon lors de la fortification de la ville. Certains la disent maudite, d'autres pensent qu'elle abrite des indigents. Il rajoute qu'il a ordre de vous laisser là-bas, mais qu'il n'ira pas aussi loin et vous laissera à bonne distance de la tour.

Avant d'arriver à votre point de chute, vous fouillez votre sac, rien ne manque si ce n'est l'argent. Vous n'avez plus une pièce. Si vous aviez une arme, elle a disparu également. Seule votre potentielle armure est toujours en votre possession.

Au moins vous êtes vivante et déjà sur la route de l'aventure ! La nuit tombe doucement lorsque la calèche s'arrête. Vous descendez et le cocher vous lance un "bonne chance" sur un ton amusé avant de faire demi-tour.

Vous voilà seule, au cœur de la lande. Rendez-vous au (55).

(63)

Votre dernier coup déséquilibre Sprat qui tombe en arrière contre les postérieurs de Galilée. Ce dernier n'apprécie pas du tout, et au même moment, il décolle un coup de sabot bien senti à Sprat qui s'écroule au sol, inerte.

L'écurie redevient silencieuse. Visiblement personne n'a entendu les bruits de votre combat. Vous vous empressez de seller l'un des deux chevaux et sentez l'esprit d'Alicia qui vous demande si vous avez déjà réalisé cette opération. Si tel n'est pas le cas, elle vous guide en vous fournissant la marche à suivre. Se mettre à gauche du cheval, poser le tapis sur le dos, dégagé sur l'encolure, puis poser la selle dessus. Un instant, quelle selle ? Alicia est en jupe, elle ne peut pas s'asseoir à califourchon, il faut une selle d'amazone ! Car même si vous déchiriez la jupe, le caleçon long qu'Alicia porte comme sous-vêtement est tellement fin que vos cuisses vous brûleraient au bout de quelques minutes. Vous attrapez donc la selle d'amazone, heureusement présente, la posez sur le tapis et sanglez, sans oublier la balancine. Vous continuez en mettant la bride. Alicia vous guide également. Toujours en étant à gauche du cheval, détacher le licol pour libérer le chanfrein, puis le rattacher au niveau de la nuque. Prendre la bride, passer les rênes sur l'encolure puis placer le mors devant la bouche avec votre main gauche, tandis que votre bras droit passe sous la tête du cheval et votre main vient tenir la bride droite au niveau du chanfrein. Avec votre pouce et majeur gauche, vous venez appuyer légèrement sur la commissure des lèvres du cheval, celui-ci ouvre alors la bouche et avec votre index vous poussez le mors dedans. Votre main droite tient toujours la bride pour que le cheval ne lâche pas le mors. Avec votre main gauche, maintenant libre, vous passez les oreilles une à une à travers la têtière et dégagez le toupet. On est bon ! Puis vous ajustez la sous-gorge et la muserolle de façon que le filet tienne sans trop le serrer.

Votre cheval est prêt !

Vous ouvrez la porte extérieure. Elle donne sur une petite allée qui longe le relais postal et rejoint la porte ouest du village. Personne en vue hormis les passants sur la place.

Vous détachez complètement le licol, Alicia vous souffle de l'emporter, il sera utile pour attacher le cheval. Elle vous fait également signe d'attraper une badine sans laquelle vous ne pourrez avancer, afin de pouvoir exercer une pression sur le flanc droit, remplaçant la jambe qui sera repliée devant vous. Vous sortez ensuite dans l'allée, et trouvez une souche assez haute arrivant au niveau du poitrail du cheval qui va pouvoir servir de marchepied. Vous placez votre cheval à droite de la souche et attrapez la double fourche de la selle pour vous hisser. Si vous avez 4 ou plus en *Agilité*, vous y arrivez du premier coup, sinon il vous faudra plusieurs essais pour arriver à trouver le bon mouvement.

Une fois assise, vos deux jambes du même côté, vous passez votre jambe droite sur la fourche du dessus et attrapez les rênes. Vous avez du mal à trouver votre équilibre mais Alicia vous guide et votre cheval réagit facilement à votre jambe.

Vous avancez sur la place puis passez la porte et vous rendez au (30).

(64)

Vous avancez, arme ou poing prêt, mais à peine l'avez-vous touchée que la créature s'effondre. Son corps se transforme en celui d'un jeune homme, mort. Aurait-il été victime d'un maléfice ? Vous vous penchez sur son corps pour l'examiner quand vous entendez dans l'escalier un râle abyssal, accompagné d'une odeur fétide. Vous courez pour fermer la porte et vous retrouvez nez à nez avec un Esprit putride, vous bloquant le passage. De forme vaguement humaine, son corps semble fait d'un liquide visqueux translucide. C'est finalement lui que vous allez combattre ! Si vous le tuez, allez au (41). Dans le cas contraire, allez au (45).

Esprit
Points de vie 37
Agilité 10
Initiative 6
Force 8
Vigueur 2

(65)

Très vite de nombreux coursiers doublent la carriole à toute allure, tandis que les autres marchands s'en vont au sud. Vous êtes maintenant seuls sur la piste. Au loin, une tour se dessine. Le marchand vous explique qu'il s'agit de l'ancien avant-poste laissé à l'abandon lors de la fortification de la ville. Certains la disent maudite, d'autres abritant des indigents. Le conducteur fait accélérer le cheval à son approche. Voudriez-vous quand même vous y arrêter ? Dans ce cas demandez une halte au (19). Pour rester avec le marchand, allez au (26).

(66)

Quand le second bandit meurt, il pousse un cri alertant le vagabond qui n'avait pas bougé jusqu'ici. Ne prenant pas le temps de comprendre la scène, il donne l'alerte, en vous traitant d'assassin et de voleuse ! Mieux vaut ne pas rester ici. Si besoin, vous pouvez récupérer une des armes des bandits (ils se battaient avec des Epées donnant +2 en *Force*) avant de partir vite au (68) !

(67)

Vous passez la porte ouest et entamez votre périple. Au loin, les montagnes pointent le bout de leur nez. Il vous faudra deux jours de marche. Les premiers kilomètres sont les plus difficiles mais vous finissez par prendre un rythme et en début d'après-midi vous n'êtes pas mécontente du chemin parcouru.

Plusieurs fois, vous devez vous écarter de la piste principale, gênée par la poussière que les chariots et les coursiers dégagent. Les buissons de bruyères agrippant alors leurs tiges basses et fourchues à votre jupe, vous ralentissent.

En fin de journée vous distinguez une tour à quelques kilomètres de votre destination. Quelque chose vous intrigue dans cette tour, seul bâtiment à l'horizon. Elle vous semble austère et intrigante à la fois.

Vous la verrez demain car la nuit descend et ne voyant plus où vous mettez les pieds, vous n'avez d'autre choix que de vous arrêter, au milieu de nulle part, au (55).

Au Cœur des Montagnes

(68)

Vous voici donc partie à pied à l'assaut des hauteurs. Le froid humide vous parcourt les poumons et le vent ralentit chacun de vos pas. Les conditions climatiques vont rendre la suite de votre avancée plus ardue. Ainsi lancez, maintenant, un dé et attribuez négativement ce chiffre à votre *Agilité*. Par exemple, si vous avez obtenu un 5, cela vous fait -5 à votre *Agilité* pendant tout ce chapitre. Lorsque vous sortirez des montagnes le malus ne s'appliquera plus.

Si vous avez des équipements (manteau, bottes, gants ...) cela peut compenser le malus ou éventuellement vous donner un bonus. Imaginons que vous ayez mis 4 en *Agilité* au début de cette aventure, et que, maintenant, le lancer de dé vous inflige -6 en *Agilité*, vous voici donc à -2. Mais, vous aviez eu l'opportunité d'acheter une paire de bottes donnant +3 en *Agilité*, cet équipement vient donc compenser votre malus, car il vous permet d'arriver à +1 en *Agilité*.

Finissez de calculer le score de votre caractéristique et poursuivez votre route.

La route serpente, prenant progressivement de l'altitude, entre les rochers et les bruyères parsemés de flocons. En fin de matinée, vous apercevez une tour construite dans les flancs brumeux de la montagne. Après plusieurs heures de marche durant lesquelles la tour semble ne pas se rapprocher, le détour d'un énième sentier vous amène à ses pieds au moment où la météo se gâte, se transformant en une pluie neigeuse et froide. La tour vous rappelle étrangement celle des plaines : même forme, probablement même hauteur, et aspect tout aussi lugubre, le souffle du blizzard en plus. La pluie devient torrentielle, vous feriez mieux de vous abriter ici. Rentrez dans la tour au (101).

(69)

La créature trouve vos dernières rations et les dévore à pleines dents ! Votre instinct vous dit de ne pas rester dans les parages au cas où elle aurait encore faim. Vous courez jusqu'au bout du canyon, n'entendant toujours que le tumulte de l'eau derrière vos pas. Vous finissez par quitter le canyon lorsque la rivière creuse son sillon dans des clairières vallonnées ; rendez-vous au (137).

(70)

Votre démarche se met à résonner et la personne se retourne vers vous. C'est une femme aux cheveux blonds comme les blés encadrant son visage strict, marqué d'une longue balafre sur son nez. Rendez-vous au (114).

(71)

Vous vous relevez non sans crainte et recommencez à avancer courageusement. Lancez un dé et additionnez le résultat à votre *Agilité*. Si vous obtenez 6 ou plus, rendez-vous au (77), sinon au (85).

(72)

Oui ! Vous y aviez passé la nuit et une créature mi- loup, mi-humaine était venue vous réveiller.

Chris décale le pendule et le place sur le Canyon non loin : même chose.

— Qu'est-ce qui relie ses lieux ? demande le Farfadet.

— Je crois qu'il s'agit des créatures qui vivent non loin, répond Alicia. Essayez au-dessus de votre maison Chris, dit-elle.

Le Farfadet s'exécute et le pendule se remet à tourner de la même façon.

— Fascinant, lance-t-il.

— Essayons plus loin, vers le lac de Camac.

Là encore, même chose, mais le pendule s'agite beaucoup plus et désigne le centre du lac, ainsi qu'un bois touffu à proximité.

— Ce bois est un véritable labyrinthe, faîtes attention à ne pas vous y perdre !

— Y a-t-il des créatures dans ce bois ?

— Bien sûr, toute ma famille y vit ! Il y a aussi d'autres

enfants-loups et des Fées. Méfiez-vous de l'Addanc, si vous voyez une petite pièce d'eau, n'y allez pas !

— Un Addanc ?

— Un énorme castor, dévorant le moindre visiteur.

— Merci pour vos conseils !

Vous continuez d'étudier la carte mais n'apprenez rien de nouveau. Poursuivez au (87).

(73)

Cela vous prend plusieurs minutes d'allumer votre torche, qui a subie l'humidité de l'air ambiant. Lorsque vous y arrivez, vous pouvez éclairer les murs de la pièce. Allez au (143).

(74)

Il devient de plus en plus compliqué d'avancer et plusieurs fois vous mettez le pied dans l'eau glaciale. Vous décidez de vous arrêter dans un recoin du canyon quand soudain quelque chose vous frôle.

Vous vous immobilisez en position défensive mais plus rien ne bouge. Un bruit attire votre attention. Est-ce le tumulte de l'eau ou avez-vous entendu un grognement ? Un loup ici ? Vous n'avez pas le temps de vous poser plus de questions : on vous attaque ! Un rayon de lune vous éclaire sur la nature de votre assaillant. C'est une créature avec des bras comme les humains mais un museau comme un loup ! Etes-vous en pleine rencontre avec un loup-garou ? Impossible de le savoir mais, vous ressentez la méfiance d'Alicia : s'il s'agit bien d'un loup-garou, une seule morsure vous transformerait également !

La créature a l'*Initiative* et vous ne pouvez pas fuir. Si vous subissez une blessure de plus de 10 *Points de Vie* c'est qu'elle vous a mordue. Vous vous rendrez alors au (122).

En cas de Victoire, la suite se déroulera au (88), si vous perdez le (109) sera votre dernier détour.

Créature du Canyon
Points de Vie 15
Agilité 8
Initiative 4
Force 10
Vigueur 6

(75)

Un arbre creux, tourné dos au vent, vous accueille. Vous vous emmitouflez aussi bien que possible, mais le froid ne vous permet pas de dormir. Vous prenez un malus de -1 dans toutes vos capacités jusqu'à la fin du chapitre, sauf si vous allumez un feu (vérifiez que vous avez de quoi faire dans votre *Inventaire*). Dans tous les cas, vous passez une mauvaise nuit, et au lever du soleil, vous n'êtes absolument pas reposée. Le vent et la neige se calment. Pressée de trouver un endroit chaud, vous pouvez retenter de traverser le pont. La neige commence à fondre et c'est une vraie bouillasse sous vos pieds. Si finalement vous préférez rebrousser chemin pour aller dans l'autre direction, allez au (131).

Dans le cas contraire, vous entamez votre traversée. Regardant droit devant vous, vous avancez en pesant chaque pas, pour répartir votre équilibre du mieux possible. Lentement, vous débutez votre traversée du pont.

Vous posez un premier pied sur le bord du pont. Un grincement vous surprend et quelques tas de neige s'écroulent en contrebas.

Si vous avez 6 ou plus en *Agilité* rendez-vous au (77), si vous avez moins, déplacez-vous au (119).

(76)

Le corps de la seconde créature tombe inerte. Combien y a-t-il de ces créatures dans les parages ? Vous n'entendez plus aucun bruit autre que l'eau de la rivière. Mieux vaut partir.

Vous laissez leurs corps et poursuivez votre route, longeant le ruisseau qui quitte le canyon pour rejoindre l'entrée des bois au (137).

(77)

Vous savez doser vos pas et répartir votre poids convenablement pour ne pas glisser. Encore un pas et vous voici de l'autre côté ! Vous reprenez votre respiration avant de repartir pour le (100).

(78)

Vous arrivez à maintenir la porte bloquée. La créature tente plusieurs assauts, griffe la porte, pousse des hurlements mais vous tenez bon et, après de longues minutes, elle finit par s'en aller. Vous passez le reste de la nuit à garder la porte. Allez au (97).

(79)

Le personnage s'est tourné dans votre direction mais ne vous a pas vu, pour le moment. C'est une femme aux cheveux blonds comme les blés encadrant son visage strict, marqué d'une longue balafre sur son nez.

Il n'y a pas vraiment d'endroit où vous cacher à cet étage. Si vous restez ici, autant aller à la rencontre de cette personne (114). Sinon remontez aussi discrètement que vous êtes descendue puis tendez l'oreille au (141).

(80)

Vous l'entendez sortir du bureau et redescendre. Quelques minutes plus tard, elle est partie, laissant derrière elle le bureau sens dessus-dessous, mais vous ne sauriez dire s'il manque quelque chose.

Il ne vous reste plus qu'à faire de même et reprendre la route. Rendez-vous au (84).

(81)

La lumière de votre torche ne fait que rajouter des formes

dansantes aux ombres déjà inquiétantes. Le bruit de l'eau est toujours couvrant et, alors que vous apercevez le bout du canyon, quelque chose vous frôle. Vous vous tournez en toute hâte, levant votre torche. Il y a bien une forme en face de vous. Humaine ou bien animale difficile à dire.

—Qui est là ? lance Alicia, mal assurée.

Personne ne répond. La forme qui était à quatre pattes se redresse et s'avance. La laissez- vous s'approcher (146) ? Ou bien attaquez-vous immédiatement (99) ?

(82)

Vous voilà au pied de l'escalier. Au dehors, la pluie continue de tomber. Si vous voulez examiner la pièce, cela sera au (125). Sinon vous pouvez attendre que la météo se calme au (90).

(83)

— Je .... Je m'appelle Adèle Pinson, bredouille Alicia, et je me dirige vers Peg. J'ai voulu faire une halte ici pour m'abriter du mauvais temps. Et ... vous ?

— Lutèce, vous répond-t-elle d'un ton froid, ses yeux fixés sur vous. Auriez-vous trouvé une carte dans cette tour ?

Que répondez-vous ? Pour continuer de mentir allez au (126), si vous estimez qu'il est temps de dire la vérité : dirigez-vous au (133).

(84)

Vous quittez la tour et ses environs par un chemin qui enlace la colline attenante et longe les hauts sommets de pins, boisant la forêt en contrebas. La montée est de plus en plus compliquée, les cailloux roulent sous vos pas et la neige qui s'amasse n'arrange rien. Vous vérifiez plusieurs fois la carte de Calico pour être sûre de ne pas vous tromper de sentier, car vous avez repéré un des abris que la voyante avait notés à quelques kilomètres, et cela pourrait être un bon point de chute pour la nuit.

Avez-vous obtenu une autre carte dans la tour et l'avez-vous toujours avec vous ? Oui (138), Non (108).

(85)

Votre première chute aurait dû vous alerter. Cette fois, vous glissez à nouveau mais étant plus au milieu du pont, le basculement de celui-ci vous surprend et vous tombez en contrebas. Rendez-vous au (109).

(86)

Vous n'avez pas le temps d'esquiver qu'une hache vient se planter dans votre dos et vous vous écroulez sur le ventre sous le choc. Vous prenez 3 Blessures, à moins que vous n'ayez un manteau en poil de Yack ainsi que n'importe quelle armure, auquel cas la hache a été freinée et ne vous a infligé qu'1 Blessure. Si cela vous a tué, allez au (109). Dans le cas contraire, Lutèce s'approche de vous, retire la hache de votre dos, et un combat s'engage. Elle vous laisse vous relever. Sa hache lui donne un bonus de +4 en *Force*.

Bon courage !

Lutèce
Points de Vie 30
Agilité 3
Initiative 2
Force 8
Vigueur 8

Si Lutèce arrive à moins de 10 *Points de Vie*, allez au (105). Si vous perdez avant, ça sera le (109).

(87)

Chris vous propose de rester ici jusqu'au lendemain, ce qu'Alicia accepte, afin de vous remettre d'aplomb.

Au matin, ils se disent au revoir et Chris vous serre la main chaleureusement sur le perron de sa maison. Le vent enveloppe la maison de l'odeur des pins environnants. Le soleil bien qu'hivernal perce les nuages.

– C'est ici que l'on se sépare.

– Merci pour tout, Chris le Hob.

– A votre service, demoiselle !

Alicia vous rend le contrôle, alors qu'elle enjambe la petite clôture et vous vous retournez une dernière fois. Chris vous salue.
Alors, une brise froide parcourant le jardin, soulevant les

feuilles mortes et faisant frissonner les buissons, vient enrouler Chris. Le Farfadet est soulevé de quelques centimètres. Effrayé, il essaye de se défaire de ce vent, en vain. Si vous avancez pour l'aider, une bourrasque vous plaque en dehors de la clôture. Chris est maintenant enveloppé dans une énorme bulle d'air qui s'élève, l'enlevant à sa terre. Son corps monte, une tristesse aux yeux. Alors, que la bulle s'apprête à passer devant le soleil, il plaque une main contre la paroi et vous adresse un dernier sourire. La bulle explose. Il n'y a plus un souffle d'air. Chris le Hob a disparu.

Les minutes passent avant que vous ne repreniez vos esprits. Puis Alicia, qui n'a pas plus compris que vous ce qui s'est passé, vous suggère de fermer la maisonnette pour ne pas la laisser à d'éventuels pilleurs. Après avoir fermé les volets et mis un tour de clef dans la serrure, que vous gardez autour de votre cou, attachée à un collier qu'Alicia avait déjà, vous vous remettez en route pour le (148).

(88)

Dans un dernier hurlement, la créature tombe au sol, son sang s'écoulant dans l'eau de la rivière en de longues volutes. A la lumière de la lune, vous examinez la créature de plus près : mi-humain, mi- loup, une sorte d'hybride en pleine mutation qui n'aurait pas abouti.

En voici une autre qui approche ! Plongée dans vos observations, vous ne l'avez pas vue approcher. Au vu, de la situation, vous n'avez toujours pas l'*Initiative* et la fuite n'est pas possible. La créature combattra uniquement avec ses pattes. Vous avez le temps d'avaler une ration de nourriture pour vous soigner ou d'utiliser n'importe quelle potion ou onguent.

En cas de victoire, rendez-vous au (76). Si vous subissez une blessure de plus de 10 *Points de Vie*, c'est que vous avez été mordue. Dans ce cas, vous vous rendez au (122). Si vous perdez, le (109) se chargera de vous accueillir une dernière fois.

Créature du Canyon
Points de Vie 18
Agilité 8
Initiative 4
Force 6
Vigueur 10

(89)

La créature tombe au sol dans un dernier hurlement. Museau allongé, mais visage et dentition humaine. Un humain victime d'une malformation de naissance peut-être ? Pauvre être. Vous finissez par vous recoucher, mais ne dormez que d'un œil. La nouvelle journée débutera au (97).

(90)

La pluie, bien que moins dense qu'à votre arrivée, ne s'arrête pas de tomber. C'est alors qu'une silhouette encapuchonnée, avec une hache dépassant de son manteau, se présente sur le pas de la porte. Le personnage entre, grommelle quelque chose à votre intention et retire son manteau. C'est une femme aux cheveux blonds comme les blés encadrant son visage strict, marqué d'une longue balafre sur son nez. Allez-vous rester pour en apprendre un peu plus sur elle (114) ou bien préférez-vous ne pas vous attarder (98) ?

(91)

Vous repartez mais pressée par la nuit, vous en oubliez la clôture. Vous vous prenez les pieds dedans et chutez sur une pierre, genou en avant. Vous perdez 1 *Point de Vie*.

Admettant que vous n'irez pas plus loin ce soir, vous retournez au chalet. Allez au (118).

(92)

— Je m'appelle Alicia Malbosc et je me dirige vers le village de Camac, répond calmement Alicia.

— Ah vraiment ? Un sourire abominable illumine son visage. Enchantée Alicia, je me nomme Lutèce.

Sa voix est devenue mielleuse.

— Peut-être pourriez-vous m'aider, continue-t-elle, je suis venue exprès ici car l'on m'a dit qu'une carte de la région s'y trouvait encore. Or, je n'ai pas réussi à mettre la main dessus. L'auriez-vous vue ?

Pour lui répondre par le négatif, allez au (126). Pour lui tendre la carte, si vous l'avez effectivement trouvée, rendez-vous au (133).

(93)

Alicia s'assoit autour de la table et entame un délicieux repas, dont vous ressentez les bienfaits. Chris ne vous laisse pas l'aider, faisant le service et la cuisine. Les pommes de terre et les champignons fondent en bouche, il les a accompagnées d'une petite sauce au miel qui les rend irrésistibles. A côté, il vous propose des œufs brouillés et quelques tranches de lard fumé. Pour finir sur une touche sucrée, il sort du pain et de la confiture de framboise. Ce repas vous permet de récupérer tous vos *Points de Vie* manquants.

Vous finissez de discuter, en expliquant votre quête et en lui montrant les indices que vous possédez.

Avez-vous un carnet trouvé dans la plaine ? Oui (123), Non (87).

(94)

Vous partez sur votre droite. Le sentier parcourt le haut d'une crête puis redescend en pente douce à flanc de montagne. En contrebas, vous apercevez un cours d'eau et, plus loin, l'entrée du Canyon que le panneau indiquait. Vous y distinguez des formes mouvantes. Votre regard les fixe un instant. On dirait des gros chiens marchant sur deux pattes, courbés vers l'avant. Vous vous félicitez d'être passée par ici et poursuivez votre chemin. Il continue droit puis forme une large boucle sur la droite, jusqu'à vous dévoiler le bord d'un promontoire rocheux, survolant la forêt, au bout duquel est accroché un pont de singe permettant d'accéder à la suite du sentier qui descend dans la forêt. Le pont fait une dizaine de mètres. Il n'y a pas d'autre passage.

Avec la neige et le vent, le pont ne semble pas des plus sûrs. Cependant, la nuit tombe et vous n'aurez pas le temps de rebrousser chemin jusqu'à l'abri. Ici, il n'y a pas grand-chose pour vous abriter mais, de l'autre côté, vous apercevez une cahute de randonneur qui pourrait au moins vous couper du vent.

Voulez-vous tenter de passer le pont (142) ? Si vous pensez que cela est trop risqué, vous pouvez passer la nuit à la belle étoile de ce côté-ci, en vous abritant sous un arbre (75).

(95)

Vous restez donc au second étage. Si jamais la personne montait jusqu'ici, vous n'auriez nulle part où aller. Vous patientez en tendant l'oreille. Au bout de quelques minutes, le personnage monte les escaliers. En passant un œil, vous voyez qu'il s'agit d'une femme aux cheveux blonds comme les blés encadrant son visage strict, marqué d'une longue balafre sur son nez. Allez au (141).

(96)

Dans un réflexe défensif, vous lui lancez votre sac à la figure et commencez à courir. Quelques mètres plus loin, vous remarquez qu'elle ne vous poursuit pas. En revanche, elle vide votre sac de ses pattes griffues, ce qui n'est pas dévoré finit à l'eau. Tout votre *Inventaire* y passe, vous pouvez considérer que vous n'avez plus que votre arme, si vous en aviez une. Aviez-vous encore au moins une ration de nourriture dans votre sac ? Oui (69), Non (128).

(97)

Au matin, il ne neige plus. Le soleil balaye le haut des collines, faisant scintiller la neige. Vous préparez vos affaires et quittez le chalet. En sortant, vous remarquez les traces de la créature de la nuit passée. De grosses traces de pattes de canidé.

Vous reprenez votre route et arrivez à un croisement, avec un panneau signalisant les directions :

« Canyon » à gauche, « Pont Suspendu » à droite.

Que faîtes-vous ? Le Canyon est au (131), le Pont Suspendu au (115).

(98)

Vous vous apprêtez à sortir de la tour, lorsqu'une main vous agrippe l'épaule. Rendez-vous au (114).

(99)

Vous vous précipitez sur la créature avec votre torche, elle n'a pas le temps d'esquiver et prend 5 Blessures (son nombre de *Points de Vie* indiqué tient déjà compte de ces blessures). Si jusque-là la créature avait paru antipathique et non agressive, maintenant il n'y a plus de doute, vous êtes en plein combat ! Et comme vous avez déjà fait une attaque, c'est à son tour.

La créature à l'*Initiative*. Si vous subissez une *Force de Frappe* de plus de 10 points, c'est qu'elle vous a mordu. Vous vous rendrez alors au (122).

En cas de victoire, la suite se déroulera au (88), si vous perdez, le (109) sera votre dernier détour.

Créature du Canyon
Points de Vie 18
Agilité 8
Initiative 4
Force 6
Vigueur 10

(100)

D'ici, un sentier en pente douce vous amène à l'orée de la forêt. Plus il avance, plus les pins et autres conifères abondent aux alentours. Vous vous enfoncez dans les bois, jusqu'au (137).

(101)

La lourde porte en bois grince lorsque vous la poussez. La lumière du jour pénètre alors l'espace, vous présentant une large pièce vide avec un escalier montant sur la droite. L'endroit semble abandonné depuis des lustres. Au moins ici, vous êtes à l'abri du vent et de la pluie.

Voulez-vous examiner la pièce (125) ? Emprunter l'escalier et explorer les étages (147) ? Ou bien attendre tout simplement que le temps se calme (90) ?

(102)

Si vous décidez de lui donner la carte sans faire d'histoire, allez au (133). Pour, au contraire, lui opposer de la résistance, dirigez-vous au (127).

(103)

Mal assurée, mais téméraire, vous poursuivez votre avancée, mais une bourrasque de vent et de neige vous arrive en plein visage. Par réflexe, vous mettez un bras devant vous pour protéger vos yeux. Vous ne voyez pas où se pose votre pied, vous glissez sur un amas de neige et tombez en arrière. Une autre bourrasque arrive et le pont se balance un peu plus. Vous êtes déséquilibrée et tentez de vous rattraper aux cordes avant de chuter. Malheureusement, il fait nuit et vos doigts loupent la corde. Vous chutez mortellement jusqu'au sol. Allez au (109).

(104)

Vous continuez quelques heures, décidée à éviter les potentiels loups autant que possible. Comme vous l'indiquait votre carte, vous arrivez à une intersection où trône un panneau se battant contre la neige et le vent. Une créature a lacéré le poteau, laissant le bois s'effriter. A gauche, il flèche « Canyon » et à droite « Pont suspendu ». Que choisissez-vous ?

Le Canyon (113) ou le Pont suspendu (94) ?

(105)

Vous frappez Lutèce encore une fois et elle met un genou à terre.

– On se reverra !

Elle se redresse et s'en va. Alicia vous conseille de ne pas la suivre et vous ne tentez rien de plus. Il ne vous reste plus qu'à faire de même et à partir au (84).

(106)

Et voici que vous n'êtes plus allongée sur une branche mais dans un hamac ! Comment donc êtes-vous arrivée là ? Vous descendez de votre couchette et observez les environs. Le hamac dans lequel vous vous êtes réveillée est attaché à deux hauts pins se trouvant au fond d'un jardin, délimité par une clôture ne dépassant pas les cinquante centimètres. Ce jardin, borde une maisonnette faite de bois et recouverte d'un toit de chaume. Une épaisse fumée et une douce odeur de pommes de terre, dorées au four, s'en échappe. Doucement, vous vous avancez vers la petite demeure, lorsque la porte s'ouvre et un Farfadet se présente à vous ! Haut de moins d'un mètre, il a la mine joviale, vêtu simplement d'un kilt de tartan jaune et noir, ainsi que d'un béret du même tissu orné d'un pompon noir. Un épais pelage complète le costume, allant jusqu'à faire disparaître ses pieds. Alicia ne semble pas apeurée face à ce personnage et a, au contraire, des attentions bienveillances à son égard. Elle reprend le contrôle pour pouvoir discuter avec lui.

— Bien le bonjour, demoiselle ! vous lance-t-il. J'espère que mon hamac a été plus confortable que votre branche !

— Euh oui, je pense, balbutie-t-elle. Mais comment suis-je arrivée ici ?

— Je revenais de ma cueillette de champignons. J'aime beaucoup les champignons ! Vous aimez ? Et c'est là que je vous ai vue sur la branche. D'habitude je ne passe pas par ce chemin, mais j'y avais repéré des pleurotes en début de saison. J'espère que vous aimez ça aussi, j'ai fait de la soupe ! J'ai été grandement surpris de voir quelqu'un par ici ! C'est très rare et encore plus une humaine ! A part le garde-chasse, il n'y a jamais aucun humain dans nos contrées ! Et donc j'allais repartir quand un hurlement est venu du fond du canyon ! Depuis quelques mois maintenant ils se sont rassemblés là-bas ! C'est dangereux ! Et là je me suis dit : « Mon vieux Chris, si tu laisses la demoiselle ici, pour sûr elle va se faire dévorer ! » Croyez-moi, ça sait grimper ces bestioles ! Alors, j'voulais vous réveiller mais si, surprise de voir ma frimousse, vous aviez crié, ça aurait attiré le loupiot ! Plus sûr, j'ai utilisé un p'tit tour dont j'ai le secret pour vous faire léviter et vous déposer dans mon hamac. Voilà, j'espère que vous ne m'en voulez pas… Finalement, j'aurais peut-être dû vous réveiller, vous n'avez pas crié en me voyant à l'instant… M'enfin, vous aviez besoin de dormir, vu que ça fait six heures que vous êtes dans ce hamac, c'était peut-être la bonne solution ?

— Oui je pense que vous avez bien fait ! Merci beaucoup !

Comment dois-je vous appeler ?

— Chris, Chris le Hob !

Il vous serre la main, amicalement et vous poursuivez votre conversation. Chris vous demande d'où vous venez et par où vous êtes passée. Alicia lui raconte vos péripéties et, si vous êtes passée par le Canyon, il s'inquiète de savoir si vous avez été mordue par l'une des créatures. Si ce n'est pas le cas ou que vous avez pu vous soigner, rendez-vous au (110), si au contraire, vous avez besoin de soins, rendez-vous au (116).

(107)

Le second étage est une pièce circulaire, pourvue de meurtrières que vous n'aviez pas remarquées d'en bas.

On s'est visiblement battu ici : le cadavre poussiéreux d'un garde de Peg gît dans un coin, une flèche en pleine tête. Cependant son armure, composée d'un gambison et d'une cuirasse métallique à l'air en très bon état. Si cela ne vous gêne pas de porter les vêtements d'un mort, vous pouvez vous en équiper et gagner +3 en *Vigueur*. En revanche, il n'a plus d'arme.

Vous vous approchez pour regarder les alentours. La pluie continue de tomber un peu moins dru. Au Nord, l'épaisse forêt vous apparaît endormie, enveloppée dans une épaisse couche de brume. Au Sud, vous devinez la route par laquelle vous êtes venue, sans pour autant apercevoir l'auberge.
Soudain, une silhouette chaudement vêtue, avec une

hache dépassant de son manteau, apparaît au bout du sentier qui mène à la tour, et bientôt vous entendez ses pas résonner dans le hall. Que faîtes-vous ?

Aller vous présenter ? (144) Rester cachée ici ? (95) Descendre discrètement pour en apprendre davantage ? (134).

(108)

Tandis que le jour se fait engloutir par la nuit, vous apercevez les contours d'un chalet sur une colline. Vous hâtant, vous enjambez une clôture déjà couchée au sol et marchez jusqu'au perron. La porte danse sur ses gongs au gré du vent. De large traces de griffures ont entaillé la poignée et le montant. Pas un bruit aux alentours. La neige continue de tomber lentement.

Voulez-vous y rentrer ? (118) Ou préférez-vous reprendre la route de nuit (91) ?

(109)

La fin de votre aventure est arrivée. Les muscles d'Alicia se raidissent, et vous vous sentez de plus en plus à l'étroit ici. Il n'y a rien d'autre à faire que de vous échapper et retrouver votre propre identité.

Si vous le souhaitez, vous pouvez recommencer l'aventure depuis le paragraphe (68) mais vous n'aurez que votre équipement de base (voir page 43).

(110)

— C'est parfait alors ! Mais rentrez, rentrez ! Ne restez pas dehors !

Vous passez la porte en vous penchant pour éviter de vous cogner et vous vous retrouvez dans l'unique pièce de la maisonnette. Salle à manger, cuisine, chambre, tout est réuni dans cette pièce ronde.
— Quelles sont les créatures qui habitent le Canyon ?

— Je ne sais pas vraiment comment les appeler … Ce sont des enfants qui ont été mordus par un loup-garou mais dont la transformation a été partiellement interrompue. Le garde-chasse fait des recherches en ce sens, c'est lui qui a réussi à stopper le processus par des rituels chamaniques. Cependant certains enfants finissent par devenir plus proches de la part de loup qu'ils ont en eux. Mais, rassurez-vous, ils ne peuvent pas transmettre leur côté garou ! Leur morsure est venimeuse et peut se révéler mortelle sur le long terme mais assurément vous ne hurlerez pas à la prochaine pleine lune ! Puis-je vous demander votre nom, vous ne me l'avez pas dit.

— Mille excuses, je me nomme Alicia Malbosc, répond Alicia.

— Eh bien Alicia, peut-être avez-vous faim ?

L'odeur de nourriture s'échappant de la maisonnette a déjà fait gronder votre estomac plusieurs fois, Alicia accepte l'invitation avec enthousiasme, allez au (93).

(111)

Vous ouvrez votre sac devant elle. Lutèce vous l'arrache des mains et fouille. Elle trouve la carte de Calico, a soudain un sourire de satisfaction et se rend compte que ce n'est pas ce qu'elle cherchait. Elle jette alors votre sac et la carte au sol.

— Partez ! Quittez cette tour !

Sa voix ferait trembler les morts, on aurait dit celle d'un monstre, tant la fureur la transcende.

Vous feriez mieux de partir, allez au (84). N'oubliez pas de ramasser vos affaires.

(112)

Le pendule a atterri sur la carte. Vous le voyez s'agiter tout seul. Intriguée, vous le saisissez et, alors, il commence à décrire de larges cercles puis des cercles plus fins jusqu'à s'arrêter sur un lieu-dit où se situe une bergerie, entourée de rouge. Vous décalez votre main et le pendule s'agite à nouveau, à proximité de Camac !

Vous sortez la carte que Calico vous avez donnée et présentez à nouveau le pendule au-dessus Camac. La même chose se produit, le pendule semble prendre soin d'encercler le lac jouxtant le village. Que cela signifie-t-il ? Vous gardez vos interrogations et embarquez la carte trouvée ici, avant de quitter la pièce.

Voulez-vous poursuivre par le second étage (107) ou préférez-vous redescendre au rez-de-chaussée pour attendre la fin de la pluie (82) ?

(113)

Vous prenez donc le chemin de gauche. Rapidement, il se met à descendre de manière abrupte, serpentant entre les pins du bout de la forêt. Puis la piste rocailleuse se met à longer un vif cours d'eau, dont le bruit couvre tout autre son que vous pourriez entendre.

Par la suite, vous arrivez à un petit canyon où s'engouffre le cours d'eau. Le soleil descend doucement et bientôt le canyon n'est plus qu'un tunnel rempli d'ombre.

Si vous avez une torche, vous pouvez l'allumer. Rendez-vous au (81), sinon vous continuez au (74).

(114)

La femme se place si près de vous, que vous distinguez les notes de jasmin de son parfum.

— Qui êtes-vous ? demande-t-elle. Sa voix est rauque. Répondez, que faîtes-vous ici ?

Elle parle calmement, mais vous sentez toute sa hargne, qui ne vous inspire aucune sympathie. Alicia hésite à lui dire la vérité. Elle n'a aucune confiance en cette femme. Elle s'en remet à vous pour prendre la décision : doit-elle mentir (83) ou dire la vérité (92) ?

(115)

Vous partez sur votre droite. Le sentier parcourt le haut d'une crête puis redescend en pente douce à flanc de montagne. En contrebas, vous apercevez un cours d'eau et, plus loin, l'entrée du Canyon que le panneau indiquait. Vous y distinguez des formes mouvantes. On dirait de gros chiens marchant sur deux pattes, courbés vers l'avant. Vous vous félicitez d'être passée par ici et poursuivez votre chemin. Celui-ci continue tout droit puis forme une large boucle sur la droite, jusqu'à vous dévoiler le bord d'un promontoire rocheux qui surplombe la forêt. Au bord de la roche est accroché un pont de singe, permettant d'accéder à la suite du sentier qui descend dans la forêt. Le pont fait une dizaine de mètres. Il n'y a pas d'autre passage.

La neige commence à fondre et c'est une vraie bouillasse sous vos pieds. Regardant droit devant vous, vous avancez en pesant chaque pas, pour répartir votre équilibre du mieux possible.

Si vous avez 6 ou plus en *Agilité* rendez-vous au (77), sinon au (119).

(116)

— Oui la créature a mordu mon avant-bras, dites-vous en lui montrant votre blessure.

— Houla ! C'est pas beau à voir ! Entrez demoiselle, j'ai de quoi vous soigner.

Alicia le suit dans la seule et unique pièce de la maisonnette, à la fois de salle à manger, cuisine, chambre et salle de bain. Quelques objets se sont trompés de place, mais globalement la maison est plutôt bien tenue. Chris se dirige vers un tiroir situé sous un grand lavabo en pierre. De là, il en sort un flacon et des bandages.

— Ça va piquer un peu, vous dit-il.

Il vous fait vous asseoir sur le canapé et verse une bonne quantité d'un liquide froid et bleu sur votre plaie. Le contact de celle-ci avec le produit vous envoie une décharge électrique aigüe que vous réprimez dans un fort grognement.

— Ça va passer, la potion s'attaque au poison et le tue de l'intérieur.

— Quel est ce produit ? demande Alicia.

— De la sauge mélangée avec de la menthe fraîche. Le bleu provient d'un reste de confiture de myrtille que j'avais auparavant mise dans ce flacon.

Le Farfadet vous applique ensuite un bandage et peu à peu une sensation de forte chaleur envahit la plaie, suivie d'une forte démangeaison.

— Surtout ne grattez pas ! La plaie cicatrisera d'ici un ou deux jours mais il ne faut pas y toucher !

— Merci beaucoup !

— Je vous en prie, demoiselle. Puis-je vous demander

votre nom, vous ne me l'avez pas dit ?

— Pardonnez-moi, je me prénomme Alicia.

— Eh bien Alicia, peut-être avez-vous faim ?

L'odeur de nourriture s'échappant de la maisonnette a déjà fait gronder votre estomac plusieurs fois, Alicia accepte l'invitation avec enthousiasme, allez au (93).

(117)

Bien que vous n'ayez pas la carte, allez-vous montrer le contenu de votre sac à Lutèce pour lui prouver votre bonne foi ? Si oui, allez au (111), pour, au contraire, lui opposer de la résistance, dirigez-vous au (127).

(118)

Vous pénétrez dans une pièce de petite taille, rudimentaire. Un nuage dégageant la lune vous permet de savoir que l'espace est composé d'un point d'eau, d'un lit et d'un petit poêle à côté duquel il reste quelques bûches. A l'aide d'une chaise vous arrivez à caler tant bien que mal la porte pour qu'elle ne s'ouvre plus.

Au dos de la porte, un vieux manteau rapiécé a été abandonné par le dernier propriétaire des lieux. Vous pouvez décider de le prendre. Il vous donnera +1 en *Agilité*.

Vous voici au chaud pour la nuit. Pensez à vous restaurer

si vous avez encore des rations, ici vous ne trouverez que de l'eau croupie.

Une fois couchée et endormie, rendez-vous au (129).

(119)

Le pas de plus sera le pas de trop, vous glissez et retombez sur vos fesses, faisant tanguer le pont de singe dans un horrible grincement. Souhaitez-vous retenter d'avancer (71) ou rebrousser chemin et passer par le Canyon (131) ?

(120)

Pas après pas, vous avancez sur le pont. Des bourrasques balancent des amas de neige dans votre visage. Prudemment, vous pesez chaque pas pour trouver votre point d'équilibre et lutter contre les éléments.

Au bout de longues minutes interminables, vous posez pied sur le versant opposé ! Vous avez réussi !

Vous courez vous abriter dans la cahute. A couvert du vent, vous pouvez allumer un feu. Dans ce cas, regagnez 2 *Points de Vie.* Restez ici jusqu'au lendemain puis allez au (100).

(121)

Chris saisit votre pendule et admire l'objet. D'un geste maladroit, il lui échappe des mains et tombe sur la carte. Vous voyez l'objet s'agiter tout seul. Intrigué, Chris le saisit et, alors, le pendule commence à décrire de larges cercles puis des cercles plus fins jusqu'à s'arrêter sur un lieu-dit où se situe une bergerie, entourée de rouge. Peut-être y êtes-vous déjà passée ? Si la réponse est oui, allez au (72), sinon allez au (139).

(122)

Vous ratez la parade de la prochaine attaque. La créature vous pousse à terre et se jette sur vous. Par réflexe vous mettez vos mains en avant, pour vous protéger. Son museau humide et baveux se propulse contre vous et donne un grand coup de dent dans votre avant-bras. Un cri de douleur vous échappe. Vous prenez 5 Blessures. Plus assez de *Point de Vie* ? Allez au (109).

La créature recule et pousse un hurlement qui ne ressemble à celui d'aucun animal. Vous distingueriez presque des syllabes. Recroquevillée dans un recoin du canyon, vous armez votre bras valide en attendant la riposte.

Les minutes passent et la créature n'a pas attaqué à nouveau. Elle fait les cent pas. Murmurant des choses incompréhensibles entre deux hurlements. Puis, soudain elle déguerpit dans la direction d'où vous veniez.

Que s'est-il passé ? Pourquoi la créature est-elle partie ? Est-elle allée rejoindre une horde de congénères pour vous dévorer en groupe ? Coupée dans vos réflexions par la douleur de votre bras qui vous lance, vous cherchez à vous soigner des blessures de la morsure. Si vous n'avez pas de quoi, vous perdrez 1 *Point de Vie* à chaque prochain paragraphe, jusqu'à ce que vous ayez soigné les blessures dues à la morsure. Bien sûr si vous arrivez à zéro d'ici là vous pourrez aller au (109) qui vous annoncera votre funeste fin.

En revanche, impossible de savoir pour le moment par quoi vous avez été mordu et à quel point cela est dangereux.

Vous poursuivez votre route, longeant le ruisseau qui quitte le canyon pour rejoindre l'entrée des bois au (137).

(123)

Chris feuillette le carnet et Alicia lui montre les dessins.

— Ça doit appartenir au garde-chasse ! s'exclame-t-il. C'est même sûr, il n'y a que lui qui travaille depuis des années sur un moyen d'endiguer la métamorphose d'enfants en loups-garous ! Il faut que vous alliez le voir.

Avez-vous trouvé une carte dans la tour après le relais postal ? Oui (145). Si ce n'est pas le cas, allez au (87).

(124)

Vous atteignez la porte et tentez de la maintenir fermée de toute votre force. Le loquet semble ne plus fonctionner du tout et vous ne pouvez la verrouiller. Soudain la créature arrive et se jette contre la porte.

Avez-vous plus de 6 ou plus en *Force* ? Oui (78), Non (140).

(125)

Il n'est pas facile de distinguer réellement quelque chose. Seul le pas de la porte est véritablement éclairé. Vous pouvez utiliser votre torche pour vous éclairer, si vous l'avez encore, (73). Sinon, vous avez aperçu une cheminée dans laquelle des buches attendent d'être allumées, si vous avez le matériel adéquat (135). Sinon, vous pouvez monter aux étages (147) ou bien attendre que la pluie cesse, en vous asseyant sur les marches de l'escalier au (90).

(126)

— Non pas du tout, je suis juste venue m'y abriter. Je n'ai pas exploré les lieux, dit Alicia.

— Je ne vous crois pas, ouvrez votre sac, que je vérifie cela !

Son ton est devenu autoritaire.

Avant de savoir si vous allez lui obéir : avez-vous trouvé une carte dans cette tour ? Oui (102), non (117).

(127)

— Je ne vous montrerai rien du tout. Maintenant, si ça ne vous dérange pas, je m'en vais.

Alicia avait parlé d'un ton sec et assuré.

Vous vous dirigez vers la sortie, vous attendant à chaque instant à ce qu'elle vous rattrape, mais elle vous laisse partir. Vous jetez un coup d'œil derrière vous, et Lutèce vous envoie son plus beau sourire, vous donnant envie de courir à toutes jambes, dehors.

Soudain, alors que vous aviez dépassé la tour de quelques mètres, vous entendez quelque chose fendre l'air. Vous avez le temps de faire une action-réflexe basée sur votre *Agilité*.
Lancez un dé et additionnez son score à votre *Agilité*. Si vous obtenez un total de 8 ou plus, rendez-vous au (130), si vous êtes en dessous au (86).

(128)

La créature ne trouve rien qui l'intéresse et se tourne alors vers vous. Vous tentez de vous enfuir mais elle est plus rapide et vous saute dessus. Voici un combat mal engagé qu'il va vous falloir gagner.

La créature à l'*Initiative*. Si vous subissez une blessure de plus de 10 *Points de Vie* c'est qu'elle vous a mordu. Dans ce cas, vous vous rendrez alors au (122).

En cas de victoire, continuez au (88), le (109) vous attendra dans le cas contraire.

Créature du Canyon
Points de Vie 15
Agilité 8
Initiative 4
Force 10
Vigueur 6

(129)

Au milieu de la nuit, un cri, non, un hurlement vous réveille. Quelque chose de bestial hurle à la lune. Vous vous levez pour jeter un œil à la fenêtre et devinez une silhouette humanoïde non loin. La créature vous a vu et court vers le chalet !

Vous vous précipitez sur la porte pour tenter de la bloquer. Votre *Agilité* est-elle actuellement supérieure à 6 ? Oui (124), Non (132).

(130)

Vous vous jetez à terre, juste à temps pour voir une hache passer au-dessus de votre tête et se planter dans le sol humide. Vous roulez sur le dos et vous voyez Lutèce sortir en courant de la tour et se jeter sur vous. Le combat commence ! Lutèce a lancé l'attaque, vous ne pouvez pas fuir et quel que soit votre score d'*Initiative*, c'est elle qui attaque en premier. En revanche, elle se battra à mains nues. Bon courage !

Lutèce
Points de Vie 30
Agilité 3
Initiative 2
Force 8
Vigueur 8

Si Lutèce arrive à 20 *Points de Vie* ou moins, elle fera un mouvement pour récupérer sa hache, perdra 1 tour mais se battra avec pour le reste du combat et aura ainsi un bonus de +4 en *Force*. Si sa vie descend en dessous des 10 *Points de Vie*, allez au (105). Si vous perdez avant, ça sera le (109).

(131)

Rapidement, le chemin se met à descendre de manière abrupte, serpentant entre les pins du bout de la forêt. Puis la piste rocailleuse se met à longer un vif cours d'eau, dont le bruit couvre tout autre son que vous pourriez entendre. Par la suite, vous arrivez à un petit canyon où s'engouffre le cours d'eau. De part et d'autre, les hauts rochers jouent avec les rayons du soleil. En avançant, vous remarquez dans les zones d'ombres des restes de squelettes de sanglier et de chevreuil, ainsi que des marques de griffures, semblables à celles de la porte du chalet.

Plongée dans vos observations, vous ne l'avez pas vue approcher : une créature mi-loup, mi-humaine est derrière vous. Au vu de la situation, vous n'avez pas l'*Initiative* et la fuite n'est pas possible.

En cas de victoire, rendez-vous au (88). Si vous subissez une blessure de plus de 10 *Points de Vie*, c'est que vous avez été mordu. Dans ce cas, vous vous rendrez au (122). Si vous perdez, le (109) se chargera de vous accueillir une dernière fois.

Créature du Canyon 2
Points de Vie 25
Agilité 6
Initiative 2
Force 4
Vigueur 10

(132)

Vous ne courez pas assez vite et la créature rentre dans le chalet dans un grand fracas. Elle ressemble à un humain à l'apparence bestiale. Un rayon de lune vous permet de mieux la distinguer : sa peau est noire et hirsute, ses mains pourvues de griffes et une grande bouche, si l'on peut l'appeler ainsi, vous dévoile une série de dents incroyablement nombreuses et longues. Il va falloir combattre. Comme vous vous étiez couchée, vous n'avez pas votre arme – si vous en possédez une – sur vous. Il vous faudra passer un tour pour la récupérer (vous pouvez faire cela à n'importe quel moment du combat).

La créature combat simplement avec ses pattes. La fuite n'est pas possible ici car elle vous bloque la seule issue. Si vous êtes victorieuse, allez au (89), la défaite vous entraîne au (109).

Créature du Chalet
Points de Vie 21
Agilité 6
Initiative 10
Force 8
Vigueur 4

(133)

Vous sortez la carte de votre sac et la lui tendez. Elle la prend d'un geste brusque, vérifie quelque chose dessus, puis vous lâche un large sourire.

— Parfait ! Vous m'êtes sympathique, mais votre aventure va s'arrêter ici. J'ai des ordres.

Et, sans vous laisser plus de temps, elle dégaine sa hache et vous attaque !

Elle a lancé l'attaque, vous ne pouvez pas fuir et, quel que soit votre score d'*Initiative*, c'est elle qui attaque en premier, en dégainant sa hache. Bon courage !

Lutèce
Points de Vie 30
Agilité 3
Initiative 2
Force 8
Vigueur 8

Si Lutèce arrive à moins de 10 *Points de Vie*, allez au (105).

Si vous perdez avant, ça sera le (109).

(134)

Vous descendez les marches aussi discrètement que possible, tandis que le personnage pénètre la tour. Est- il juste venu s'y abriter ?

Arrivée sur le palier du premier étage, lancez un dé. Si vous obtenez 1 à 3, rendez-vous au (70). Si c'est un chiffre de 4 à 6, allez au (79).

(135)

Le feu met du temps à démarrer et longtemps vous pensez que vous n'y arriverez pas, votre matériel ayant pris l'humidité. Une fois qu'il a bien voulu prendre, sa chaleur vous permet de récupérer 2 *Points de Vie,* et la lueur de l'âtre vous éclaire la pièce. Allez au (143).

(136)

Vous vous dirigez vers le bureau et découvrez qu'il est sens dessus-dessous et que la femme a l'air très énervée.

— Qui êtes-vous ? demande-t-elle en vous voyant. Répondez ! Que faites-vous ici ?

Le ton de sa voix est calme, mais vous sentez toute sa hargne, antipathique. Qu'allez-vous faire ? Mentir (83) ou lui dire la vérité (92) ?

(137)

Après ces aventures, vous aimeriez bien vous reposer quelques heures, mais non rassurée par la possible présence de créatures diverses, vous trouvez un arbre accueillant et grimpez sur une des branches basses pour vous mettre en sécurité. Vous vous endormez quelques heures et, à votre réveil, vous ouvrez les yeux au (106).

(138)

L'idée vous vient de consulter la carte que vous avez trouvée dans le bureau de la tour. Plusieurs cercles rouges indiquent les endroits où ont eu lieu des attaques de loups. Vous remarquez que l'abri vers lequel vous vous dirigez est un des points cerclés. Tout comme un canyon passant à l'ouest de la forêt.

Souhaitez-vous poursuivre vers l'abri (108), ou bien bifurquer à la prochaine intersection, mais dans ce cas vous passerez probablement la nuit dehors (104).

(139)

Chris décale le pendule et le place sur le Canyon non loin. Même chose.

— Qu'est-ce qui relie ces lieux ? demande le Farfadet.

— Je l'ignore, répond Alicia.

Chris passe le pendule sur le reste de la carte, celui-ci s'agite au niveau de sa maison et à autour du lac de Camac et du bois touffu à proximité.

— Pourquoi le pendule indique-t-il aussi bien votre maison que cette zone ? demanda Alicia en désignant le bois.

— Toute ma famille y vit ! Peut-être indique-t-il les endroits à Farfadet. Cependant je ne vois pas de rapport avec le chalet ...

— Y a-t-il d'autres créatures dans ce bois ?

— Oui, il y a aussi d'autres enfants-loups et des Fées. Méfiez-vous de l'Addanc, si vous voyez un petit étang n'y allez pas !

— Qu'est-ce qu'un Addanc, Chris ?

— Un énorme castor, dévorant le moindre visiteur.

— Merci pour vos conseils !

Vous continuez d'étudier la carte mais n'apprenez rien de nouveau. Allez au (87).

(140)

La créature se jette contre la porte et vous propulse au loin dans la pièce. Vous n'êtes pas blessée, mais le combat sera inévitable. La créature ressemble à un humain à l'apparence bestiale. Un rayon de lune vous permet de mieux la distinguer : sa peau est noire et hirsute, ses mains pourvues de griffes et une grande bouche, si l'on peut l'appeler ainsi, vous dévoile une série de dents incroyablement nombreuses et longues. A côté de vous se trouve votre arme – si vous en avez une – que vous pouvez récupérer.

La fuite n'est pas possible ici car elle vous bloque la seule issue. Si vous êtes victorieuse, allez au (89), la défaite vous entraîne au (109).

Créature du Chalet
Points de Vie 21
Agilité 6
Initiative 10
Force 8
Vigueur 4

(141)

Vous l'entendez fouiller avec ardeur au premier étage. Elle grommelle diverses choses, fouille dans les tiroirs, renverse des objets et finit par crier :

— Bordel, c'est où ? !

Serait-ce la carte que vous avez emportée qu'elle recherche ? Et dans quel but ?

Voulez-vous lui donner (136) ? Ou continuer de vous cacher à cet étage (80) ?

(142)

Vous posez un premier pied sur le bord du pont. Un grincement vous surprend et quelques tas de neige s'écroulent en contrebas. Le vent agite le pont de plus en plus. Vous n'êtes pas rassurée.

Si vous avez 6 ou plus en *Agilité* rendez-vous au (120), si vous avez moins, déplacez-vous au (103).

(143)

Les murs sont en pierre, sans réelle distinction. Mais un détail attire votre œil : en vous rapprochant du mur, vous apercevez plusieurs encoches formant des hexagones, comme ceux qu'Alicia avait décrit à Calico ! Alicia vous confirme d'ailleurs qu'elles sont bien très ressemblantes, bien que plus petites. Une vague d'excitation vous envahit. Vous avez peut-être une piste ! Les encoches sont trop fines pour y glisser un Talisman, on dirait plutôt que quelqu'un a reproduit ici ce qu'Alicia avait vu sur la fresque.

Vous saisissez le carnet d'Alicia et entreprenez de dessiner la position des hexagones. Ils sont tous à diverses hauteurs et alignements. Ceci ne vous éclaire pas plus pour l'instant. Une fois cette chose faite, et vu qu'il n'y a rien d'autre d'intéressant ici, vous vous retrouvez face au choix précédent : monter aux étages (147) ou bien attendre que la météo ne se calme au (90).

(144)

Vous descendez l'escalier et, alors que vous alliez arriver dans le hall, la silhouette rentre, se retrouvant face à vous. C'est une femme aux cheveux blonds comme les blés encadrant son visage strict, marqué d'une longue balafre sur son nez.

— Bonjour, lancez-vous.

Elle grommelle une formule de salutation s'affairant à enlever son manteau.

Allez-vous rester pour en apprendre un peu plus sur elle (114) ou bien préférez-vous ne pas vous attarder (98).

(145)

Chris prend votre carte et vous trace un chemin jusqu'à la cabane du garde-chasse. Vous pourrez y aller directement au (168) une fois que vous serez dans la forêt de Parse, qui jouxte le lac de Camac.

—Il se peut qu'il ne soit pas là au moment où vous arrivez mais attendez-le, je pense qu'il peut vraiment vous aider dans votre quête. Avez-vous trouvé autre chose ?

Peut-être avez-vous un pendule en votre possession ? Oui, allez au (121), sinon au (87).

(146)

La créature s'approche doucement de vous, se méfiant de

votre torche, son apparence pourrait être celle d'un humain si un museau de loup ne trônait pas au milieu de son visage ! Pourtant, elle ne semble pas être un loup-garou. Sa denture est dépourvue de longues canines, et ses mains ne sont pas griffues. De plus son corps n'est pas recouvert de pelage. Vous diriez qu'il s'agit plus d'un humain avec une horrible malformation que d'un animal. Elle semble vous fixer autant que votre sac.

La créature n'est plus qu'à moins d'un mètre. Que faites-vous ? Tentez-vous une attaque avec la torche que vous avez déjà en main (99) ? Ou bien lui lancez- vous votre sac, sur lequel elle lorgne (96) ?

(147)

L'escalier monte sur deux niveaux. Au premier, vous trouvez un bureau, qui lui aussi n'a pas connu de visiteur depuis longtemps. La pièce se compose d'une cheminée remplie de cendres froides, d'une bibliothèque, d'une fenêtre donnant sur le sentier menant à la tour et d'un secrétaire sur lequel s'entremêlent documents poussiéreux et toiles d'araignées. Certains parlent d'attaques de loups dans les environs, et sont datés de plusieurs années. Une carte cerclée de rouge indique les lieux concernés. Machinalement, vous déposez votre sac sur le bureau, dans un geste un peu trop brusque, versant ainsi une partie de son contenu sur les documents.

Aviez-vous un pendule dans votre sac ? Allez vite au (112).

Si la réponse est non, vous n'apprenez rien de plus,

toutefois vous emportez la carte avec vous car elle détaille bien mieux la région que celle de Calico. Vous pouvez choisir de continuer votre chemin au second étage (107) ou bien de redescendre au rez-de-chaussée pour attendre la fin de la pluie (82).

La Forêt de Parse

(148)

Vous entrez dans le sous-bois jouxtant la maisonnette du Farfadet. L'hiver ne se fait pas encore sentir ici : les feuilles mortes qui jonchent le sol crissent sous vos pas. Malgré cela, vous n'avez plus de malus en *Agilité* qui s'applique dans cette section. Rapidement la piste se perd entre les rangées d'arbres. Si vous avez un plan et que vous connaissez le numéro de paragraphe où vous rendre, allez-y maintenant. Sinon, vous naviguez à l'instinct jusqu'au (166).

(149)

— Je suis désolée de ne pouvoir vous aider, dit Alicia.

— Ce n'est pas grave, je teste de nouvelles mixtures. J'ai bon espoir de retomber là où j'en étais. Que faites- vous par ici ?

Alicia répond à cette question au (176).

(150)

Vous descendez quelques marches mais manquez très vite de glisser tant il fait sombre. Avez-vous de quoi vous éclairer ? Si c'est le cas, vous pouvez continuer au (155), dans le cas contraire vous choisissez de rester dans la pièce principale que vous retrouvez au (152).

(151)

Vous poursuivez votre route, la piste finit enfin par descendre pour rejoindre la pointe de la falaise, qui surplombe le reste de la forêt de part et d'autre. Ici, un portail en fer forgé a été fixé entre deux arbres barrant le chemin. Dessus, plusieurs écriteaux indiquent « Danger », « Loups-Garous derrière », « Ne pas ouvrir »,« Mort aux loups ! ». Sur l'un des arbres, on a attaché des bouquets de fleurs qui s'y meurent, ainsi que des rubans de couleurs avec écrit « Achille », « Erwan »,« Grégore ». A droite, le portail est fixé dans un arbre aussi large que grand en bordure de falaise. Il y a environ trois mètres entre vous et le sol. Au dos de l'arbre, on a planté des piques métalliques pour décourager quiconque de tenter de passer sur le côté. A gauche, il y a un passage d'un mètre entre le portail et l'autre bout de la falaise, tout aussi haut. De ce côté- ci aussi, il y a des piques d'une vingtaine de centimètres sur le bord du portail. Vous essayez vainement de pousser le portail : il est bien fermé et solide.

Qu'allez-vous faire ? Retourner sur vos pas et prendre de l'autre côté (185) ? Tenter de passer par le côté gauche du portail (163) ?

(152)

Vous entrez dans une pièce unique servant à la fois de chambre, cuisine et salle à manger. Des tonnes de papiers jonchent toute la cabane. Il y en a partout, sur le lit au fond de la pièce, sur les murs, le sol. Seul l'évier et ses ustensiles semblent épargnés. En vous approchant, vous jetez un œil plus précis à ces documents. Il s'agit de dessins d'enfants et de chiens ou de loups. Avez-vous trouvé un carnet sur le corps des brigands dans les plaines ? Si oui, allez au (161). Vous continuez d'explorer la pièce du regard et au fond de la pièce, vous voyez une trappe ouverte débouchant sur un escalier qui descend au sous-sol. Que voulez-vous faire ? Attendre patiemment dans la pièce (165), inspecter l'endroit (157), aller voir ce qu'il y a au sous-sol (150) ?

(153)

Au bout de quelques heures de marche, votre piste en rejoint une plus large que vous suivez et, en fin de journée, vous arrivez à une cabane. Elle se situe au (178).

(154)

Vous vous éloignez de quelques mètres, courez et vous atterrissez facilement de l'autre côté. Bien joué ! Vous pouvez continuer au (180).

(155)

Vous vous éclairez et commencez votre descente. Les marches en bois crissent sous vos pas et l'humidité des mousses sur le rebord manque de vous faire glisser. Vous arrivez dans ce qui semble être une remise. De nombreux instruments de chasse et de pêche sont accrochés aux murs, sur un établi des traces de sang gisent à côté d'un hachoir. Il n'y a rien d'autre ici. Vous remontez au (152).

(156)

Vous courez pour sauter, mais vous calculez mal votre coup et arrivez de justesse à vous rattraper à la paroi. Si vous avez plus de 4 en *Force*, vous parvenez à vous hisser et poursuivez au (180), sinon vous glissez au (183).

(157)

Tous les papiers semblent concerner des enfants atteints d'une malformation de la mâchoire. De nombreux dessins comparent la mâchoire d'enfant avec celle de chiens et de loups. D'autres sont des recherches de rituels ou de potions.

Dans une malle posée sous la fenêtre, vous trouvez une lampe à huile ainsi que l'huile et les allumettes, et un couteau de chasseur. Vous pouvez choisir de conserver tout ou partie. Il faudra alors les noter dans votre Inventaire. Le couteau vous donne +1 en *Force*.

Près de la cuisine, vous trouvez un jambon encore consommable. Si vous décidez d'y goûter, cela vous apportera 2 *Points de Vie*.

Vous pouvez maintenant attendre le propriétaire au (165) ou bien aller voir ce qu'il y a au sous-sol (150).

(158)

A proximité de la cabane, un arbre propose un tapis de mousse sur ses racines. Voici un lit d'appoint plutôt confortable. Vous vous emmitouflez comme vous pouvez et fermez les yeux. Dans la nuit, un craquement de branche vous fait sursauter. Un homme grand, barbu, chemise à carreaux, pantalon brun tenu par des bretelles et bonnet rouge sur la tête se dirige vers la cabane. Il porte un enfant, inconscient, dans ses bras. Vous l'entendez grommeler.

— Tiens bon, p'tit gars, Joram va essayer de te soigner.

Joram ? Alicia venait de bondir intérieurement en entendant le prénom. Pourrait-il s'agir de Joram Finkel, le professeur qui avait laissé des notes ? Alicia reprend le contrôle de son corps.

— Bonsoir monsieur !

— Hé là ! Qui va là ? répond Joram surpris.

— Une aventurière !

— Bonsoir mademoiselle. Je ne sais pas ce que vous faites ici, mais vous serez mieux à l'intérieur, rentrez donc.

Alicia rassemble ses affaires et se dirige vers la cabane. Vous entrez dans une pièce unique servant à la fois de chambre, cuisine et salle à manger. Des tonnes de papiers jonchent toute la cabane. Il y en a partout, sur le lit au fond de la pièce, sur les murs, le sol. Seul l'évier et ses ustensiles semblent épargnés. En vous approchant, vous y jetez un œil plus précis. Il s'agit de dessins d'enfants et de chiens ou de loups. Poursuivez au (167).

(159)

Et voici que la falaise s'arrête brusquement laissant un trou d'un mètre entre son bord et un gros rocher en face. Vous êtes à environ cinq mètres du sol. En bas un gros tas de feuilles mortes vous attend. A gauche il n'y a qu'un amas de rochers.

Pensez-vous pouvoir sauter de l'autre côté (184) ? Ou bien allez-vous faire demi-tour (170) ? Vous pouvez aussi réfléchir à la question en vous posant sur les rochers (188).

(160)

Joram vous a indiqué la direction du Lac de Camac et précisé qu'il n'y en avait qu'un, impossible de se tromper. Vous voilà donc repartie, suivant la piste à travers les bois. Le chant des oiseaux vous accompagne tout comme l'excitation d'Alicia qui sent le but de sa quête se rapprocher. Votre sentier finit par déboucher sur une route plus large, et un panneau défraichi, vous indique « *CAMAC 87km* ».

— On se rapproche, souffle Alicia.

Au bout de quelques heures de marche, vous apercevez la rive du lac. Il est extrêmement grand. Vous le balayez du regard, tout semble calme. Si le Talisman est bien dans les environs, vous n'en voyez nulle trace. Vous décidez de longer le lac, mais à peine avancez-vous que quelqu'un vous frôle et part en courant. C'est un enfant, à l'air canin et ricanant, qui court rejoindre tout un groupe de camarades, dont certains avec des appendices canins, un peu plus loin. Lorsque l'enfant les rejoint, ils partent en courant et en poussant des hurlements presque bestiaux.

Le lac, les hurlements … Vous ne voyez pas de vagues mais cela fait écho à la vision de Calico. Les enfants auraient-ils le Talisman ? Pour le savoir il faut les suivre ! Rendez-vous au (191).

(161)

Plus vous les regardez, plus ces dessins vous parlent. Mais oui : ce sont les mêmes que ceux du carnet que vous avez retrouvé sur le corps des brigands ! Vous ouvrez le carnet pour comparer les dessins. Très vite vous êtes certaine que c'est bien la même personne qui a fait les dessins du carnet et ceux sur les feuilles dans la cabane. En étudiant le carnet de plus près, vous comprenez qu'il s'agit d'un rituel pour stopper une métamorphose d'enfant en loup. La personne qui vit ici serait-elle la propriétaire du carnet ? Il vous faudra attendre son retour pour en savoir plus.

Qu'allez-vous faire maintenant ? Vous pouvez attendre tranquillement dans la pièce (165), inspecter l'endroit (157), ou aller voir ce qu'il y a au sous-sol (150) ?

(162)

Le lendemain matin, lorsque vous ouvrez un œil, Joram est à côté du lit et de l'enfant.

— Va-t-il mieux ? demande Alicia.

— Pas terrible … S'il ne meurt pas aujourd'hui ça sera déjà

une victoire.

Joram se lève et va chercher un pot, qu'il vous tend.

— Tenez, de l'onguent au cas où vous tombiez sur un des autres enfants et qu'il vous morde. A certains stades leurs morsures sont inoffensives, à d'autres vous pourriez faire des réactions comme des éruptions capillaires. Il marche également contre toutes sortes de morsures magiques. Il y en a assez pour soigner la perte de 15 *Points de Vie*.

— Merci Joram.

— Je vous laisse aussi prendre au choix : une épée +3 en *Force* ou une Torche et de quoi l'allumer (vous ne pourrez l'utiliser qu'une fois) ou bien un autre pot d'onguent (donnant + 5 *Points de Vie*).

Alicia vous laisse lui dire ce que vous préférez et elle indiquera à Joram votre choix.

— Bonne chance ! Si vous avancez dans vos découvertes, je serais curieux de suivre vos aventures.

— Je repasserai vous raconter tout cela !

Alicia se lève et empaquète ses affaires. Si vous aviez trouvé des vivres et armes, Joram vous autorise à les emporter sans s'offusquer que vous ayez voulu le piller. Alicia et Joram se saluent une dernière fois, il vous demande de ne pas blesser les enfants-loups si vous en croisez, ce qui risque d'arriver vu que leur campement est près du lac. Elle acquiesce, puis elle vous laisse les rênes et vous voici en route jusqu'au (160).

(163)

Vous vous approchez et tentez de vous agripper aux piques. Ils ont l'air résistant et solide. Après tout, il vous suffit de vous y cramponner, basculer au-dessus du vide et tendre une jambe de l'autre côté et vous y serez. Vous sentez-vous toujours de passer par là ? Vous pouvez toujours repartir au (185), pour abandonner cette idée. Si vous êtes prête, regardons votre *Agilité*. Si vous êtes en dessous de 6 allez au (177), au-dessus au (182).

(164)

Vous descendez le long de l'échelle. Bien qu'en bois, elle est solide, mais vous remarquez de longues traces de griffures dessus. Vous arrivez en bas sans difficulté, et vous vous retrouvez dans une petite grotte dont l'ouverture, donnant sur une clairière, est à quelques pas devant vous. La zone semble calme, le sol tapissé de feuilles mortes humides, empli le lieu de l'odeur caractéristique de l'automne, bien qu'on soit maintenant plus proche de l'hiver. Le vent fait quelque peu craquer les branches des pins, rajoutant un peu plus à l'ambiance de fin de saison. Un peu plus loin, une piste quitte les lieux dans la direction qui vous intéresse.

Vous vous mettez en marche, lorsqu'un hurlement provenant de la clairière attire votre attention. Trois créatures de petite taille à la peau noire et hirsute ainsi qu'aux mains pourvues de longues griffes, foncent sur vous. De plus près, vous voyez que ce sont des enfants à corps de loup. Il n'est pas temps de s'attarder ici. Vous pouvez tenter de vous enfuir (il suffit que vous ayez une

Agilité supérieure à une seule créature). Ils n'arriveront pas à vous toucher si vous fuyez. Si vous y arrivez, courez au (189), si c'est un échec allez au (181). Enfin, si vous préférez attaquer, voici les créatures. Elles vous attaquent à tour de rôle. Ainsi vous jouez tour à tour, pour vous et chacune des trois créatures, suivant l'ordre d'*Initiative* de vous tous. La victoire vous mène au (187). La défaite au (175).

Enfant-loup 1	**Enfant-loup 2**
Points de Vie 21	Points de Vie 19
Agilité 4	Agilité 6
Initiative 8	Initiative 4
Force 6	Force 10
Vigueur 10	Vigueur 8

Enfant-loup 3
Points de Vie 27
Agilité 6
Initiative 10
Force 8
Vigueur 2

(165)

Vous vous installez sur une chaise branlante. Le bruit de la chaise grinçante vous agace et vous fixez ce problème avec un bout de torchon trouvé sur la table. Au bout de quelques minutes, le silence tombe sur la cabane. Seuls les hululements de la forêt qui s'endort relèvent par à-coups vos paupières tombantes. Vous vous endormez jusqu'au (190).

(166)

Il n'est jamais facile de se repérer en forêt, avec ou sans carte. Certes, vous devez aller à l'Est et, par rapport au soleil, vous diriez que vous êtes bien partie et qu'il vous faut vous aller tout droit, mais voici que vous arrivez en haut d'une falaise. Impossible de descendre ici, vous êtes à au moins quinze mètres du sol et il n'y a aucune prise. Il va falloir contourner ce problème. Longez-vous la falaise par la droite (185) ou la gauche (170) ?

(167)

— Merci beaucoup, monsieur. Monsieur ? Comment dois-je vous appeler ?

— Oh, appelez-moi Joram.

— Joram ? Comme Joram Finkel ? C'est bien vous ?

— Euh oui mam'zelle, mais comment me connaissez-vous ? Et qui êtes-vous ?

— Alicia Malbosc, professeur ! Quel honneur de vous rencontrer ! Mais comment êtes-vous arrivé ici ? Que faites-vous dans cette forêt ?

— Professeur ? Cela fait bien longtemps qu'on ne m'a pas appelé ainsi ! répondit Joram en rigolant. Et, bien mademoiselle Malbosc, je ne suis plus professeur mais garde-chasse ! J'étais venu ici pour mes recherches et une chose en entraînant une autre, je me suis installé ici.

Tout en vous parlant, Joram s'occupe de l'enfant. Son visage est couvert de poils, tout comme ses mains qui, elles, sont pourvues de griffes. Il le porte jusqu'au lit.

— Que lui est-il arrivé ? Est-il mort ?

— Non mam'zelle, il est toujours vivant mais sa mutation l'épuise et vide la vie en lui. Voilà pourquoi je suis resté. Il existe une tribu dans la forêt, les enfants-loups. Ceux-ci ont été victimes d'une malédiction causée par une morsure de loup-garou et depuis vingt ans j'essaie de stopper l'évolution de leur métamorphose. J'ai eu plusieurs bons résultats mais rien de définitif. J'avais presque réussi il y a quelques mois, j'avais trouvé le rituel complet mais on m'a volé le carnet sur lequel j'avais tout noté.

Avez-vous un carnet avec des croquis semblables à ceux présents dans la cabane ? Oui (172), non (149).

(168)

Chris avait bien fait les choses, son tracé est précis et vous permet de contourner facilement les monticules et rochers à travers le bois. En fin de journée, vous arrivez à une cabane, au (178).

(169)

Vous n'arrivez pas à trouver un point d'appui. Vos jambes engourdies par votre journée de marche se dérobent et vous glissez. Pendant un instant, vous vous rattrapez à la pointe, vous écorchant la main. Mais le stress rend vos mains moites et vous tombez en contrebas. Rendez-vous au (175).

(170)

Vous longez le haut de la falaise et plus vous avancez, plus elle s'étire en hauteur. Vous voilà bientôt au niveau des arbres poussant en contrebas. Si la piste ne semble plus monter, vous n'en voyez pas le bout. Voulez-vous poursuivre votre route (159) ou rebrousser chemin et choisir l'autre côté (185) ?

(171)

Maintenant il ne vous reste plus qu'à vous élancer. Si votre *Agilité* est égale à 4 ou plus, allez au (154), si vous êtes en dessous, allez au (186).

(172)

Vous sortez le carnet de votre sac et le montrez à Joram. Alicia, excitée de cette rencontre qu'elle espérait tant, reprend le contrôle.

— Oh, ma p'tite ! Mais où avez-vous eu ça ?

— Sur le corps d'un brigand dans les plaines.

— Ceci est mon carnet où j'ai noté toutes mes recherches ! Je vais pouvoir stopper leur métamorphose et même guérir ceux qui sont au premier stade ! Merci !

— Je suis contente d'avoir retrouvé son propriétaire !

— Que puis-je vous offrir en échange ?

Alicia répond à cette question au (176).

(173)

La falaise descend doucement vers une clairière, vous la traversez pour vous remettre sur votre ligne directrice quand, soudain, un bruissement vous fait sursauter. Derrière vous, trois êtres de petite taille à la peau noire et hirsute vous regardent en grognant. Leurs mains sont pourvues de longues griffes. Peut- être cela vous dit-il quelque chose ?

Vous pouvez tenter de fuir. Dans ce cas faites un jet sur la créature ayant l'agilité la plus haute. Si vous réussissez, elles n'arriveront pas à vous toucher, et vous pourrez courrir au (189), si c'est un échec, allez au (181). Enfin si vous préférez attaquer, voici les créatures. Elles vous attaquent à tour de rôle. La victoire vous mène au (187). La défaite au (175).

Enfant-loup 1	**Enfant-loup 2**
Points de Vie 21	Points de Vie 19
Agilité 4	Agilité 6
Initiative 8	Initiative 4
Force 6	Force 10
Vigueur 10	Vigueur 8

Enfant-loup 3
Points de Vie 27
Agilité 6
Initiative 10
Force 8
Vigueur 2

(174)

Vous êtes trop chargée, jamais vous ne réussirez votre saut sans abandonner une partie de votre équipement.

Si cette option ne vous tente pas vous pouvez toujours ouvrir la trappe au (179) ou rebroussez chemin au (170).

Pour vous débarrassez du matériel superflu, regarder à nouveau la liste et ne gardez que pour un maximum de 15 points (chiffres entre parenthèse).

- o Manteau en poil de Yack +4 en *Agilité,* + 1 en *Vigueur* (10)
- o Manteau rapiécé +1 en *Agilité* (8)
- o Bottes fourrées +3 en *Agilité* (7)
- o Gants en peau de chamois +2 en *Agilité* (4)
- o Plastron léger +1 en *Vigueur* (4)

- Brigandine en cuir +2 en *Vigueur* (5)
- Epée +4 en *Force* (10)
- Epée courte +3 en *Force* -1 en *Vigueur* (7)
- Epée des brigands +2 *en Force*
- Rapière +2 en *Force* (5)
- Glaive léger +2 en *Force* (5)
- Dague +1 en *Force* (3)
- Fourche +1 en *Force* (3)
- Gambison et cuirasse en métal +3 en *Vigueur* (10)

Une fois fait, dirigez-vous au (171).

(175)

Vous voici gisant sur le sol de la forêt. Des feuilles mortes recouvrent le corps d'Alicia, tout aussi inerte. Quittez son corps rapidement et retrouvez le vôtre pour recommencer l'aventure !

Si vous le souhaitez, vous pouvez reprendre depuis le paragraphe (148) mais vous n'aurez que votre équipement de base (voir page 43).

(176)

— Je suis à la recherche des Talismans, que pourriez- vous me dire sur eux ? demanda Alicia.

— Les Talismans ? Comment êtes-vous au courant ?

— J'ai découvert l'Abbaye de Valespire lors d'un séjour dans le comté de Cnoc l'été dernier. J'ai été fasciné par la fresque, les créatures peintes dessus et ces trous hexagonaux creusés en différents endroits. J'ai pu avoir accès aux archives, je voulais en savoir plus, qui l'avait peinte et pourquoi ? Là-bas on m'a dit qu'un professeur avait jadis fait des recherches et j'ai pu récupérer les copies que vous aviez laissée.

— C'est une vieille histoire ... J'espérais avoir tourné la page.

— Pourquoi avoir arrêté vos recherches ? Je veux dire, vous auriez pu vous occuper des enfants tout en continuant à chercher les Talismans ?

— J'aurais pu ... mais leur pouvoir est trop puissant ! Vous ne devez pas vous en approcher ! C'est tout ce que je peux vous dire sur eux.

—On dirait que vous en avez peur !

—Oui, la peur permet d'éviter les dangers et d'être en sécurité !

Alicia sort de son sac les anciennes notes du professeur qui les regarde avec nostalgie, un léger sourire aux lèvres.

— Avez-vous trouvé un Talisman ? repris Alicia.

— J'en avais trouvé un, le Talisman concernant créatures abritées dans les bois et les forêts. Il était sur un arbre centenaire au centre d'une clairière si verdoyante je n'avais jamais vu ça. Ces couleurs ... c'était la première fois que j'en voyais d'aussi belles. Je me suis approché de l'arbre, j'ai saisi le Talisman. Ça m'a semblé simple, beaucoup trop simple. Alors que je l'admirai, les couleurs de l'arbre se sont fanées, la clairière est devenue sèche, sans vie, comme si le Talisman en était la source. Un groupe de Centaures et de Faunes m'a alors attaqué. A raison, je l'admets. Mon premier réflexe, fût de tenter de prendre leur contrôle grâce au Talisman, mais je n'avais aucune connaissance sur son fonctionnement. Il ne suffisait pas de le brandir et de leur dire « obéissez-moi ». Les centaures m'ont facilement repris le Talisman, me rouant de coups de sabots, qui m'ont laissé inconscient un long moment. Aujourd'hui, je me demande si c'était vraiment justifié de ma part de vouloir partir dans cette quête. Qui suis-je pour obliger un peuple à se plier à ma volonté ? Pourquoi m'interposer ?

— Parce que si nous ne faisons rien, d'autres prendront le contrôle et il sera trop tard ! Qui nous dit qu'en ce moment même des gens malintentionnés ne sont pas en train de récupérer tous les Talismans ?

— Bah ... il ne faut pas céder à la paranoïa ... et puis nous-mêmes, on ne peut pas dire que l'on soit bien intentionnés dans cette histoire. Et si c'est bien cela l'effet des Talismans, contrôler un peuple, qu'allez- vous faire avec une horde de Centaures ou de Licornes ?

— Il faudrait les protéger, les cacher quelque part ... J'ai entendu tant de récits d'hommes qui exposaient fièrement un trophée de tel ou tel animal exotique ... Si d'autres apprennent l'existence de créatures fantastiques, elles sont en danger ...

— Pour sûr ! Mais les cacher où ? Et puis, c'est aux prédateurs de calmer leurs ardeurs, et non aux plus vulnérables de se terrer sans cesse.

Alicia ne répondit pas, analysant les paroles du garde-chasse.

— Vous pensez aussi qu'ils vont simplement vous suivre ? C'est quoi votre plan ? Vous comptez trouver un Talisman et faire tous les peuples, sur toute la planète, pour avoir leur accord ? Vous allez beaucoup voyager, pour sûr ! Mais je doute que vous arriviez à doubler n'importe quel concurrent à ce rythme ! Ah, l'impétuosité de la jeunesse ! Bon ... Que savez-vous précisément sur les Talismans ? Non, laissez, je vais vous dire tout ce que je sais, de toute façon vous ne pouvez pas savoir plus.

Joram prend une chaise et s'assoit à côté de l'enfant. Il attrape un pot d'onguent posé sur une étagère au- dessus du lit et commence à enduire ses bras et son torse.

—Année après année, commence-t-il lentement, siècle après siècle, les villes s'expandent de plus en plus loin, les villages deviennent des cités, les sentiers s'élargissent pour former des routes et, peu à peu, la nature est rognée, rongée par la place que l'homme veut s'y faire, brisant lentement l'équilibre des choses. Les créatures fantastiques peuplent notre monde et je pense sincèrement qu'elles ont toujours existé et nous ont largement précédé. Il suffit de regarder les traces de leur présence dans l'art que nous ont laissé nos ancêtres. Sculpture, gravure, littérature, peinture etc... la liste des témoignages de leur présence est grande. Et si une cohabitation a pu exister auparavant, aujourd'hui les humains empiètent largement sur leur territoire. Finie la cohabitation pacifique. Désormais, on a notre lot quotidien d'attaques ou accidents inexpliqués dans tel ou tel village et, pour la sécurité de tous, il est grand temps d'éloigner durablement ces créatures, non, ces peuples -

c'est mieux de les appeler ainsi - des humains car certains seraient ravis d'avoir le trophée d'une licorne ou d'un dragon sur leur cheminée, comme vous l'avez dit. Voilà ce que je me disais il y a 20 ans. J'étais habité par cette idée qu'il était temps d'ouvrir les yeux et de faire en sorte que cesse cette odieuse chasse aux monstres. J'ai voulu agir, disons, de manière officielle. J'ai exposé le problème au Conseil de la ville de Stranc où j'habitais alors. Le résultat ? La ville s'est dotée d'une milice traqueuse de créatures dans le but d'éliminer tout danger pour la population. Qu'il est simple d'anéantir des êtres âgés de plusieurs milliers d'années au lieu de chercher à cohabiter avec ! Je me suis dit que je devais agir seul ! Fini les compromis, la voie hiérarchique, je trouverai une solution moi-même ! Et il est vrai que j'avais bien déblayé le terrain. Alors que je parcourais les bibliothèques alentour à la recherche d'une piste, j'ai été mis en contact avec la congrégation de l'Abbaye de Valespire.

— Et c'est là où vous avez découvert la fresque ! coupa Alicia.

— C'est exact. Un moine passionné pensait avoir compris qu'elle représentait une union entre les différents peuples et il s'imaginait devoir finir par faire face à une armée composée de géants, faunes, sirènes, fantômes etc … Ha ! La blague ! Ça se voit qu'il n'en avait jamais rencontré ! Cela dit, à cette époque moi non plus, mais depuis je peux vous dire que c'est du chacun pour soi et que chaque peuple est très souvent composé de plusieurs clans ou castes entre lesquels la communication est, au minimum, compliquée si ce n'est pas rompue. Alors une armée commune !

— Savez-vous qui a peint la fresque ?

— Eh bien les moines n'ont pas su me le dire. Quand la première communauté s'est installée dans l'abbaye, la fresque était déjà là. L'architecte avait d'ailleurs reçu l'ordre de construire les bâtiments sans la détruire. Ainsi s'est-elle retrouvée dans l'abbaye. La fresque représente les sept classes de ces peuples surnaturels : les peuples de l'Eau, ceux reliés à la Terre et à la Nature, les peuples du Feu, de l'Air, de la Nuit mais aussi de l'Au-delà et des Cauchemars. Chaque peuple est légèrement distinct des autres, les styles de dessins ne sont pas tous identiques, comme si chaque partie de la fresque avait été peinte par une personne différente, l'aviez-vous remarqué ? C'est fascinant !

— Oui, je m'étais demandé si ça ne pouvait pas être un artiste de chaque peuple qui y aurait apporté sa touche.

— Hypothèse très intéressante ! Mais le saurons-nous un jour ? Admirant cette fresque je remarque donc, et vous avez eu l'œil comme moi, un trou hexagonal pour chaque partie.

— J'ai fait un plan de leur emplacement. On dirait qu'ils représentent quelque chose. Avez-vous vous une idée ?

— Oh oui ! Il s'agit d'une constellation, mais j'y viens. En fouillant les archives de l'abbaye que la ville m'a rendu accessibles, j'ai découvert que chaque trou était autrefois l'emplacement d'un Talisman. Qu'il en existait donc sept et qu'ils permettaient de contrôler les créatures ! J'étais aux anges quand j'ai eu cette révélation : avec les Talismans, je pourrais contrôler les créatures et leur ordonner de se cacher pour leur bien et celui de leurs voisins humains. Connerie ! Déjà c'est pas aussi simple que d'allumer une lampe à huile. Une fois le Talisman en main, je ne sais pas réellement ce qu'il faut faire. Face aux Centaures et aux Faunes, j'ai essayé de donner des ordres mais ça n'a pas marché. Les textes que j'ai trouvés parlaient de ne pas aller à l'encontre de la volonté des peuples et, croyez-moi, de la volonté il y en a dans ces peuplades ! Allez dire à un Centaure de ne pas aller à droite, il vous donnera un coup de sabot avant d'y aller ! Je pense qu'il doit s'agir davantage de permettre d'avoir leur attention que d'un véritable contrôle. Peut-être qu'on peut leur parler via le Talisman même si l'être n'est pas à proximité. Une chose est sûre, si quelqu'un trouve les sept Talismans et arrive à se faire obéir de tous ces peuples, l'avenir du monde pourrait être en péril si ses intentions sont belliqueuses !

— Encore faudra-t-il réussir à se faire obéir des peuples des épouvantes !

— Se faire obéir d'eux, impossible. En revanche, être assez perspicace pour leur faire deviner des intérêts communs et les mettre dans sa poche, c'est malheureusement possible.

— Et la constellation dans tout ça ?

— Ah oui, si on réunissait tous les Talismans et qu'on les remettait en place, dans la fresque de Valespire, une constellation se formerait.

— Et après ?

— Et comment voulez-vous que je le sache ! Personne n'a jamais rien entrepris de la sorte ! La constellation, je l'ai compris car dans les archives ce symbole revenait souvent.

Il referme le pot d'onguent, caresse machinalement la tête de l'enfant qui émet un soupir, puis prend un couteau à sa ceinture et se met à dessiner la constellation sur un coin de la table en bois.

— Je me suis donc mis à la poursuite des Talismans, ce qui m'a conduit jusqu'ici d'où je ne suis pas reparti. Voilà tout ce que je sais !

— Vous souvenez-vous de Calico ? La Mystique de Peg, comme on la nomme.

— Oh oui pour sûr !

— Elle a vu quelque chose au niveau du lac proche de Camac, cela vous parle-t-il ?

— Un Talisman dans ce coin ? Ça fait vingt ans que j'y vais toutes les semaines pour aller au campement des enfants et je ne l'aurais pas vu ? Ah ! Elle est rigolote Calico, faudra que j'aille la saluer un de ces quatre. Quand ils seront guéris, j'irai.

— Peut-être les enfants sauront-ils quelque chose ? Pourriez-vous me guider jusqu'au campement ?

— Je ne vois pas ce qu'ils pourraient savoir … De toute façon, il faut que je reste pour le petit. Il désigne l'enfant du menton. Mais c'est assez simple, d'ici vous partez au Nord puis vous tomberez sur le lac. Il faut ensuite longer la berge en direction du Sud et vous trouverez l'entrée d'un sentier. Ne vous trompez pas de sentier, sinon vous finirez dans le labyrinthe ... Y'a un Addanc, un énorme castor, là-dedans. Pas commode du tout le bestiau ...

— Merci beaucoup pour vos conseils !

— Je peux vous faire un coin pour dormir ici si vous le souhaitez, vous partirez demain matin.

— J'accepte avec plaisir.

Il vous installe un matelas de fortune fait de coussins et vous tend une vieille couverture. Alicia et vous dormez jusqu'au petit matin. Rendez-vous au (162).

(177)

Vous attrapez solidement une des piques, puis tentez de passer une jambe de l'autre côté mais vous vous enfoncez les pointes dans le ventre. Vous perdez 1 *Point de Vie* (si cela devait sonner la fin de l'aventure aller au 175).

Il va falloir trouver une autre technique. Lancez un dé et additionnez le résultat à votre *Agilité*. Si elle devient supérieure à 6, rendez-vous au (182). Sinon ça sera au (169). Vous pouvez toujours rebrousser chemin retournez vers le (185).

(178)

La cabane est visiblement habitée par quelqu'un qui ne présente pas de compétence particulière en aménagement, rangement et nettoyage. Vous avez remarqué ceci par la porte laissée largement ouverte. Vous n'êtes plus qu'à quelques heures de Camac mais la nuit risque de vous rattraper, mieux vaut passer la nuit par ici. Voulez-vous entrer dans la cabane et attendre le propriétaire afin de lui demander l'hospitalité pour la nuit (152) ? Ou préférez-vous dormir un peu plus loin à l'extérieur (158) ?

(179)

Vous décalez les rochers posés dessus, puis levez la lourde plaque de bois. En dessous, vous voyez une échelle se frayant un chemin entre des rochers. Voulez-vous descendre (164) ? Sinon refermez la trappe et tentez le saut au (184) ou rebroussez chemin au (170).

(180)

La falaise vous propose un sentier qui descend doucement jusqu'à une piste vous ramenant dans la bonne direction. Rendez-vous (153).

(181)

Une des créatures vous rattrape et engage le combat. Vous n'avez plus d'autre solution que de vous battre. Vous ne pouvez plus fuir et elles vous attaquent à tour de rôle. La victoire vous mène au (187). La défaite au (175).

Enfant-loup 1	Enfant-loup 2
Points de Vie 21	Points de Vie 19
Agilité 4	Agilité 6
Initiative 8	Initiative 4
Force 6	Force 10
Vigueur 10	Vigueur 8

Enfant-loup 3
Points de Vie 27
Agilité 6
Initiative 10
Force 8
Vigueur 2

(182)

Vous attrapez solidement une des piques et faites des mouvements de rotation pour vous balancer de l'autre côté. Vous êtes plutôt à l'aise et avez adopté la bonne technique. Vous êtes de l'autre côté en un rien de temps. Bravo ! Rendez-vous au (173).

(183)

Vous glissez sur plusieurs mètres, par chance les feuilles mortes amortissent votre chute. Vous ne perdez qu'1 *Point de Vie*. Et voici que trois créatures de petite taille à la peau noire et hirsute et aux mains pourvues de longues griffes foncent sur vous. Peut- être en avez-vous déjà vu ? En tout cas, il n'est pas temps de s'attarder ici. La victoire vous emmènera au (187), tandis que la défaite vous fera atterrir au (175).

Enfant-loup 1	Enfant-loup 2
Points de Vie 21	Points de Vie 19
Agilité 4	Agilité 6
Initiative 8	Initiative 4
Force 6	Force 10
Vigueur 10	Vigueur 8

Enfant-loup 3
Points de Vie 27
Agilité 6
Initiative 10
Force 8
Vigueur 2

(184)

Vous vous préparez à sauter. Prenez le recul nécessaire et élancez-vous. Que possédez-vous comme équipement actuellement ?

o Manteau en poil de Yack +4 en *Agilité,* + 1 en *Vigueur* (10)
o Manteau rapiécé +1 en *Agilité* (8)
o Bottes fourrées +3 en *Agilité* (7)
o Gants en peau de chamois +2 en *Agilité* (4)
o Plastron léger +1 en *Vigueur* (4)
o Brigandine en cuir +2 en *Vigueur* (5)
o Epée +4 en *Force* (10)
o Epée courte +3 en *Force* -1 en *Vigueur* (7)
o Epée des brigands *+2 en Force*
o Rapière +2 en *Force* (5)
o Glaive léger +2 en *Force* (5)
o Dague +1 en *Force* (3)

o Fourche +1 en *Force* (3)
o Gambison et cuirasse en métal +3 en *Vigueur* (10)

Cochez tout ce que vous avez dans la liste ci-dessus, puis additionnez les chiffres entre parenthèses. Si vous avez 15 ou plus, allez au (174), sinon au (171).

(185)

Vous partez donc sur votre droite. Cette falaise vous semble interminable et, malgré les mètres parcourus, vous ne voyez toujours aucun passage. Voulez-vous poursuivre (151) ou tenter l'autre sens (170) ?

(186)

Lancez un dé et additionnez le résultat à votre *Agilité*. Si elle monte à 6 ou plus, allez au (154). Sinon, dirigez- vous au (156).

(187)

Alicia n'est pas fière de cette victoire : ils restaient des enfants ... En les inspectant, vous voyez qu'ils ne sont vêtus que de lambeaux de tissus. Vous laissez leur corps à la nature et poursuivez au (153).

(188)

Vous vous asseyez un instant. Vous voilà bien avancée. Pensez-vous avoir l'*Agilité* nécessaire pour sauter ? Serait-ce mieux d'aller voir de l'autre côté de la falaise ? Tout à vos réflexions, vous entendez un bruit métallique en bougeant votre pied. Intriguée, vous soulevez les feuilles mortes et découvrez une trappe ! En regardant de plus près, vous voyez qu'il s'agit d'une plaque de bois avec un anneau qu'on a scellé de ce côté avec des rochers. Voulez-vous l'ouvrir (179) ? Sinon, le saut est toujours au (184), et l'autre côté de la falaise au (170).

(189)

Vous courez plus vite et commencez à les distancer. Un bruit de cordage résonne soudain : une des créatures a déclenché un piège, que vous avez visiblement évité. Une herse de piques se redresse et toutes trois viennent s'empaler dessus. Il n'y a plus rien à faire. Vous pouvez poursuivre au (153).

(190)

Vos yeux deviennent lourds et votre tête finit par prendre la table pour un oreiller. Vous dormez. Tellement profondément que lorsque le propriétaire des lieux rentre, vous ne l'entendez pas, jusqu'à ce qu'il vous secoue l'épaule pour vous réveiller.

— Hey mam'zelle qu'est-ce que vous faites là ?

Hésitante et embrumée par le sommeil, Alicia répond à votre place :

—Bonsoir, je ... euh ... j'ai été prise par le sommeil et je me suis assoupie, je ne veux pas vous déranger.

Vous êtes face à un grand barbu, chemise à carreaux, pantalon brun tenu par deux bretelles et bonnet rouge. Il porte un enfant, inconscient, dans ses bras.

— Non, restez, restez ! J'vois pas grand monde par ici alors je ne veux pas être impoli en vous refusant l'hospitalité. Poursuivez au (167).

Le Lac de Camac

(191)

Vous vous élancez après les enfants mais vous n'êtes pas aussi agile qu'eux et les racines longeant la berge ralentissent votre course. A plusieurs reprises, vous trébuchez en marchant sur votre jupe, et lorsque vous arrivez sur la rive ouest du lac, vous ne les voyez plus, mais vous percevez leurs éclats de rire depuis la forêt qui jouxte le lac. Alicia vous incite à les suivre pour essayer d'en apprendre davantage sur eux et peut-être sur le Talisman. Vous vous enfoncez donc dans les bois mais très vite plusieurs chemins s'offrent à vous. Continuez-vous tout droit (232) ? A gauche (203) ? A droite (213) ? Pour ne pas vous aventurer là- dedans, repartez au (262).

(192)

Vous rebroussez chemin et vous vous retrouvez au (259).

(193)

La route se poursuit. Vous entendez maintenant plus distinctement les enfants et quelqu'un cri « elle arrive ». La route forme un coude sur la gauche et vous dévoile un petit campement. Rendez-vous au (253).

(194)

Un autre croisement ! A gauche (243) ? Tout droit (195) ?

(195)

Bien. Encore des chemins en tous sens. Vous vous asseyez sur une souche pour prendre le temps de penser la situation. Droite devant vous, le sentier part vers un lac (201). A droite de celui-ci, vous pouvez aller au (239), et à gauche du sentier du lac le chemin vous emmènera au (221).

Tout à votre réflexion, vous remarquez que derrière vous une piste secrète, part au (214).

(196)

Vous vous mettez à donner de grands coups de main et frappez ainsi plusieurs Fées. Ce n'était pas la bonne idée. Elles forment un nuage et foncent sur vous ! Les Fées se mettent à vous mordre férocement. Votre chapeau tombe mais vous n'avez pas la possibilité de le ramasser. Vous fuyez et, quelques mètres plus loin, les Fées vous laissent tranquille. Vos bras et visage sont griffés et pleins de morsures, malheureusement la salive des Fées est venimeuse pour les humains. Vous perdez 3 *Points de Vie*. L'onguent que vous a donné Joram peut vous soigner. Si vous succombez à vos blessures, rendez-vous au (248). Sinon vous pouvez continuer votre chemin pour sortir du tunnel le plus rapidement possible. Les branches finissent par se redresser et le sentier s'écarte alors en deux pistes, l'une continue de décrire un arc de cercle sur la gauche, l'autre part sur la droite. Pour continuer sur le virage, allez au (246) et pour prendre à droite, dirigez-vous au (237).

(197)

Le sentier avance plus ou moins de manière linéaire en remontant vers le nord, et se trouve assez dégagé. Vous voyez un croisement se dessiner au loin. Toute la partie gauche de la route est entourée d'arbres si rapprochés qu'il serait impossible de couper par là. Les rires que vous aviez entendus résonnent au loin. Un léger bruissement dans les hauteurs vous interpelle, lorsque vous lever les yeux, plusieurs gouttelettes bleues commencent à perler et tomber sur vous. Par réflexe vous mettez votre bras en parapluie pour vous abriter mais aucune sensation d'eau de vous effleure. En observant mieux, Alicia remarque que ce sont des Sylphes ! Des esprits de l'air, prompts à aider les humains. Effectivement, ils se mettent à voleter autour de vous et semblent vouloir vous dire quelque chose.

Alors qu'ils vous suivent, vous arrivez à une première intersection mais les Sylphes vous font mine de continuer. Vous poursuivez un peu et arrivez à un autre croisement. La route de droite longe un étang. Les Sylphes barrent cette route. Le premier chemin devant lequel vous êtes passé mène au (207), le second, barré par les Sylphes, au (201), enfin la route se poursuit au (225). Les Sylphes finissent par se disperser, vous laissant le choix de votre route. Que faites-vous ?

(198)

Très vite les rochers empêchent votre progression. Un râle

ainsi qu'une brise chaude et nauséabonde vous parviennent. Souhaitez-vous escalader ? Dans ce cas, dirigez-vous au (240). Pour faire prendre l'embranchement de gauche, allez au (245), pour quitter cette zone repartez au (266).

(199)

Vous avez fait demi-tour ! Vous voilà revenu à votre point de départ. Alicia vous suggère de faire un plan de ce labyrinthe pour ne plus retourner sur vos pas. Et maintenant, que faites-vous ? Continuez-vous à droite (232) ? Allez-vous tout droit (203) ? Ou bien souhaitez-vous sortir d'ici et repartir au lac (262) ?

(200)

Votre chute vous paraît longue et l'impact vous surprend par son intensité. Vous coulez au fond du lac. Dans un réflexe, vous avez eu le temps de retenir votre souffle. Lancez deux dés. Le résultat est le nombre de paragraphes pendant lesquels vous pourrez rester sans respirer, celui-ci compris. Si vous êtes encore dans l'eau lorsque vous recommencerez à respirer, rendez-vous au (248).

Vous touchez le fond du lac. Il y a des algues partout et votre vitesse d'entrée dans l'eau les a faites danser et maintenant elles s'enroulent autour de vous. Vous ne pouvez plus remonter. A quelques mètres de vous, vous voyez la lumière aperçue depuis le rocher duquel vous venez de tomber. Allez au (217).

(201)

Vous voici au niveau d'un petit lac ou d'un grand étang, d'ici il est difficile de faire la différence sur la profondeur de l'étendue d'eau. Alors que vous êtes plongée dans votre réflexion sur la dénomination correcte du lieu, de larges ondulations se forment à la surface de l'eau. Soudain un castor géant sort de l'eau ! De plus de 3 mètres de haut, ses incisives font approximativement votre taille. Les griffes de ses pattes sont aussi longues qu'une épée. La créature donne un gros coup de queue dans l'eau en poussant un hurlement, une vague d'eau est projetée vers vous. Horrifiée, Alicia suppose que c'est l'Addanc dont parlait Chris. Le combat est inévitable. Mais peut-être êtes-vous déjà venue ici, peut-être avez-vous même déjà tué l'Addanc, dans ce cas et malgré votre mine déconfite, sachez que le lieu est dans une boucle temporelle et que l'Addanc ressuscitera à chaque fois que vous reviendrez, évitez-le donc (201) à l'avenir. La victoire vous amènera au (226) et la défaite au (248).

Addanc
Points de Vie 40
Agilité 4
Initiative 6
Force 10
Vigueur 8

(202)

Vous allumez votre torche et vous continuez votre exploration. Le souterrain descend en pente douce et l'odeur terreuse des parois vous chatouille les narines. Vous arrivez dans une cavité en pierre. Sur les murs sont gravés des inscriptions en alphabet runique :

ᛈᚱᛟᛃᛖᛏᛏᛖ ᛏᛟᚾ ᚲᛟᛖᚢᚱ
ᛞᚨᚾᛊ ᛚᚨ ᛈᛁᛖᚱᚱᛖ

ᚱᛖᛊᛊᛖᚾᛏ ᛚᚨ ᛊᛟᚢᚱᚲᛖ
ᛖᛚᛖᛗᛖᚾᛏᚨᛁᚱᛖ

ᛞᛖᚹᛁᛖᚾᛏ ᛚᛖᚢᚱ ᚷᚢᛁᛞᛖ ᛊᚢᚱ
ᛏᛟᚢᛏᛖ ᛚᚨ ᛏᛖᚱᚱᛖ

Alicia sursaute en voyant l'hexagone ! Le même que sur le bouleau, toujours semblable à ceux qu'elle avait découvert. Serait-ce lié à un Talisman ? Vous n'avez rien pour déchiffrer le code et Alicia ne s'y connaît pas en runes.

Notez le paragraphe où vous êtes, peut-être que vous pourrez le comprendre plus tard. Si vous le déchiffrez, l'accomplissement de ce qui est écrit, sera possible en enlevant 7 au paragraphe où vous vous trouverez au moment où vous aurez besoin de l'information gravée ici.

Repartez ensuite en sens inverse vers le (192).

(203)

Vous avancez jusqu'à un croisement, vous laissant le choix de continuer tout droit (197) ou d'aller à droite (255).

(204)

Nouvel embranchement ! Ça n'en finira donc jamais ? Vous tendez l'oreille de chaque côté. Les rires des enfants vous parviennent mais difficile de dire d'où ils viennent exactement.

Partez-vous par la droite (209), la gauche (238) ou bien tout droit (252) ?

(205)

Ce chemin mène à une autre intersection. Sur votre gauche une clairière avec un saule pleureur attire votre attention. Un petit groupe de Farfadets semble y être réuni. Alicia semble intriguée et vous incite à y aller, dans ce cas marchez jusqu'au (236). Vous pouvez aussi continuer sans vous arrêter, en allant à l'encontre d'Alicia. Pour se faire, dirigez-vous jusqu'au (227).

(206)

Encore un mouvement du Kelpie pour vous faire tomber, mais vous ne glissez pas, bien agrippée à sa crinière. Le cheval se calme alors et galope doucement à la surface de l'eau. Vous prenez le rythme de ses mouvements et au bout de quelques minutes vous commencez à vous détendre. Vous avez gagné, vous avez obtenu le respect de la créature. Alicia se reconnecte à vous et vous parle directement pour la première fois :

— Merci beaucoup esprit ! Je ne sais pas si j'aurais pu y arriver sans vous ! Quelle créature splendide ! Avez- vous vu quelque chose qui ressemblerait au Talisman ?

C'est vrai ça, avez-vous vu le but de votre quête ? La lumière du fond du lac était celle du Kelpie et, à part cela, vous n'avez rien vu qui puisse correspondre à la description d'un Talisman. Toujours au galop sur le dos du Kelpie, plongée ainsi dans vos pensées, vous remarquez que l'animal semble avoir compris quelque chose. Il décrit une large courbe créant des vagues qui se brisent sur les flancs de la grotte. Il accélère. Vous vous penchez en avant pour suivre le mouvement, agrippée tant bien que mal aux algues qui composent sa crinière. A chaque tour, il semble monter un peu plus haut sur les parois, se servant de l'eau ainsi projetée comme d'un tremplin pour son ascension. Vous voyez l'ouverture dans le plafond se rapprocher. Un tourbillon s'est créé sous vous deux. Dans une dernière accélération, le Kelpie finit son tour en un saut majestueux, auquel vous n'étiez pas forcément préparée, et qui vous fait sortir de la grotte. Une gerbe d'eau s'abat derrière vous. Le Kelpie atterrit sur le sol de la forêt, il galope à une allure encore plus vive que dans la grotte. Dehors, la lune vous éclaire. Vous restez collée à l'encolure pour ne pas vous prendre une branche. Des vagues vous accompagnent, vous avez l'impression que les eaux de la grotte vous suivent. Bientôt, le lac de Camac se dessine devant vous. Le Kelpie accélère encore et s'enfonce dans l'eau. Il n'y a aucun changement de rythme, l'eau ne le ralentit absolument pas, il galope à moitié immergé. Puis d'un coup, il plonge. Sous le coup de la surprise, vous le lâchez, tentant de nager au milieu du lac. La surface est devenue calme. Où est passé le Kelpie ? Un nuage libère un croissant de lune qui vous sourit. Alors vous sentez à nouveau l'eau s'agiter sous vous et le Kelpie ressurgit en vous portant sur son dos. Il a fait un saut si haut, que vous êtes à trois mètres au- dessus de la surface. Dans un mouvement de tête, il vous lance quelque chose qu'il tenait entre ses dents, puis replonge violemment, libérant une nouvelle volée de vagues qui vous propulsent au bord du lac. Allez au (257).

(207)

Vous empruntez donc ce chemin. A droite de gros buissons forment un amas infranchissable. La piste les longe jusqu'à une intersection menant à droite au (231), à gauche au (194) et tout droit au (235). Ce chemin-ci, vous accueille avec un arbre sur lequel semble gravé quelque chose.

(208)

Ce sentier-ci s'enfonce à travers de hauts bosquets ou plutôt il les traverse, ce qui ne laisse pas vos vêtements sans accrocs. De petites chaumières finissent par se révéler à vous, semblables à la maison de Chris excepté que les toits ne sont pas en chaume mais recouverts de fleurs séchées et de paille. Dehors des cochons et des poules gambadent. Il n'y a personne semble-t-il, un calme étrange règne ici. Vous traversez le village sans encombre et à la sortie vous trouvez une colonie de consoudes, plantes médicinales aux tiges garnies de clochettes aux pétales violet pâle permettant d'accélérer la cicatrisation. Alicia, qui visiblement s'y connaît, vous explique quelles plantes choisir et comme faire une pommade. Vous en aurez assez pour récupérer 5 *Points de Vie.* Vous pouvez l'appliquer immédiatement ou la conserver (dans ce cas, pensez à la noter dans votre *Inventaire*) mais vous ne pourrez pas l'utiliser en combat.

Tandis que vous finissez de ranger vos ustensiles, le rire des enfants résonne fortement non loin de vous. Il est temps de repartir, mais ici c'est une impasse. Vous opérez donc un demi-tour et pouvez choisir entre aller à gauche (251), à droite (230) ou bien tout droit au (233).

(209)

Vous continuez jusqu'à un autre carrefour. Vous entendez toujours les enfants. Aller tout droit vous emmène au (234), à gauche au (261).

(210)

Encore un embranchement ! Décidemment ... Des arbres, des buissons, et l'écho du vent, rien de plus pour vous aider à prendre une décision. Pour prendre à droite, partez au (201) et pour aller tout droit, au (225).

(211)

Votre route continue sur quelques mètres et vous amène vers un étang au (201). Vous pouvez aussi rebrousser chemin (204).

(212)

Vous arrivez à un croisement – étonnant, non ? Que faites-vous ? Demi-tour au (197), tout droit (223), à gauche (255).

(213)

La piste avance en un large virage faisant un arc sur sa gauche et, après quelques minutes de marche, vous ne voyez plus d'où vous venez, ni où cela vous mène. Les branches commencent à former des arcs au- dessus de votre tête et bientôt vous avez l'impression d'être dans un tunnel. Un petit couinement aigu vous fait sursauter. Vous vous retournez sans savoir d'où vient le bruit. Une pluie de petits papillons fonce alors sur vous ! Mais voici qu'ils vous tirent les cheveux et tentent de vous piquer vos affaires. Jetant un coup d'œil plus rapproché sur une des créatures vous vous apercevez qu'il s'agit de Fées ! Eh non les Fées ne sont pas des créatures paisibles et pacifiques et vous venez de rentrer dans leur territoire. Tentez-vous d'avancer malgré les assauts des Fées (260) ? Ou donnez-vous de grands coups de main pour les éloigner comme des moustiques (196) ?

(214)

Le chemin forme une courbe douce à travers la forêt, et au bout vous découvrez un autre carrefour. Un petit sentier tourne dans un lacet serré, sur votre gauche (235). Il vous accueille avec un arbre sur lequel semble gravé quelque chose. Si vous ne voulez pas y aller, poursuivez au (231).

(215)

Le Kelpie reformule une attaque contre vous. Il est furieux, un tourbillon de vagues encadre son encolure. Il fonce vers vous et vous ne pouvez éviter l'impact. Vous sombrez au fond du lac. La puissance du choc vous a coupé le souffle et, quand vous voulez respirer à nouveau, vous êtes sous l'eau. Vos poumons se remplissent d'eau. Rendez-vous au (248).

(216)

Vous pénétrez dans le souterrain. Très vite la lumière vient à vous manquer. Avez-vous une torche et de quoi l'allumer ? Si oui, vous pouvez continuer (202), sinon il va falloir faire demi-tour car vous venez de vous cogner, contre une des parois (192).

(217)

Vous essayez par tous les moyens de faire bouger le corps d'Alicia. Vous ressentez la douleur à la tête, l'humidité sur votre corps, mais n'arrivez pas à reprendre totalement le contrôle. Concentrez-vous, essayez de vous souvenir du rituel qu'a fait Calico pour vous faire arriver dans le corps d'Alicia. Rappelez-vous du rythme du tambour, du chant envoutant de la voyante, fixez votre regard sur les cristaux de la grotte, essayez de revoir les formes lumineuses qui étaient alors apparues. Vous pouvez alors toucher l'esprit d'Alicia. Que lui dites-vous ?

« Alicia, laisse-moi le contrôle ou tu vas mourir ! » (258)

« Alicia, bats-toi, la quête n'est pas encore finie ! » (241)

« Alicia, tu as promis aux enfants de revenir leur apprendre à lire, ne les laisse pas ! » (254)

(218)

Vous voici non loin d'une étendue d'eau. Si vous voulez aller la voir, partez sur la droite au (201), sinon poursuivez au (195).

(219)

Vous avez fait demi-tour ! Vous voilà revenue à votre point de départ. Alicia vous invite à sérieusement faire un plan, pour ne plus vous retrouver ici ! Que faites- vous ? Allez-vous à gauche (213) ou partez-vous à droite (203) ? Vous pouvez aussi rebrousser chemin au (232) ou bien sortir d'ici et retrouver le lac, au (262).

(220)

Le Kelpie finit par vous propulser au fond du lac. La créature a l'*Initiative* et va tenter de vous noyer. Si vous descendez sa vie à 5 *Points de Vie* ou moins, rendez-vous au (228), si au contraire vous perdez tous vos *Points de Vie,* vous vous noierez et finirez (248). Bon courage !

Kelpie
Points de Vie 40
Agilité 8
Initiative 9
Force 10
Vigueur 9

(221)

Vous avancez un long moment puis, le chemin suivi, tourne sec vers la droite avant de rejoindre le sentier que vous aviez quitté. Vous venez de faire une boucle. Retournez au (195).

(222)

Vous voici avec le code déchiffré. Bon et maintenant ? Alicia regarde autour de vous. Elle attrape la torche et parcourt la pièce. Au fond de cette salle, il y a un petit passage et, en haut : un autre hexagone ! Elle vous semble vouloir les suivre. Bonne idée ou non, c'est elle qui a le contrôle de son corps et vous ne pouvez qu'observer. Elle s'enfonce donc dans le passage. Quelques mètres plus loin, il débouche dans une autre cavité avec plusieurs tunnels. Alicia observe encore un hexagone sur l'un des tunnels. Elle suit. Ce parcours vous semble durer des heures. Vous en êtes au huitième hexagone lorsque vous arrivez au bord d'un précipice à l'intérieur de la grotte. Il donne sur une étendue d'eau. Sur les murs, des centaines de cristaux scintillent : une ouverture dans le plafond apporte de la lumière. Au fond de la pièce d'eau, vous voyez quelque chose briller, plus fort qu'un cristal. Alicia commence à se dire qu'il va falloir sauter. Elle pose toutes vos affaires (si vous avez une ou plusieurs armes, vous pouvez lui suggérer d'en prendre une, celle que vous préférez, elle vous écoutera). Alicia s'approche du bord. Elle estime la distance pour faire le saut, recule, court et, au moment où elle va pour sauter, vous ressentez une grosse douleur à la tête. Alicia tombe, inconsciente. Vous voici seule, dans un corps qui ne répond plus, en train de tomber dans l'eau. Allez au (200).

(223)

Vous continuez droit devant sur le sentier qui serpente entre les arbres. Ce passage vous semble familier, vous arrivez à l'entrée du labyrinthe. Vous avez dû vous tromper quelque part ! Alicia vous souffle de faire un plan pour ne plus revenir ici. Reprenons : à droite, c'est la sortie qui repart vers le lac (262), tout droit la suite de ce sentier (213), à gauche (232) une nouvelle piste à explorer peut-être ? Pour retourner sur vos pas, allez au (203). Qu'allez-vous faire ?

(224)

A votre gauche de gros buissons forment un amas infranchissable, vous poursuivez. La large piste vous permet de rejoindre un autre sentier. Dans quel sens le prenez-vous ? Droite (210) ? Gauche (212) ?

(225)

Au loin, vous entendez les enfants, sans comprendre ce qu'ils disent. La piste tourne sur sa droite puis se sépare à nouveau. Vous pouvez continuer tout droit sur la piste principale (209) ou bien tourner à droite (211) sur un sentier menant à un lac. En dernière option, un chemin sinueux se dévoile sur votre gauche (252).

(226)

L'Addanc s'écroule dans l'eau, faisant s'abattre de grandes vagues sur la berge et sur vous, projetant également une rapière, donnant un bonus de +5 en *Force,* ainsi qu'une cotte de maille rouillée donnant +4 en *Vigueur* que vous pouvez récupérer. Sûrement celle d'un aventurier moins chanceux que vous ! Où allez-vous maintenant ? Vous êtes dos au lac et trois directions s'offrent à vous : tout droit (204), à gauche (229), à droite (244).

(227)

Ici les arbres laissent leur place à de nombreux rochers. L'évolution du décor vous laisse penser que vous avancez. En tendant l'oreille, vous ne percevez que le bruissement des feuilles derrière vous. Les rochers étouffent tout autre potentiel bruit. Eux aussi aiment les croisements et la piste se sépare à nouveau : le sentier de droite vous mènera au (208), celui continuant tout droit au (230) et celui allant à gauche au (233).

(228)

Le Kelpie commence à fatiguer. Alicia vous suggère de tenter de monter dessus pour essayer de le canaliser. Une fois dessus, le cheval tente de vous désarçonner. Ce combat va se jouer sur votre *Agilité*. A chaque tour, lancez deux dés et additionnez le résultat à votre *Agilité,* faites de même pour votre adversaire. Si vous réussissez cinq fois de suite à avoir le score le plus élevé, alors vous ne tombez pas et allez au (206). Si c'est le Kelpie qui, le premier, arrive à avoir le score le plus élevé cinq fois de suite, il vous attaque au (215).

(229)

Après avoir fini de longer l'étendue d'eau, vous arrivez sur un large sentier. Prenez-vous à droite (225) ou à gauche (212) ?

(230)

La route voit les arbres se perdre dans une forêt de rochers. A gauche, un sentier encore plus caillouteux s'ouvre à vous, mais il est rapidement barré par un énorme rocher impossible à escalader. Vous y découvrez un campement inutilisé depuis longtemps mais où il reste une torche et de quoi l'allumer. Vous pouvez les rajouter à votre *Inventaire.* Si d'aventure vous aviez besoin de retourner quelque part dans ce labyrinthe pour utiliser votre torche, allez-y, et quand vous aurez fini, revenez ici.

Vous continuez tout droit. Plus haut, la route fait un coude vers la droite. Les rires reprennent. Vous n'êtes plus loin.

Poursuivez au (193).

(231)

Vous vous retrouvez à un carrefour. Il mène au (265) en prenant à droite et au (219) en allant tout droit.

(232)

Vous parcourez un sentier qui serpente entre les arbres, jusqu'à ce que vous en croisiez un autre à gauche. Aller tout droit au (259) et à gauche au (265).

(233)

Un sentier des plus banals. A mi-chemin, une bifurcation vers la droite s'offre à vous, rendez-vous au (261) si cela vous tente. Sinon, vous poursuivez jusqu'à la prochaine intersection où vous pourrez choisir entre la droite (252), la gauche qui semble se diriger vers une étendue d'eau (211) ou bien avancer davantage sur la piste en marchant jusqu'au (238).

(234)

Et encore un croisement ! Quelle direction choisissez-vous ? A gauche (230), à droite (251), tout droit (208).

(235)

Un bouleau borde l'entrée du sentier. Dessus, un hexagone y est gravé. Alicia palpite : elle vous informe qu'il ressemble à ceux qu'elle avait vu à l'abbaye de Valespire. Il vous faut continuer ! Le sentier que vous empruntez est très étroit et n'a pas dû voir passer grand monde depuis longtemps. Son tracé virevolte entre les arbres, jusqu'à ce qu'il vous dévoile une clairière. L'endroit paisible est dominé par un large chêne dont lui seul doit connaître son âge. En son sein, une ouverture est une porte d'entrée vers un souterrain. Aucun bruit ne vous parvient de l'intérieur. Il n'y a pas d'autre route. Faites-vous demi-tour (192) ? Ou rentrez-vous dans le souterrain (216) ?

(236)

Les Farfadets semblent inquiets. Vous approchez doucement et, bien que certains soient surpris de vous voir, personne n'a réellement envie de s'intéresser à vous. Ils chuchotent entre eux. Certains versent quelques larmes. Alicia reprend le contrôle un instant et s'adresse très gentiment à l'un d'entre eux, s'agenouillant à sa hauteur :

– Que se passe-t-il ?

– L'un des nôtres a disparu, cela fait une semaine que nous n'avons pas de nouvelles.

Le farfadet est de grande taille, il a une large barbe noire et une longue chevelure.

– Oh je suis navrée pour vous, à quoi ressemble-t-il ?

– Chris le Hob est petit, brun, et il porte toujours un kilt écossais jaune. L'auriez-vous vu ?

– Puis-je vous parler à l'écart ? Surpris, le Farfadet la suit.

Alicia lui raconte votre rencontre, comment Chris vous a gentiment accueilli, l'aide qu'il vous a apportée et le repas partagé. Puis sa voix se casse, quelques larmes commencent à perler sur vos yeux.

— Puis une brise l'a emmené dans une bulle au loin, quand il est passé devant le soleil, il a disparu … je crains qu'il ne soit…

Le Farfadet regarde le sol.

— M…merci de me l'avoir dit…

— Je suis désolée pour votre perte… C'était quelqu'un d'une grande bonté, du peu que je l'ai connu.

— Toujours un peu dans son monde, mais l'un des meilleurs d'entre nous ! dit le Farfadet, la gorge serrée.

— J'ai fermé sa maisonnette et gardé la clef, dit-elle en lui tendant l'objet.

— Merci mademoiselle.

Le Farfadet prend la petite clef fermement dans sa main.

— Si je peux vous apporter un soutien quelconque, n'hésitez pas, dit Alicia en se redressant.

Le Farfadet vous envoie un sourire larmoyant.

– C'est plutôt à moi de vous rendre service. Que faîtes-vous par ici ?

– Je suis à la recherche d'un Talisman probablement hexagonal.

– Hum je n'ai jamais rien vu de tel mais il y a un hexagone gravé sur un arbre au (235). Vous devriez aller y faire un tour. Pour retrouvez votre chemin après, vous n'aurez qu'à aller directement au (227). A proximité, il y pousse plusieurs plantes médicinales, n'hésitez pas à vous servir si vous en voyez.

Alicia part au (235) avant de vous laissez les rênes.

(237)

Vous avancez un long moment puis le chemin suivi tourne sec vers la gauche. Vous rejoignez le sentier que vous aviez quitté. A droite, une piste longe parallèlement celle d'où vous venez (243).

(238)

Vous arrivez sur une route linéaire. La droite du sentier est bordée d'arbres serrés les uns contre les autres, n'offrant aucune possibilité de s'aventurer ailleurs. Un chemin part sur votre gauche en vous envoyant au (201) et si vous continuez jusqu'au bout, vous arriverez au (212).

(239)

La piste se resserre et décrit un arc sur sa droite. Bientôt les branches se courbent formant un tunnel. Après quelques minutes de marche, vous ne voyez plus d'où vous venez, ni où cela vous mène. Un petit couinement aigu vous fait

sursauter. Vous vous retournez sans savoir d'où vient le bruit. Une pluie de petits papillons fonce alors sur vous ! Mais voici qu'ils vous tirent les cheveux et tentent de vous piquer vos affaires. Jetant un coup d'œil plus rapproché sur une des créatures, vous vous apercevez qu'il s'agit de Fées ! Eh non les Fées ne sont pas que des créatures paisibles et pacifiques et vous venez de rentrer dans leur territoire. Elles forment un nuage et foncent sur vous ! Les Fées se mettent à vous mordre férocement. Votre chapeau tombe mais vous n'avez pas la possibilité de le ramasser. Vous essayez de vous enfuir et quelques mètres plus loin, les Fées vous laissent tranquille. Vos bras et visage sont griffés et pleins de morsures, malheureusement la salive des Fées est venimeuse pour les humains. Vous perdez 3 *Points de Vie*. L'onguent de Joram peut vous soigner. Si vous succombez à vos blessures, rendez-vous au (248). Sinon vous arrivez à un croisement.
Rendez- vous au (199).

(240)

Vous commencez votre ascension. La mousse et votre jupe ne sont pas vos meilleurs alliés. Vous arrivez à grimper sur les hauteurs des rochers. A votre gauche, une fumée s'échappe d'entre des toits de chaume. Les voix des enfants sont audibles mais vous ne comprenez pas ce qu'ils disent. Vous ne devez plus être très loin. Vous voyez un chemin au milieu des rochers bifurquer un peu plus bas, mais alors que vous vous apprêtez à descendre, le rocher sur lequel vous étiez bouge et vous glissez jusqu'au sol. En vous relevant, vous voyez qu'il s'agit d'un golem de pierre ! Encore endormi, la créature a bougé dans son sommeil. Un long ronflement s'échappe alors à côté de vous, dégageant l'odeur infâme que vous aviez senti, vous faisant sursauter. Vous trébuchez alors contre le pied d'une jeune version de ces créatures, la réveillant. Le jeune golem pousse un bâillement et, vous voyant, tente de vous attraper. Visiblement il a envie de jouer !

C'est un combat un peu particulier qui commence, à chaque fois que vous tenterez de fuir, le golem poussera un cri de contestation. Vous devrez lancer un dé. Si vous faites un 6, vous réveillez les parents et vous pourrez vous rendre au (248).

Le golem à 30 *Points de Vie.* Il vous faut l'amener entre 12 et 8 *Points de Vie,* il sera alors sonné et vous pourrez courir vers le passage que vous avez repéré. Si jamais vous lui faites perdre plus de *Points de Vie,* il pleurera et réveillera ses parents, vous vous rendrez alors au (248). Son corps est en argile, vous pouvez donc lui infliger des blessures.

Si vous réussissez rendez-vous au (253).

Jeune Golem
Points de Vie 30
Agilité 6
Initiative 8
Force 10
Vigueur 4

(241)

Alicia bouge, vous pouvez tourner la tête, bouger un peu le bassin mais les bras et les jambes ne répondent toujours pas.

Essayez encore :

« Alicia, laisse-moi le contrôle ou tu vas mourir ! » (258)

« Alicia, tu as promis aux enfants de revenir leur apprendre à lire, ne les laisse pas ! » (254)

(242)

Le combat fut rude, vous vous écroulez de fatigue au sol en même temps que son corps tombe. La lumière de la grotte commence à diminuer, dehors le soleil descend. Vous vous reposez quelques instants, puis décidez de fouiller les affaires de Lutèce. Dans un sac, vous trouvez un carnet avec des notes concernant d'autres Talismans ! Visiblement Lutèce avait une grosse longueur d'avance sur Alicia. Vous ne trouvez, en revanche, aucune information sur le « maître » dont elle a parlé. Elle avait également 3 pots d'onguents, comme ceux que possède Alicia, ainsi que 5 pièces d'or. La hache qu'elle a utilisée donne +4 en *Force* si vous souhaitez la garder.

Vous finissez d'emporter ses affaires et vous vous dirigez pour aller chercher les vôtres sur le rocher, quand la petite fille aux pattes de loup entre dans la grotte :

—Madame ! Dépêchez-vous de remonter ! Il ne faut pas rester ici à la nuit tombée.

En haut, un rayon de soleil rase le sol et vient finir d'éclairer la pièce. Déjà la moitié de la grotte est dans le noir. Vous vous hâtez de remonter l'escalier. En contrebas, les eaux du lac commencent à s'agiter. La lumière que vous aviez remarquée, au fond de l'eau, se fait de plus en plus vive.

— Vite, vite ! vous crie l'enfant.

Vous accélérez autant que possible, le niveau du lac augmente. Le corps de Lutèce se fait engloutir. Encore quelques marches et vous êtes en haut. Les derniers pas sont les plus fatigants, vos jambes sont épuisées entre la chute et le combat et, à plusieurs reprises, vous devez faire une pause. Vous lancez le carnet de Lutèce et vos affaires à l'enfant de peur de les perdre. L'eau vous arrive aux chevilles. La fillette les récupère vous tend une patte. Vous tendez la main, mais une vague vient s'abattre sur vous et vous êtes renvoyée au fond du lac. Cette fois, libre de vos mouvements vous arrivez à remonter à la surface. L'enfant vous crie quelque chose que vous ne comprenez pas et vous indique une forme dans l'eau qui fonce sur vous ? Qu'allez-vous faire ? Contre-attaquer (263) ou bien fuir (256) ?

(243)

Votre route continue sur quelques mètres, le sentier suivi s'arque vers la gauche. En le poursuivant, vous arriverez à une pièce d'eau, au (201). Sinon vous pouvez suivre une route qui part sur votre droite (205).

(244)

Vous continuez de longer le lac, un sentier part vers la gauche (205), tandis que le vôtre se poursuit au (195).

(245)

Le sentier serpente tant bien que mal entre les rochers. Parfois il vous faut escalader pour avancer. Depuis les hauteurs des rochers, vous apercevez sur votre gauche de la fumée. Serait-ce de là d'où viennent les enfants ? Encore quelques pas, et vous voici sur des rochers de plus petite taille, même s'il vous faut sauter depuis le haut du dernier pour quitter cette zone. Une fois au sol, plus moyen de retourner sur vos pas. Vous poursuivez jusqu'à une intersection. Allez-vous à droite (249) ou à gauche (193) ?

(246)

Quelques pas plus loin, la piste se divise en deux branches. Voulez-vous : prendre la première à gauche (214) ? Ou bien la seconde (195) ?

(247)

Qui que soit cette personne, elle semble antipathique.

– On se croise enfin ! Je suis Lutèce. L'eau était-elle bonne ? lance-t-elle un sourire aux lèvres. Je suis désolée mais je n'ai pas trop le temps de causer. Je t'ai suivie, merci donc de m'avoir menée ici ! Moi aussi, je cherche les Talismans. Mon maître sera ravi. Tu m'as été utile sur ce coup, mais je n'ai plus besoin de te garder en vie. Et, sans plus d'explications, elle vous attaque avec sa hache et se faisant, vous ne pouvez pas avoir l'*Initiative*. Le (242) vous accueillera en cas de victoire, dans le cas contraire allez au (248).

Lutèce
Points de Vie 35
Agilité 8
Initiative 6
Force 9
Vigueur 8

(248)

Le corps d'Alicia s'affaiblit, la vie s'évaporant. Vite, refermez ce livre, avant d'être entrainée dans sa chute funeste. Il ne vous reste plus qu'à recommencer l'aventure pour en venir à bout !

Soyez plus prudente la fois prochaine. Si vous ne souhaitez pas tout refaire, vous pouvez repartir au bord du Lac de Camac au (191), mais vous n'aurez plus d'équipement et tout ce qui est dans votre Inventaire sera perdu.

(249)

Ce chemin vous ramène bien vite à un croisement. Les rires se font entendre. Vous avez le choix suivant : tout droit au (208), à droite (251) ou à gauche (230).

(250)

Vous rappelant du texte runique découvert dans la grotte, vous vous placez en tailleur et tentez d'effectuer le rituel, mais la fatigue l'emporte et vous n'arrivez pas à faire quoique ce soit. Alicia vient alors cohabiter avec vous.

— Recommençons, vous dit-elle.

Alicia a visiblement plus d'énergie que vous. Elle arrive à vous partager ses pensées. Concentrée sur l'élément de l'eau, elle vous invite à faire de même. Elle vous partage la sensation des vagues sur son corps, le froid de l'eau qui vous a enrobé, sa texture, sa densité, l'odeur du lac, la peau du Kelpie, douce et humide, sa crinière-cascade, le contact avec les algues qui la peuple, la sensation de flotter quand vous étiez sur son dos, enfin maîtresse de la créature.

Vous ressentez chaque mouvement sur le Kelpie, jusqu'à la vague qui vous a rejetée sur le rivage où vous vous tenez à présent. La petite pierre que vous tenez dans votre main commune commence alors à être légèrement chaude. Les minutes passant, vous ressentez même un léger battement à l'intérieur. Alicia dirige alors vers cet objet tous les sentiments positifs qui l'animent. L'amour pour ses parents, sa dévotion pour cette quête, son attachement à Chris le Hob, son excitation d'avoir découvert de vraies créatures. Et vous, que mettez-vous ? Repensez aux meilleurs moments de votre aventure, ou bien même de votre existence en dehors de ce livre, et plongez-les dans le Talisman, comme Alicia vous y encourage.

Tandis que vous vous concentrez sur vos souvenirs, vous sentez la petite pierre vous échapper et s'élever de votre main. Elle devient luisante et ondule au- dessus de vous. C'est alors que, de l'eau calme du lac, le Kelpie sort doucement. Il marche vers vous d'un pas tranquille, glissant à la surface. Alicia s'avance vers lui. Il s'agenouille devant elle et lui permet de lui caresser le chanfrein. Une connexion se fait entre eux, de laquelle vous comprenez quelques bribes. Désormais, Alicia pourra à tout moment utiliser le Talisman pour appeler des créatures aquatiques. Celles des environs répondront. Le Kelpie la met en garde, ça n'est pas pour autant qu'elles lui obéiront. Alicia le remercie et il disparaît dans les eaux éclairées par un reflet de lune. Rendez-vous au (267).

(251)

Le chemin descend jusqu'à quitter la zone rocailleuse et retrouve la forêt. Sur votre droite, une clairière avec un saule pleureur attire votre attention. Un petit groupe de Farfadets semble y être réuni. Alicia semble intriguée et vous incite à y aller. Rendez-vous au (236). Vous pouvez aussi continuer sans vous arrêter, en allant à l'encontre d'Alicia. Pour se faire, dirigez-vous jusqu'au (218).

(252)

Les enfants se font entendre, mais vous ne les voyez pas. Vous arrivez à un énième croisement. Ici la forêt se fond dans de nombreux rochers. Partez-vous à droite (245) ou à gauche (198) ?

(253)

Vous y voici ! Le campement des enfants est devant vous. Et ceux qui vous avaient chahutée près du lac sont très heureux que vous ayez réussi à arriver jusqu'ici ! Ils vous accueillent à bras ouverts tandis que d'autres sont plus sceptiques. Ils sont tous ou presque pourvus de difformités. Parfois des oreilles plus longues, une queue, des canines saillantes ou juste une forte pilosité sont les seules marques, d'autres sont presque des loups à ceci près qu'ils marchent encore sur leurs pattes arrière. Tous vous rappellent l'enfant que vous avez vu chez Joram.

Leurs habitations sont composées d'une dizaine de maisonnettes à pièce unique, en pierre et construites autour d'une place centrale où trône une grande table en fer à cheval. Son centre sert de place pour un grand feu, que certains sont en train d'alimenter. Les enfants vous invitent à vous y asseoir. Ne voyant aucun adulte à l'horizon, Alicia prend la parole et leur demande s'ils sont seuls ici. Ils semblent très bien la comprendre mais tous n'arrivent pas à parler. Certains lui répondent en émettant des glapissements semblables à de petits aboiements. Une petite fille s'approche alors. Elle a un visage humain et garde ses mains dans les poches de sa robe indigo.

— Excusez-les, ils ne peuvent plus parler comme vous et moi.

— Comment cela, « ils ne peuvent plus » ?

— Ils savaient et ils ne savent plus.

— Et vous n'avez pas de parents ou d'adultes avec vous ?

— Nous avons tous été abandonnés, chassés quand on a découvert qu'on était … différents …

Votre regard parcourt l'assemblée qui s'est attroupés à côté de vous. Les rires ont laissé place à des regards soucieux, remplis de tristesse et de solitude.

— Mais que vous est-il arrivé ?

— Nous avons tous été mordus par des loups-garous. Oh, mais ne vous inquiétez pas, nous ne sommes pas contagieux, rétorque-t-elle comme une habitude de se défendre ainsi. Le garde-chasse nous a tous amenés ici avant notre première transformation et il effectue chaque mois des rituels afin de la ralentir. Plus aucun de nous n'est dangereux. Ceux qui sont au stade le plus avancé peuvent être agressifs lorsqu'ils ont faim mais rien de plus, mais ici, aucun de nous n'en viendra à ce geste.

— Et vous ne sortez jamais d'ici ?

— Nous restons dans la forêt pour être en sécurité, personne ne vient nous chasser ici et le garde-chasse veille sur nous. Ceux qui finissent par atteindre le stade final partent parfois du campement mais, bien souvent incapables de chasser à mains nues, ils finissent par dépérir ...

— Y a-t-il beaucoup de loups-garous dans la région ?

— Vous savez les loups-garous il n'y en a qu'une nuit par mois. En plus, la pleine lune ne dure que quelques heures et si on reste caché dans le noir le plus total on ne se transforme pas. Alors il est très rare d'en croiser un mais lorsqu'une personne est mordue, elle peut réagir très vite et mordre à son tour quelqu'un à côté d'elle, comme une sœur ou un frère ... Si elle ne mord personne la première nuit, on peut freiner sa transformation.

— Joram s'occupe donc de vous tous.

— Vous le connaissez ?

— Oui, c'est en suivant une quête qu'il n'a pas achevée que je suis arrivée ici, dit Alicia.

— Joram nous aide, alors s'il vous a envoyé vers nous, nous vous aiderons à notre tour. Que cherchez-vous ?

—Un Talisman. Je ne sais pas en quelle matière, mais il est hexagonal.

Des bruissements parcourent l'assemblée.

— Il y a quelque chose d'hexagonal dans une grotte attenante. Venez, je vais vous montrer.

L'enfant passe devant vous, vous invitant à la suivre. Vous traversez la placette sous les yeux des autres enfants. L'entrée de la grotte forme une grande bouche, d'autant plus que des rochers descendent du plafond, donnant l'impression de grandes dents.

— Pourriez-vous prendre l'une de ces torches s'il vous plaît ? La fillette sort une main d'une poche et vous voyez une patte de loup. Je n'ai malheureusement plus l'usage de mes mains, enfin je peux creuser, quand c'est utile.

Alicia saisit l'une des torches allumées et toutes deux avancent dans la grotte. Le chemin naturellement creusé dans la roche descend en pente douce et bientôt la lumière naturelle disparaît totalement.

—Est-ce loin ?

—Non, nous y sommes presque.

Effectivement, vous marchez encore dix minutes et arrivez dans une grande salle, où sont disposées d'autres torches que vous allumez. Un texte en rune est gravé et, en dessous, un dessin d'un hexagone :

ᛞᚨᚾᛊ ᛚᛖ ᛚᚨᚲ, ᛚᛖ ᚷᚨᚱᛞᛁᛖᚾ
ᛞᛖᛊ ᛗᚨᚢᚦ ᚹᛖᛁᛚᛚᛖ

ᛚᛟᚱᛊᛜᚢ'ᛁᛚ ᚾ'ᛇ ᚨ ᛈᛚᚢᛊ ᛞᛖ
ᛊᛟᛚᛖᛁᛚ

ᛊᚨᚾᛊ ᛃᚨᛗᚨᛁᛊ ᛚ'ᚨᛏᛏᚨᛜᚢᛖᚱ

ᛏᚢ ᛞᛟᛁᛊ ᛚᛖ ᛞᛟᛗᛈᛏᛖᚱ

— Merci de me l'avoir montré. Malheureusement, je ne lis pas les runes, répond Alicia après quelques instants.

— Nous avons quelque chose pour vous aider.

La petite fille décale un rocher et en sort une boîte en bois. A l'intérieur, un livre avec des caractères en runes et en latin.

— Vous avez un dictionnaire ! Il va être facile de déchiffrer le message !

— Désolée, nous ne savons pas lire …

— Ça n'est pas grave. C'est très simple, si tu le souhaites je pourrai vous apprendre.

— Pourquoi pas !

— Je reviendrai une fois que j'aurai fini cette quête. Puis-je emprunter ce livre ?

— Bien sûr, personne ne s'en sert ici de toute façon.

— Merci beaucoup !

— Je vous laisse tranquille pour déchiffrer ce message. Si vous avez besoin, vous savez où nous sommes.

Elles se saluent d'un regard et Alicia se plonge avec vous dans la traduction du message.

Une fois déchiffré, allez au (222).

A	ᚨ	B	ᛒ
C	ᚲ	D	ᛞ
E	ᛖ	F	ᚠ
G	ᚷ	H	ᚺ
I	ᛁ	J	ᛃ
K	ᚲ	L	ᛚ
M	ᛗ	N	ᚾ
O	ᛟ	P	ᛈ
Q	ᛜ	R	ᚱ
S	ᛊ	T	ᛏ
U	ᚢ	V	ᚹ
W	ᚹ	X	ᚦ
Y	ᛇ	Z	ᛉ

(254)

Entendant vos mots, Alicia arrive à se détendre et vous passe complètement les rênes. Vous parvenez à dégager une main, puis vos pieds et finissez par remonter à la surface. Haletante, vous regagnez la rive et vous y allongez. Vous avez encore la sensation d'être ballotée dans l'eau et avez du mal à reprendre vos esprits. Votre regard se pose sur le rocher, d'où vous êtes tombée, un escalier – que vous n'aviez pas vu – descend jusqu'ici. Dessus, une silhouette féminine arrive vers vous, hache à la main. Visage marqué, longue balafre sur son nez, cheveux blonds, cela vous dit peut-être quelque chose. Aviez-vous croisé ce personnage dans les montagnes ? Oui (264), non (247).

(255)

Le sentier se sépare en deux branches. Que choisissez-vous ? Continuer à gauche (259) ou aller à droite (219) ?

(256)

Vous commencez à nager en sens inverse, pour échapper à la créature, lorsque celle-ci passe sous vous, vous retrouvant alors sur son dos. C'est un majestueux cheval, blanc, presque translucide, sa crinière et sa queue sont deux cascades perpétuelles.

— C'est un Kelpie, vous informe Alicia. C'est une créature celtique gardienne des lacs et des rivières. Si nous ne parvenons pas à le dompter, il nous entrainera au fond de l'eau !

Il tente de vous désarçonner. Ce combat va se jouer sur votre *Agilité*. A chaque tour, lancez deux dés et additionnez le résultat à votre *Agilité,* faites de même pour votre adversaire (le Kelpie a une *Agilité* de 8 points). Si vous réussissez 5 fois de suite à avoir le score le plus élevé, alors vous ne tombez pas et allez au (206). Si c'est le Kelpie qui le premier arrive à avoir le score le plus élevé 5 fois de suite, il vous attaque au (220).

(257)

Vous avez cru vous prendre un tronc tant le ressac des vagues a frappé la berge avec puissance. Pendant un instant, tout est calme. Il n'y a aucun bruit aux alentours. Vous reprenez doucement votre respiration. Tout votre corps vous fait mal. L'ululement d'un hibou vous fait ouvrir les yeux. Vous roulez sur le côté et tentez de vous asseoir contre un arbre. Vous êtes trempée et commencez à avoir froid, mais, Alicia focalise votre attention sur la petite pierre que vous sentez au creux de votre main gauche.

Délicatement vous ouvrez votre paume. Une pierre hexagonale vous apparaît. D'un beige clair, sa forme est si parfaite que vous appréciez passer, encore et encore, votre pouce sur son contour. Il n'y a pas d'aspérité, elle est lisse comme un galet. Seule sa face a été gravée. D'un bleu profond, un pictogramme représentant deux gouttes d'eau s'enlaçant, à l'infini, au creux d'une vague gigantesque.

Avez-vous une idée de ce que vous pouvez faire de ce Talisman ? Si c'est oui, lancez le processus, vous devez savoir où vous rendre et sinon la fin de l'aventure vous attend au (267).

(258)

Vous sentez qu'elle a entendu ce que vous avez dit, mais elle ne réagit pas ou, en tout cas, n'y arrive pas. Réessayez :

« Alicia, bats-toi, la quête n'est pas encore finie ! » (241)

« Alicia, tu as promis aux enfants de revenir leur apprendre à lire, ne les laisse pas ! » (254)

(259)

Vous arrivez à un croisement. A droite, un sentier discret vous mène au (235). Il vous accueille avec un arbre sur lequel quelque chose semble gravée. Tout droit, une piste, moins large que celle que vous suivez actuellement, arrive au (194) et à gauche, un sentier plus large va au (224).

(260)

Vous avancez tant bien que mal, perdant quelques mèches de cheveux dans la bataille et abandonnant votre chapeau à vos assaillantes qui finissent par vous laisser tranquille après quelques pas. Vous tentez de sortir du tunnel au plus vite. Les branches finissent par se redresser et le sentier s'écarte alors en deux pistes, l'une continue de décrire un arc de cercle vers la gauche, l'autre part sur la droite. Pour continuer sur le virage, allez au (246) et pour prendre à droite, dirigez-vous au (237).

(261)

Vous voyez au loin une fourche, séparant la route en deux, mais en testant les embranchements, vous vous heurtez deux fois à un mur en pierre. Visiblement ce n'est pas par ici. Pourtant les rires des enfants semblent être plus près. Vous vous retournez pour repartir. De quel côté ? A droite au (266), à gauche (234).

(262)

Vous vous avancez vers la sortie et soudain, les branchages se referment devant vous, comme par magie. Vous voici coincée ! Rien ne sert de forcer ou même de tenter de couper les branches avec une arme, rien de réussira à vous ouvrir la route. Vous ne voyez ni n'entendez rien d'autre que les ricanements des enfants au loin. Sans comprendre comment le passage s'est fermé, il ne vous reste d'autre choix que d'avancer dans cette forêt. Pour aller tout droit c'est au (232), à gauche (203) et à droite (213).

(263)

Vous vous préparez à attaquer. La créature plonge et passe sous vous. Vous vous retrouvez la tête en bas dans l'eau. Vous reprenez position, la tête hors de l'eau, et la créature réattaque. Elle fait un saut vers vous, vous présentant son apparence : c'est un majestueux cheval, blanc, presque translucide, sa crinière et sa queue sont deux cascades perpétuelles.

— C'est un Kelpie, vous informe Alicia. C'est une créature celtique gardienne des lacs et des rivières. Si nous ne parvenons pas à le dompter, il nous entrainera au fonde l'eau !

La créature à l'*Initiative* et va tenter de vous noyer. Si vous la descendez à 5 *Points de Vie* ou moins, rendez- vous au (228), sinon ça sera le (248).

Kelpie
Points de Vie 40
Agilité 8
Initiative 9
Force 10
Vigueur 8

(264)

C'est bien Lutèce qui arrive vers vous.

— Comme on se retrouve ! L'eau était bonne ? lance- t-elle un sourire aux lèvres. Je suis désolée mais je n'ai pas trop le temps de causer. Je t'ai suivie pendant des jours, merci de m'avoir menée ici ! Tu te demandes sûrement pourquoi ? Moi aussi je cherche les Talismans. Mon maître sera ravi. Tu m'as été utile sur ce coup, mais je n'ai plus besoin de te garder en vie.

Et sans plus d'explications, elle vous attaque avec sa hache, se faisant, vous ne pouvez pas avoir l'*Initiative*. Vous ne savez pas ce qu'il s'est passé mais elle est devenue plus forte qu'auparavant. Le (242) vous accueillera en cas de victoire, dans le cas contraire allez au (248).

Lutèce
Points de Vie 35
Agilité 8
Initiative 6
Force 9
Vigueur 8

(265)

Le petit chemin slalome entre les arbres et les racines, en décrivant une courbe sur la gauche. Quelques pas plus loin, voici les deux options qui s'offrent à vous : à gauche (209), à droite (238), ou bien tout droit (211).

(266)

Vous auriez pu le parier : encore un embranchement ! Quel chemin choisissez-vous cette fois ? A droite (252), à gauche (211) ou tout droit (238) ?

(267)

— Eh bien, dit Alicia à haute voix, il semble que notre quête soit achevée ! Je vais marcher jusqu'à Camac. Je te remercie de ton aide.

A ces mots, vous sentez que vous quittez le corps d'Alicia qui y reprend toute sa place. Votre esprit s'élève en dehors de son corps pour rejoindre le vôtre. Vous voici plus à votre aise ! Qu'il est bon de se sentir à nouveau chez soi ! Vous êtes maintenant spectateur. Le Talisman trouvé, votre mission est achevée, vous escortez Alicia jusqu'à la fin de ce roman.

Alicia glisse le Talisman dans une poche de sa robe, en laissant sa main dessus, puis se met à marcher en direction du village. Elle arrive au petit matin, en même temps que des marchands de toutes sortes, venus étaler leurs produits en ce jour de marché. Camac est une petite ville avec une belle enceinte faite de bois, gardée par des villageois visiblement plus adeptes de la bière que du combat. En avançant, vous remarquez une jolie petite place avec une fontaine représentant un chêne. Alicia cherche un endroit où se reposer, lorsqu'un homme, la quarantaine, relativement bien habillé : pantalon bordeaux au genou, chemise à manches ballon, gilet gris, veste ajustée du même tissu que le pantalon et chapeau trois pointes.

— Bien le bonjour Mademoiselle Malbosc.

— Comment savez-vous qui je suis ?

— Je suis vos aventures de très près. Mais allons parler dans un endroit calme, voulez-vous ?

— Dites-moi au moins à qui ai-je l'honneur ?

— René Tom Sonembé, Mademoiselle, répond-t-il en s'inclinant respectueusement.

Il se dirige ensuite vers une auberge à proximité de la place du village. Alicia le suit, intriguée. L'homme commande à boire et l'invite à s'asseoir dans un recoin discret de l'auberge.

—Comment me connaissez-vous ? renchérit Alicia.

—Je fais partie d'une confrérie, la Confrérie d'Eridan, j'en suis même le fondateur. Notre but est semblable au vôtre, nous recherchons les Talismans. Nous vous suivons depuis vos découvertes à l'Abbaye de Valespire. Nous avons décidé de vous laisser agir, n'ayant rien à y perdre. Tout en gardant un œil sur vous, pour connaître votre avancée.

— De l'aide aurait pu m'être utile !

— Vous vous en êtes bien sortie, et puis Calico a su vous apporter le soutien nécessaire ! Eh oui, ne faites pas cette tête, nous sommes bien renseignés.

— Et que voulez-vous ?

— Je n'aurai pas la prétention de vous demander le Talisman, vous l'avez trouvé, il est à vous ! Cependant, vous avez croisé la route de Lutèce et bien que vous en soyez venue à bout, d'autres vont suivre. Lutèce faisait partie de l'Ordre d'Orion. Eux ont des intentions plus belliqueuses et malhonnêtes. Leur chef, qui se fait appeler Erèbe, recherche les Talismans pour son profit personnel. Il veut le pouvoir de ses créatures et se croit capable de les contrôler.

— Il doit être ou bien fou ou bien stupide, vu leur puissance, il se ferait écraser.

L'homme sourit, et reprit :

— Et si nous avons tort, et qu'il y arrive, alors le monde

pourrait sombrer dans le chaos, et des créatures qui ne nous ont rien demandé se retrouveraient esclaves de sa volonté. Alicia reste silencieuse.
— C'est pourquoi, reprend René, j'aimerais vous proposer de nous rejoindre. Une personne de plus nous serait d'une grande aide pour arriver à trouver d'autres Talismans avant Erèbe et ses sbires. Chaque membre de la confrérie qui trouve un Talisman peut le conserver, en jurant de ne jamais l'utiliser à des fins personnelles. Toutes vos trouvailles seront vôtre. Qu'en dites-vous ?

— C'est bien beau mais je n'ai aucune piste pour un autre Talisman. En existe-t-il bien sept ?

— Tout à fait. Vous avez celui de l'Eau. Il a le pouvoir, comme vous avez pu le constater, d'attirer à vous des créatures aquatiques, comme le Kelpie. De notre côté, un de nos membres, Mussen, a réussi après de longs mois et moultes complications, à obtenir le Talisman de la Terre. Les Cyclopes, Golems, Géants, Nains, Elfes etc ... peuvent venir à lui. Erèbe possède la Nuit. Celui-là regroupe des créatures antipathiques comme les Loups-Garous, les Vampires, les Wendigo ... Il en reste donc quatre : celui de l'Air englobe les Fées, les Sylphes, les Griffons, les Harpies, ... ; le Talisman du Feu maîtrise les Chimères, Phoenix, Manticores, Feu Follets. Le Talisman des Cauchemars regroupe les plus terribles créatures, à mon sens.

— Déjà les Loups-Garous et les Vampires, ça ne m'inspirait pas beaucoup ...

— On n'est sûr de rien mais, il semblerait qu'un contrôle ne soit pas possible, tant ces créatures sont maléfiques.

Nos recherches nous ont permis de soulever la possibilité de pactiser avec les créatures liées à ce Talisman (Incubes, Harpies, et même des Démons).

— Rien que ça ...

— Vous vous douterez qu'Erèbe est très intéressé par celui-ci, mais d'après nos sources, il n'a aucune piste. Le dernier Talisman lui fait de l'œil, il s'agit de celui de l'Au-delà.

Interloquée, Alicia ne répondit pas.

— Lui aussi ne devrait pas permettre un contrôle définitif des créatures. Sous sa coupe sont rangés les Zombies, les Momies, tout ce qui est revenants et fantômes, mais aussi les Nécromanciens, pouvant invoquer ce même type de créature. Je dirais que je suis plus inquiet du Talisman des Cauchemars que de celui de l'Au-delà, enfin tout est relatif ...

— Résumons, il existe donc les Talismans des quatre éléments Air, Terre, Eau et Feu, puis ceux de la Nuit, des Cauchemars, et de l'Au-delà, repris Alicia pensivement.

— C'est cela. Erèbe tentera de réunir en priorité les trois derniers que vous avez cités mais s'il en trouve d'autres il s'en emparera également ; c'est pourquoi Lutèce était à vos trousses. Si vous faites équipe avec nous, nous aurons donc un coup d'avance avec un Talisman de plus que lui.

— Savez-vous comment et pourquoi les Talismans ont été créés ?

— Non, nous n'avons pas plus d'informations. Nous savons qu'il existe ces sept Talismans, qu'ils ont le pouvoir de contrôler plus ou moins certains types de créatures, qu'il est a priori possible de faire appel à une créature en particulier. Nous allons faire des tests avec le Talisman que nous possédons. Nous avons beaucoup à apprendre mais nous devons être plus rapides qu'Erèbe car si celui-ci nous double, le monde sera sûrement en danger ... Alors, Alicia, nous aiderez-vous ?

— Je ne peux pas garantir que j'arriverai à faire plus que ce que j'ai déjà fait. Cependant, j'aimerais en savoir davantage, j'aimerais aider les créatures et les protéger, alors oui, je vais vous suivre dans cette aventure et je vous aiderai du mieux que je pourrai.

— Formidable ! Je vous contacterai d'ici quelque temps quand nous aurons des pistes. En attendant vous pouvez rester ici, voici une bourse pour vous remercier de votre aide. Prenez soin de votre Talisman !

— Merci beaucoup, dit-elle en prenant la bourse grassement remplie.

René quitte l'auberge après des dernières salutations.

N'ayant plus ses affaires, Alicia se prend une chambre grâce à la somme offerte par René et monte s'allonger. Elle observe le Talisman pendant de longues minutes, puis se lève en disant :

— Il faut que j'y retourne ! Le carnet de Lutèce et mes affaires sont avec la fillette aux pattes de loup, peut- être aurais-je de nouvelles pistes pour la suite ! Esprit je pense que j'aurai bientôt besoin à nouveau de vous !

Alicia se lève et quitte la chambre. Vous la voyez sortir du village et se diriger vers le lac. Vous aimeriez peut- être la suivre, voir l'aider encore mais à peine passez-vous, vous aussi, les portes du village que tout devient flou et Alicia disparait devant vos yeux. Vous êtes arrivée à la fin de ce livre. C'est ici que s'achève votre aventure. Il ne vous reste plus qu'à attendre qu'Alicia vous recontacte pour la suite de la Quête des Talismans !

Bloc-Notes

Bloc - Notes

Bloc-Notes

Bloc - Notes

Mémo Combats

La fuite

Fuir est possible uniquement si le texte l'autorise.
Fuir = Agilité strictement supérieure à celle de l'adversaire.

Si vous fuyez votre adversaire vous infligera les dégâts de sa Force de Frappe.

L'Initiative

Celui qui a la plus grande Initiative commence, sauf indication contraire du texte.

En cas d'égalité, lancez un dé : pair vous commencez, impaire c'est votre adversaire.

La Force de Frappe

Pour toucher un adversaire, il faut que votre Force de Frappe soit strictement supérieure à sa Vigueur.

Force de Frappe = votre Force + le résultat d'un dé + la Force de votre arme (si vous en avez une)

Le Combat

1. Choisissez si vous utilisez votre Agilité pour fuir.
2. Déterminez qui commence grâce à l'Initiative.
3. A votre tour, déterminez votre Force de Frappe et comparer la, à la Vigueur de votre Adversaire. Si elle est strictement supérieure, retirez des Points de Vie à votre adversaire : votre Force de Frappe - Vigueur de l'adversaire = nombre de Points de Vie à retirer.
4. Quand l'adversaire joue il vous inflige sa Force de Frappe.
5. Le premier qui n'a plus de Points de Vie est Mort. Suivez alors les indications du texte.

Avez-vous vraiment vécu toute l'aventure ?

Cochez les cases pour savoir si vous connaissez tous les chemins jusqu'à Camac. Peut-être aurez-vous besoin d'une seconde lecture !

Personnages rencontrés

- [ ] Chris le Hob
- [ ] Le couple de marchands
- [ ] Le groupe de Farfadets
- [ ] Gutenberg et Galilé
- [ ] Himmer
- [ ] Joram
- [ ] Kaliba

Ennemis affrontés

- [ ] Addanc
- [ ] Brigands
- [ ] Créature(s) du Canyon
- [ ] Créature du Chalet
- [ ] Enfants Loup
- [ ] Esprit
- [ ] Jeune Golem
- [ ] Kelpie
- [ ] Kringour
- [ ] Lutèce
- [ ] Lutèce 2nd fois
- [ ] Sprat
- [ ] Voleurs

Lieux parcourus

- [ ] Auberge des Montagnes
- [ ] "Aux Fourrures Chaudes"
- [ ] Chalet
- [ ] Prison
- [ ] Relais Postal
- [ ] Tour des Montagnes
- [ ] Tour des Plaines

Objets découverts

- [ ] Broche
- [ ] Carnet avec des dessins
- [ ] Carte cerclée de rouge
- [ ] Couteau de chasseur
- [ ] Lampe à huile
- [ ] Manteau rapiécé
- [ ] Pendule

Printed by Amazon Italia Logistica S.r.l.
Torrazza Piemonte (TO), Italy

63323266R00127

MARIE VON
MALLWITZ

DANIELA
HEGGMAIER

SELBST PR

Der goldene Weg
zu mehr Sichtbarkeit und Erfolg

MARIE VON
MALLWITZ

Informationen zum Verlag und seinem Programm unter:
www.marie-von-mallwitz-verlag.de

Originalausgabe November 2017
Marie von Mallwitz Verlag

Bildnachweise:
Cover: Shutterstock
Umschlag: Daniela Heggmaier: Christoph Kopp
Sophia von Rundstedt: v. Rundstedt & Partner GmbH
Dr. Sylvia Löhken: Die Hoffotografen
Katja Schleicher: AJ Coots
Jasmin Leheta: Marek Beier Fotografen
Monika Scheddin: Sandra Eckhardt
Christiane Wolff: Mica Wintermayr
Marjeta Prah-Moses: Simone Naumann
Cathrin Tusche: Simone Naumann
Svenja Lassen: Manuela Pickart, Cosmopolitan
Nicola Tiggeler: Michael Leis
Marion Küstenmacher: Foto privat
Sonstige: Daniela Heggmaier

Covergestaltung und Layout: Marie-Theres Reisser, Reisserdesign
Illustrationen: Daniela Heggmaier, Sophia Beikircher, Stefanie Berti
ISBN 978-3-946297-06-2
Printed in Europe

INHALT

VORWORT

28 Jahre war ich alt, und frischgebackener evangelischer Pfarrer. Da keimte in mir die Idee, ob ich mir nicht nebenbei einen Job als Karikaturist aufbauen könnte. Immer wieder einmal hatte ich für kirchliche Zeitschriften etwas gezeichnet und so manchen Insiderwitz gerissen. Aber ob meine Fähigkeiten für den professionellen Medienbetrieb reichten? Mein damaliger Chef vermittelte mir einen Termin bei einem der damals prominentesten Karikaturisten Münchens, Ernst Maria Lang. Mit Herzklopfen und meinen vermeintlich besten Zeichnungen unterm Arm besuchte ich den von mir bewunderten Star (der damals sogar eine eigene TV-Sendung hatte).

Sehr wohlwollend sah er sich meine Werke an, lächelte ab und zu über einen meiner Einfälle und nickte zum Schluss. „Sie haben das Zeug dazu", meinte er, „und je mehr Aufträge Sie bekommen, umso besser werden Sie werden. Aber Sie brauchen einen Namen, den man sich merken kann." Werner Küstenmacher fand er zu schwierig. Da erzählte ich, dass ich von meiner Mutter den Spitznamen „Tiki" bekommen und manche meiner Bilder auch so signiert hatte. „Das ist perfekt", meinte der Meister und verriet mir, dass das Wichtigste an seinem Namen die „Maria" sei: „Als Ernst Lang wären meine Chancen weit schlechter gewesen."

Das war eine wichtige Lektion für mich. Natürlich ist es für einen Zeichner, Schriftsteller, Koch, Politiker, Journalisten oder was auch immer wichtig, dass er gute Bilder, Bücher, Menüs, Reden oder Artikel zustande bringt. Wie aber wird man wirklich unverwechselbar? Da ist ein unverwechselbarer Name schon mal außerordentlich wichtig. Weitere Erkennungszeichen können nicht schaden: Fernsehkoch Lichter mit seinem Zwirbelbart, Politiker Karl Lauterbach mit Fliege, Journalistin Gabriele Krone-Schmalz mit Micky-Maus-Frisur.

Am Anfang war ich ausgesprochen skeptisch gegenüber solchen Oberflächlichkeiten. Ich bin auch heute noch überzeugt, dass nach wie vor in erster Linie die gute Leistung zählt. Wer nicht kochen kann, dem hilft der schönste Bart nichts. Aber bei vermutlich sehr vielen ziemlich gleich guten Köchen, Politikern, Journalisten & Co. zählt dann doch dieses eine simple Merkmal, damit man herausragt aus der Menge.

Als ich – zunächst in der kirchlichen Szene – immer bekannter wurde, druckten viele Gemeindebriefe und fromme Blättchen meine Bilder nach. Ohne Honorar, versteht sich. Das war damals in der linken wie in der klerikalen Szene üblich – all die Druckerzeugnisse wurden ja meist von Ehrenamtlichen mit minimalem Budget zusammengeschustert. Ich war nicht der einzige Zeichner in diesen Kirchenkreisen. Aber ich schätzte, dass ich der mit den meisten kopierten Bildern war. So setzte ich als Claim hinter meine Marke „Tiki" die freche Behauptung, „der meistbeklaute Karikaturist der kirchlichen Szene" zu sein. Die paar Wörter schlugen ein wie eine Bombe. Kaum ein Journalist, der das nicht zitierte, wenn er über mich schrieb. Das imponierte mir, machte mir aber auch Angst. War das ein gutes Etikett für einen Zeichner, der eines Tages einmal von seinen Tuschecartoons leben wollte?

Rückblickend muss ich ganz klar sagen: Ja! Um bekannt zu werden, muss man Risiken eingehen. Trauen Sie sich, mal auf die Pauke zu hauen, selbst wenn das danebengehen kann. Es gibt wenige makellose Prominente. Ja, bei den supersauberen stöbert die öffentliche Meinung besonders gern herum, ob sich nicht doch eine Macke findet. Da ist es vielleicht schlauer, gleich etwas Anrüchiges oder wenigstens Zwiespältiges anzubieten.

Ich weiß nicht, seit wann es den Begriff Selbst-PR gibt. Die Methode jedenfalls gibt es schon lange. Mindestens genau so lang gibt es Skeptiker und erbitterte Gegner. Warum um Gottes willen soll man denn bekannt werden? Ist das nicht furchtbar, wenn einen jeder kennt? Erschafft man sich damit nicht ein schrecklich anstrengendes Leben?

Meine Erfahrung als C- oder D-Promi: Nein! Nur eine winzige Zahl von Topstars wird alle Nase lang auf der Straße erkannt und beglotzt. Als ich in meiner Teilöffentlichkeit bekannt geworden war, empfand ich das als ausgesprochen erleichternd. Gut zehn Jahre nach der Visite bei Ernst Maria Lang habe ich mir den Traum erfüllt, selbstständiger Zeichner und Autor zu werden. Bekanntheit hat mir Freiheit gebracht. Irgendein Auftrag kam immer, wodurch meine anfänglichen Existenzsorgen sehr zurückgegangen sind.

Deswegen finde ich es großartig, dass Daniela Heggmaier dieses Buch geschrieben hat. Wer das Glück hatte, ihr persönlich zu begegnen, der weiß: Sie macht das alles nicht nur mit Sachverstand, sondern vor allem mit ganz viel Herz. Sie besitzt die wunderbare Eigenschaft erfolgreicher Menschen: Sie will auch andere erfolgreich machen.

Stellen Sie sich Daniela einfach als Ihre beste Freundin vor, die dieses Buch ganz speziell für Sie geschrieben hat. Dieses Buch verdient damit den Platz, den auch Ihre beste Freundin bekäme: Es sollte immer ganz in Ihrer Nähe sein!

Eine goldene Zukunft wünscht Ihnen in diesem Sinne

WERNER TIKI KÜSTENMACHER

KAPITEL I

WARUM SIE JETZT JA! SAGEN SOLLTEN

„There is only one thing in the world worse than being talked about, and that is not being talked about" – Oscar Wilde

Fränzi Kühne ist 34 Jahre alt. Sie ist nicht nur Geschäftsführerin einer Berliner Digital-Agentur, sondern seit Juni 2017 Deutschlands jüngste Aufsichtsrätin im Kontrollgremium des Telekom-Unternehmens Freenet AG. Als DIE ZEIT sie fragte, ob es auch Gründe gab, die dagegengesprochen hätten, sich für das Amt zu bewerben, sagte sie: „Allenfalls, dass mit dem Posten sehr viel Aufmerksamkeit kommt – und ich nicht so gern im Mittelpunkt stehe, Vorträge halte oder auf Panels sitze. Solche Anfragen habe ich in den letzten Jahren immer abgelehnt. Jetzt denke ich mir: ‚Ganz oder gar nicht', und habe alle möglichen Sachen zugesagt, egal, ob ich sie mir zutraue oder nicht." Ganz oder gar nicht.

Haben Sie das auch schon mal gedacht? Im Januar 2015 war ich an diesem Punkt. Ich wollte es wissen. Mein ganzes Berufsleben lang hatte ich PR für andere gemacht: Für Unternehmen und ihre Geschäftsführer oder Marketing-Leiter. Ich hatte Kontakte zu Journalisten für sie gepflegt, Interviews arrangiert, die Themen von morgen aufgespürt oder Kundenzeitschriften produziert. Zum ersten Mal wollte ICH sichtbar werden: Ich fing an zu bloggen, startete einen E-Mail-Newsletter. Ich teilte meine Storys, Fotos und Erlebnisse auf verschiedenen Social-Media-Plattformen. Ich lernte neue Menschen kennen. Ich besuchte Kongresse und Barcamps. Und ich hielt Vorträge. Ich sagte Ja, und zwar sooft ich konnte.

JA! sagen und warum das so wichtig ist.

Ein Experiment, das Mut erforderte. Ich fühlte mich ein bisschen wie *Shonda Rhimes*. Die Amerikanerin ist Drehbuchautorin und Produzentin von TV-Serien wie z.B. „Grey's Anatomy“ oder „Private Practice“. Die 46-Jährige zählt zu den mächtigsten Frauen in Hollywood und schaffte es bereits zweimal auf die Liste der weltweit einflussreichsten Menschen des Time Magazine. Und doch litt die Mutter dreier Töchter unter Selbstzweifeln, war introvertiert und lebte zurückgezogen.

Bis zu dem Zeitpunkt, als sie beschloss, zwölf Monate lang nur noch Ja zu sagen. Ja zu Interviews, Reden, Familienereignissen, vor allem zu öffentlichen Auftritten, die ihr eigentlich Angst einflößten. Ein Jahr lang Ja machte aus ihr einen neuen Menschen – glücklich und selbstbewusst. Sie wagte es sogar, 2016 in einem TED-Talk davon zu erzählen. Ihr Buch „Year of Yes“, in dem sie über ihr ungewöhnliches Experiment berichtet, wurde ein Bestseller. „Als mir das erste Mal nahegelegt wurde, ein Buch über dieses Jahr zu schreiben, wollte ich instinktiv Nein sagen. Über mich selbst zu schreiben, fühlt sich ungefähr so an, als würde ich in einem guten Restaurant auf einen Tisch klettern, mein Kleid heben und allen Leuten zeigen, dass ich keine Unterhose trage“ schreibt sie in ihrem Buch.

Das Ja hatte sich gelohnt. Auch für mich. Und das, obwohl ich nur zu Gelegenheiten ja gesagt hatte, die zu meinen Zielen passten, mir Spaß machten und sich meinen Terminkalender als berufstätige Mutter integrieren ließen. Das Feedback, das ich erhielt, war unglaublich positiv: „Toll! Du machst spannende Sachen! Ich freue mich immer auf deine Fotos in Instagram! Ich wusste gar nicht, dass du auch x, y, z anbietest. Lass uns mal telefonieren!" Diese Art von Rückmeldungen und die auf diese Weise neu gewonnenen Fans und Kunden ließen mich weiter experimentieren: YouTube-Videos drehen. An Blogparaden teilnehmen. Bei Barcamps mitmachen. Ich baute mir eine kleine, feine Community auf. Auf Veranstaltungen wurde ich plötzlich von Menschen erkannt, die meinen Blog lasen. Mein Experiment war aufgegangen!

Von Fleißbienen und Platzhirschen.

Das JA! war nicht nur ein Ja zu mir, sondern auch ein Ja zum Dialog und zur Verbindung mit den Menschen, mit denen ich Zukunft gestalten möchte. Ich wollte positive und konstruktive Persönlichkeiten anziehen. Ausgestattet mit einer großen Portion Idealismus hatte ich schon immer ein Bild von einer goldenen Zukunft vor Augen, in der Frauen und Männer im Business auf Augenhöhe zusammenarbeiten. Denn das Fleißige-Bienen-Dasein, das viele gute, talentierte Frauen im Hintergrund führen, erwies sich bislang nicht als Erfolgsmodell.

Wer sich im Hintergrund hält verliert Chancen an die, die sich in den Vordergrund spielen. Oft sind die Gewinner einfach nur Platzhirsche, die zwar gute Selbstdarsteller sind, aber über deutlich weniger Kompetenz verfügen als all die hochqualifizierten Arbeitsbienen. Wer sich im Hintergrund hält, kann nicht dazu beitragen, neue Erfolgsgeschichten der Frauen zu kreieren und in die Welt zu tragen. Immer wieder belegt die Forschung, dass Geschichten, die in Büchern, in den Medien oder im Netz erzählt werden, viel zu selten von Frauen handeln – und das obwohl wir statistisch etwas mehr als die Hälfte der Bevölkerung stellen!

Wir brauchen weibliche Vorbilder

Frauen sind im deutschen Fernsehen und in Kinoproduktionen deutlich unterrepräsentiert. Das zeigt eine Studie zur Geschlechterdarstellung von Frauen im deutschen TV und Kino aus dem Jahr 2017. Initiatorin ist die Stiftung MaLisa, die von der Schauspielerin *Maria Furtwängler* und ihrer Tochter *Elisabeth* ins Leben gerufen wurde. Die Ergebnisse:

- Die Hauptrollen spielen zu zwei Dritteln männliche Protagonisten und zu einem Drittel weibliche.
- In Informationssendungen und bei Moderationen sind Frauen deutlich unterrepräsentiert.
- Frauen ab einem Alter von 30 Jahren kommen immer seltener vor.

Männer erklären also die Welt. *Maria Furtwängler* sagte in einem Interview mit dem Online-Magazin Meedia: „Ich glaube an die Macht der Bilder. Es ist wichtig, dass wir starke Frauen sehen, um selber starke Frauen werden zu können. (…) Wenn ich grundsätzlich keine Terrorismus- oder Kernkraftexpertinnen sehe, kann ich mir auch nicht vorstellen, selber eine zu werden."

Wenn wir für uns und unsere Töchter eine goldene Zukunft auf den Weg bringen wollen, müssen wir jetzt „unsere Frau stehen". Und rauskommen aus der Rolle der grauen Maus, die weinerlich Sichtbarkeit, Bekanntheit und das öffentliche Beziehen von Positionen fürchtet wie der Teufel das Weihwasser. Ja, es ist nicht immer leicht, aus dem Mainstream-Schatten herauszutreten. Mit Gegenwind ist zu rechnen. Doch ein Baum mit starken Wurzeln lacht über den Sturm – sagt ein malaysisches Sprichwort.

Sie haben Lust auf eine richtig erfüllende Karriere? Sie wollen einen Sinn in Ihrer Arbeit erleben? Ein nachhaltiges Business aufbauen, das Bestand hat? Ihnen steht der Sinn nach Abenteuer? Dann sagen Sie JA! zur Selbst-PR!

Im Zeitalter der 3Ds – demografischer Wandel, Digitalisierung und Diversity – stehen wir vor großen Herausforderungen:

- Klassische Berufsbilder verschwinden, neue entstehen. Gefragt sind nicht nur Digitalkompetenz, Lern- und Veränderungsbereitschaft, sondern auch Innovationsfähigkeit und größtmögliche Flexibilität. Statt der herkömmlichen Drei-Stationen-Karriere erleben wir nun eine Mosaikkarriere mit bis zu 20 Stationen. Wer 20 Mal von Job zu Projekt zu etwas ganz Neuem wechselt, muss in seiner Nische bekannt sein und braucht ein wirksames Empfehlernetzwerk. Und zwar eines, das Old-Boys-Netzwerke aushebelt und Frauen endlich durch die gläserne Decke wachsen lässt.
- Durch den demografischen Übergang sind wir alle lebenslang berufstätig – ohne Aussicht auf Rente. Immer mehr alte Menschen werden mit immer weniger jungen Menschen zusammenarbeiten. Waren 1871 noch 43 Prozent der Bevölkerung unter 20 Jahren, werden es im Jahr 2060 lediglich prognostizierte 16 Prozent sein. In einer Wirtschaft, in der Erfahrung immer weniger zählt, gewinnen die Faktoren Vertrauen, Bekanntheit und Aufmerksamkeit große Bedeutung.
- Durch das Internet sind wir auf Knopfdruck vergleichbar. Die Business-Plattformen Xing und LinkedIn spucken beispielsweise Tausende von Kandidaten mit ähnlichen Profilen zu spezifischen Kompetenzen und Fähigkeiten aus. Personalchefs und Headhunter haben eine große Auswahl. Und Kunden, die Berater, Coaches oder sonstige Freiberufler und Selbstständige suchen, auch. Deshalb brauchen wir aussagefähige Profile, die für uns sprechen.
- Der Megatrend „Female Shift“, den das Zukunftsinstitut in seinem Blog unter der Überschrift „Die Zukunft ist weiblich“ beschreibt, macht es notwendig, dass Frauen aktiv ihren zukünftigen, weiblichen Weg des Erfolgs gestalten. Denn Frauen wollen berufstätig sein und ihre Karriere zusammen mit ihrer Familie gestalten. Sichtbar und vernetzt geht das leichter als unbekannt und alleine.

Die Karrieren von morgen setzen voraus, dass Sie bekannt sind. Mit Ihren Themen. Mit Ihrem Können. Auf den Plattformen, mit den Inhalten, mit der Intensität und in der Lautstärke, mit der Sie sich wohlfühlen. Eine von allen einschlägigen Selbst-PR-Autoren zitierte, aber von niemandem belegte Studie, besagt, dass 60% der Jobs aufgrund von Beziehungen vermittelt werden, 30% aufgrund eines überzeugenden Auftritts und nur 10% ließen sich auf den Faktor Leistung zurückführen. Selbst-PR hilft Ihnen dabei, Erfolge, Wissen und Ihre einzigartige Kompetenz sichtbar zu machen, um diese 90% zu bedienen.

Mit diesem Buch gebe ich Ihnen nicht nur das Wissen aus meinen Experimenten, sondern auch das Fachwissen von vielen spannenden Expertinnen für Ihre wirksame Sichtbarkeit an die Hand.

Wie Sie mit diesem Buch umgehen?

In neun Kapiteln habe ich meine Tipps aus über 25 Jahren Berufspraxis in der Presse- und Öffentlichkeitsarbeit sowie aus meiner Erfahrung durch das Bloggen und in Social Media zusammengestellt. Der hohe Praxisnutzen und die konsequente Vermeidung der amerikanisch geprägten Online-Marketing-Fachsprache waren meine höchsten Ziele beim Schreiben. Ich habe prominente und kompetente Expertinnen für Sie interviewt. In meinen Goldspray-Tipps finden Sie bewährte, einfache Lösungen für die kleinen Herausforderungen des PR-Lebens. In der Rubrik „Aus meiner goldenen Schatztruhe“ berichte ich aus meinem umfangreichen Erfahrungsschatz, den ich bei meinen Selbst-PR-Aktivitäten gesammelt habe. Zu jedem Kapitel habe ich Ihnen zudem interessante Lesetipps zusammengestellt.

Entweder Sie arbeiten es systematisch von vorne nach hinten durch. Oder: Lesen Sie das Inhaltsverzeichnis. Fangen Sie irgendwo an. Irgendwo. Am besten da, wo für Sie der meiste Spaß drinsteckt. Und dann begeben Sie sich auf die nächste Abenteuerreise. Schritt für Schritt.

Meine Empfehlung: Gönnen Sie sich ein schönes Notizbuch für Ihr Selbst-PR-Projekt. A4 oder A5 – ganz nach Handtaschengröße. Ich mag am liebsten Ringbücher, da kann man auch was einkleben – ohne dass das Buch aus dem Leim geht. Ebenfalls ganz wunderbar geeignet ist das „Hirni" im Marie-von-Mallwitz-Verlag, ein ständiger Begleiter aus hochwertigstem Papier. Halten Sie darin alles fest, was Sie gerne tun möchten, was Ihnen gerade einfällt, was Sie inspiriert, was für Ihre nächsten Schritte wichtig ist: Die Antworten auf die Fragen in diesem Buch. Literatur, die Sie noch lesen möchten. Ideen für Aktionen. Nehmen Sie's überall mit hin. Auch zum Friseur, damit Sie Geistesblitze immer und jederzeit einfangen, einen Artikel aus der Zeitung einkleben oder etwas malen können. Die Digital Natives unter uns machen das mit Smartphone oder Tablet. Ob Sie mit Evernote arbeiten, einem Karteikasten oder einem klassischen Notizbuch – legen Sie sich einen schönen Platz für Ihre Eingebungen an, damit Ihre Ideen nicht verloren gehen und Sie sie auch umsetzen können.

Und sagen Sie JA! Wir brauchen sichtbare, engagierte Frauen im Business. Wir brauchen Frauen, die wirken. Wir brauchen erfolgreiche Frauen und Vorbilder, die in Erinnerung bleiben! Wir brauchen Sie und Ihre sichtbaren göttlichen Talente!

WAS IST SELBST-PR?

Wenn man mich fragt, was ich unter Selbst-PR verstehe, erzähle ich gerne diesen Witz:

Eine arme Frau betet zu Gott: „Lieber Gott, bitte lass mich im Lotto gewinnen." Am nächsten Tag betet sie wieder: „Herr, bitte mach, dass ich im Lotto gewinne." So geht das Tag für Tag, Jahr für Jahr. Nichts passiert. Die Frau betet tapfer weiter. Eines Tages erhellt sich plötzlich der Raum und eine tiefe, laute Stimme spricht zu ihr: „Bitte gib mir eine Chance, kauf dir endlich einen Lottoschein!"

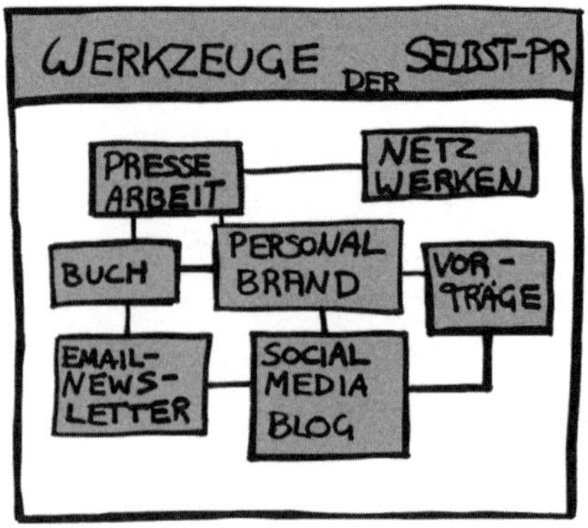

Der Witz ist alt, erklärt aber gut, worum es bei der Selbst-PR geht: Wenn ich nichts tue, dann tut sich auch nichts. Wer sich zeigt mit seinen Ideen, Projekten und mit seinem Können, der schafft die Grundlage für seinen Erfolg. So habe ich es immer wieder erlebt: Wenn ich nicht gebloggt oder einen Vortrag gehalten hätte, wären Empfehler und Kunden einfach nicht in mein Leben getreten. So einfach ist das.

Vertrauen aufbauen und Dialog pflegen:
PR steht für „Public Relations", eine Disziplin, bei der es um die Pflege öffentlicher Beziehungen geht. PR betreiben Organisationen und Personen, wenn sie eine Idee in die Welt tragen wollen und Sichtbarkeit in der Öffentlichkeit benötigen. Leider wird PR oft mit Werbung, Propaganda, Beeinflussung oder Krisenbewältigung verwechselt. PR jedoch wirbt durch Kommunikation um Verständnis und lebt vom Dialog mit den Zielgruppen. Als langfristige, ehrliche Informationsarbeit zielt sie auf den Aufbau von Vertrauen.

Professionelle PR trägt dazu bei, sich in der Öffentlichkeit einen Namen zu machen. PR weckt die Aufmerksamkeit potenzieller Kunden, Wähler, Befürworter oder Gegner sowie zukünftiger Allianzpartner. Zudem festigt sie das Vertrauen von bestehenden Geschäftspartnern. PR fördert das Interesse für Themen, Meinungen, Initiativen und Projekte. PR beugt aber auch Missverständnissen und Konflikten vor.

Selbst-PR, auch Ego-Marketing, Selbstvermarktung, die Marke „Ich" oder Personality-PR genannt:
Wenn es um Selbst-PR geht, dann wird PR von einem Menschen

in eigener Sache betrieben. Unter Selbst-PR verstehe ich die Summe der Aktivitäten, mit denen Sie kontinuierlich Aufmerksamkeit wecken und Vertrauen bei denjenigen Menschen gewinnen können, die für Ihre Karriere und Ihr Business wichtig sind und mit denen Sie verbunden sein möchten.

Und nein, es geht nicht nur um Online-Aktivitäten, z.B. mit einem Blog, Newsletter oder über Präsenzen in Social Media. Es geht auch darum, Verbindungen im echten Leben, zu gestalten. Dazu gehören z.B. das Netzwerken mit Multiplikatoren und Experten, Pressearbeit, Vortragstätigkeit oder das Publizieren von Büchern. Und es gehört dazu, sich unverwechselbar und wiedererkennbar zu einer Marke aufzubauen.

Selbst-PR bedeutet, sich kontinuierlich zu zeigen, weil man ein Ziel verfolgt. Ihr Ziel bestimmt darüber, wie viel Sichtbarkeit Sie auf welchen Plattformen brauchen. Erfolgreiche Selbst-PR schafft die richtigen Verbindungen für Menschen, Ideen, Services, Produkte und Initiativen. Sie hat stets die Win-win-Situation im Blick: Was kann ich für jemand anderen tun, was er für mich?

Selbst-PR-Praxis: So machen es die anderen

Social Media & Co machen es möglich: Heute haben wir alle Kanäle, mit denen wir uns und unser Business ins Gespräch bringen können, in der Hand- oder Jackentasche. Jede Einzelne von uns kann mit dem Smartphone, Tablet oder Notebook ihre eigenen TV-Kanäle, Online-Zeitungen und Hörfunksendungen produzieren. Wir können uns mit einem Blog zeigen, „recherchierbar" und im Netz auffindbar machen. Wir können mit Journalisten, Kunden, Partnern und Fans in Kontakt treten. Dazu brauchen wir PR-Know-how, ein bisschen „Rampensau-DNS", Mut und Zeit, aber nicht mehr notwendigerweise das große PR-Budget von einst.

Sehen wir uns an, wie Führungskräfte und Selbstständige heute Selbst-PR nutzen. Dazu habe ich in meinem Netzwerk im September 2016 eine Online-Umfrage mit 84 Teilnehmenden zu ihrer Selbst-PR durchgeführt. Und so sehen die Ergebnisse aus:

WIE VIEL ZEIT PRO WOCHE VERBRINGEN SIE MIT ...?	GAR KEINE ZEIT.	WENIGER ALS 30 MIN. / WOCHE	0,5-3H/ WOCHE	3-5H/ WOCHE	5-8H/ WOCHE	MEHR ALS 8H/ WOCHE
Social Media: Likes, Shares, Kommentaren, Dialogen in z.B. Facebook, Twitter, Instagram	7%	8%	38%	25%	12%	10%
Weiterbildung rund um Selbst-PR, Bloggen und Social Media	17%	35%	30%	13%	5%	0%
Profile in den Business-Netzwerken Xing oder LinkedIn aktuell halten	19%	56%	23%	1%	0%	1%
Webseite, Blog bespielen oder im Intranet bloggen	21%	21%	38%	12%	4%	4%
Persönliches Vernetzen auf Tagungen, Kongressen, Messen, Events	22%	39%	25%	7%	4%	3%
Artikel, Newsletter, Buch schreiben und veröffentlichen	31%	23%	31%	8%	4%	3%
Aufbau und Weiterentwicklung eines Personal Brands, einer Personenmarke	33%	29%	24%	8%	1%	5%
Eigene Broschüren, Flyer, Programme, Visitenkarten herstellen und verteilen	36%	39%	20%	5%	0%	0%
Empfehlungen und Fallstudien generieren	45%	32%	17%	6%	0%	0%
Vorträge und Workshops halten	46%	21%	18%	5%	4%	6%
Kontakte mit Journalisten aufbauen und pflegen	50%	36%	11%	2%	0%	1%
Interviews in Medien und anderen Blogs geben	64%	24%	11%	1%	0%	0%

Am intensivsten nutzen die Befragten Social Media, d.h. sie stellen Fotos, Texte bei Facebook, Twitter oder Instagram ein oder teilen und kommentieren dort Artikel und fremde Inhalte. Etwas mehr als die Hälfte wenden über 30 Minuten wöchentlich für die Pflege ihrer Auftritte in Xing und LinkedIn auf. Im Ranking folgen dann Bloggen, die Weiterbildung rund um Selbst-PR, das Netzwerken und Publizieren von Informationen. Das Halten von Vorträgen und das Gewinnen von Empfehlungen werden wenig genutzt.

Die Hälfte der Befragten pflegt keine Kontakte zu Journalisten und 64% betreibt gar keine Pressearbeit. Und doch wäre das so wichtig, denn 57% aller Befragten gaben an, dass sie bekannter werden und stärker als Experte wahrgenommen werden wollen.

WIE BEURTEILEN SIE IHREN BEKANNTHEITSGRAD?	
Ich will im Hintergrund bleiben und bewusst nicht in der Öffentlichkeit stehen.	7%
Ich stehe am Anfang meiner Karriere, meiner Selbstständigkeit und will einen Expertenstatus aufbauen.	17%
Ich stehe vor einem Career Change, einer neuen Lebensphase und will neue Themenfelder besetzen.	23%
Ich bin zufrieden mit meinem Bekanntheitsgrad, mit meinem Expertenstatus.	24%
Ich will bekannter werden und stärker als Experte wahrgenommen werden.	57%

Es scheint, als wären wir auch in der Selbst-PR Wissensriesen, aber Umsetzungszwerge. *Bill Gates* soll einmal gesagt haben: „If I was down to my last dollar, I'd spend it on public relations." Denn PR ist der Schlüsselfaktor beim Bekanntwerden! Sehen wir uns einmal die an, die schon bekannt sind und was wir von ihnen lernen können.

Warum goldener Glanz längst nicht mehr nur Filmstars vorbehalten ist

„Bei der Entscheidung, welches Talent für einen Job gebucht werde (...), zählten heute nicht mehr nur Aussehen und Maße, sondern auch die Zahl der Instagram-Follower. Bei einem Model wie Lily Aldridge (...) stünde neben den Angaben 175, 79-58-84 eben auch die 4,4 Millionen mit dabei. Das sei für die Auftraggeber natürlich reizvoll, denn Lily bringe ihre Zielgruppe ja gleich mit." (*Süddeutsche Zeitung* vom 7. November 2016, Seite 3)

Was haben Models mit Führungskräftekarrieren und dem Erfolg von Selbstständigen zu tun? Nun, wir können von ihnen lernen und von all den anderen Stars aus dem Musik-, Kino- und YouTube-Business. Warum sind Stars für uns so interessant? Es ist ihr goldener Glanz, der sie so besonders macht, die Bewunderung, die ihnen ihre Zuschauer und Fans entgegenbringen und der Glamour eines besonderen Lebensstils, der sie umgibt.

Prominent wurde man früher, wenn man als Künstler oder Sportler eine herausragende Leistung erbracht hatte, zudem über eine beeindruckende Ausstrahlung und Persönlichkeit verfügte und dazu auch noch attraktiv aussah. Prominent blieben die, die immer wieder von sich Reden machten und regelmäßig auf den Titelseiten, in den Klatschspalten, im Fernsehen und im Radio vertreten waren.

Für die permanente Publicity musste man Einiges tun: Kontakte mit Journalisten pflegen, für Aufsehen erregende Inszenierungen, Dramen und Vorfälle sorgen, mit den hippsten Stars und Einflussgrößen aus der Filmindustrie, Politik und Wirtschaft gesehen werden und nicht nur die Erfolge, sondern auch den Lifestyle geschickt zur Schau stellen. Früher sah die Selbst-PR zur konstanten „Glanzpflege" von Schauspielern z.B. so aus:

- Die *Frau im Spiegel* kam zu einer Homestory nach Hause und zeigte in einem Interview und mit vielen Fotos die private Seite des Stars.

- Auf Galas und Empfängen präsentierten sich die Stars den Fotografen in wallenden Ballkleidern von ihrer Schokoladenseite, um dann in der nächsten Bunten die Fotos vom roten Teppich zu finden.

„Glanzpflege" ist besser als bohren

Dieser Glanz der Bekanntheit, viele Fans zu haben und von ihnen geliebt, begehrt und bewundert zu werden, bestimmte den Marktwert eines Künstlers:

- Bei den Schauspielern, die viele Fans hatten, war die Wahrscheinlichkeit groß, dass sich die Säle beim nächsten Film oder bei der neuen Tournee schneller füllten. Das wirkte sich auf die Honorare und die Größe der nächsten Rolle aus.
- Was Schauspieler, Models oder Fußballer trugen oder sich ins Gesicht schmierten, das hatte Einfluss auf die Kaufentscheidungen von Menschen. Deshalb wurden Prominente immer wieder als Werbeträger und Markenbotschafter von Konsumartikelherstellern beschäftigt. Wenn der Fußballspieler *Uwe Seeler* in den siebziger Jahren „Im Frühtau zu Berge" bei der Rasierwasserwerbung pfiff, hatte das schon eine Bedeutung!

Die Zahl der Fans einer „Celebrity", einer gefeierten Persönlichkeit, ließ sich bis in die 90er-Jahre hinein aber allenfalls daran messen,

- ob es viele Leserbriefe gab,
- ob die Einspielergebnisse eines Theaterstücks, Konzerts oder Kinofilms gut waren,
- ob die verkaufte Auflage nach einem Bericht in der Yellow Press nach oben ging,
- ob es wieder neue goldenen Schallplatten oder Bambis gab,
- wie viel Fanpost kam oder wie viele Autogrammkarten angefordert wurden oder
- wie viele Kuscheltiere und BHs bei einem Take-That-Konzert auf die Bühne geworfen wurden.

Doch jetzt leben wir in der „GAFA-Welt" – *Google, Amazon, Facebook, Apple*. Das Internet und die sozialen Medien haben die Stars und den Glamour revolutioniert: Plötzlich ist man mit seinem Idol über *Instagram, Twitter* oder *Facebook* auf Du und Du. Jeder kann auf dem Smartphone sehen, was seine Idole gerade tun, trinken, wie sie Sport machen, welche Kleidung sie tragen, wen sie treffen und worüber sie in diesem Moment nachdenken. Die Zahl der Follower lässt sich in Werbedollar übertragen, Stars werden zu Unternehmern mit einem eigenen Parfum wie z.B. der Sängerin *Christina Aguilera*, einer Modelinie wie bei Ex-Spice-Girl *Victoria Beckham* oder – wie bei dem Schauspieler *Ashton Kutcher* – mit einem Werbeimperium.

Neue Kanäle und Plattformen machen neue Stars

Heute werden Menschen nicht nur zu Stars, weil sie tolle Künstler sind. Sie werden Stars, weil sie es werden wollen und können. Die Medien bieten Formate an, die Stars produzieren. Man braucht nur den Mut, sich darzustellen. Die sozialen Medien bringen Models ohne Casting einer Modelagentur hervor. In YouTube inszenieren sich die Entertainer und TV-Stars von morgen selbst, ohne dass sie bei den marktdominierenden TV-Sendern vorstellig werden oder eine Ausbildung absolvieren müssten. Sie alle können durch die messbare Zahl ihrer Fans und Follower auf den diversen Plattformen ihren Marktwert offen kommunizieren: Der Strahlwert ihres Glanzes lässt sich in Dollar und Euro umrechnen!

Autoren brauchen keine Verlage mehr und Bands kommen ohne Plattenlabels aus, weil sie sich direkt ihr Publikum aufbauen können. Die Musikszene hat sich dadurch zu einer gewaltigen Ansammlung von Mikrokosmen entwickelt, in denen Bands und Sänger in 1:1-Kommunikation mit ihren Fans stehen. Der Fan kann in den direkten Kontakt mit dem Künstler treten, den künstlerischen Entstehungsprozess beobachten und kommentieren. Sein Klick auf „Download" in den Musikportalen ist seine Bezahlung. Alles ist anders.

Was das mit Ihrer Karriere oder Ihrem Business zu tun hat? Nicht nur Möchtegernmodels und YouTuber, sondern wir alle können jetzt berühmt werden und unsere Fanbasis aufbauen. Und es gibt viele gute Gründe, das auch zu tun.

Die neuen Rockstars: CEOs

Sich ein Publikum aufzubauen, das ist längst nicht mehr nur Schauspieleraufgabe. Auch Unternehmer und Führungskräfte bauen heute ihre Personenmarke auf. Sie haben Fans und Follower, manche suchen sogar die Nähe zur Publikumspresse. Und je mehr ihnen folgen, desto mehr Autorität und Marktwert haben sie.

„Das goldene Blatt" werden all die Führungskräfte nicht zu sich nach Hause einladen. Jedoch verrieten beispielsweise 2017 in *Spiegel Online* zehn CEOs u.a. von *Adidas, Kamps* oder *Bertelsmann,* welchen Hobbys sie in ihrer Freizeit nachgehen. *Nina Ruge,* Ehefrau von Top-Manager *Wolfgang Reitzle,* lud die Zeitschrift *GALA* auf ihr italienisches Weingut ein. Und *Vodafone*-CEO *Hannes Ametsreiter* schritt 2016 als Gast über den roten Teppich beim *BILD*-Sommerfest.

Sheryl Sandberg, COO von Facebook, veröffentlichte z.B. Bücher über ihre Karrierestrategie „Lean In: Frauen und der Wille zum Erfolg" oder über ihre Lebenserfahrungen bei der Bewältigung einer Krise „Option B: Wie wir durch Resilienz Schicksalsschläge überwinden und Freude am Leben finden".

Bei *Twitter* treffen wir *John Legere,* den CEO von *T-Mobile* oder *Amazon*-Chef *Jeff Bezos,* der darin seine Follower z.B. nach Ideen für eine Philanthropie-Strategie fragte. Die Social-Media-affinen CEOs wie *Mark Zuckerberg* oder *Elon Musk* bespielen ihre Social-

Media-Kanäle. *Richard Branson, Bill Gates* und *Arianna Huffington* bloggen. Und Sie?

Aus eigener Erfahrung weiß ich: Glanz ist wichtig, denn er macht so vieles leichter. Wer voller Selbstvertrauen glänzt und strahlt, zu dem fühlen sich die Menschen magisch hingezogen. Sie wollen etwas von dem Erfolg, dem Einfluss und der Aura der Prominenz, die diesen Menschen umgibt, auf sich scheinen lassen. Glanz öffnet Türen. Er bringt Sie in Verbindung mit einflussreichen Menschen, mit denen Sie Ihre Ziele schneller und leichter umsetzen können. Wo glänzen Sie?

Auf den nächsten Seiten erfahren Sie mehr darüber, warum der goldene Glanz speziell für Führungskräfte und für Selbstständige in Zukunft erfolgsentscheidend sein wird.

WARUM IST SELBST-PR HEUTE SO WICHTIG FÜR FÜHRUNGSKRÄFTE?

Sie erinnern sich noch an die drei Ds? Demografischer Wandel, Digitalisierung und Diversity? Diese drei Entwicklungen verändern unsere Arbeitswelt und machen eine neue Art der Selbstdarstellung notwendig.

Demografischer Wandel: Neue Talente zu finden wird für die Personalabteilungen schwieriger, deshalb suchen sie immer häufiger bei der Besetzung von Positionen innerhalb des eigenen Unternehmens. Welche Talente haben wir schon und wie können wir die mit den Aufgaben „matchen"? Wer hier seine Kompetenzen, Erfolge und Fähigkeiten transparent macht und innerhalb des Unternehmens gut vernetzt ist, kommt leichter zur neuen Position.

Digitalisierung: Unsere neuen lebenslangen Karrieren werden in Zukunft mit deutlich mehr Stationen ausgestattet sein, als das bei der typischen Drei-Stufen-Karriere unserer Eltern der Fall war.

Und es werden Berufe und Tätigkeiten dabei sein, von denen wir heute aufgrund des technologischen Wandels noch keine Ahnung haben können.

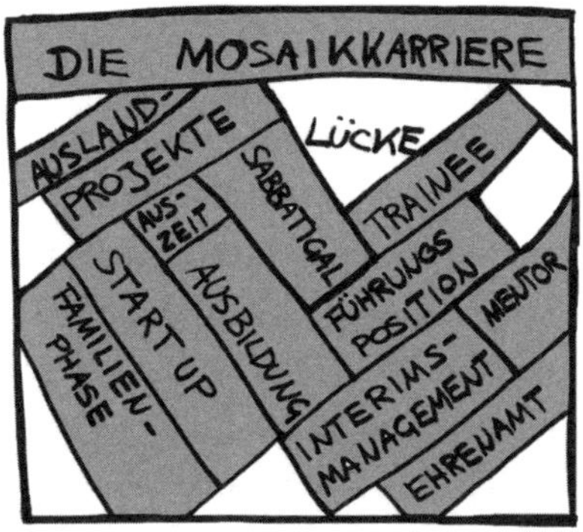

Auf uns alle wartet eine spannende Mosaikkarriere, die wir nicht nur nach Marktbedürfnissen, sondern auch nach unseren Wünschen, Wertvorstellungen und individuellen Lebenssituationen gestalten wollen. Und es wird nicht so sein, dass diese Karriere – wie bei unseren Eltern – automatisch nach oben führt. Je nach Anforderung und Lebensphase können sich eine Leitungsfunktion oder eine Projektmitarbeit abwechseln: Eins runter, eins rauf, ein Schritt zur Seite – alles wird normal sein.

Viele Karrierestationen bedeuten: viele einzelne Übergänge meistern. Schneller und leichter gelingt das mit einem glasklaren Profil, guten Empfehlungen aus einem wertschätzenden Netzwerk und einem erfolgreichen Expertenstatus. Ihre Sichtbarkeit, Ihre Community sowie die Zahl Ihrer Fans und Follower – das sind die neuen Faktoren, die nicht nur Ihren Marktwert, sondern auch Ihre Karrierechancen steigern.

Diversity: Dieser Begriff steht für die wirtschaftliche, kulturelle und soziale Vielfalt am Arbeitsplatz. Auch das Gender-Thema ist hier angesiedelt. Und die Bedeutung steigt von Tag zu Tag: Zwar hat der Frauenanteil unter den Führungskräften seit 1995 zugenommen, doch an der Spitze großer Unternehmen sind Männer noch unter sich. Von den 4,9 Millionen angestellten Führungskräften in der deutschen Privatwirtschaft waren 2015 nur 30 Prozent Frauen. In den Vorständen der 200 größten Unternehmen in Deutschland waren Frauen Ende 2016 mit einem Anteil von 8 Prozent vertreten, bei den DAX-30-Unternehmen waren es 11 Prozent. In Aufsichtsräten ist der Frauenanteil höher: Bei den Top-200-Unternehmen liegt er bei 23 Prozent, in der DAX-30-Gruppe bei 30 Prozent. Das berichtet der Führungskräfte-Monitor 2017 des Deutschen Instituts für Wirtschaftsforschung.

Immer wieder wird bewiesen, dass Frauen an der Spitze dringend benötigt werden: 2016 hat eine Studie des Peterson Institutes für Internationale Wirtschaft ergeben, dass ein 30 Prozent höherer Frauenanteil in unteren bis höheren Chefetagen mit einem um 15 Prozent höheren Nettoumsatz einhergeht. Eine Studie der BI Norwegian Business School untersuchte 2016 die Persönlichkeit und die Charakteristika von 3000 ManagerInnen und fand heraus, dass in fast allen Bereichen Frauen die besseren Chefinnen sind.

In vier von fünf Kategorien schnitten die Frauen besser ab:

- Initiative und klare Kommunikation,
- Offenheit und Innovationsfähigkeit,
- Geselligkeit und Unterstützung sowie
- methodisches Management und Zielsetzung.

Die Männer wurden beim Umgang mit Arbeitsstress bei emotionaler Stabilität besser bewertet. Ob durch Frauenquote oder die Erkenntnis, dass gemischte Teams erfolgreicher arbeiten – immer mehr Frauen werden für Führungspositionen gesucht. Auch hier gilt: Wer mit sichtbaren Kompetenzen, einem guten Ruf und dem richtigen Netzwerk punktet, hat bei der Besetzungsrunde die Nase vorn.

Der Wandel der Führungsrolle

Auch die Zusammenarbeit im Unternehmen wandelt sich. Agiler wird es, aus Führungskräften sollen „Leader" werden, die „Follower" haben. Und da spielt wieder die Selbst-PR hinein.

Leadership früher: Es genügte, eine gute Präsentation bei der Abteilungsleitersitzung abzugeben und Leistung zu bringen. Die Zahlen mussten stimmen, die Ziele erreicht werden, die Fluktuation sollte nicht zu hoch und die Kunden sollten natürlich zufrieden sein. Der Chef hat das dann schon erfahren.
Leadership heute: Aufmerksamkeit erzeugen, Konsens ermöglichen, Kooperation etablieren, Innovation anstoßen, Mitarbeiter motivieren, Kundenorientierung maximieren, Netzwerke knüpfen und die Kommunikation inklusive Flurfunk am Laufen halten – das sind die Schlüsselaufgaben. Führungskräfte stehen permanent in der Pflicht, Wissen weiterzugeben, Prozesse zu dokumentieren und Erfolge sichtbar zu machen.

Denn die Teams arbeiten heute vernetzt, nicht nur mit den Kollegen in der Abteilung und den Niederlassungen im In- und Ausland, sondern auch mit Kunden, Lieferanten und Partnern. Da sind eine intensive Kommunikation und ein permanenter Austausch erfolgsentscheidend. So manches Projekt wird deshalb als besonders erfolgreich wahrgenommen, weil es Kommunikationstalente gibt, die es mit Schwung und Elan im Unternehmen promoten.

Karrieren gestaltet man heute sichtbar

Wer aktiv Themen besetzt, wer „laut" arbeitet, hat die größeren Jobchancen. Das zeigt das Beispiel von *Ilona Libal*, die als IT-Projektmanagerin „Ü50" nach einer Auszeit, die sie mit ihrem Mann in Bahrain verbracht hatte, bei einem Automobilkonzern einstieg. Um auf eine agile Projektabwicklung mit interdisziplinären Teams hinzuarbeiten und um in ihrem unmittelbaren Arbeitsumfeld etwas zu verändern, gründete sie zusammen mit Kollegen Ende 2015 eine „Working Out Loud"-Initiative. Dabei handelt es sich um ein zwölfwöchiges Programm, das der Amerikaner *John Stepper* entwickelt hat. Ziel ist es, dass Mitarbeiter durch eine transparente, offene Zusammenarbeit verschiedenste Ziele erreichen und wertvolle Verbindungen knüpfen können.

Das Programm sieht vor, dass sich fünf Mitstreiter in einem WOL-Zirkel individuelle Ziele vornehmen. Sie treffen sich zwölf Wochen lang je eine Stunde und arbeiten dabei nach einem ausgeklügelten Leitfaden, den sogenannten „Circle Guides", bis hin zur Zielerreichung. Das sind die fünf Kernelemente der Methode von *John Stepper*:

1. Machen Sie Ihre Arbeit sichtbar, z.B. Arbeitsergebnisse oder Zwischenergebnisse.
2. Verbessern Sie Ihre Arbeit durch Querverbindungen und Rückmeldungen.
3. Leisten Sie großzügige Beiträge, bieten Sie Hilfe an, anstatt sich großspurig selbst darzustellen.
4. Bauen Sie ein soziales Netzwerk mit interdisziplinären Beziehungen auf, die Sie weiterbringen
5. Arbeiten Sie zielgerichtet zusammen, um das volle Potenzial der Gemeinschaft auszuschöpfen.

Um diese Sichtbarkeit zu gestalten, suchte sich *Ilona Libal* Unterstützung. Sie schloss sich den Mastermind Bloggern an, um in ihrer Freizeit „Parkettsicherheit" in Sachen Social Media zu erlernen: Wie geht Bloggen? Wie bereite ich Inhalte so auf, dass andere sie gerne lesen? Was kann ich wo wie posten? Schließlich verfügte das Unternehmen über eine interne Social-Media-Plattform, die sie nutzen konnte, um die Kommunikation in Schwung zu bringen und Unterstützer für Ideen oder Projekte zu finden.

Ein Netzwerk, das über Unternehmensgrenzen hinauswächst

Das Netzwerk der Gruppe wuchs und die Begeisterung, die die WOL-Mitglieder versprühten, steckte viele andere an. Die Folgen:

- Erfolg für die Methode: Andere nutzten die Inspiration durch die Blogbeiträge und die Posts auf internen Plattformen sowie die Berichte auf internen Veranstaltungen. Immer mehr Mitarbeiter gründeten ebenfalls WOL-Zirkel.
- Expertenwahrnehmung: *Ilona Libal* und ihre Kollegen wurden als WOL-Champions innerhalb des Unternehmens wahrge-

nommen, wurden um Rat gefragt und konnten viele Menschen positiv inspirieren.

- Ein großes Netzwerk: Sie pflegten enge Kontakte mit *John Stepper* und luden ihn mehrfach ein, im Unternehmen die Methode vorzustellen und zu begleiten. Zusammen mit *John Stepper* vernetzten sie sich auch mit Working-Out-Loud-Aktivisten in anderen Unternehmen unterschiedlicher Branchen zum Erfahrungsaustausch.

„In meinem WOL-Circle habe ich gelernt, wie ich mich in unserem sozialen Business-Netzwerk bewege, wie ich mich über Hierarchien hinweg vernetze und hilfreiche Informationen zu meiner täglichen Arbeit teilen kann und im Gegenzug sehr viel Unterstützung zurückbekomme. Plötzlich bin ich mit Kollegen in ganz unterschiedlichen Bereichen vernetzt, wie z.B. der Internen Kommunikation, der Revision und sogar mit einer Kollegin im Werk. Normalerweise hätte ich nie mit denen zu tun gehabt", sagt *Ilona Libal* heute.

„Laut" zu arbeiten wurde zu einer Erfolgsgeschichte: *Ilona Libal* wurde nicht nur im eigenen Unternehmen, sondern auch über dessen Grenzen hinaus bekannter und als WOL-Expertin für eine wirksame Art und Weise der Zusammenarbeit wahrgenommen. Schon bald bekam sie mehrere interne Jobangebote, bei denen sie ihre nun sichtbaren Kompetenzen einbringen konnte.

Glanz schafft Mehrwert

Ob im Mittelstand oder im international tätigen Konzern: Eine effektive Selbstdarstellung trägt erheblich dazu bei, dass Sie wahrgenommen werden

- als potenzielle Kandidatin für interessante Positionen,

- als einzigartige Expertin mit besonderem Fachwissen und
- als charismatische Führungskraft mit wiedererkennbarer, sympathischer Markanz.

Wer versteht, wie Selbst-PR funktioniert, hat viele Vorteile:

- Wer mit Fakten informiert, die Nachrichtenwert haben, demonstriert Relevanz und Expertenwissen. Das zieht Follower an und stärkt den Expertenstatus.
- Wer schreibt, bloggt, sich im Intranet mit seinen Erfolgen zeigt, erreicht Glanz für sich und sein Team. Eine wirksame Kommunikatorin mit einem unverwechselbaren Stil empfiehlt man gerne für größere Aufgaben.
- Wer klug kommuniziert, sich vernetzt und sich kontinuierlich mit spannenden Themen positioniert, generiert Empfehlungen, ein treues Publikum und gewinnt: beim Headhunter, beim Kunden, bei der nächsten Aufsichtsratsbesetzungsrunde und bei den eigenen Mitarbeitern.
- Wer formvollendet auftritt mit einer angenehmen äußeren Erscheinung und Smalltalk beherrscht, knüpft leichter gute Beziehungen und Netzwerkverbindungen.
- Wer in seinen Glanz investiert, investiert in seinen Marktwert. Denn wessen Wort gilt mehr: das des No Names oder das der Expertin mit 2.765 Followern auf Twitter und einem treuen Publikum in den Social Media? Der Marktwert einer Kandidatin steigt mit ihren Likes, Shares und Fans – die Währung der Arbeitswelt 4.0.

Der Aufbau einer guten Reputation ist für jede Führungskraft die Arbeitslosenversicherung 4.0. Welche Tipps Recruiter für die Selbst-PR haben, das erfahren Sie im nächsten Kapitel.

INTERVIEW MIT SOPHIA VON RUNDSTEDT: WIE SELBST-PR EINE LEBENSLANGE KARRIERE FÖRDERT

Sophia von Rundstedt ist Geschäftsführerin des deutschen Marktführers in der Outplacementberatung und hat sich intensiv mit den neuen Karrieremustern auseinandergesetzt. Sie verrät uns, wie man die Sichtbarkeit einer Karriere über ein ganzes Leben hinweg gestaltet.

Wie werden sich Karrieren verändern?

Wir erleben gerade die Abkehr von der klassischen Leiter-Karriere, bei der man die Leiter kontinuierlich nach oben steigt. Sheryl Sandberg hat es in ihrem Buch „Lean In: Frauen und der Wille zum Erfolg" so formuliert: „Wenn man die Leiter hochsteigt, sieht man immer nur den dicken, fetten Po von der Person, die vor einem auf der Leiter steht." Man kann nicht nach rechts oder nach links, man kann nur nach oben oder unten.

Das Bild eines Mosaiks zeigt, dass man in jeder Richtung den nächsten Stein anlegen kann. Es kann sein, dass ich aus einer klassischen Führungssituation heraus einen Sidestep mache, in eine Expertenrolle gehe, ein bestimmtes Projekt begleite, ich kann aussteigen, in Familienzeit gehen oder ein ehrenamtliches Engagement übernehmen. Manche gründen ein neues Unternehmen. In dem Buch „Das 4-Stunden-Startup" zeigt Felix Plötz beispielsweise auf, wie man eine Gründung mit einem Teilzeitjob verbinden kann.

Die Modelle sind vielfältig und es kommen immer neue hinzu. Scheitern wird heute nicht mehr als solches wahrgenommen. Wenn ich ein Startup gründe, es geht schief und ich bewerbe mich wieder auf eine Führungsposition, ist das heute nichts Ungewöhnliches mehr. Es ist normaler, dass es Brüche gibt, dass Menschen Auszeiten nehmen, um die Welt zu umsegeln oder sich um die Familie zu kümmern. Die Karriere ist bunter und vielfältiger geworden. Es kann 180-Grad-Wenden geben, und es ist viel mehr Bewegung zu sehen.

Wie können Frauen ihre Karriere auf den Weg bringen?

Frau hat heute mehr Möglichkeiten und kann sich nicht mehr so schnell eine Karriere verbauen. Aber wer die Wahl hat, hat die Qual. Deshalb ist es wichtig, dass man bei sich selbst einen roten Faden findet. Weil das Angebot so vielfältig ist, kommt es darauf an, sich auf sich selbst zu besinnen: die eigenen Stärken und Werte zu kennen, um sich gleich einem Kompass daran zu orientieren.

Viele haben sich diese Frage noch nicht gestellt: Was kann ich gut? Was ist mir wirklich wichtig? Dafür gibt es Tests zur Selbsteinschätzung wie den Gallup StrengthsFinder. Oder Sie fragen Menschen aus Ihrem Umfeld: Was sind die Dinge, die ich gut kann? Wo habe ich gutes Feedback bekommen? Anschließend sollten Sie in sich hineinhören: Woran habe ich Spaß, wann bin ich im Flow? Wo ist es mühsam? Wenn Sie Ihre Stärken gefunden haben, fragen Sie weiter: Woran erkennt man diese Stärke, was sind typische Situationen, in denen dieses Talent zum Vorschein kommt? Wie erleben mich Freunde oder Partner?

Muss man Sichtbarkeit planen?

Soziale Netzwerke sind unabdingbar. Ich rate dazu, sich ein sehr gutes Profil auf Xing zuzulegen mit einer Premium-Mitgliedschaft. In Deutschland, Österreich und in der Schweiz ist Xing das Netzwerk mit der größten Durchdringung. Artikel, Videos, Kommentare, Themen, alles was Sie ausmacht, können Sie auf diesem Profil verlinken. Definieren Sie die richtigen Schlagworte, mit denen Sie von Personalberatern und Recruitern gefunden werden möchten, denn sie alle nutzen diese Datenbanken bei der Personalsuche. Nicht nur Ihr Name und Ihre letzte Position, sondern auch Ihre Stärken, Werte und Interessen sollten deutlich werden. Man kann sich dadurch vernetzen, wird sichtbar. Und man kann gefunden werden.

Netzwerken ist erfolgsentscheidend. Wir stellen aber immer wieder fest, dass sich Menschen darüber keine richtigen Gedanken gemacht haben. Viele, die sich beruflich verändern müssen, stellen fest, dass sie gar kein Netzwerk haben. Deswegen empfiehlt es sich, sich schon frühzeitig ein Netzwerk zuzulegen und zu pflegen. Schon an der Uni sollten Sie anfangen: Da gibt es Unternehmen, die sich zum Beispiel auf Karrieremessen präsentieren, gehen Sie hin. Schauen Sie, wo es Events gibt zu Themen, die Sie interessieren, wo man Gleichgesinnte treffen kann, um sich auszutauschen.

Mit wem soll man sich vernetzen?

Immer mit Personalberatern, und nicht nur mit einem! Nicht nur, um das eigene Profil zu reflektieren, sondern auch, um etwas über den eigenen Marktwert zu erfahren.

Ihren Arbeitgeber sollten Sie immer im Guten verlassen, damit Menschen, die die Qualität Ihrer Arbeit beurteilen können, für Sie als Referenzgeber zur Verfügung stehen. Auch empfehlen wir, die Beziehung zu Ihrem ehemaligen Unternehmen weiterhin zu pflegen, damit eine Veränderung positiv gesehen werden kann.

Wenn es um die Mentorensuche geht, überlegen Sie: Wer bringt mich voran, wer hat Zeit für mich, wer kennt mich, mit wem kann ich etwas verbinden? Wer der Richtige ist, hat mit den persönlichen Ambitionen und Karrierezielen zu tun. Mit einem Mentor sollte eine inhaltliche und persönliche Verbindung bestehen und ein regelmäßiger Austausch stattfinden.

Wenn Sie sich nach Multiplikatoren umsehen, sollten diese für ein Thema stehen, das Sie bewegt. Ein Kennenlernen ist leicht z.B. auf Veranstaltungen und Kongressen.

Welche Social-Media-Präsenzen empfehlen Sie?

Xing und LinkedIn. Twitter nutze ich selbst, um mit einer großen Zahl von Menschen, die meine Interessen teilen, in Verbindung zu stehen und diesen Botschaften zu senden. Twitter ist auch gut geeignet, um auf Veranstaltungen zu twittern und sich dort mit interessanten Menschen zu treffen. Zum Vernetzen für die berufliche Neuorientierung passt es aber nicht.

Facebook ist umstritten. Viele sind sich nicht im Klaren darüber, dass das, was sie posten, sich dort nicht wieder löschen lässt. Manche Recruiter sprechen Bewerber auf dieser Plattform an. Deshalb ist es wichtig, dass Sie festlegen: Was soll sichtbar sein von mir und was ist privat? Welche Fotos zeige ich? Welche Einblicke gewähre ich? Es ist Standard, dass sich HRler in Facebook über die Bewerber informieren.

Die Plattformen kommen und gehen, ein Engagement z.B. auf Instagram hängt von der Branche ab, in der Sie tätig sind. Schauen Sie sich an, wo die Themen, die für Ihre Community relevant sind, bespielt werden.

Hilft viel viel?

Weniger ist mehr! Sie müssen eine Präsenz haben und sie müssen gefunden werden können mit den richtigen Schlagworten. In Zukunft wird es die Technologie ermöglichen, dass Sie sehr passgenaue Stellenangebote über Xing und LinkedIn zugestellt bekommen. Aber man muss nicht auf allen Plattformen vertreten sein. Ich merke: Es ist gar nicht so leicht, die alle zu bedienen. Lieber entscheiden Sie sich für zwei Plattformen und die bespielen Sie richtig, d.h. Sie posten dort Artikel und zeigen, dass das eigene Profil lebt und kein Datenfriedhof ist.

Wie kann ich meine Sichtbarkeit in der Familienphase gestalten?

Mein wichtigster Tipp ist, dass Sie den Kontakt zum Arbeitgeber und zu den Kollegen weiter halten. Sagen Sie, wie lange Sie wegbleiben wollen und sprechen Sie mit Vorgesetzten über Ihre Vorschläge für Vertretungsmodelle und Ihren Wiedereinstieg. Sie sollten auch bei Veranstaltungen im Unternehmen anwesend sein, um zu zeigen: Mit mir ist zu rechnen!

Während der Familienphase? Immer mal wieder einen Artikel posten mit Ihren Fachthemen, aber lassen Sie Kinder bildlich raus. Sie sollten nicht von der Bildfläche verschwinden. Teilen Sie Tipps und Content, den andere produzieren, beantworten Sie Fragen, pflegen Sie Kanäle und Netzwerke weiter, besuchen Sie Branchenevents. Wenn die Familienphase nur drei Monate dauert? Genießen Sie die Zeit mit dem Kind! Und wenn Sie sechs Monate oder ein Jahr beim Kind bleiben wollen? Dann heißt es Dabeibleiben!

Ich engagiere mich seit zehn Jahren in dem Netzwerk „Working Moms". Das hat mir sehr geholfen. Mit anderen Tipps und Tricks zu teilen und gegenseitig Unterstützung zu erfahren – das war toll! Heute nutze ich dieses Netzwerk auch beruflich intensiv.

Und wenn man eine Karriere auf C-Level anstrebt?

Je nachdem, wie Sie sich positionieren möchten, ist ein Blog ein passendes Medium. Ich kenne CEOs und CFOs mit einem eigenen Blog und ich finde dieses Instrument sehr gut geeignet, um das eigene Brand zu stärken. Der Blog sollte ein Thema behandeln, für das man wirklich brennt. Und das kann sich sehr gut mit den Zielen Ihres Unternehmens ergänzen. Vor allem, wenn Sie zu dem Thema auch immer mal als Keynote Speaker angefragt werden oder Sie ein Buch dazu schreiben. Der Blog muss aktuell und gut gepflegt sein, es muss sich etwas tun.

Netzwerken ist das A und O. Deshalb empfehle ich die Präsenz in unterschiedlichen Netzwerken. Ich bin per se kein Freund von reinen Frauennetzwerken. Schauen Sie sich die unterschiedlichsten Netzwerke an. Ich zum Beispiel tausche mich sehr gerne mit Unternehmern aus. Wenn Sie eine CEO-Position anstreben, würde ich versuchen, jemanden zu finden, der eine solche Rolle schon innehat, und diese als Mentor zu gewinnen. Empfehlenswert sind Netzwerke auf Top Management Level. Da gibt es z.B. die Baden-Badener Unternehmergespräche, YPO, die Young Presidents' Organization, oder das Netzwerk Generation CEO, das der Personalberater Heiner Thorborg initiiert hat. Überlegen Sie: Welche Netzwerke passen zu Ihren Zielsetzungen? Ein Netzwerk wird umso wertvoller, je länger Sie dabei sind, da Sie mit jedem Treffen Ihre Beziehungen erweitern und vertiefen.

Und in der Lebensphase Ü50?

Viele Menschen, die sich in dieser Lebensphase beruflich neu orientieren, möchten nicht wieder zurück in eine klassische operative Rolle. Sie wünschen sich mehr Flexibilität und kombinieren oft unterschiedliche Projekte und Tätigkeiten miteinander, z.B. hat jemand eine Berater- oder Lehrtätigkeit, hält Keynotes, schreibt ein Buch, hat verschiedene Beiratspositionen inne. Personalberater bezeichnen das als „Portfoliokarriere".

Ihr goldener Tipp für tolle Karrieren?

Geben und Nehmen. Das beginnt damit, Angebote an die Menschen im eigenen Netzwerk machen. Man weiß nie, auf welchem Kanal etwas zurückkommt oder in welcher Phase es einem hilft. Aber ich habe die Erfahrung gemacht: In Vorleistung zu gehen, zahlt sich immer wieder aus! Das wäre mein wichtigster Tipp!

WARUM IST SELBST-PR HEUTE SO WICHTIG FÜR SELBSTSTÄNDIGE?

Sie sind Unternehmerin, Solopreneurin, Beraterin, Künstlerin oder Autorin? Ein Business erfolgreich aufzubauen und zum Blühen zu bringen, ist heute in den meisten Fällen ein People-Business. Gewinnende Persönlichkeiten und Medienbegeisternde Frontfrauen und -männer an der Spitze bleiben in Erinnerung. Wer es versteht, charmant auf den unterschiedlichsten Kanälen zu unterhalten und zu informieren, gewinnt leichter die Sympathien, die Wettbewerbsvorteile bescheren. Egal ob mittelständisches Unternehmen oder One-Woman-Show – wenn es um die Kundengewinnung geht, stehen alle vor den gleichen vier Herausforderungen:

1. **Aufmerksamkeit:** Um Erfolg haben zu können, müssen sie die Aufmerksamkeit derer gewinnen, die bei ihnen einkaufen, ihre Dienstleistungen nutzen, sie weiterempfehlen oder Personal- oder Einkaufsentscheidungen fällen.
2. **Vertrauen:** Sie müssen Vertrauen aufbauen bei ihren Zielgruppen, damit sie als bester Lieferant oder Dienstleister wahrgenommen werden und bei einem großen Angebot von Mitbewerbern schnell wiedererkannt und von den Kunden bevorzugt werden.
3. **Kontinuität:** Das Gewinnen von Aufmerksamkeit und Vertrauen ist eine kontinuierliche Aufgabe. Denn der Kundenstrom soll nicht abreißen, die Kunden sollen regelmäßig für Umsatz bei Ihnen sorgen, immer wieder kommen und durch Empfehlungen den Kundenkreis erweitern.
4. **Viele Zielgruppen:** Wer Erfolg haben will, braucht nicht nur das Vertrauen und die Aufmerksamkeit von Kunden: Vielleicht suchen Sie Mitarbeiter mit spezifischen Qualifikationen an ihren Standorten und wollen sie langfristig binden? Oder Sie wollen Geschäftspartner sowie Banken davon überzeugen, dass sie ein vertrauenswürdiger Partner für die Zukunft sind?

Tue Gutes und rede darüber

Den Aufbau von Vertrauen und Aufmerksamkeit – das können Sie erreichen, wenn Sie sich ihren Zielgruppen zeigen, wenn Sie über sich informieren. Denn: Information schafft Transparenz darüber, was eine Person, ein Unternehmen für seine Kunden tut, warum und wie. Früher standen für Marketing, PR, Selbst-PR z.B. diese Kanäle zur Verfügung:

- Werbung in Printmedien, z.B. Tageszeitung, Anzeigenblätter, Fachmedien, auf Plakatwänden, im Kino, Hörfunk oder Fernsehen

- Webseite
- Broschüren, Flyer, Mailings, Kataloge
- Teilnahme an Veranstaltungen, Messen
- Halten von Vorträgen
- Netzwerken in Clubs, Gewerbeverband etc.
- Bonusprogramme für Kunden, z.B. Belohnung für Empfehlungen
- Veröffentlichung von Büchern
- Kooperationen
- Presse- und Öffentlichkeitsarbeit

Heute können diejenigen, die Gutes tun und darüber reden wollen, zusätzlich z.B. diese Kanäle nutzen:

- Blogs
- E-Mail-Newsletter
- Auftritte in Social Media und Business-Netzwerken
- Online-Marketing wie z.B. Social-Media-Marketing, SEO und Mobile-Marketing, Ads, E-Mail-Marketing etc.

Machen Sie sich Notizen in Ihr Selbst-PR-Buch:
Welche Kanäle kommen für Sie in Frage?

Die Dunbar-Zahl: Sichtbarkeit durch Mathematik

Die Dunbar-Zahl besagt, dass das menschliche Gehirn für eine Gruppe von etwa 150 Individuen ausgelegt ist. Das entspricht ungefähr einer Dorfgemeinschaft, mit der wir – analog – Kontakt halten können. Eine Zahl, die sich auch in sozialen Netzwerken niederschlägt, denn die typische Anzahl der Freunde schwankt dort zwischen 100 und 250.

Mithilfe von Social Media vergrößert sich nun der Kreis der Menschen, mit denen wir rein rechnerisch in Verbindung bleiben können. Die mittlere Anzahl der Bekannten, die eine Person im Durchschnitt hat, beziffert *Robin Dunbar* von der University of Oxford mit einem Kreis von 1.500 Personen. Mit Social Media und den Business Netzwerken Xing und LinkedIn ist das leicht abbildbar. Ein einzelner Unternehmer hat also als Ausgangsbasis die Möglichkeit, zwischen 200 und 1.500 Personen online für seine Ideen, Produkte und Angebote zu begeistern. Auf den verschiedenen Online-Plattformen lässt sich diese Zahl für Unternehmen vervielfachen: mehr Menschen, mehr Kontakte, mehr Sichtbarkeit!

Wo Kunden herkommen

Wenn Sie über den Aufwand für Selbst-PR nachdenken, schauen Sie sich die Kosten für die Neukundengewinnung an. Es lohnt sich, einen Blick darauf zu werfen, woher Kunden kommen: Über Empfehlungen, durch Werbung, z.B. in einem regionalen Anzeigenblatt, über Aktionen in Social Media, Blog oder Suchmaschinen, durch Mailings, den Besuch im Ladengeschäft, per Zufall, durch eine einzigartige Marktposition, z.B. ist man der einzige, beste oder günstigste Anbieter, durch Messen und Events oder durch Stammkunden.

Wissen Sie, wie viel es Sie kostet, einen Kunden zu gewinnen? Die Angaben schwanken von null Euro für Mundpropaganda bis hin zu 30% vom Umsatz für Provisionsmodelle. Nur wenige sind sich der gewichtigen Rolle der PR bei der Neukundengewinnung bewusst: Sie rollt dem Vertrieb den roten Teppich zum Kunden aus!

Beantworten Sie sich eine Frage: Kann ich es mir leisten, mich nicht zu zeigen? Und dann rechnen Sie sich aus: Wie groß muss Ihr Publikum sein, damit Ihr Kundenstrom niemals abreißt? Wie viele Kunden müssen pro Monat vor Ihrer Türe stehen: Brauchen Sie einen Kunden, 500 oder müssen Sie 3.000 überzeugen? Wie viele Frösche müssen Sie küssen, um einen Prinzen zu finden?

„Ich habe eine Geschäftsidee. Wie fange ich an? Wie bekannt muss ich werden?" – das fragte mich ein Freund vor Kurzem bei einem Seespaziergang.

Das Erfolgsrezept lautet, überhaupt anzufangen. Planen, reden, recherchieren, eine Soll / Haben-Bestandsaufnahme machen. Die Nische aufspüren. Die Trends und die richtigen Menschen dafür finden. Auf den Kanälen, die zu den eigenen Stärken und zur Zielgruppe passen, über das Projekt sprechen. Das Timing steuern, um ein Momentum aufzubauen. Die Community bedienen. Dranbleiben. Experimentieren.

Wie bekannt müssen Sie sein?

Es reicht, dass die richtigen Menschen Sie kennen. Sie haben sicher schon vom „Kleine-Welt-Phänomen" gehört. Der amerikanische Psychologe *Stanley Milgram* prägte 1967 diesen Begriff. Es besagt, dass jeder Mensch jeden beliebigen anderen Menschen auf der Welt über durchschnittlich sechs Ecken kennt. Sie müssen Ihr Netzwerk einfach nur aktivieren und fragen.

Müssen Sie bekannt oder berühmt sein?

Jedes Ziel verlangt einen anderen Bekanntheitsfaktor: Die Führungskraft in einem Konzern braucht z.B. die Bekanntheit innerhalb des eigenen Unternehmens, ggf. in Berufsverbänden und in Fachcommunities, der Presse, bei Partnern, Kunden oder Headhuntern. Berühmt sind hier nur wenige. Als das Manager Magazin 2017 beispielsweise unter Deutschlands Wirtschaftsfrauen die einflussreichsten Aufsichtsrätinnen vorstellte, war mir nur einer der genannten Namen vertraut. In der Öffentlichkeit stehen diese Frauen also eher selten, aber in ihrer Community sind sie bekannt und geschätzt.

Eine Startup-Gründerin wiederum hat andere Anforderungen an ihre Bekanntheit: Sie benötigt einen guten Ruf in der Fach-community und bei Investoren, sie braucht tatkräftige Mitarbeiter und Berichterstattung in der Presse. Ihr Projekt oder Produkt muss sie je nach Zielmarkt – entweder B2C oder B2B – einer kleinen oder großen Käuferschicht bekannt machen. Bekannt wurden durch Neugründungen z.B. *Anna Alex* und *Julia Bösch* von *Outfittery, Lea-Sophie Cramer* vom Erotik-Onlineshop *Amorelie, Verena Delius* von *Fox & Sheep,* einem Startup für Kinder-Apps, die Dänin *Ida Tin,* die die Fruchtbarkeitsapp *Clue* auf den Markt brachte, oder *Delia Fischer,* die den Möbel-Shoppingclub *Westwing* ins Leben rief. Alle diese sichtbaren Gründerinnen kommen aus dem Consumer-Markt mit einer breiten Käuferschicht. Geben Sie die Namen der einzelnen Gründerinnen doch mal bei Ihrer Suchmaschine ein: Welche spannenden Geschichten werden hier erzählt?

Wer soll Sie kennen?

Wen möchten Sie mit Ihrem Wissen, Können, Produkten gewinnen? Hier einige Beispiele:

AUFSICHTSRAT	INFLUENCER	ORGANISATIONEN
BEHÖRDEN	MITBEWERBER	PARTEIEN
BETRIEBSRAT	KREDITINSTITUTE, BANKEN	PARTNERUNTERNEHMEN
EIGENE MITARBEITER	LIEFERANTEN	POTENZIELLE ARBEITGEBER
ENTSCHEIDUNGS-TRÄGER AUS ÖFFENTLICHEN BEREICHEN	MEDIEN: TAGES-PRESSE, WIRT-SCHAFTSPRESSE, PUBLIKUMSPRESSE, TAGESZEITUNGEN, TV, HÖRFUNK	POTENZIELLE MITARBEITER
EXPERTEN	MEINUNGSFÜHRER	VERBÄNDE
GEWERKSCHAFTEN	MULTIPLIKATOREN	VORSTAND

Notieren Sie sich Namen, Gruppen und Organisationen. Je konkreter, desto besser. Mit welchen stehen Sie schon im Kontakt? Welche möchten Sie noch persönlich kennenlernen? Wo können Sie diese Menschen treffen? Wen kennen Sie, der Sie einander vorstellen kann? Auf Veranstaltungen, in Netzwerken, online? Oder können Sie sie über eine Medienpräsenz erreichen?

Wie lange brauchen Sie dafür, bekannt zu werden?
Bekannt über Nacht – nun, dann müssten Sie etwas Sensationelles auf die Beine stellen. Um jedoch einen nachhaltigen Personal Brand aufzubauen, brauchen Sie Jahre kontinuierlicher Selbst-PR.

Sehen wir uns das Beispiel des YouTubers *Julien Bam* an. Sein erstes Video veröffentlichte er 2012. Einem breiten Publikum wurde er bekannt im Sommer 2014 durch die Longboard-Tour, bei der er zusammen mit drei Freunden nur mit dem Longboard quer durch Deutschland fuhr. 40 Tage brauchten die vier, um von Sylt zum Schloss Neuschwanstein zu gelangen. Auf der ca. 1.300 Kilometer langen Reise verzichteten sie komplett auf öffentliche Verkehrsmittel. Begleitet wurden sie nicht nur von unzähligen Fans, sondern auch vom ZDF, vom Stern, der Bild Zeitung und vielen lokalen Medien. Mit vier Millionen Abonnenten zählte Julien Bam 2017 zu den erfolgreichsten deutschen YouTubern. Bekannt wurde er also innerhalb von fünf Jahren intensiver Online-Aktivität und mit einer besonderen Aktion.

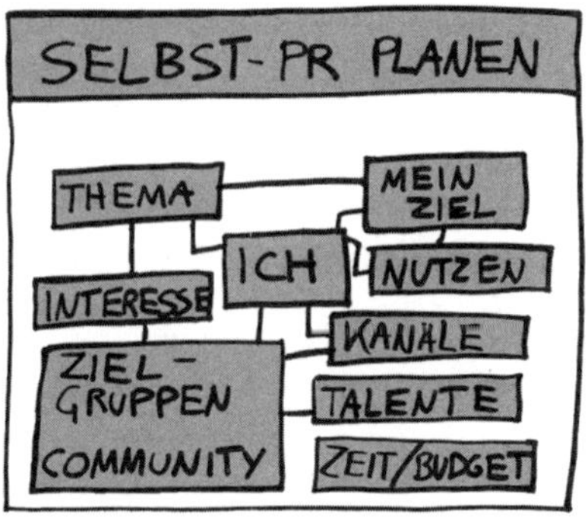

Nun, Sie müssen nicht mit einem Longboard durch Deutschland fahren oder bei „Deutschland sucht den Superstar" mitmachen. Und vielleicht brauchen Sie auch keine vier Millionen Follower, um Ihre Ziele zu erreichen. Aber jeder Blogartikel, den Sie veröffentlichen, jeder

Vortrag, den Sie halten, jeder Artikel, den Sie einem Fachmagazin anbieten, wird Sie Ihrem Ziel näherbringen. Das Wichtigste ist, jeden Tag etwas für Ihre Bekanntheit zu tun, wiedererkennbar Ihrer Marke zu folgen und dass Sie immer wieder JA! Sagen, wenn es zu Ihren Zielen passt.

Wie Sie Ihre Selbst-PR in 100 Tagen aufbauen

Legen Sie sich ein Planungssheet in Ihrer Tabellenkalkulationssoftware an oder in Ihrem Notizbuch an und dann arbeiten Sie 100 Tage – das sind 15 Wochen – lang nach und nach an den Grundlagen Ihrer Selbst-PR. Überlegen Sie die einzelnen To-Dos und halten Sie sie in Ihrem Notizbuch fest. Hier sind die Vorschläge für Ihre einzelnen Schritte:

TAG	TO-DOs
1 bis 7	Meine Karriereziele, meine Businessziele
8 bis 14	Meine Ressourcen
15 bis 21	Mein Personal Brand, Elevator Pitch, Stil
22 bis 28	Meine Selbst-PR-Strategie
29 bis 35	Zeit- und Budgetplan
36 bis 42	Mein Content: Storys, Themen, Privatsphäre
43 bis 49	Netzwerk-Strategie: Netzwerke, Kontakte, Verbindungen
50 bis 56	Social-Media-Plattformen, Xing und LinkedIn überarbeiten, einrichten, aktualisieren
57 bis 63	Grafisches Design, Logo, Visitenkarten, Flyer, Zubehör, Webseite, Fotos
64 bis 70	Blogredaktionsplan, Blog einrichten
71 bis 77	E-Mail-Newsletter einrichten, Redaktionsplan
78 bis 84	Pressearbeit: Themen, Aktionen, Medienkontakte
85 bis 91	Vorträge: Themen, Gelegenheiten, Training
92 bis 98	Publizieren: Buch, Autorenschaft
99 bis 100	Rituale etablieren

Zu jedem dieser Schritte finden Sie Tipps, Beispiele und Anleitungen in diesem Buch. Bitte bleiben Sie bei all Ihren Planungen realistisch:

- Wie viel Zeit können und wollen Sie aufbringen – zusätzlich zu Ihrem Beruf? Lieber kontinuierlich kleine Maßnahmen einplanen, als zeitaufwändige PR-Stunts oder Buchprojekte auf den Weg zu bringen, bei denen Ihnen mittendrin die Luft ausgeht.
- Nicht jeder braucht einen Blog. Was passt zu Ihren Zielen?
- Kennen Sie jemanden, dessen Auftritt Sie fasziniert? Was können Sie von Ihren Selbst-PR-Vorbildern lernen?
- Wenn Sie kleine Kinder haben, schauen Sie auf sich und Ihre Ressourcen. Meine persönliche Erfahrung: Kinder brauchen entspannte, ausgeschlafene Eltern. Wer von Vernissage zu Geschäftsreise zu Netzwerktreffen zu Pressinterview hetzt und dann abends noch bloggt, seine Social-Media-Präsenzen befüllt und ein Buch schreibt, verpasst vielleicht einige wunderschöne Momente zu Hause.

Wichtig ist, dass Sie diesen Prozess alle paar Jahre einmal durchlaufen, denn unsere Selbst-PR wandelt sich in den verschiedenen Lebensphasen.

In einem Konzern durchlaufen Sie vielleicht diese Schritte: Einstieg in einer Fachabteilung – Junior Managerin – Teamleiterin – Abteilungsleiterin – Bereichsleiterin – Mitglied der Geschäftsführung – CEO. Als Selbstständige beginnen Sie vielleicht nach der Berufsausbildung mit einer angestellten Tätigkeit, dann folgt eine weitere Ausbildung oder der Einstieg in die Selbstständigkeit oder die Gründung eines Unternehmens. In jeder Funktion, in jedem Unternehmen stehen unterschiedliche Themen im Vordergrund, vielleicht verändern sich auch Ihre Karriereziele „on the fly"?

Solange Sie angestellt sind, unterliegt Ihre Selbst-PR den Bestimmungen Ihres Arbeitgebers: Dort gibt es eine Social Media Policy, die festlegt, wer in welchen Kanälen was teilen und wer mit der Presse sprechen darf. Auch „Nebentätigkeiten" wie das Bloggen müssen von den Arbeitgebern genehmigt werden. Wer als Influencer auftritt, verfolgt andere Strategien als Führungskräfte ohne Repräsentationsauftrag. Ihr Personal Branding hat also auch immer mit dem Unternehmen zu tun, für das Sie arbeiten.

Wenn Selbstständige nicht Gründerinnen sind – und damit wieder mit einer Unternehmensidentität in Verbindung stehen –, sondern etwa als Coach oder Beraterin arbeiten, sind sie selbst das „Produkt" und ihre Selbst-PR ist in den meisten Fällen marketingorientiert.

In allen Lebensphasen ist Kontinuität wichtig:
Wenn Sie Kinder bekommen, sich beruflich umorientieren oder ein Sabbatical einlegen, sollten Sie sich nicht komplett von Ihren Plattformen verabschieden. Senden Sie in regelmäßigen Abständen ein Lebenszeichen, sprechen Sie über Erlebtes mit beruflicher Relevanz, das vielleicht auch für andere von Nutzen sein kann. Teilen Sie die Initiativen Ihrer Netzwerkkontakte oder interessante Artikel aus Ihrem beruflichen Kontext, die Sie gelesen haben. Kommentieren Sie interessante Blogartikel oder Inhalte von anderen. Vielleicht nur einmal in der Woche, vielleicht nur alle zwei Wochen. Halten Sie Ihre Profile aktuell. Lassen Sie die anderen wissen, dass Sie noch im Spiel sind, in der Szene bleiben und auf der Höhe der Zeit sind. Bleiben Sie Ihrem Business-Club oder Unternehmerinnen-Netzwerk verbunden, treten Sie nicht aus, zeigen Sie sich und rufen Sie gelegentlich ihre Clubkollegen an.

Wenn Sie Kinder bekommen: Bitte zeigen Sie keine Baby- und Kinderfotos im Netz. Wenn Sie fotografisch Ihre neue Lebensphase begleiten wollen, dann gibt es viele Alternativen zu Babymotiven: Eine Rassel, eine Milchflasche, ein Paar Babyschühchen oder Sandspielzeug – lassen Sie Ihrer Fantasie freien Lauf. Ihre Kinder werden es Ihnen danken, denn auch sie haben ein Persönlichkeitsrecht, das sie aber selbst noch nicht schützen können. Rein rechtlich gesehen können sie Sie als Erwachsene verklagen für aus späterer Sicht peinliche Babyfotos im Netz.

Sie fragen sich vielleicht jetzt:
Kann ich das? Ich meine, über Jahre hinweg? Kann ich schreiben? Geschichten erzählen? Bilder entwickeln? Kann ich die Themen finden, die andere Menschen berühren?

Wenn Sie genau wissen, dass Sie wirklich bekannt und eine anerkannte Expertin sein wollen, ist alles leicht. Ich habe gelernt, dass es immer dann so weit ist, wenn ein Mensch bereit ist,

1. die individuelle Perspektive und das Fachwissen nicht länger zu verstecken und es der Welt mitzuteilen.
2. den Mut zum Diskurs und Dialog zu haben.
3. die Großzügigkeit aufzubringen, zu teilen, zu geben und andere auf die Bühne zu heben.
4. Verbindungen einzugehen und sie zu pflegen, um gemeinsam mit anderen etwas zu erreichen.
5. einen Weg gehen zu wollen, Fehler zu machen, weiterzumachen und kontinuierlich am Erfolg seines Geschäfts, seiner Idee, seiner Firma zu arbeiten.
6. etwas von sich zeigen zu wollen, dass persönlich ist, damit die Menschen Vertrauen aufbauen können.
7. zu wissen, was persönlich, was privat und was authentisch und relevant ist.
8. die Zeit, Liebe und Mühe aufzubringen, sich mit sozialen Medien, einem Blog und Netzwerken auszukennen und regelmäßig dort vertreten zu sein.
9. erkannt zu werden auf Veranstaltungen von Menschen, die er nicht kennt und wiedererkannt zu werden mit seinen ganz besonderen Merkmalen, an dem, was man einen Personal Brand nennt.
10. das finden zu wollen, was anderen Menschen dient und nützt, was ihre Aufmerksamkeit gewinnt.

All das muss man wirklich wollen.
Für seine Karriere. Für seine Firma. Für sein Geschäft. Für Kunden, Partner und Mitarbeiter und alle die, die das werden sollen. Für sich selbst.

Wenn Sie sich nur in einem dieser Punkte unsicher sind, wird es zäh, mühsam und schwierig. Dann muss man den Hund zur Jagd tragen. Dann fehlt das Durchhaltevermögen. Dann fühlt sich das, was man von sich zeigt, nicht echt an, nicht authentisch und dann kann keiner andocken, folgen, liken und teilen. Dann wächst kein Publikum, Sie bleiben ohne Community und Resonanz. Dann müssen Sie sich andere Kanäle suchen, die Sie voranbringen.

Eine Voraussetzung: Ein klares Ziel.
Und nicht: Vielleicht will ich in die Festanstellung? Vielleicht will ich selbstständig sein? Vielleicht starte ich morgen ein neues Businessmodell? Nein. Sie brauchen ein klares Ziel vor Augen, für das Sie brennen. Eines, das Sie um 23 Uhr noch Blogartikel schreiben lässt.

Alles andere kann man lernen. Ganz wichtig: Jeder Mensch kann etwas anderes, und diese Kernkompetenzen gilt es bei der Selbst-PR auszuspielen! Ein guter Läufer wird wahrscheinlich eher versuchen, beim Fußball zu punkten als beim Volleyball. Und ein sprachbegabtes Kind schickt man auch nicht auf einen mathematischen Schultyp, oder? Leicht soll es gehen, ganz natürlich, spielerisch, von alleine. Schauen wir uns mal ein paar Beispiele für Kompetenzen an.

Überlegen Sie sich, wo Ihre Kompetenzen liegen und notieren Sie sie. Ergänzen Sie diese Liste gerne mit weiteren:

BÜHNENTALENT	FOTOGRAFIEREN	NEUGIERDE
DURCHHALTE-VERMÖGEN	HUMOR	REICHWEITE
IHRE ERFAHRUNG: BRANCHENWISSEN, INSIDERWISSEN	IHRE KONTAKTE	SCHREIBEN
IHRE ETABLIERTEN KANÄLE	IHRE MEDIEN-KOMPETENZ	IHRE STÄRKEN
IHRE ZIELSTREBIGKEIT	IHR MUT	IHRE TALENTE
FINANZIELLE MITTEL	IHR NETZWERK	SIE SIND EIN TRENDSCOUT

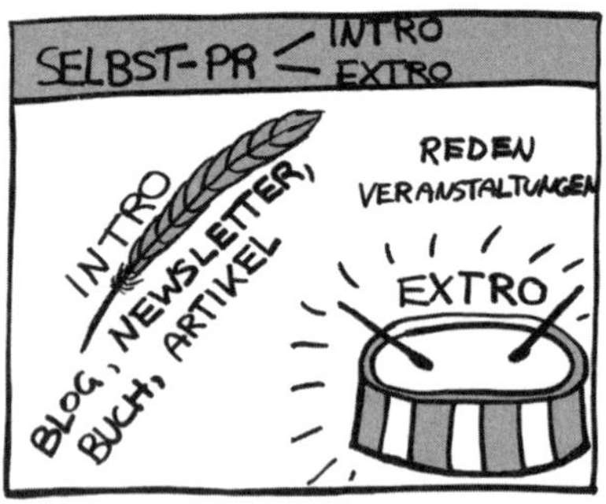

Wenn Sie schauspielerisches Talent haben, dann sind Vorträge oder ein Video-Blog Ihr Ding. Wenn Sie schreiben können, nutzen Sie den Blog. Wenn Sie neugierig und wissbegierig sind, werden Sie leichter lernen, mit Medien umzugehen. Wenn Sie gut erklären können und ein spezielles Wissen haben, sind Sie für die Presse ein begehrter Ansprechpartner.

Ob Sie eher introvertiert oder extrovertiert sind – auch dafür gibt es eine Selbst-PR-Strategie. Die Expertin dafür habe ich im Folgenden interviewt:

INTERVIEW MIT DR. SYLVIA LÖHKEN: SELBST-PR FÜR INTROS UND EXTROS

Welche Stärken verschiedene Persönlichkeitstypen bei der Verwirklichung ihrer beruflichen und privaten Ziele nutzen können – das ist das Fachgebiet von Dr. Sylvia Löhken. Ihr Buch „Leise Menschen – starke Wirkung" wurde mit rund 150.000 verkauften Exemplaren zum Bestseller, ihr jüngstes Buch trägt den Titel „Intros und Extros. Wie sie miteinander umgehen und voneinander profitieren".

Wann ist man ein Extro, wann ein Intro?

Introvertiert heißt nach innen gewandt und extrovertiert heißt nach außen gewandt. Die Frage ist: Wohin geht unsere Energie? Nach innen gewandte Gehirne haben eine ganz andere Ausstattung als nach außen gewandte Gehirne. Wir sind aber nie hundertprozentig intro- oder extrovertiert. Wir sind eine Mischung aus nach innen und nach außen gewandten Eigenschaften.

Das nach innen und nach außen Gewandte ist im Gehirn nicht nur an einer, sondern an mehreren Stellen verankert. Es kann sein, dass Sie an einer Stelle nach innen gewandt, an einer anderen Stelle nach außen gewandt sind. Deshalb sind wir alle Mischungen!

Intros und Extros haben unterschiedlich große Parkplätze im Gehirn für Sinneseindrücke: Extros haben einen riesigen Parkplatz und freuen sich, wenn ganz viel Verkehr reinkommt und viel los ist. Introvertierte haben einen kleineren Parkplatz und haben deshalb schnell die Nase voll, wenn zu viele Dinge gleichzeitig passieren oder wenn es zu spontan ist. Introvertierte brauchen Ruhe und Entspannungsphasen, um ihre beste kreative Arbeit zu leisten.

Auf einer Netzwerkveranstaltung, wo den ganzen Tag Vorträge stattfinden und wo es auch beim Mittagessen keine Ruhepausen gibt, geht ein Intro abends lieber ins Hotel als durch die

Bars zu ziehen. Extros finden das stimulierend: den ganzen Tag inspirierende Vorträge hören und dann auch noch abends mit neuen Leuten auf ein, zwei Gläser Wein zu gehen. Da müssen wir eben für artgerechte Haltung sorgen!

Bei Introvertierten ist immer hohe Aktivität zwischen den Ohren, also im Gehirn. Probleme lösen, nachdenken, sich Sorgen machen, reflektieren, analytisches Denken, Auswerten von Situationen – aber das sieht man nicht, das findet nach innen gewandt statt.

Im Gefühlszentrum sind die Extrovertierten eher belohnungsorientiert. Sie lassen sich von Anreizen locken, die sie spannend finden. Extrovertierte gehen gerne Reizen nach. Sie lassen sich von Reizen gerne motivieren, locken, anregen und anspornen, aber auch ablenken.

Introvertierte dagegen sind eher sicherheitsorientiert. Sie haben ein weniger aktives Belohnungszentrum. Intros mögen die Kalkulierbarkeit von Situationen. Sie möchten Risiken einschätzen können. Wenn sie etwas Attraktives erreichen wollen – Stichwort Selbstmarketing –, dann stellen sie sich Fragen wie: Habe ich denn wirklich die richtigen Mittel dafür? Will ich eigentlich so groß werden? Kann ich das wuppen?

Die Extrofrau sagt: Tschakka, jetzt buche ich mir diese Selbstmarketing-Guru-Frau und dann werde ich ganz schnell bekannt! Und alle werden mir die Bude einrennen!

Introvertierte sind eher vorsichtig, Extrovertierte sagen: Ach komm, lass uns einfach machen!

Wie haben Sie sich als Intro bekannt gemacht?

Ich hatte eine Webseite. Aber ich habe gemerkt: Eine schöne Webseite, Visitenkarten, eine Broschüre – das hatten zwar nicht alle, aber schon ziemlich viele. Womit können Intros punkten? Wir schaffen Vertrauen, Menschen vertrauen uns.

Intros springen, was Selbstmarketing angeht, nicht aus Torten. Aber ich habe gemerkt: Wenn die Kunden zu mir kommen, dann höre ich Ihnen zu und verstehe sie. Das muss man so kommunizieren, dass sich die Kunden gut aufgehoben fühlen. Vertrauen erwecken – das ist die Währung der Intros. Deshalb habe ich nie aktiv Werbung gemacht. Die Menschen sind zu mir gekommen, wurden mir empfohlen, sie haben von mir gehört. Ich habe mittlerweile eine große Medienpräsenz, da werde ich auch oft gefunden. Intros stehen für Vertrauen und Qualität.

Und wie ist das bei den Extros?
Extros sprudeln manchmal nur so vor Ideen. Sie können andere begeistern und überraschen! Sie lösen eine ganz andere emotionale Resonanz aus als die Intros. Extros stehen für Begeisterung, Party, Überraschung und Spannendes. Sie sind oft geborene Netzwerker und Redner.

Wie können Intros bei der Selbst-PR punkten?
Sie werden nicht gesehen mit der tollen Arbeit, die sie leisten. Aber sie müssen den anderen ja auch eine Chance geben, sie zu empfehlen.

Ich als Introvertierte habe von Anfang an darauf geachtet, dass ich auch immer etwas schreibe: Bücher oder Aufsätze. Und ich habe auch einen Blog. Mein Buch „Leise Menschen“ wurde in 20 Sprachen übersetzt. Es gab einen riesigen Medienrummel, als der Spiegel aus meinem Thema eine Titelstory gemacht hat.

Sie haben sogar meinen Test publiziert, es gab dann noch ein Spiegel-Sonderheft „Kommunikation“. Darin wurde diese Titelgeschichte noch einmal aufbereitet. Dann kamen Berichte in der *WirtschaftsWoche*, im *Handelsblatt*, in der *Zeit*, im *Spiegel* oder *Brigitte*. Durch diesen Medienrummel ist die Gefahr des Nichtgesehenwerdens für mich wahrscheinlich für immer vorbei ... (lacht).

Aber für PR ist eine seriöse, kontinuierliche Arbeit nötig. Das sieht von außen so aus, dass man auf einmal berühmt ist. Aber wir müssen tatsächlich dafür jeden Tag an die Werkbank gehen und geduldig das Unsere tun. Geduld und Schreiben sind Intro-Stärken!

Und was tun Extros?

Extros machen PR auf ihre Art. Die reden aber lieber, als dass sie schreiben. Sie können sich nicht vorstellen, selbst ein Buch zu veröffentlichen. Sie stellen dann Fragen wie: „Tolles Buch, das du da hast! Wer hat es denn für dich geschrieben?“ Durch Reden kommen sie ins eigene Denken. Intros artikulieren sich erst nach dem Denken.

Die Gefahren für Extros: Sie werden von anderen oft für ein Heißluftgerät gehalten. Viel Labern, aber nichts dahinter. Durch ihr aktives Belohnungszentrum fällt es ihnen schwerer, kontinuierlich dranzubleiben, sie lassen sich leichter ablenken. Einen Fachartikel schreiben? Schon ruft eine Freundin an oder auf Facebook passiert was Spannendes – da fällt das Schreiben schwer! Da brauchen sie oft externe Hilfe.

Social Media übrigens sind Intro- und Extro-freundlich! Extros haben das Gefühl, dass sie immer in netter Gesellschaft sind. Und Intros freuen sich, dass sie mit vielen netten Menschen in Kontakt sein können, ohne dass sie sie persönlich treffen müssen.

Ihr goldener Tipp?

Die extrovertierte amerikanische Countrysängerin *Dolly Parton* hat einmal gesagt: Find out who you are and do it on purpose. Finde heraus, wer Du bist und das mach dann mit Absicht. Finden Sie heraus, was Ihre Stärken sind, was Sie gut können, was Freude macht, und das tun Sie dann volle Möhre!

Jetzt sind Sie dran: Überlegen Sie sich, ob Sie eher ein Extro oder ein Intro sind. Den Intro-/Extro-Test können Sie unter diesem Link aufrufen: www.intros-extros.com/online-test/

Notieren Sie sich, was für welche Variante spricht und wie Sie Ihre Eigenschaften und Stärken für Ihre Selbst-PR nutzen können.

„Jeder Mensch ist dazu bestimmt zu leuchten! Unsere tiefgreifendste Angst ist nicht, dass wir ungenügend sind, unsere tiefgreifendste Angst ist, über das Messbare hinaus kraftvoll zu sein. Es ist unser Licht, nicht unsere Dunkelheit, die uns am meisten Angst macht." – Marianne Williamson

Und jetzt sagen Sie vielleicht: „Selbstdarstellung, das hat einen fahlen Beigeschmack von billigem Verkaufen, Drückerkolonnen und Vertretergehabe!" Woher kommt das nur, dass wir es als verwerflich empfinden, unsere Kompetenzen und Erfolge ans Licht zu holen und unsere Freude darüber mit anderen zu teilen?

Der Grund dafür liegt in unserer Erziehung, dem **Sichtbarkeitsverhinderer Nummer eins**: *Deborah Tannen* ist eine amerikanische Soziallinguistin und Bestsellerautorin, die das unterschiedliche Sprachverhalten in der männlichen und weiblichen Kindheit untersucht hat. Sie beschreibt in ihrem Buch „Du kannst mich einfach nicht verstehen", wo dieser Stolperstein in Sachen Selbst-PR herkommt:

Männer befinden sich in einem „vertikalen" Kommunikationsmodus, der sich zwischen den Achsen Rang, Status und Revier bewegt. Durchsetzungsstärke, Entscheidungsfreude, Risiko und Territorialverhalten – das ist Männern wichtig. Wer ist der Chef? Wer hat das größte Auto, Büro? Das müssen Männer immer wieder klären, um überhaupt mit der Arbeit anfangen zu können.

Die Achsen des Koordinatensystems der Frauen heißen: Zugehörigkeit und inhaltliches Interesse. Es zählen Gleichberechtigung, Gemeinsamkeiten, Teamgeist und Höflichkeit. Wenn Frauen in einer Gruppe arbeiten, sind alle immer gleich, keine ist besser als die andere. Wer die Chefin raushängen lässt, bekommt Probleme: „Ist die arrogant!" oder „Was glaubt sie, wer sie ist?" Erfolge werden nivelliert, denn für Frauen ist wichtiger, gemocht zu werden, als einen guten Status zu haben. Und aus dieser Haltung heraus fällt es vielen Frauen im Berufsleben später schwer, sich selbst zu vermarkten. Immer steht der Slogan „Nimm dich nicht so wichtig!" dazwischen. Da wird dann der Doktortitel weggelassen und man erzählt eben nicht, dass man schon ein ganzes Werk reorganisiert oder eine wichtige Auszeichnung bekommen hat.

Weil das ja alles nicht so wichtig ist, man selbst ja auch nicht, fehlt das Selbstvertrauen. Viele Frauen verharren in einer „überqualifizierten Mutlosigkeit", d.h. sie machen noch eine Ausbildung und noch eine Schulung und noch ein Zertifikat – und bewegen sich doch nicht vom Karrierefleck, während die männlichen Kollegen schon längst „Mein Haus, mein Auto, mein Boot" erwirtschaftet haben.

Ich bezeichne es als das „Cindarella-Problem": Die Unternehmerinnen zweifeln an ihrer Kompetenz, an ihrer Berechtigung, „öffentlich" mit Meinungen und Thesen aufzutreten und trauen sich nicht, sich als Experten zu zeigen. Denn es gibt ja noch X, Y und Z, die bedeutend mehr Erfahrung haben, sich schon viel länger in diesem Feld tummeln, die sich schon seit Jahren einen Namen gemacht und ein Publikum aufgebaut haben und außerdem lohnt es sich jetzt auch nicht mehr mit Pressearbeit, Social Media, einem Buch oder einem Blog zu beginnen, denn es gibt ja schon so viele davon.

Aber es gibt noch mehr Hindernisse neben unserer Gender-Prägung auf dem Weg zu einer aktiven Selbst-PR:

Der **Sichtbarkeitsverhinderer Nummer zwei** ist meiner Erfahrung nach Erfolg. Denn Erfolg in der Vergangenheit verhindert häufig Erfolg in der Zukunft: Genau dann, wenn Menschen mit einem funktionierenden Erfolgsmodell jahrelang gut gelebt haben: Die Karriere im Konzern. Die Selbstständigkeit, die immer über Empfehlungen und ein aktives Netzwerk funktioniert hat. Diese Menschen kochen zu lange ihr eigenes Süppchen und sind noch nicht offen für die neuen Chancen, die sich ihnen durch PR bieten.

Sichtbarkeitsverhinderer Nummer drei ist für mich das Privatsphären-Dilemma, in dem sich viele Menschen befinden, denen das Internet und seine Datensammelwut nicht geheuer sind. Ein „German Angst"-Phänomen: Diese Menschen befürchten, Versicherer, Vermieter, Kriminelle, zukünftige Arbeitgeber oder potenzielle Kunden durch Veröffentlichungen im Internet unabsichtlich mit Daten und Informationen zu versorgen, die ihnen später negativ ausgelegt werden oder zum Nachteil gereichen.

Sichtbarkeitsverhinderer Nummer vier ist für mich die Angst vor Neid. Ja, wer aus einem stromlinienförmigen Abteilungskomplex heraustritt und zementierte Kommunikationsrichtlinien umschreitet, indem er im Intranet einfach einen Blogartikel veröffentlicht, dem kann plötzlich ein eisiger Wind um die Nase wehen. Vom eigenen Chef, der sich vor neuer Konkurrenz fürchtet – „Der Maier hat wohl seine Leute nicht im Griff!" – oder von den Kollegen: „Die meint wohl, sie muss hier den großen Max machen!"

Der eisige Wind weht auch oft ein bisschen später, nämlich dann, wenn man Erfolg hat, weil man gut war und gleichzeitig für seine Sichtbarkeit gesorgt hat. „Das hat sie doch nur geschafft, weil sie die ganze Zeit nichts anderes getan hat als Blogs zu schreiben …"

Auch unter Selbstständigen ist Neid ein leider sehr verbreitetes Thema: Wer sichtbar ist, z.B. eine tolle Online-Präsenz und begeisterte Fans oder ein erfolgreiches Buch veröffentlicht hat, erlebt Neid in unterschiedlichsten Formen: Harsche, ungerechtfertigte Kritik, boshafte Kommentare: „Das Buch hätte ich auch schreiben können!", „Die muss ja wohl überall auftreten!" oder „Die hat wohl nichts anderes zu tun, wenn sie ständig neue Blogartikel schreiben kann!" bis hin zu „Wer weiß, was die mit dem Journalisten hatte, dass er das Interview mit ihr gemacht hat!"

Sie meinen, das ist überzogen? Nein. Vertrauen Sie mir. Vieles habe ich selbst erlebt. Damit müssen Sie rechnen. „Die Anzahl der Neider bestätigt unsere Fähigkeiten", sagte schon Oscar Wilde.

Es ist wichtig zu erwähnen, dass Ihnen durch Selbst-PR nicht nur gebratene Tauben in den Mund fliegen. Seien Sie sich der vielen Vorteile, aber auch der möglichen Nachteile eines erfolgreichen Auftritts bewusst und treffen Sie Ihre Entscheidung:

Sie können und wollen sich nicht mit den Nachteilen konfrontieren? Dann bleiben Sie weiter im Hintergrund.

Sie sehen die Vorteile im Vordergrund und können mit den Nachteilen umgehen? **Legen Sie los!**

Ja, Sie haben sich getraut, Kante zu zeigen. Ja, Sie haben im Fernsehen ein Interview gegeben und Ihr Fachwissen weitergegeben. Ja, Sie haben den Mut bewiesen, auf einer Podiumsdiskussion Ihre Thesen zu vertreten. Ja, Sie haben Hunderte von Stunden in Ihr Buch investiert, in Ihren Blog und Ihre Social-Media-Kanäle. Sie und nicht die anderen, die sich darüber ärgern, dass sie selbst den Erfolg nicht haben, nicht auf die Idee gekommen sind, nicht so klug oder eloquent waren oder so fleißig und beharrlich. Denn das, und nur das ist der Grund für den Unmut. Das ist der Boden, auf dem der Neid wächst.

Sie müssen den Neid nicht fürchten, er sollte Sie im Gegenteil bestärken in Ihrem Tun. Für jeden, der Sie kritisiert, haben Sie im Hintergrund 100 Fans, die Sie bewundern, als Vorbild nehmen und Ihnen dankbar sind für Ihre Inspirationen, Initiativen und Ideen.

Und noch etwas: Wenn Sie nur positives Feedback bekommen, dann haben Sie etwas falsch gemacht. Dann waren Sie nicht eckig, kantig, widerborstig genug. Polarisieren Sie! Ihre Community wird Sie dafür lieben.

Bietet euren Kunden eure Größe, euer Wissen und eure Werte! Jetzt ist der richtige Zeitpunkt, sich zu zeigen. Lieber unperfekt begonnen als perfekt gezögert, sagt Speakerin und Coach *Monika Scheddin* immer.

Mit diesen **fünf Tipps** lässt sich die Selbst-PR-Verweigerung leichter überwinden oder überlisten – wie immer gilt es, die Antworten schriftlich festzuhalten:

1. **Kreieren Sie Worst-Case- und Best-Case-Szenarien:** Analysieren Sie Ihre Ängste und Bedenken, lassen Sie sich von PR-, Marketing- und Social-Media-Experten sowie einem Rechtsanwalt beraten und tauschen Sie sich mit Menschen, die im Rampenlicht stehen, aus. Fragen Sie Ihre Kunden, was sie wann und wo über Sie lesen, hören oder sehen wollen.

2. **Suchen Sie sich Verbündete:** Gibt es Geschäftspartner, mit denen Sie gemeinsam Aktionen starten können? Einen Kollaborativ-Blog beispielsweise oder eine gemeinsame Presse- oder Kundenveranstaltung, ein Auftritt auf einem Messe-Partnerstand? Mit welchen Partnern gibt es Synergie-Effekte, mehr Reichweite und Nutzen für den Kunden?

3. **Betreiben Sie Selbst-PR mit Netz und doppeltem Boden:** Informieren Sie sich z.B. über eine Bloggerversicherung, rechtliche Bestimmungen in Blogs und Social Media sowie über Krisen-PR-Strategien, denn Vorbeugen ist besser als …, na, Sie wissen schon!

4. **Gönnen Sie sich ein Budget für Selbst-PR.** Wie groß muss ein Publikum sein, das Ihre Firma ernährt? Wie kommen Sie zu Empfehlungen? Wie viel kostet es Sie, kurz-, mittel- und langfristig neue Kunden – online und offline – zu finden?

5. **Setzen Sie sich erreichbare Ziele und ein zeitliches Limit:** Erstellen Sie einen realistischen Plan. Zum Beispiel nur drei Aktionen im nächsten Jahr. Tun Sie nur Dinge, die Ihnen leichtfallen. Wenn Sie Ihre Angst vor der Öffentlichkeit nicht überwinden können, bloggen Sie beispielsweise „auf Probe“: Nur ein Jahr lang. Danach können Sie den Blog vom Netz nehmen oder weitermachen.

Eine Leserin meines Blogs beglückte mich Anfang 2016 mit einem handgeschriebenen Brief. Darin schrieb sie: „Würde ich einen Preis vergeben, wärest du Madame Füllhorn." Das Füllhorn ist als mythologisches Symbol des Glückes ein ganz wunderbares Bild für mein Mindset. Diese Bestandteile machen die Füllhorn-Strategie aus, die mir eine Sichtbarkeit und Bekanntheit beschert haben, die mein Business tragen:

Tun, was Sie lieben: Mein Beruf ist meine Berufung: Ich liebe das, was ich mache. Ich liebe meine Kundinnen und Kunden, ihre Themen. Ich liebe das Schreiben und den Kontakt mit Menschen. Ich liebe die Sichtbarkeit, die ihnen meine Arbeit bringt. Das erzeugt Resonanz, weil die Menschen spüren, dass ich es gerne mache.

Haben Sie Mut: Mut tut gut: Ich habe mich dazu entschlossen, sichtbar zu sein, meine Meinung zu sagen und die Liebe zum Business öffentlich zu zeigen. Ich habe meine Werte definiert. Ich weiß, für welche Kunden ich was tun möchte. Ich habe mir Gedanken darüber gemacht, wo meine Sichtbarkeit aufhört und meine Privatsphäre beginnt. Über die Risiken bin ich mir im Klaren. Über die Chancen auch.

Denken Sie unternehmerisch: Nur wenn in einem Supermarktregal Produkte stehen, kann man dort etwas einkaufen und dafür bezahlen. Und nur wenn meine Kunden wissen, dass es meinen „Supermarkt" gibt und sie ihn mögen, gehen sie dort einkaufen. Also zeige ich meinen „Supermarkt" und stelle meine Produkte in meine „Regale". Ich freue mich, wenn die Kunden sie in ihren Einkaufswagen legen, mich weiterempfehlen und zu Stammkunden werden.

Geben Sie sich eine Struktur: Den Alltag im Griff: Für kreative Menschen wie mich, die ohne Facility Manager auskommen, ist Struktur das A und O. Verwandeln Sie Aufgaben zu Routinen, z.B. jeden Tag etwas teilen. Ganz automatisch, kurz, ohne Märtyrerhaltung, mit Freude und Selbstbelohnung. Durchhänger meistere ich auf diese Weise auch: Wer Routinen hat, muss nicht jeden Tag darüber nachdenken, ob er wirklich Lust dazu hat, etwas zu tun.

Sorgen Sie gut für sich: Wer glücklich ist, kann einen guten Job machen. Bei mir heißt das z.B. gutes Essen zu genießen, ausreichend zu schlafen, Zeit für Familie, Hobbys, Kreativität und das Lesen zu haben, neue Bücher im Literarischen Salon kennenzulernen, zu schreiben und den Austausch mit inspirierenden Menschen zu pflegen. Ebenso wichtig: Erfolge zu feiern!

Bewahren Sie den langen Atem: Geduld und Kontinuität sind wichtige Erfolgsfaktoren, denn ein Business und das Vertrauen anderer Menschen wachsen nicht über Nacht. Sich eine Karriere, eine Community aufzubauen, Empfehlungen zu generieren und Aufträge zu bekommen, dauert. Ein langer Atem ist Voraussetzung. Sich kontinuierlich nützlich und relevant zu zeigen ist es auch.

Gib und Dir wird gegeben: Teamplayer sein, sich zu vernetzen mit positiven, konstruktiven Menschen, die weiterkommen und etwas erreichen wollen, ist eine ganz wunderbare Erfolgsstrategie in Sachen Selbst-PR. Ich habe ein persönliches Erfolgsteam. Dazu gehören z.B. mein Mann, langjährige Freundinnen, die Frauen im Netzwerk Woman's Business Club, dem ich seit über 20 Jahren angehöre sowie mein eigenes Netzwerk der Mastermind Blogger.

Aus Fülle entsteht Fülle: Die Geisteshaltung der Fülle ist elementar: Ich teile meine Erfahrungen und mein nützliches Wissen mit anderen Menschen, denn daraus wird neue Fülle entstehen. Sharing is Caring: Nur wenn ich die Inhalte der anderen teile und Empfehlungen ausspreche, werde ich selbst „geteilt" und empfohlen. Ich teile die Angebote und Inspirationen der anderen, denn wenn es anderen gut geht, geht es mir auch gut. Ich teile mein Wissen, auch wenn es der „Mitbewerb" liest, denn es sind immer genug Aufträge und Kunden für alle da. Freude erzeugt Fülle, Liebe erzeugt Fülle. Fülle erzeugt Energie. Und das ist es, was mich antreibt.

Schenken Sie sich der Welt! Was ich damit meine? Zum Beispiel den Satz, den ich neulich auf einem Seminar gehört habe: „Ich freue mich immer auf deine Instagram-Fotos!", sagte eine Dame, die ich ein paar Monate zuvor bei einem Netzwerktreffen kennengelernt hatte. Sie empfand die Fotos als Geschenk. Wenn das kein Grund für ein JA! zur Selbst-PR ist? Andere Menschen freuen sich über die tollen Tipps, interessanten Blogartikel oder einen Vortrag, den man hält. Schon oft habe ich erlebt, dass sich Menschen über einen Anruf freuen. Denn in Zeiten von E-Mails, WhatsApp und SMS scheint das persönliche Gespräch am Telefon ein Schattendasein zu führen.

Nein, es geht nicht um plumpe Selbstdarstellung. **Es geht um das Sich-Verschenken**. Verpassen Sie nicht die Chance, mit Ihrem Wissen anderen Menschen einen möglicherweise erfolgsentscheidenden positiven Impuls mitzugeben! Auch ein Foto von einer Unternehmerin, die sich auf einer Webseite zeigt oder in ihrem Facebook-Auftritt teilt, ist ein Geschenk. Aber die richtige Dosierung ist wichtig. Keiner will „Human Spam" mit 20 bedeutungslosen Selfies pro Tag auf allen Kanälen. Die Menschen wollen Unterhaltsames, Informationen mit Kontext und relevante Nachrichten. Sie wollen Persönliches. Und sie wollen selbst auch persönlich wahrgenommen werden. Das schafft Beziehung. Verschenken Sie sich selbst, Ihre Talente, Ihre Wahrnehmung anderer, Ihre besten Tipps und gute Laune. Ihre Community wird es Ihnen danken!

LESETIPPS

John Stepper: „Working out loud"

Shonda Rhimes: „Das Ja-Experiment – Year of Yes: Wie ein kleines Wort dein Leben ändern kann!"

Sylvia Löhken: „Intros und Extros: Wie sie miteinander umgehen und voneinander profitieren"

KAPITEL 2

IHR GOLDENER GLANZ: SO WERDEN SIE EINE MARKE

„Ich habe gelernt, dass Menschen vergessen, was man gesagt hat, dass Menschen vergessen, was man getan hat, aber dass Menschen niemals vergessen, welche Gefühle man in ihnen hervorgerufen hat." – Maya Angelou

„So etwas kann eben nur Frau .... !“, „Ich spüre, Sie sind genau die Richtige für diesen Job!“, „Wenn einer für das Thema steht, dann doch Frau .... !“

Wie schön ist es, wenn einem so ein Ruf und goldener Glanz vorauseilen! Dann muss man nicht mehr viel erklären. Alles geht schneller, leichter. Kunden, Partner oder neue Vorgesetzte wissen, was sie bekommen, was sie an Ihnen haben werden und was sie einkaufen. Deshalb sprechen heute so viele Menschen über Personal Branding und den Aufbau einer Personen-Marke, von Selbstvermarktung oder der „Marke Ich“. Denn Menschen wollen von denjenigen Menschen kaufen, die sie kennen, mögen und denen sie vertrauen, die bekannt sind und von anderen empfohlen werden. Sie wollen mit Menschen arbeiten, die für eine bestimmte Wirkung stehen, die da sind, wo sie selbst hinwollen: Wenn man Champion für Stabhochsprung werden will, geht man dann zum Sportverein um die Ecke oder zum Olympiasieger, um von ihm zu lernen?

Der goldene Glanz wird die Menschen und Projekte anziehen, die zu uns passen. Doch wie finden wir das, was uns einzigartig macht? Um diese schnelle Verbindung zwischen unserer Person und den Eigenschaften aufzubauen, die uns ausmachen, brauchen wir eine Marke, denn Marken sind Effizienzsteigerer:

Wir wischen uns mit einem Tempo die Freudentränen aus dem Gesicht, machen uns mit Labello hübsch, bevor wir bei Regen draußen den Knirps aufspannen. Im Büro googeln wir nach dem besten Online-Shop, der uns Uhu, Tesa und Tipp-Ex liefern kann. Sie merken es? Hier haben sich Markennamen als Bezeichnungen für bestimmte Gegenstände durchgesetzt. Jeder weiß sofort, was damit gemeint ist.

Marken sind Abkürzungen, Konzentrate und Essenzen

Bei Marken wissen die Kunden auf Anhieb, wofür die Firma und ihre Produkte stehen. Sie sind schnell wiedererkennbar und werden mit einem spezifischen Werteversprechen verbunden: Freude am Fahren oder Vorsprung durch Technik. Werbeslogans, das Pricing, die Farben, das Logo, der Auftritt, das Design – alle Aspekte des Handelns eines Unternehmens und der Produktgestaltung sind auf die Merkmale der Marke ausgelegt. Da weiß man, was man hat!

„Aber ich bin doch kein Produkt!“, werden Sie jetzt sagen. Richtig. Aber in Zeiten der Business-Plattformen, die Tausende von Beratern, Bewerbern oder Dienstleistern mit ähnlichen Kompetenzen, Fähigkeiten und Erfahrungen auf Knopfdruck ausspucken können, ist es wichtiger denn je, dass wir uns unverwechselbar zeigen:

- Mit einer bewusst gestalteten Reputation können wir effektiver mit den Menschen, die für uns wichtig sind, in Verbindung gehen: mit Kunden, Arbeitgebern, Experten, Meinungsführern und Multiplikatoren.
- Mit einem guten Image gewinnen wir leichter ihre Aufmerksamkeit und ihr Vertrauen.
- Ein unverwechselbarer, persönlicher Stil, Sichtbarkeit und Bekanntheit öffnen Türen und Herzen, verkürzen Bewerbungszyklen und erhöhen den Marktwert.
- Mit einer Personenmarke werden wir schneller bekannt, werden wiedererkannt und bleiben in Erinnerung.

In den 25 Jahren meiner Berufstätigkeit habe ich immer wieder gesehen: Menschen, die sich authentisch darstellen – ohne übertriebene Selbstinszenierung –, sind langfristig erfolgreicher. In Erinnerung bleiben die Personen, die etwas schaffen, das erinnerungswürdig ist oder mit denen besondere Geschichten oder Ereignisse verknüpft sind, über die man noch lange sprechen wird. In unseren Herzen bleiben die Menschen, die einen Spirit, ein Gefühl verbreiten, das andere mitreißt, bewegt und beeindruckt. Manche bleiben uns im Gedächtnis, weil ihr Kleidungsstil und Auftreten besonders und einzigartig sind. Kennen Sie beispielsweise die Speakerin, Buchautorin und Verkaufsexpertin *Gaby S. Graupner*? Geben Sie Ihren Namen bei der Bildersuche von Google ein und Sie werden feststellen, dass sie auf allen Fotos rote Kleidung trägt. Wir denken auch immer wieder an Menschen zurück, die als „die Experten" für ein gewisses Themengebiet stehen, oder die die Garantie für besondere Momente sind, für knackige Statements, die es auf den Punkt bringen, für hilfreiche Erfahrungen, die uns weiterbringen, für Humor, für Unkonventionelles, Kompetenz und Inspiration.

Müssen wir jetzt alle eine Marke sein?

Der TV-Journalist und Blogger *Richard Gutjahr* hat es sehr gut auf den Punkt gebracht. Er sagte 2016 in einem ***Meedia***-Interview:

„Ich finde es merkwürdig, dass Menschen versuchen, mich als Marke zu markieren. Wie wär's, wenn wir das Wort ‚Marke' einfach mal mit ‚Mensch' ersetzen? Ich bin als Mensch sichtbar. Das Publikum will nicht mit Marken kommunizieren, sondern mit Menschen. Das heißt, aus Gründen, ja auch ‚FACEbook' und nicht ‚BRANDbook': Kein Mensch möchte mit einer Marke befreundet sein, sondern mit Menschen. Wenn ich Medien konsumiere, dann ist es mir zunehmend auch wichtig zu wissen, wer hat da etwas geschrieben, was für einen Hintergrund hat der oder die Autorin, ist sie glaubwürdig?"

Also: Wir dürfen und müssen Menschen sein, die einfach nur zeigen, was in ihnen steckt. Aber wir nutzen die Marke als eine Art Filter, um gezielt die Themen zu finden und über die Dinge zu sprechen,

- für die wir stehen,
- die uns unterscheiden von anderen,
- die für andere relevant sind
- die in unserer Zukunft eine Rolle spielen sollen.

Herausstechen? Besonders sein? Auffallen?

Das fühlt sich für viele Frauen nicht gut an, irgendwie schleimig, aufdringlich und marktschreierisch, das höre ich immer wieder in meinen Beratungsgesprächen. Doch wer seine Eigenschaften und Erfolge zeigt, muss nicht notwendigerweise ein selbstverliebter Angeber sein. Machen Sie sich ruhig so groß wie Sie sind! Sie müssen kein Genie sein, um eine Marke zu bilden. Es reicht, dass Sie einen guten Job machen, tolle Ideen haben und einfach vorankommen wollen.

Nicht alle Menschen, die als Experten bekannt sind oder dieses und jenes Image haben, verfügen über überdurchschnittliche Kompetenzen. Oft haben sie einfach nur den Mut, sich zu zeigen.

Mehr nicht. Männer treten forscher auf: *Hewlett-Packard* fand vor einigen Jahren heraus, dass sich männliche Mitarbeiter für eine Beförderung bewerben, wenn sie 60 Prozent der Anforderungen erfüllen, Frauen bewerben sich erst, wenn sie hinter 100 Prozent einen Haken machen können.

Ich habe die Erfahrung gemacht, dass die Menschen sehr wohlwollend darauf reagieren, wenn man über das spricht, was man bewegt, über das Gelingen, Momente der Freude und Zufriedenheit bei seiner Arbeit. Die Dosis macht das Gift und die Mischung der Inhalte, über die Sie sprechen werden.

Suchen Sie nicht Ihre Schwächen, sondern reden Sie über Ihre Erfolge!

Überlegen Sie, wie gewaltig die Informationsflut ist, die auf Online- und Medienkanälen über uns hereinbricht. Wenn Sie die Menschen gewinnen können, mit denen Sie in Zukunft zusammenarbeiten wollen, sollten Sie ihre Aufmerksamkeit dafür nutzen, über Ihre Erfolge zu berichten und nicht, um sich über das Misslingen eines Projektes zu beklagen. Über Misserfolge und Schwächen sollten Sie erst sprechen, sobald Sie sie überwunden oder Sie einen Erfolg erzielt haben, weil Sie aus einem Misserfolg gelernt haben. Z.B. weil Sie eine erfolgreiche Methode gefunden haben, eine Schwäche auszugleichen oder zu überwinden.

Sollen wir authentisch sein?

Adam Grant schreibt in einem Artikel in der *New York Times* über den Zusammenhang von authentischem Auftreten, Selbstkontrolle und Erfolg. Er zitiert eine amerikanische Studie über das Thema „Self-monitoring of expressive behavior". Das Ergebnis: Viel erfolgreicher sind die Menschen, die bewusst ihre Reputation gestalten und herausfinden, was andere brauchen und wie sie helfen können.

Die Studie zeigte auch, dass ein emotionaleres Auftreten von Frauen oft dazu führt, dass sie als „schwach" oder „unprofessionell" beurteilt werden. Das *Wall Street Journal* berichtete 1999 über das Beispiel von *Cynthia Danaher*, die zum General Manager einer Gruppe innerhalb von *Hewlett-Packard* befördert wurde. Zu Beginn ihrer Tätigkeit wendete sie sich an ihre 5.300 Mitarbeiter und schrieb: „I want to do this job, but it's scary and I need your help." Die Folge dieser authentischen Botschaft: Ihr Team verlor das Vertrauen in sie als Führungsperson. Wählen Sie also aus, welche Botschaften Sie teilen!

„Ein Image ist das, was man bräuchte, damit die anderen denken, dass man so ist, wie man gerne wäre," sagte der Kabarettist *Frank-Markus Barwasser* alias *Erwin Pelzig* einmal. Nein, verstellen sollen Sie sich nicht. Und auch nicht vorgeben, jemand zu sein, der Sie nicht sind.

Mehr Sein als Schein – das funktioniert nicht. Und deshalb fordern alle Markenberater Authentizität. Wikipedia definiert das so:
„Authentizität bedeutet Echtheit im Sinne von ‚als Original befunden'. Sie bezeichnet eine kritische Qualität von Wahrnehmungsinhalten (Gegenständen oder Menschen, Ereignissen oder menschliches Handeln), die den Gegensatz von Schein und Sein als Möglichkeit zu Täuschung und Fälschung voraussetzt. Als authentisch gilt ein solcher Inhalt, wenn beide Aspekte der Wahrnehmung, unmittelbarer Schein und eigentliches Sein, in Übereinstimmung befunden werden."

Innen und außen sollen also zusammenpassen: Wir trinken Wasser, wenn wir Wasser predigen. Haltung und Handlung sind eins. Authentisch soll Ihr Auftritt sein, sich echt anfühlen. Alles andere wirkt nicht.

„Sei du selbst. Alle anderen sind schon vergeben" – ein Zitat von *Oscar Wilde*. Viele Menschen sind Stars geworden, weil sie einfach sie selbst waren, und nicht, weil sie jemanden gespielt haben. Wenn sich Dame *Vivienne Westwood* besonders kleidet, dann tut sie das als Ausdruck ihrer selbst und nicht, weil sie sich verkleidet. Vor allem Künstlern gelingt es, ihre einzigartige Essenz darzustellen. Ihre Marken machen Mode, Kunst und Musik. Und das erfordert Mut: „Auf dem Weg zum Authentischsein muss man erst mutig sein!", sagt Netzwerk-Expertin *Monika Scheddin*.

Auch wenn Sie das Rad nicht erfunden haben ...

Es gibt keinen anderen Menschen da draußen, der so ist, wie Sie: Nur Sie haben Ihren Fingerabdruck, nur Sie haben Ihr Leben gelebt. Sie sind eine einmalige Kombination von Talenten, Motivationen und Erfahrungen. In Teilen mag das alles schon einmal dagewesen sein. Aber die Kombination – die ist einmalig!

Ich weiß, dass es einfacher ist, sein Licht unter den Scheffel zu stellen und sich unauffällig zu verhalten. Doch wenn Sie etwas verändern wollen, für Ihre Sache kämpfen, den Aufstieg schaffen, neue Kunden finden oder eine einflussreiche Position übernehmen wollen, sollten Sie sich tapfer abheben. Haben Sie keine Angst davor, anders zu sein. Verpacken Sie Ihre Einzigartigkeit in eine Markenpersönlichkeit, mit der Sie sich wohlfühlen und gestalten Sie Ihr Aussehen sowie die Art und Weise, wie Sie präsentieren, schreiben oder sprechen mit Ihrer unverwechselbaren Handschrift.

Ja, die Fakten und Zahlen, die Ihr Know-how belegen, die Jahre, die Sie in Ihr Geschäft, Ihre Qualifikationen, Auszeichnungen oder Zertifizierungen investiert haben, sind wichtig für den Aufbau von Vertrauen. Aber am Ende kaufen die Menschen von denen, die sie kennen, denen sie vertrauen – und mögen!

Ein Vertrauensvorschuss macht Beziehungsaufbau leichter

Eine Beziehung kommt dann zustande, wenn sich die Gesprächspartner vertrauen: Die Informationen sind wahr, haben Hand und Fuß, sind getestet, bewährt, von anderen bestätigt, der Absender versteht mich und will mir nur Gutes und ist eine integre Person oder ein Unternehmen, das meine Werte teilt. Dafür stehen Sie mit Ihrer Marke! Gerade in Zeiten von Fake News und Alternative Facts ist die Glaubwürdigkeit des Absenders einer Nachricht elementar.

Wenn Vertrauen gewachsen ist, passiert das, was als das höchste Gut der PR gehandelt wird: Aus Like wird Follow, aus Follow wird Buy, aus Buy wird Share, aus Zustimmung wird eine Kundenbeziehung und daraus eine aussagefähige Empfehlung.

WIE SIE EINE MARKE WERDEN

Eine Marke und ein Markenbewusstsein entwickeln? Das geht nicht an einem Tag. Das ist ein Weg. Schritt für Schritt werden Sie entdecken, was an Ihrer Person für andere anziehend ist, was in Ihnen steckt und Sie davon in die Welt tragen wollen. Dieser Prozess dauert Wochen, Monate, manchmal Jahre – und vielen fällt er schwer. Und weil wir uns verändern und das Leben oft unvorhersehbar ist, ist das Personal Branding auch nie ganz abgeschlossen. Also fangen Sie einfach an und warten Sie nicht, bis Sie das Gefühl haben, dass Sie genau wissen, wer Sie sind!

In meinen Mastermind-Blogger-Gruppen habe ich gesehen, wie viele Anläufe die Frauen brauchten, um die richtigen Worte über sich selbst zu finden. Deshalb sollte die Entwicklung Ihrer Marke kein Alleingang sein. Wertvollen Input bekommen Sie von anderen Menschen. Für diesen Prozess habe ich einen 5-Schritte-Plan entwickelt:

SIE UND IHRE FACTS: IHR PERFEKTER ELEVATOR PITCH

Eine erinnerungswürdige Vorstellung:
Sie wünschen sich, dass man Sie im Gedächtnis behält? Dann bereiten Sie eine einprägsame Art und Weise vor, wie Sie sich vorstellen. In diesem „Elevator Pitch", also in der einen Minute im Lift, die sie brauchen, um jemandem zu erklären, was Sie tun, sollten Sie sich aufs Wesentliche konzentrieren: Ihre Kompetenzen, ihre Relevanz sowie ihr Nutzen für den Gesprächspartner und etwas Besonderes, das Sie interessant macht und in Erinnerung bleibt, aber nicht angeberisch wirkt.

Stellen Sie sich vor, Sie stehen im Aufzug und Sie treffen Ihren Traumarbeitgeber, Traumkunden oder Trauminvestor für ihr neuzugründendes Unternehmen. In 60 Sekunden gemeinsamer Aufzugfahrt stellen Sie sich vor: Was sagen Sie?

Für dieses Szenario sollten Sie ein paar Kombinationen der Facts parat haben, die für diesen Menschen, den Sie da gerade treffen, relevant und interessant sind, um ihn für Ihre Idee begeistern zu können.

Stellen Sie sich vor, Sie treffen die Abteilungsleiterin Frau Müller, die eine Projektleiterstelle ausgeschrieben hat, für die Sie sich bewerben möchten. Dafür sollten Sie vorbereiten:

1. Ihr Angebot: Was bieten Sie Frau Müller, der Abteilung, der Firma? Was können Sie für die Projektleiterposition tun und auf welchen Erfahrungsschatz können Sie zurückgreifen?
2. Interesse: Womit können Sie speziell Frau Müller begeistern, die als Verfechterin eines agilen Projektmanagements bekannt ist? Womit können Sie anknüpfen?
3. Nutzen: Welche Vorteile bieten nur Sie? Was ist speziell an Ihrer Kompetenz und Persönlichkeit? Wer hat Ihre Leistung in der Vergangenheit gelobt und anerkannt?

4. Motivation: Was bringt Sie dazu, sich ausgerechnet für diese Position zu bewerben?
   Was ist der Reiz für Sie, in dieser Abteilung zu arbeiten?
5. Appell: Was wünschen Sie sich von Frau Müller? Skizzieren Sie ein Bild der nächsten Schritte, z.B. dass Sie einen Lunchtermin vereinbaren, Sie Referenzen und eine Bewerbung zuschicken etc.

Hier ein Beispiel aus dem Blog von *Monika Scheddin* für einen richtig gelungenen Elevator Pitch: „Mein Name ist Kreibich. Christina Kreibich. Seit fünf Jahren bin ich bei der Wieland Electric in Bamberg für Unternehmenskommunikation und Personalentwicklung verantwortlich. Wieland – das ist einer von den sogenannten ‚hidden champions' in Oberfranken. Sie kennen uns, denn gemeinsam mit Osram haben wir u. a. die Christus-Statue in Rio de Janeiro zum Leuchten gebracht. Im Rahmen der Fußball-WM war die Christus-Statue täglich im TV zu sehen. Möglich wird die farbige Illumination der Statue durch extrem Outdoor-taugliche Steckverbinder von Wieland Electric, die in ihrem Bereich Testsieger sind."

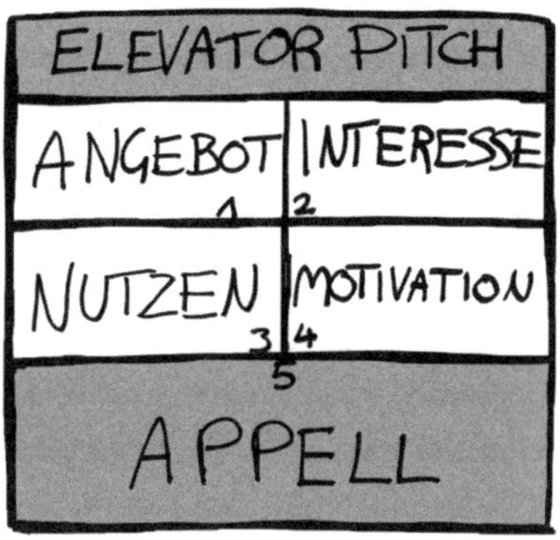

Sie sollten auch immer Ihre Schlüsselinfos parat haben:
1. Ich bin (Rolle, Firma)
2. Ich biete (Produkte, Dienstleistung, Lösungen, Konzepte, Kompetenz, Erfahrung)
3. Für (Zielgruppen, Partner, Kunden)
4. Einzigartigkeit, USP (Werdegang, Auszeichnungen, Projekte, Veröffentlichungen, Themenbereiche, Kompetenzen)

Definieren Sie ca. zehn bis 20 Schlüsselbegriffe für Ihre Rollen, Eigenschaften und Kompetenzen, nach denen

Sie in Xing, LinkedIn oder Social Media gefunden werden können. Bedenken Sie, dass Headhunter, Kunden oder Journalisten mit jeweils unterschiedlichen Keywords an Ihre Themen herangehen. Verwenden Sie diese Suchwörter durchgängig, in Ihren Profilen, in Ihren Blogartikeln, in Ihren Vorträgen, wenn Sie sich vorstellen. Steter Tropfen formt das Image. Und überprüfen Sie Ihre Schlüsselbegriffe regelmäßig, schließlich verändern sich Märkte, Technologien, Positionen oder auch Ihre Spezialisierung.

Wenn Sie diese Fakten einmal übersichtlich auf einem Blatt Papier erfasst haben, können Sie den Elevator Pitch für unterschiedliche Gesprächspartner maßschneidern: Wie sieht er für einen Kunden aus? Für einen Geschäftspartner, Investor, Bewerber, für eine Journalistin? Denken Sie daran: Der Wurm muss dem Fisch schmecken und nicht dem Angler!

EINE MOMENTAUFNAHME: IHRE EINZIGARTIGKEIT

Nehmen Sie sich nun bitte dreißig Minuten absoluter Ruhe und Konzentration, um die folgende Übung durchzuführen. Notieren Sie zu Ihrer Haltung und Ihren Stärken die Punkte, die Ihnen als erste in den Sinn kommen:

Ihre Haltung

1. Welche Werte sind Ihnen wichtig?
2. Welche Einstellungen und Überzeugungen haben Sie?
3. Was treibt Sie an?
4. Wofür stehen Sie?
5. Wie lautet Ihr Slogan, Ihr Motto?
6. Wo polarisieren Sie? Welche Ecken und Kanten haben Sie?
7. Warum tun Sie das, was Sie tun? Wie lautet Ihr Warum? (Auslöser, Erweckungsmoment)

Sie und Ihre Eigenschaften

1. Was sind Ihre Stärken? (z.B. Online-Test mit dem Buch „Entwickle deine Stärken: mit dem StrengthsFinder 2.0")
2. Über welche Talente, Begabungen, Ressourcen und Fähigkeiten verfügen Sie?
3. Was sind Ihre Interessen und Hobbys?
4. Worüber lesen Sie am meisten?
5. Welche sind Ihre Leidenschaften?
6. Wann sind Sie im Flow? Worin finden Sie Erfüllung?
7. Warum sollte Ihnen jemand vertrauen?
8. Was macht Ihren persönlichen Stil, Ihre Ausstrahlung, Ihr Charisma aus?
9. In welchem Milieu (Zeitgeist, Trends) leben Sie?
10. Welche Rollen haben Sie inne?
11. Haben Sie ein Markenzeichen? Eine Farbe, eine Geste, einen Standardsatz, eine Angewohnheit, ein Ritual, ein Accessoire, das nur Sie tragen?
12. Welche Vorbilder haben Sie?
13. Mit welchen Menschen umgeben Sie sich?
14. Wie sichtbar sind Sie? Wer kennt Sie?

Wenn Sie bei dem ein oder anderen Punkt keine Antwort geben können, macht das nichts. Denn Sie stehen vielleicht erst am Anfang Ihrer Personal Brand-Entwicklung. Machen Sie an diesen Stellen einfach ein Fragezeichen oder lassen Sie die Antwortzeile leer – vielleicht können Sie sie schon bald mit einem konkreten Inhalt füllen.

AUS MEINER GOLDENEN SCHATZTRUHE

Das „Warum" ist der wirksamste Faktor bei der Marke Ich: „Menschen kaufen nicht, was man macht; sie kaufen, warum man etwas macht", sagt der amerikanische Unternehmensberater und

Erfolgsautor *Simon Sinek*. Er beschäftigt sich mit der Frage, warum wir manchen Ideen und Führungspersönlichkeiten folgen und manchen nicht.

Sinek erklärt in seinem Buch, dass sich Kommunikation viel zu oft mit dem Was beschäftigt, dann mit dem Wie und leider erst zuletzt mit dem Warum. Sinek sagt, dass das Warum den Kern der Kommunikation bilden sollte, das ist der Auslöser, ob wir etwas als wertvoll erachten oder nicht. Den Menschen fällt es leichter, bei der Firma X einzukaufen, ein Follower von Y zu werden oder den Kandidaten Z zu empfehlen, wenn das mit ihren Überzeugungen übereinstimmt. Mehr Resonanz – mehr Erfolg!

Ich habe herausgefunden: Sobald ich mein „Warum" besser verstanden hatte, fiel es mir leichter, über das Wie und Was zu sprechen. Produkte, Angebote ließen sich daraus leichter entwikkeln und besser verkaufen. Ich fühlte mich als Person glaubwürdiger und konnte mich besser ausdrücken. Ich wusste plötzlich, warum ich was für wen tun wollte. Das war ein echter Durchbruch.

Teil 1: Die ersten 17 Jahre meines Lebens sind mit diesem Verkehrsschild gut zusammengefasst, da war nur ein klitzekleines Netzwerk drum herum. Meine Lehrmeister waren die Bücher. So wollte ich es nicht mehr. Ich habe gelernt: Zusammen sind wir besser. Deshalb bin ich seit 21 Jahren in einem Frauennetzwerk. Deshalb habe ich immer vernetzt mit anderen Agenturen gearbeitet. Deshalb habe ich die Mastermind Blogger ins Leben gerufen.

Teil 2: Ich war schüchtern – früher. „Die Dany ist in Ordnung, die sagt wenigstens nix!" – das war das geflügelte Wort in meiner Jugend, ein Zitat eines jungen Mannes, der widerspruchslose Frauen wohl besser fand. Ich wollte wenig sagen und wollte gefragt werden. Selbstvermarktung? Das war was für Angeber, Männer und Marktschreier. Ich blieb gerne in der Sichtbarkeit hinter meinen Kunden, meinem Fotoapparat. Doch dann kam der Tag, an dem zwei Kunden auf einmal weg waren und ich einen neuen Weg einschlagen wollte. Ich musste in meine Sichtbarkeit investieren. Meine Stimme entwickeln und vernehmbar machen. Das, was ich meinen Kunden predigte, musste ich nun selbst leben. Und es führt mich meiner großen Aufgabe jeden Tag ein Stück näher: Menschen zu zeigen, dass sie auf nichts zu warten haben, sondern aktiv sein müssen. Reden, schreiben, „Da muscht di naa schtelle!" sagt eine schwäbische Freundin von mir immer! „Da musst Du Dich hinstellen!" – auf gut Deutsch, meine Frau stehen. Für Ideen, Projekte, die eigene Sache Partei ergreifen und die Stimme erheben. Ausdruck finden. Andere inspirieren. Und Business machen, Vertrauen aufbauen, Aufmerksamkeit gewinnen, um Geld zu verdienen, eine Karriere zu gestalten und meine Lebensziele zu verwirklichen.

Die Vorbereitungen dafür waren übrigens das autobiografische Schreiben, das ich seit einigen Jahren für mich und auch in Workshops betreibe, um nicht nur den roten Faden, sondern auch die einzelnen Geschichten meines Lebens aufzuspüren.

Aus meinem Warum entwickelten sich Methoden, ein Geschäftsmodell und Beratungsprodukte: in Mastermind-Konzepten zusammenzuarbeiten, Vorträge, Workshops und Seminare.

Was ist Ihr Warum?

IHR ZUKUNFTS-ICH: IHRE REVOLUTION

Wenn wir kein Bild von unserer Zukunft haben, können wir für unsere Gegenwart keine vernünftigen Entscheidungen fällen. Deshalb sollten wir uns regelmäßig eine Auszeit nehmen, um uns an unsere Zukunft zu erinnern. Denn alle Informationen darüber stekken bereits in uns drin. Wir müssen diese Schätze nur noch heben.

Die Zukunft ist das Ergebnis der Gedanken und Bilder, die wir heute aufrufen. Wir müssen unsere Zukunft vom Ende herdenken. Erst dann lohnen sich die Energien, die wir in verschiedene Projekte stecken.

Kennen Sie das Lied „Haus am See" von *Peter Fox*?
In dem Lied erzählt er von seiner Zukunft: Von Orangenbaumblättern, die auf seinem Weg liegen werden, von seinen 20 Kindern, seiner schönen Frau und seinen Enkeln, die Cricket auf dem Rasen seines Hauses am See spielen werden. Ein Lied, das Lust auf Zukunft macht. Und genau das ist das erfolgsentscheidende Konzept: Die Lust auf Zukunft zu wecken, es soll Spaß machen, darüber nachzudenken. Denn sonst tun wir es nicht.

Das sagt auch der Zukunftsforscher *Dr. Pero Mićić* in seinem Buch „Wie wir uns täglich die Zukunft versauen": Wir sind der Homo Präsens. Wir können nicht in die Zukunft denken. Wir schaffen es nur, wenn wir ein Zukunfts-Ich und Zukunfts-Wir formulieren. Und unsere Willenskraft schulen und stärken. Die stärkste Motivation ist nach seinen Erkenntnissen der Satz: „Du wirst stolz auf dich sein!"

Ein anderer Forscher in Sachen Zukunft ist *Prof. Dr. Otto Scharmer*. Er sagt: Es gilt, von dem Punkt her zu denken und zu führen, an dem man am Ende seines (Berufs-) Lebens stehen möchte. Seine zentrale Frage:

Welchen Ratschlag soll Ihr zukünftiges Ich Ihrem heutigen Ich geben?

Schauen Sie sich also vor diesem Hintergrund die nun folgenden Aspekte an:

1. Ihre Ziele? Kurz-, mittel- und langfristig?
2. Welche Revolution möchten Sie anzetteln? Wollen Sie den Umweltschutz vorantreiben? Die Unternehmerin *Marie-Luise Meinhold* aus München ist z.B. gerade dabei, eine nachhaltige Versicherung über Crowdfunding auf die Beine zu stellen. Oder möchten Sie eine neue Technik entwickeln? Ein disruptives Geschäftsmodell auf den Weg bringen?
3. Für und mit welchen Menschen möchten Sie etwas erreichen?
4. Auf was wollen Sie stolz sein in Zukunft? Als wer wollen Sie in Erinnerung bleiben? Stellen Sie sich vor, Sie feiern Ihren 69. Geburtstag und ein Prominenter, den Sie sehr schätzen, hält eine Rede über Sie: Über was erzählt er? Was sagen Ihre Kinder?
5. Ihr Vermächtnis: Was wollen Sie der Welt hinterlassen? Nachlass, Erbe, Hinterlassenschaft, Werk
6. Wofür möchten Sie bekannt sein?
7. Verfassen Sie ein kleines Manifest Ihrer „Bewegung“: Es liegt mir am Herzen, dass .... Ich will unbedingt denen helfen, die ...., damit sie .... Ich unterstütze sie mit ...., damit sie .... Das ist mir wichtig, weil ....

DER BLICK VON AUSSEN: WIE NEHMEN DIE ANDEREN SIE WAHR?

„Erfolgreiches Marketing braucht deine Bereitschaft, deinen eventuell etwas selbstverliebten Blick auf dein Business loszulassen und dich und deine Dienstleistung aus den Köpfen anderer Menschen heraus zu betrachten," schreibt Veit Lindau 2016 in einem Blogartikel mit seinen Kernthesen des authentischen Marketings.

Ein Personal-Branding-Prozess ist nur dann vollständig, wenn Sie sich mit den Menschen unterhalten haben, die sich kennen, die Sie bei der Arbeit erlebt haben und die Ihre Wirkung kennen. Holen Sie sich aktiv eine Rückmeldung über sich und Ihre Tätigkeiten und schreiben Sie unbedingt mit, was Ihnen so gesagt wird. Das ist es, was die Mitglieder meiner Mastermind-Blogger-Gruppen als nützlichstes Element empfinden: Das Feedback von anderen über die Wahrnehmung der eigenen Person.

Nutzen Sie diese Recherche doch dafür, ein paar wertvolle Empfehlungen zu bekommen, die Sie gleich in Ihrem LinkedIn-Profil oder auf Ihrer Webseite zeigen können. Wenn Sie sich nämlich die Webseiten der amerikanischen Erfolgstrainer anschauen, entdecken Sie immer wieder: hier eine Empfehlung von *Oprah Winfrey*, da ein Bild der Person mit dem *Dalai-Lama;* sie arbeiten gezielt mit Prominenz, denn diese hebt das eigene Ansehen.

Egal, welche Karriere Sie anstreben, die Währung Vertrauen gilt überall: Wer kennt diesen Menschen, wer vertraut ihm, wie viele vertrauen ihm? Mit Ihrer Marke investieren Sie in Ihre „Social Currency": Vertrauen, Reichweite und Bekanntheit.

Wenn Sie Expertin sind: Behaupten nicht SIE, dass Sie Expertin sind. Lassen Sie das andere bestätigen! Holen Sie sich kurze, aussagekräftige Empfehlungen von Kunden und Geschäftspartnern. Je bekannter die Empfehlenden, desto besser für Sie.

Erstellen Sie sich eine Liste mit fünf Personen des öffentlichen Lebens, von denen Sie sich ein Testimonial wünschen. Das heißt nicht, dass Sie das auch vollständig realisieren können – aber wer weiß, was die Zukunft bringt?

Eine Empfehlung heißt: Ein Kunde war zufrieden mit einem Produkt, mit einer Arbeits- oder Dienstleistung. Ein Kunde oder Chef war so zufrieden damit, dass er öffentlich anderen dazu rät, das einzukaufen oder die Person einzustellen. Eine Person hat Sie kennengelernt und ist von Ihrer Wirkung und Ihrem Auftreten überzeugt.

Und warum ist das so wichtig? Eine Empfehlung hat hohe Glaubwürdigkeit. Kein Werbeinstrument hat eine stärkere Wirkung bei der Beeinflussung der Kaufentscheidung als eine Empfehlung: „Die Deutschen vertrauen bei Werbung in erster Linie auf persönliche Empfehlungen (78%). Den zweiten Platz belegen Verbrauchermeinungen im Internet (62%), gefolgt von Zeitungsartikeln auf Platz drei (61%)." Das ist das Ergebnis einer Studie von Nielsen aus dem Jahr 2015, in der das Vertrauen der Verbraucher in Werbung in 60 Ländern weltweit untersucht wurde. Nicht umsonst sind Buchrezensionen bei Online-Buchhändlern und Autoren so beliebt!

„Ich traue mich nicht, nach einer Empfehlung zu fragen!"

Wer nicht fragt, der nicht gewinnt. Was man dazu braucht? Einen guten Plan und Mut. Bitten Sie einfach darum, dass Ihnen die Person kurz und knackig ihr „Vorher – Nachher" und ihren Nutzen aus der Zusammenarbeit beschreibt. Hier finden Sie drei Beispiele, wie die Mitglieder meiner Mastermind Blogger ihre Empfehlungen formuliert haben:

- „Die Gruppe wirkte als echter Mega-Booster und hat mich einen großen Schritt weitergebracht und durch Danielas Impulse und ihr fundiertes Wissen wurde mir so manche Arbeitsstunde erspart."
- „Mein Dank gilt neben allen Teilnehmer/innen besonders Daniela in ihrer unnachahmlichen Art zu moderieren, motivieren und auch mal ‚sanft anzuschubsen'. Alles in allem bin ich wirklich happy mit meiner Entscheidung, an Danielas Programm teilzunehmen und kann es allen Interessierten uneingeschränkt weiterempfehlen!"

- „Gleichzeitig ist Daniela eine wundervolle und extrem fachkundige Sparringspartnerin in Sachen Selbst-PR, Schreiben und Online-Positionierung. Ich kann die Mastermind Blogger deshalb jedem, der das Neuland Internet erobern will, nur sehr ans Herz legen."

Glauben Sie mir: Noch kein zufriedener Kunde hat auf so eine Bitte nach einem Feedback ablehnend reagiert. Das Geheimnis: Den Aufwand für ihn geringhalten, den Prozess so transparent wie möglich gestalten und eine Freigabe einholen. Der Zaubersatz lautet: „Wir fertigen einen Entwurf an und legen Ihnen diesen für die Fallstudie oder das Zitat natürlich zur Freigabe vor."

Überlegen Sie:

- Wie können Sie den Prozess so komfortabel wie möglich gestalten?
- Zu welchen Zeitpunkten fragen Sie nach einer Empfehlung?
- Tools: Fragebogen? Videotestimonial? Jemand, der bei Formulierung unterstützt? Ein Freigabeblatt, das der Empfehler unterschreibt, in dem auch die Nutzung der Empfehlung mit oder ohne Foto und Logo geregelt ist?
- Welche Form hat ein Dankeschön? Eine Einladung zum Essen, eine Vergünstigung, Seminar, Training oder ein kleines Geschenk? Was ist angemessen? Dürfen Geschenke angenommen werden? Wie belohnen Sie Kunden, die Kunden für Sie werben?

- Wen oder was möchten Sie selbst empfehlen?
- Wo sind Empfehler? Kunden, Mitarbeiter Netzwerkpartner? Gab es Fanpost? Begeisterte Statements in Social Media? Ein Dankeschön von einem Kunden?

Styling Coach *Jasmin Leheta* bescheinigt beispielsweise Frauen und Männern ein unterschiedliches Referenz-Verhalten. In ihrem Blog schreibt sie: „Bei den Frauen: Freude am Teilen, eine zufriedene Kundin empfiehlt mich gerne weiter. Bei den Männern: Exklusivitätsanspruch, ein zufriedener Kunde genießt und schweigt."

Also, recherchieren Sie für Ihre Personenmarke, fragen Sie nach:

1. Wie beschreiben Freunde, Kollegen, Vorgesetzte etc. Sie, Ihre Person, Ihr Wirken?
2. Welches Gefühl hinterlassen Sie bei anderen? Wie fühlen sich andere mit Ihnen, bei Ihnen?
3. Wofür loben Sie oder danken Ihnen die Menschen besonders häufig?
4. „Ich will das, was SIE hatte!" Was macht Ihren Glanz, Ihre Anziehung aus?
5. Die Menschen in Ihrem Umfeld beschreiben Sie als die Expertin für ……………………………

Und wenn Ihnen das Feedback nicht gefällt? Wenn Ihr Selbstbild nicht mit Ihrem Fremdbild übereinstimmt? Dann forschen Sie weiter und fragen Sie mehr Menschen um Feedback. Vielleicht ergibt sich ein neues Bild oder Sie arbeiten mit einem Personal-Branding-Coach an Ihrem Auftritt.

IHREN PERSONAL BRAND VERDICHTEN

Wie wollen Sie in Erinnerung bleiben? Sie entscheiden, welche Geschichten, Resultate und Ereignisse mit Ihrer Person in Verbindung gebracht werden. Und Sie sollten es auch entscheiden, sonst entscheiden es andere – oder der Zufall. Und dann ist das Ergebnis vielleicht nicht nach Ihrem Geschmack.

Nun haben Sie viele Informationen gesammelt. Wie fühlt sich das bisher an für Sie? Haben Sie das erwartet, was Sie so erfahren haben oder waren Überraschungen dabei? In diesem Schritt gilt es, Ihren Personal Brand in etwas umzusetzen, das Sie nach außen tragen können.

Ob Sie Philosophin, Kulturwissenschaftlerin, Firmeninhaberin, Pädagogin, Kuratorin, Künstlerin, Staatssekretärin, Forscherin, Ministerin, Gründerin, YouTuberin, Direktorin, Gewerkschafterin, Unternehmensberaterin, Personalleiterin, Standortleiterin, Firmeninhaberin, Ärztin, Geschäftsführerin, Bloggerin, Vorstandsvorsitzende, Mechatronikerin, Dekanin, Journalistin oder Pfarrerin sind – machen Sie etwas Besonderes draus:

Werden Sie die einzige ....,
die ....!

Sie wollen etwas Großes anzetteln? Dann werden Sie die goldene Gallionsfigur Ihrer eigenen Bewegung! Leben Sie vor, was Sie predigen. Stehen Sie ein für Ihre Werte. Sprechen Sie über Ihre Erfragungen und erzählen Sie Ihre Geschichten.

Wählen Sie nun die Informationen aus, die Ihre Persönlichkeit, Kompetenzen sowie Errungenschaften und Leistungen einer breiten Öffentlichkeit vorstellen und Ihre Reputation aufbauen. Gestalten Sie Ihr knackiges Personal-Brand-Statement, indem sie zu jedem der nun folgenden sieben Punkte genau einen Satz schreiben.

Ihre Eigenmarke braucht:

1. Ihre klare Botschaft: Was sollen die Menschen über

Sie erfahren? Was haben Sie sich vorgenommen? Ihr Warum?
2. Ihr individueller Stil: Sind Sie lustig oder seriös, innovativ oder traditionell, arbeiten Sie wissenschaftlich oder intuitiv?
3. Eine Gruppe von Menschen, für die Ihr Herz schlägt, für die Sie Ihre Superheldinnen-Kräfte einsetzen wollen. Wer sind diese Menschen?
4. Ihre Themen: Was kann man nur von Ihnen erfahren?
5. Ihr Nutzen: Was können nur Sie? Wo sind Sie die Superheldin und ragen Sie aus der Menge heraus?
6. Social Proof, Bedeutung, Glaubwürdigkeit durch Ihr Netzwerk: Mit wem sprechen Sie? Wer sind Ihre Unterstützer, Fans, Follower, Multiplikatoren? Wer sagt was über Sie? Wem folgen Sie? Preise, Auszeichnungen?
7. Wie, wo und warum kommunizieren nur Sie? Auf welchen Bühnen, in welchen Kanälen trifft man Sie? Im Netz, live, in den Medien, im Buch oder Blog?

Sie werden jetzt vielleicht fragen, ob Ihre Marke – wenn Sie sie erst entwickelt haben – immer so bleiben muss. Natürlich dürfen Sie sich verändern, das ist ganz normal. Wir alle entwickeln uns weiter. Darüber dürfen Sie auch sprechen. Und Ihre Marke soll das auch nicht verhindern. Haben Sie irgendwann definiert, dass Sie nur grüne Sachen tragen werden? Eines Tages werden Sie vielleicht bunt sein wollen und das ist gut so, wenn Sie das den Menschen, die Ihnen folgen werden, schlüssig erklären und auch nicht alle zwei Monate eine neue Route einschlagen. Nehmen Sie Ihre Fans und Follower einfach mit auf Ihre Reise! Wichtig ist, dass Sie Ihre Botschaften konsistent und über Jahre hinweg wiederholen, damit sie bei Ihren Gesprächspartnern im Gedächtnis bleiben. Auch wenn Sie selbst das Gefühl haben, die eine oder andere Geschichte nicht mehr hören zu können. Aber nur Sie sehen, hören, lesen Ihre Inhalte immer. Andere Menschen jedoch nehmen Sie nur gelegentlich, mit zeitlichen Abständen wahr. Und da baut die Wiederholung eine Brücke!

In meinem Notizbuch gibt es ein paar Seiten, die ich für meinen Personal Brand reserviert habe. Auf einer Seite habe ich mich in die Mitte gemalt und schreibe immer mal wieder Eigenschaften und Erkenntnisse, die ich durch einen Test über mich gewonnen habe oder von Kunden-Feedback um „mich“ herum. Das ist ein Arbeitsdokument und das gebe ich auch der Grafikerin, bevor sie mein Logo gestalten oder der Fotografin, die meine Porträts machen wird. Oder ich nehme einen der Begriffe als Inspiration für einen Blogartikel oder um einen „Über mich“-Text zu schreiben, den ich unter einen Artikel setze, den ich für ein Magazin geschrieben habe.

PERSÖNLICH UND PRIVAT

Welche Aspekte meines Personal Brands sind öffentlich, sind für Kunden relevant und welche Teile bleiben bei mir? Schon *Voltaire* sagte:

„Alles Gesagte sollte wahr sein. Aber nicht alles, was wahr ist, sollte gesagt werden.“

Sichtbarkeit zu erlangen bedeutet, sich kontinuierlich zu zeigen mit interessanten Nachrichten, relevanten Inhalten, Ideen, Projekten, Erfolgen – unverwechselbar und sympathisch. Sie zeigen immer wieder Ihren emotional nachvollziehbaren Kundennutzen oder einen Beleg für Ihre Qualifikationen, die für die nächsten Karriereschritte notwendig sind.

Wer kommuniziert, gibt Informationen über seine Person preis, er schafft Transparenz über seine Aktivitäten, Motivationen, Gefühle und Werte. Denn Transparenz schafft die Grundlage für den Aufbau einer Beziehung, für das Anwärmen eines Kontaktes.

Transparenz

- macht Menschen einschätzbar, berechenbar.
- ermöglicht das emotionale Andocken an die Person.
- baut Nähe auf.
- lässt Vertrauen wachsen.
- lässt erahnen, ob Werte übereinstimmen.
- ermöglicht die Einschätzung, ob eine Person für jemanden nützlich ist.
- kreiert ein Image: Man hat sich ein Bild von der Person im Netz gemacht, das sich aus den Inhalten, Meinungen, Fotos, Texten und Videos über eine gewisse Zeitspanne aufgebaut hat.
- beleuchtet das Umfeld: Man sieht, mit wem die Person in Kontakt steht, wer sie empfiehlt und wie andere Menschen über die Person sprechen.
- senkt die Hemmschwelle, eine Person anzusprechen, weil man die Person ja schon digital kennengelernt hat.
- und Sichtbarkeit steigern den Bekanntheitsgrad, man kann mehr Menschen mit seinen Inhalten erreichen.

Geht das auch wieder weg?

Doch wer sich transparent macht, fühlt sich gleichzeitig durchsichtig, angreifbar und verwundbar. Viele Menschen, die das Rampenlicht und eine hohe Bekanntheit für ihr Business oder ihre Karriere brauchen, stecken im Sichtbarkeitsdilemma fest:

„Soll ich bloggen? Mich in Social Media zeigen? Ich möchte aber meine Privatsphäre bewahren!“

Spürbar ist die Angst bei Führungskräften, CEOs oder Selbstständigen, wenn ich sie bei der Gestaltung ihres Images und ihres digitalen Fußabdrucks berate. Vielen fällt es schwer, die Trennlinie zu ziehen zwischen einem authentischen Auftritt und der Geborgenheit des Privatlebens.

Das Unbehagen ist berechtigt, denn für die Informationen, die wir über uns ans Licht zerren, interessieren sich nicht nur Unternehmen und Datenhändler, die uns mithilfe von „Big Data“-

Strategien als neue Kunden gewinnen wollen. Da kommen nach und nach immer mehr ungewollte Mitleser dazu:

- Digitale Heiratsschwindler – sog. Romance Scammer – und andere Menschen mit miesem Karma, die labile Kandidaten für ihre Abzockstrategien aufspüren.
- Vermieter, die sich über laute Party- und musikalische Angewohnheiten erkundigen, bevor sie einen Mietvertrag anbieten.
- Banken, die nachsehen, ob ein Kredit eine wirklich gute Idee ist.
- Headhunter, die nach neuen Kandidaten suchen.
- Versicherungen, die herausfinden wollen, ob der neue Kunde schlechte oder risikoreiche gesundheitliche Angewohnheiten hat.
- Hater, Trolle, die ihre psychischen Probleme auf dem Rücken anderer Menschen austragen und versuchen, Aufmerksamkeit durch Hasskommentare zu gewinnen.

Transparenz braucht ein Konzept

Um die eigene Sichtbarkeit clever zu gestalten, brauchen Sie ein Konzept dafür, was Sie von sich – auf nützliche und gewinnbringende Art und Weise – auf Dauer zeigen möchten. Erstellen Sie sich ein Konzept für Ihren Auftritt: Schreiben Sie sich für den Anfang zu jedem Punkt drei bis fünf Schlagworte auf. Die Liste können Sie immer wieder ändern, ergänzen und erweitern.

- Was soll über Sie in Erinnerung bleiben?
- Was soll die Welt über Sie erfahren?
- Was soll in Ihrer Privatsphäre bleiben?

Und das halten Sie durch, egal, wie süß die Tochter oder wie schön der orangefarbene Aperitif in der Abendsonne aussieht.

Zeigen Sie sich persönlich, aber nicht privat!

- Privat sind Kinder- und Urlaubsfotos oder Bilder von Partys sowie in familiären Situationen, Namen von Kindern, Verwandten oder Freunden. Zu privaten Inhalten zählen z.B. auch Informationen zu Gesundheit, Kontostand, religiösen und politischen Überzeugungen, Ihr Familienleben oder Ihr Ehe- und Sexualleben.

- Persönlich sind die Aspekte, die auf Ihre Arbeit bezogen sind – Gefühle, Haltungen und Handlungen im Job, in Ihrem Beruf! Dass die Ereignisse, die Sie in Ihrem Job täglich erleben, vertraulich bleiben, versteht sich von selbst. In vielen Unternehmen gibt es Social Media Guidelines, die den Rahmen der Inhalte, die man z.B. in einem privaten Blog oder auf Social Media Accounts zeigen kann, abstecken.

Persönlich ist .... Dieser Satz hilft, wenn Sie Ihre Trennlinie ziehen: Persönlich ist das, was man einem Fremden in der Bar bei einem Bier erzählen würde. Privat bleibt, was Sie in dieser Situation nie teilen würden.

Jedoch: Wer nur Belangloses und Unverfängliches postet, von dem entsteht kein adäquates Bild des Business-Ichs und die Follower können emotional nicht andocken. Konzipieren Sie einen Personal Brand, ein öffentliches Set von Eigenschaften, Nutzen, Herzensangelegenheiten und Themen, für das Sie stehen.

Überprüfen Sie Ihre Lebensbereiche auf die Aspekte „privat“ und „persönlich“:

1. Lebensunterhalt & Lifestyle: Karriere, Geld, Finanzen, Arbeit, zu Hause, Besitz, Mode, Reisen, Geschenke, Ressourcen
2. Körper & Wellness: Heilung, Fitness, Essen, Entspannung, mentale Gesundheit, Bewegung, Gesundheit
3. Kreativität & Lernen: Künstlerischer Ausdruck, Selbstausdruck, Hobbies, Ausbildung, Musik, Kunst
4. Beziehungen & Gesellschaft: Romantik, Ehe, Freundschaft, Familie, Kinder, Gemeinschaft
5. Wesen & Spiritualität: Seele, das innere Selbst, Wahrheit, Intuition, Glaube, Religion, Rituale, Werte

Eine Sichtbarkeit mit Vertrauen schaffender Transparenz muss nicht „Durchsichtigkeit“ bedeuten. Auf die richtige Dosis kommt's an und dass Sie mit sich selbst im Reinen sind. Probieren Sie es aus und erlauben Sie sich, Fehler zu machen.

Anonymität im Netz als Privileg?

Immer mehr Menschen, mit denen ich mich über dieses Thema austausche, empfinden eine Anonymität im Netz als Privileg. Wer unsichtbar bleiben will, sollte sich überlegen, welche analogen Strategien ihm zum Erfolg verhelfen: Netzwerktreffen, Vorträge auf Messen und Veranstaltungen, Pressearbeit, die Veröffentlichung eines Buches, eigene Events, persönliche Treffen mit Mentoren und Netzwerkkontakten, eine Tätigkeit in Verbänden, ein gedruckter oder E-Mail-Newsletter?

Wer aber Geschäfte mit einer großen Zielgruppe machen will oder sich eine langfristige Karriere aufbauen möchte, wird um die digitale Sichtbarkeit in vielen Fällen nicht herumkommen. Wird sie aktiv gestaltet und nicht dem Zufall überlassen, kann viel Gutes entstehen: mehr Bekanntheit, die Nähe zum Kunden, die Verbindung zu Multiplikatoren sowie das Entstehen von öffentlichkeitswirksamen Public-Relations-Gelegenheiten.

Herausragen und warum Sie sich darauf vorbereiten sollten

Manchmal gibt es Gegenwind. Darauf müssen Sie sich vorbereiten. Eine klare Position zu beziehen – das bedeutet, dass andere Menschen Gegenposition beziehen werden. Erfolgreich sein, herausragen und sich abheben – das zieht auch Neid der Menschen an, die das „Ich will das, was sie hatte!“-Gefühl haben.

Neid ist leider, wie im Kapitel „5 Tipps gegen die Angst vor der Selbst-PR“ beschrieben, ein großes Thema in unserer Gesellschaft. Ich erinnere mich, als ich mir vor vielen Jahren ein neues Auto gekauft hatte und ich – vor allem bei Frauen – auf völliges Unverständnis stieß: „Was brauchst DU so ein Auto?“ schallte es mir z.B. von einer Frau in einer Führungsposition entgegen. Ich muss dazusagen, dass ich mir das Auto leisten konnte und es auch brauchte: Ich fuhr oft zu Kunden, teilweise längere Strecken, hatte viele Events und Pressetermine und musste auch Kunden bei verschiedenen Anlässen herumfahren. Ja, das Auto war angemessen für meine berufliche Situation. Und wir fahren es übrigens heute noch. Ob ein Mann auch solche Kommentare geerntet hätte?

Mal ist es Neid im Kleinen, mal wird ein Missfallen öffentlich über das Netz ausgetragen. Und manchmal zieht das schnell große Kreise: Der Shitstorm kommt.

Sie brauchen Mut, Selbstbewusstsein, ein dickes Fell und Durchhaltevermögen. Holen Sie sich das Rüstzeug für Gegenwind, z.B. Trainings für Kommunikation, Ihre Stimme, Selbstbehauptung. Lesen Sie das Buch von Ingrid Brodnig über den Hass im Netz, um sich vorzubereiten. Die meisten Menschen, die ich kenne und die seit Jahren im Netz aktiv sind, erleben niemals einen Shitstorm oder negative Kommentare, doch vorbeugen ist besser als unvorbereitet in so eine Situation zu geraten.

LESETIPPS

Simon Sinek: „Frag immer erst: warum. Wie Top-Firmen und Führungskräfte zum Erfolg inspirieren"

Ingrid Brodnig: „Hass im Netz. Was wir gegen Hetze, Mobbing und Lügen tun können"

Mama, erzähl' mir eine Geschichte! Sie kennen diesen Satz? Erwachsene erzählten sie sich am Lagerfeuer, Kinder lieben sie, denn lebendig erzählte Geschichten gewinnen die Aufmerksamkeit und Konzentration eines Publikums viel leichter als eine Aneinanderreihung von Fakten. Eine gute Geschichte bleibt in Erinnerung und wird gerne weitererzählt.

Beim „Storytelling" werden komplexe Inhalte vereinfacht und in einen Zusammenhang gebracht. Die so entstandene Geschichte wird anschaulich erzählt, z.B. mit Metaphern, damit sie besser im Gedächtnis bleibt.

Jagd, Reise oder Metamorphose?

Haben Sie das auch schon gespürt? Es gibt Geschichten, z.B. in Spielfilmen oder Büchern, die lassen uns nicht mehr los und wir denken noch lange darüber nach:

- Welche Werte haben sie berührt?
- Welche Helden, Unterstützer, Gegner gab es darin?
- Welchen Konflikt, welche Katharsis, Erleuchtung oder Transformation erlebt ein Held?
- Ist es eine besondere Jagd, eine Reise, ist es „Boy meets girl" oder eine Metamorphose?
- Welche Kerngefühle kommen darin vor? Freude, Liebe, Angst, Trauer, Ekel, Wut, Scham, Schuld oder Überraschung?
- Welche menschlichen Grundbedürfnisse werden in den Vordergrund gestellt?

Der amerikanische Coach *Tony Robbins* schreibt in seinem Blog über die sechs menschlichen Grundbedürfnisse, nach deren Erfüllung wir alle streben:

1. Sicherheit: Um Schmerz zu vermeiden und Freude zu gewinnen;
2. Ungewissheit/Vielfalt: Verlangen nach Unbekanntem, Veränderung, neuen Impulsen;

3. Bedeutung/Stellenwert: Einzigartig sein, wichtig, speziell oder benötigt/gebraucht;
4. Verbindung/Liebe: Nähe oder Vereinigung mit jemandem oder etwas;
5. Wachstum: Mehr Kapazität, Leistungsfähigkeit oder Verstehen;
6. Beitrag/Zuwendung: Anderen helfen und einen positiven Beitrag leisten.

Setzen Sie Ihr Angebot, Ihre Themen dazu in Bezug: Welche Gefühle haben die Menschen aus Ihren Bezugsgruppen? Welche Grundbedürfnisse erfüllt Ihr Angebot? Mit welchen Geschichten können Sie darauf eingehen?

Wenn Sie Ihre Geschichten, die Sie in Ihrem Leben oder Ihrem Business erlebt haben, lebendig und bildhaft erzählt, wirken sie noch lange nach. Gefühle spielen eine wichtige Rolle:

Gefühle verbinden, motivieren und erleichtern das Lernen
Zum Beispiel, indem wir die Helden als verwundbar darstellen. Die texanische Sozialwissenschaftlerin *Brené Brown* schreibt in ihrem Buch „Verletzlichkeit macht stark": „Es geht im Leben nur um eins: Verbindung. Die Fähigkeit, sich mit anderen verbunden zu fühlen, ist der Grund, warum wir hier sind. Und Menschen, die ihre Verletzlichkeit leben und zugeben, erleben so eine Verbindung am ehesten."

Es lohnt sich, in der Kommunikation auf Gefühle einzugehen. Untersuchungen haben gezeigt, dass Emotionen das Engagement der Mitarbeiter, ihre Kreativität, Entscheidungsfreude, die Qualität ihrer Arbeit und die Wahrscheinlichkeit, dass sie im Unternehmen verbleiben, beeinflussen – positiv wie negativ.

Und auch beim Lernen spielen Gefühle eine Rolle. *Gerald Hüther*, Professor für Neurobiologie an der Universität Göttingen, sagte in einem Interview bei Good Impact 2016: „Beim Lernen können auch ganz neue Vernetzungen von Nervenzellen entstehen, wenn emotionale Bereiche angesprochen werden. (....) Voraussetzung ist allerdings, dass uns das Unterrichtsthema berührt und regelrecht unter die Haut geht. (...) Wir müssen also darüber nachdenken, wie wir Lernprozesse mit positiven Emotionen aufladen können."

Geschichten transportieren Gefühle und auf diese Weise können Sie bessere Verbindungen knüpfen, sei es im Gespräch mit der Presse, im Bewerbungsgespräch oder wenn Sie mit Kunden reden. Für Ihren Reputationsaufbau ist es wichtig, dass Sie die Geschichten kennen, die Sie ausmachen, abheben, positionieren und mit denen Ihre Kunden oder Dialogpartner in Resonanz gehen können. Und wer durch eine Geschichte Gefühle miterleben kann, ist eher bereit, sie weiterzuerzählen.

Holen Sie sich Ihr Notizbuch und schreiben Sie über die Geschichten Ihres Lebens:

- Welche Erfahrungen haben Sie in Ihrem Leben gemacht?
- Wie sieht Ihre Biografie, Ihr Lebensweg aus? Welche Geschichten können nur Sie erzählen?
- Gibt es ein spezielles Wissen, das Sie erworben haben? Ungewöhnliche Ferienjobs, die Sie gemacht haben? Flops, die Sie erlebt und überwunden haben?
- Was haben Sie gerne als Kind / Jugendliche gemacht? Was wollten Sie werden?
- Welche Ergebnisse, Erfolge haben Sie erzielt? Für sich und für andere?

Nun haben Sie die Grundlage für Ihr Storytelling. Hier sind ein paar Beispiele für Geschichten, die Sie immer wieder über sich erzählen können:

1. Wie ich etwas scheinbar Unmögliches geschafft habe

2. Wie ich eine Methode entwickelt habe, um einen Aufwand, die Kosten zu halbieren
3. Wie ich den größten Erfolg meines Lebens erzielt habe
4. Was ich in meiner Kindheit erlebt habe und wie sich das bis heute auf mein Business auswirkt
5. Wie ich die wichtigste Lektion meines Lebens gelernt habe
6. Das lustigste Erlebnis, das ich je hatte
7. Wie ich etwas Neues erfand
8. Mein mutigster Moment
9. Wie ich einen Preis oder Wettbewerb gewann oder eine Auszeichnung bekam
10. Wie ich den Umsatz verdoppelte
11. Wie ich eine Krise meisterte, die Wende schaffte
12. Wie ich (berühmte Person) kennenlernte

INTERVIEW MIT KATJA SCHLEICHER: STORYTELLING: WIE SIE IHRE GESCHICHTEN FINDEN UND ERZÄHLEN KÖNNEN

Sie hat schon vielen Menschen im Top-Management das Geschichtenerzählen beigebracht: Katja Schleicher. Sie weiß, dass Reden Gold und Schweigen der Anfang von allem Unglück ist. Deshalb bringt sie Manager, Teams, Frauen und Männer zum Reden. Ich habe mit ihr über die Geheimnisse des erfolgreichen Storytellings gesprochen:

Warum sollen wir Geschichten erzählen?

Weil Kommunikation ohne ein erzählendes Element ganz selten funktioniert. Das klappt nur bei einer Kündigung oder in einer dringlichen Situation, wie bei erster Hilfe. Geschichten helfen dabei, um mit Menschen in Beziehung zu gehen. Unser

Gehirn denkt nicht in Fakten. Es ist geschichtenverdrahtet. Wir lernen, wir erinnern, wir verbinden in Geschichten und denken in Zusammenhängen. Egal, ob in einer Bewerbung, im Blog, im Selbstmarketing, auf einer Bühne oder in einem Gespräch mit dem Chef: Ich brauche eine wirkungsvolle Geschichte.

Wie erkenne ich, ob ein Erlebnis eine Geschichte ist?

Eine Geschichte beginnt, sobald etwas passiert. Eine Geschichte ist eine Novelle, eine unerhörte Begebenheit. Fragen Sie sich: Warum war das heute nicht ein alltägliches, sondern ein besonderes Erlebnis? Warum bin ich so geworden wie ich bin? Warum interessiere ich mich für diesen Job mehr als für einen anderen? Warum reizt mich dieses eine Thema und ein anderes lässt mich völlig kalt?

Gibt es Regeln beim Storytelling?

Der Weg zum Glück und zur guten Geschichte führt über das In-sich-hineinschauen und das Selektieren von den Dingen, die für mich wichtig waren, mich geprägt haben, die mich die Extra-Meile haben gehen lassen und die für andere interessant und relevant sind. Erst dann kann ich erzählen! Jede Geschichte hat eine Hauptrolle. Und es gibt immer einen, der dagegen ist. Der Hauptdarsteller braucht einen starken Gegenspieler. James Bond wäre nichts ohne Dr. No, Batman nichts ohne den Joker. Der Gegenspieler kann natürlich auch der innere Schweinehund sein. Der geht immer.

Aus dem Spieler und dem Gegenspieler ergibt sich ein Konflikt oder ein Kampf. Wenn ich keinen Konflikt habe, dann läuft die Story nicht. Aus dem Konflikt heraus entsteht nämlich beim Publikum der Wunsch zu wissen, wie es weitergeht! Das ist der Moment, an dem sich das Publikum an mich bindet. Wenn ich Fakten einfach nur aneinanderreihe, finden das andere total unspannend.

Wie erzähle ich wirksam Geschichten?

Indem ich das Publikum mit auf meine Reise durch diese Konflikte nehme: Ein Unternehmen kaufen oder nicht kaufen? Die Entwicklungsabteilung auslagern oder behalten? Wenn sie zeigen können: Das ist der Auslöser, der mich veranlasst hat, genau diesen Weg zu gehen. Konflikte müssen nachvollziehbar sein: Warum hat Sie das gestört? Was haben Sie dagegen getan? Wie haben Sie das Dilemma beseitigt? Diese Fragen sind entscheidend für den Erfolg von Narration. Plötzlich werden Sie in Ihrer Argumentation danach wesentlich weniger Probleme haben.

Gibt es ein „Kochrezept" für Geschichten?

Wir alle arbeiten mit Archetypen, z.B. die fürsorgliche Mutter, der Mentor, der Entdecker, der Drang nach Freiheit, der Aufbruch ins Unbekannte, das vernachlässigte Kind oder die Heldenreise, wenn Sie der Hauptakteur sind.

Wichtig ist es, dass Sie nicht einfach irgendwelche Geschichten nehmen. Fangen Sie mit sich selber an. Sie brauchen einen Nukleus, einen Kern. In der Arbeit mit Unternehmen führt der oft auch zum Markenkern. Wenn ich den Kern der Geschichte gefunden habe, kann ich ihn für unterschiedliche Publikumskreise abwandeln. Das braucht aber seine Zeit. Der Kern der Geschichte bleibt immer der gleiche. Wer ständig eine andere Geschichte erzählt, wird schnell unglaubwürdig. Eine gute Geschichte hat ein emotionales Alleinstellungsmerkmal, kein fachliches.

Wie und wo kann ich Geschichten erzählen?

Ob im Blog, auf der Bühne, im Gespräch, beim Pitch oder im Bewerbungsgespräch: Jeder hat circa sechs bis zehn prägende Geschichten über sich selbst, die nachvollziehbar machen, wie Sie zu der Person wurden, die Sie heute sind. Sie sollten auch in der Lage sein, Ihre Vision in Form einer Geschichte zu erzählen.

Wenn Sie in die Chefetage wollen, müssen Sie Geschichten erzählen, die Menschen in eine unbekannte Zukunft mitnimmt, die Vertrauen aufbauen und Wissen weitergeben.

Nutzen Sie Smalltalk-Umgebungen: Sie lernen jemanden kennen, erfahren etwas darüber, was Sie verbindet und können dann dazu vielleicht eine Ihrer Geschichten erzählen. Wenn Sie auf der Bühne stehen, wird es Ihnen leichter fallen, Geschichten zu erzählen statt einfach nur ihre Präsentation abzuspulen. Eine Story vergessen weder Sie noch das Publikum.

Wenn im Bewerbungsgespräch der Personaler fragt: Erzählen Sie doch einmal etwas von sich! Das ist der Zeitpunkt für Geschichten. Leider verpassen die meisten Bewerber sie und reihen einfach nur Fakten aneinander – ohne die Inhalte zu Zusammenhängen zu verbinden! Und wundern sich dann, dass Sie den Job nicht kriegen.

Wie finde ich meine Geschichten?

Überlegen Sie einfach: Was sind Ihre liebsten Filme, Bücher, Maler? Warum spricht mich gerade das besonders an? Was ist daran so berührend. Da kann schon Ihre Geschichte drinstecken. Kunst und Kultur sind tolle Projektionsflächen.

Wer sich selbst vermarkten will, muss herausfinden: Was hat mich zu dem gemacht, was ich heute bin? Wichtig ist, dass Sie wissen, welche Geschichten Sie in Ihr Schaufenster legen möchten für den, der von außen reinschaut. Sie bleiben sonst nicht in Erinnerung. Muss die Geschichte wahr sein?

Die Geschichte sollte wahr sein können. Sie haben die Deutungshoheit. Sie dürfen Details weglassen oder Abläufe vereinfachen. Erzählen Sie nur das, was für das Verständnis der Geschichte wichtig ist. „Attention goes where energy flows": Sie sollten die Aufmerksamkeit des Publikums nur dahin lenken und das Licht nur dahin scheinen lassen, wo es wichtig ist.

TED Talks, Super Soul Sunday – soll ich mir Vorbilder auf YouTube anschauen? Oder meinen eigenen Stil finden?

Ich empfehle meinen Klienten immer, so viel Storytelling wie möglich anzuschauen. Danach kann ich entscheiden: Das gefällt mir, aber passt das auch zu mir? Schauen Sie sich die Rückkopplung an: Was macht die Geschichte mit mir? Vertrauen Sie nicht nur bewegten Bildern, lesen Sie unbedingt. Das ist Kino im Kopf.

Und jetzt sind Sie dran. Nehmen Sie sich eine gute Tasse Tee und überlegen Sie sich die fünf Geschichten, die Sie das nächste Mal von sich erzählen wollen. Machen Sie sich stichpunktartig Notizen und versuchen Sie, Handlung, Spannungsbogen und Höhepunkt festzulegen. Und probieren Sie die Geschichten in Ihrem Freundes- und Bekanntenkreis aus um zu sehen, wie sie ankommen.

IHR STIL: GOLDENER GLANZ DURCH KLEIDUNG

Der berühmte erste Eindruck – das sind nur wenige Millisekunden, in denen unser Kopf und Bauch zusammen mit den Augen und Ohren entscheiden, ob man einen Menschen gut findet oder nicht.

Wir haben über den goldenen Glanz gesprochen. Glanz ist etwas, das wir mit unserer Persönlichkeit, unserem Charisma verbreiten können, aber auch ganz besonders wirksam über unsere Kleidung.

„Ich habe fünf Kostüme im Schrank und drei Hosenanzüge, blau und schwarz. Damit bin ich perfekt angezogen." Das sagen viele. Ich sage das nicht. Aus Erfahrung!

„Das, was sie im Vortrag gesagt hat, hatte Hand und Fuß. Aber das Outfit?"

Ja, das Outfit entscheidet darüber, ob man Sympathien bekommt, ob man bewundert wird, ob man als kompetent beurteilt wird. Ob man für einen Trendsetter gehalten wird. Ob man Power und Kreativität für das nächste Projekt hat, das Durchsetzungsvermögen für die Abteilungsleitung verfügt oder den Auftrag für ein Coaching bekommt.

Oder eben nicht. Assessment Center oder Agentur Pitch hin, Einkaufsrichtlinien her: Die Art, wie wir uns kleiden, spielt eine wichtige Rolle, wenn Menschen von Menschen einkaufen oder eine Empfehlung aussprechen.

Wir können es unserem Gegenüber so viel leichter machen, wenn wir mit der Kleidung unseren Personal Brand vermitteln. Sie sind Grafikdesignerin? Dann ist Kreativität eine Kernkompetenz. Drücken Sie die in Ihrer Kleidung aus? Sie bewerben sich als Geschäftsführerin eines Unternehmens, das neue Märkte entdecken will. Wird man Ihnen mit einem schwarzen 08/15-Hosenanzug den Job zutrauen?

Der goldene Glanz eines Menschen verbreitet sich schneller und wirksamer, wenn die Kleidung für ihn spricht, wenn sie die Person glänzen lässt und bewundernde Blicke auf sich zieht. Vor allem in Situationen, in denen Sie mit vielen Menschen zusammenkommen, sollten Sie vorher Brainpower in ein Outfit investieren, das dem Anlass, der Rolle und Ihren Absichten gerecht wird.

Kleidung ist ein Kommunikationsinstrument. Das beweist die Geschichte von meinem Mantel, der sogar einen Namen hat: Chubaka, ein Mantel wie ein Außerirdischer, der sich von Anfang an als Person anfühlte. Er ist ein Kontaktgenie, denn überall – ob beim Arzt, beim Einkaufen oder der Abendveranstaltung – werde ich auf diesen Mantel angesprochen. Und so mancher Gesprächsbeginn im Leben, so zufällig er auch war, erwies sich im Nachhinein für mich als wegbereitend. So ist Chubaka im Winter mein Eisbrecher und Kommunikationschef!

Kleidung wirkt von innen nach außen, aber auch umgekehrt: Wenn im Homeoffice die Motivation in Bodennähe schwelt, mache ich mich schön: goldene Turnschuhe, eine hübsche Bluse, Schmuck. Und schon fühle ich mich als „Businesswoman". Das Ende der Homeoffice-Jogginghose ist gekommen, denn Videokonferenzen, Skype und Facebook-Live-Videos sorgen dafür, dass man im eigenen Büro nicht mehr wirklich alleine ist. Kleidung wirkt nicht nur motivierend, sie kann auch beschützen, stärken, Halt und Sicherheit geben oder Lebensfreude spenden.

Denken Sie aber auch an Statussymbole, die Insignien der Macht. *Dr. Peter Modler*, der Arroganztrainings für Frauen anbietet, sagt: „Bescheidenheit ruiniert das Chefimage!" Zum Beispiel, wenn eine Frau aus einem reinen Frauenteam aufsteigt und sich als Führungskraft nicht über die anderen stellen will: Levelling nennt Modler das. Da wird schon mal auf das schicke Kostüm verzichtet oder auf den Dienstwagen, was dazu führt, dass die anderen denken: „Die will ja gar nicht Chefin sein!" Also, nehmen Sie einen angemessenen Dienstwagen, den Parkplatz direkt vor dem Haus, das schönere Büro, den Businessclass-Flug. Kämpfen Sie dafür – auch wenn es Ihnen persönlich nicht sehr viel bedeutet. Weil Sie es wert sind.

Das neueste Smartphone, die goldene Uhr, die besonderen Schuhe, die hochwertige, nachhaltige Business-Handtasche, ein Kunstwerk im Büro, das edle Schreibwerkzeug oder schöner Schmuck: Überlegen Sie, was zu Ihrer ganz persönlichen Premiumstrategie, zu Ihren Werten und zu Ihrem Personal Brand gehört. Und was unpassend oder übertrieben ist. Prinz Protz ist nicht gefragt, aber die Zeit von Aschenputtel ist definitiv vorbei.

Mein Vorbild? *Iris Apfel!* Ihre Markenzeichen: Eine große, runde Brille, viel Schmuck: Auffällige Armreifen und große Ketten. Ihr Motto: „Mehr ist mehr, weniger ist langweilig". Die 1921 in New York geborene Iris Apfel hat als Erwachsene immer die gleiche Kleidergröße gehabt und deshalb eine große Menge außergewöhnlicher Kleidungs- und Schmuckstücke angesammelt. Sie kombiniert die Stücke mutig, trägt leuchtende Farben und ist einfach bewundernswert schillernd gekleidet.

Ich finde das inspirierend: Alt werden und sich nicht aufgeben, Spaß haben am eigenen Aussehen, modisch sein eigenes Ding machen. Ich weiß, dass das mit dem Altwerden kommen wird und ich habe beschlossen, dass es mir Spaß machen wird. Die weißen Haare von Iris Apfel finde ich toll. Deshalb färbe ich auch meine Haare nicht mehr. Das passt zu meinem Personal Brand, in dem Natur eine wichtige Rolle spielt. Ich habe mich entschlossen, „natürlich" alt zu werden. Meine Oma hatte wunderbare weiße Haare und ja, das wird mein Weg sein.

Ich freue mich drauf, meine Weisheit, meine Seniorität und meine Erfahrung auf diese Weise der Welt zu zeigen. Es ist nicht der leichtere Weg, denn viele Frauen reagieren mit Kopfschütteln: „Eine Frau wie DU muss doch nicht so rumlaufen!" höre ich dann. Doch ich glaube, wir brauchen Vorreiter für eine lebenslustige Seniorität von Frauen. Und ich fange jetzt mal damit an.

Es ist der Beginn eines neuen Trends: Auch die Fernsehmoderatorin *Birgit Schrowange* zeigte sich 2017 plötzlich in grau: „... ich war es einfach so leid, mir alle drei Wochen den Ansatz zu färben. Was für eine Vergeudung der Lebenszeit!", teilte die Fernsehmoderatorin in einer Pressemitteilung mit. Haben Sie sich schon Gedanken über Ihr Aussehen mit 50, 60 oder 70 gemacht?

DER GOLDSPRAY-TIPP

Stil muss kein Vermögen kosten, mit dem richtigen Konzept sind Sie auch im mittleren Preissegment hervorragend gekleidet. Stylingcoaches sind eine effiziente Begleitung beim Einkaufen: Sie kennen die Geschäfte, das Angebot, haben Erfahrung mit der Qualität der Kleidung. Das spart Zeit und Geld für Fehlkäufe. Sie können Maßschneider empfehlen, wenn der Körper nicht zu den Standardmaßen passt. Sie kennen Anbieter für wertige und nachhaltige Kleidung, haben Ideen für aussortierte Stücke und kennen Tricks und Kniffe mit Schuhen, Schals und Schmuck, die vorhandene Garderobenteile zum Glänzen bringen! Nein, wir Frauen müssen nicht alles selbst machen und dürfen uns in Sachen Glanz auch gerne von externer Kompetenz voranbringen lassen! Wie Sie Ihren Stylingcoach finden? Fragen Sie nach Empfehlungen, recherchieren Sie im Netz oder hören Sie sich Vorträge auf Karrieremessen oder Netzwerkabenden zum Thema an. Achten Sie auf Ihr Bauchgefühl!

LESETIPPS

Ari Seth Cohen: „Advanced Style“

Austin Kleon: „Alles nur geklaut:
10 Wege zum kreativen Durchbruch“

Austin Kleon: „Show Your Work! 10 Wege, auf sich aufmerksam
zu machen – Zeig, was du kannst!“

INTERVIEW MIT JASMIN LEHETA: MIT KLEIDUNG PERSÖNLICHKEIT ZEIGEN

Ich habe nichts anzuziehen! Sagen Sie das auch manchmal? Eine, die diesen Satz sehr oft hört, ist Stylingcoach Jasmin Leheta. Sie ist die Frau hinter vielen Top-Kleiderschränken von Führungskräften, Künstlern und Beratern und weiß, wo die Glanzpotenziale im Leben der Geschäftsleute verborgen sind. Sie verrät uns, was Stil ausmacht, wie man Stil lernen kann und wie wir ihn im Laufe unseres Lebens wandeln und nutzen können:

Kann man Stil lernen?

Stil hat man – oder eben nicht. Manche sind geborene Stilikonen. Viele Menschen haben andere Kompetenzen und die können es lernen, sich wirkungsvoll zu inszenieren. Das funktioniert mit einem durchdachten Stylingkonzept, das andere als Stil erleben.

Welche Vorbilder empfiehlst du in Sachen Kleidung?

Ich rate Frauen davon ab, sich Stilikonen auszusuchen, deren Möglichkeiten wir nicht haben: Schönheiten wie Angelina Jolie machen uns das Leben zur Hölle, dazu kommt, dass die Fotos in den Zeitschriften alle „photoshopped“ sind, also künstlich geschönt. Normale Frauen finden sich im Vergleich dazu nicht mehr schön. Doch das ist unrealistisch: Personal Trainer, ein täglicher Besuch beim Makeup-Artist und Friseur, ein Lebensstil, der sich um Schönerhaltung dreht und maßgeschneiderte Designerkleidung: Das ist für die meisten Frauen nicht machbar.

Stattdessen sollten wir uns Vorbilder aus dem Alltag suchen und schauen, wer uns da inspiriert. Und überlegen: Wie kann ich auf meine Weise schön sein? Wenn ich wertgeschätzt werden möchte, muss ich mich zuerst selbst wertschätzen. Das heißt: Ich leiste mir eine Maniküre, einen Stil und auch das Know-how, mit dem ich eine Garderobe aufbaue, die zu mir, meinem Job und meinem Gehalt passt.

An was muss ich denken, wenn ich meinen „Stil" gestalte?

Leicht fällt Stil immer dann, wenn man in die Kleidung das integriert, was mit der eigenen Person zu tun hat. Ich liebe Blumen? Dann dürfen Blumen auch in meinem Styling auftreten. Man darf seine Persönlichkeit in Kleidung übersetzen.

Die Garderobe von Führungsfrauen und Selbstständigen muss vielen Ansprüchen gerecht werden: Sie sollen in unterschiedlichsten Lebenssituationen gut aussehen. Denn wir haben viele Aufgaben, wenig Zeit und kleine Kleiderschränke.

Mein Prinzip: Alle paar Jahre Farben festlegen, die zur Person passen, Schnitte identifizieren, die der Figur schmeicheln, Stoffe, Muster und Strukturen finden, die die Persönlichkeit zum Ausdruck bringen, Accessoires – wie Schuhe, Hüte, Schmuck oder Tücher – finden, die den ganz besonderen Stil ausmachen.

Und dann: Wo will ich hin? Was möchte ich erreichen? Eine Künstlerin braucht einen anderen Auftritt als eine Abteilungsleiterin im Controlling. Wer eine Beförderung anstrebt, sollte sich schon vorher so kleiden, dass man sich die Person auf der nächsthöheren Karrierestufe bereits gut vorstellen kann.

Auch Anlässe sind ein wichtiges Thema: Wer öffentliche Auftritte und Vorträge absolviert, braucht bühnentaugliche Outfits. Man muss spüren: Diese Person ist es sich wert. Sie hat sich Gedanken gemacht. Sie macht das Beste aus diesem Moment. Sie hat Spaß!

Und dann?

Wenn das Stylingkonzept steht, geht es darum, systematisch den Kleiderschrank einzurichten, Stylings für unterschiedliche Gelegenheiten „vorzukonfigurieren", damit sie griffbereit zur Verfügung stehen, wenn z.B. kurzfristig für den nächsten Tag eine Vorstandssitzung oder ein Kundentermin anberaumt wurde. Jährlich gilt es zu überprüfen: Was passt noch, was kann ich neu kombinieren, was darf gehen, welche Teile fehlen mir?

Kann sich Stil wandeln?

Ja natürlich! Viele ziehen sich lebenslang so an, wie sie das in ihrer Jugend gemacht haben. Doch mit 40 ist man ein anderer Mensch. Man kann Looks verbinden, aber sie sollten zu dem Menschen passen, der man ist und zu dem, der man in Zukunft sein möchte.

Jede Veränderung im Inneren darf außen sichtbar sein. Frauen verändern sich immer wieder. Wenn Frauen Kinder bekommen, ziehen sie oft Sachen an, die sie gut waschen können. Doch diese Strategie führt oft in das „Ich bin unattraktiv"-Loch, gepaart mit hoher Unzufriedenheit.

Und dann die Sache mit dem Gewicht, denn regelmäßig verändert sich der Stoffwechsel. Doch es macht viel mehr Sinn, seinen Stil mit Freude an den veränderten Körper anzupassen, als Lebensenergie mit Selbstzweifeln zu vergeuden. Gerade in Phasen des Wandels ist es wichtig, dass wir uns besonders schönmachen. Kleidung kann so viel Positives bewirken.

Gibt es Styling-Sünden, die wir vermeiden können?

Jede Menge, gerade beim Karrierestart: Schwarz. Grau. Frauen versuchen, wenig aufzufallen. Sie empfinden Unsicherheit – sie passen sich Gruppendynamiken und unausgesprochenen Gesetzen an. Sie haben Angst, aus der Rolle zu fallen, anstatt andere zu inspirieren. Doch schon hier kann man glänzen und Persönlichkeit zeigen. Grauschwarze Mäuse gibt es schon zu viele!

Und dann: Schlecht sitzende Kleidung: Zu eng, zu groß, ohne Passform, zu offenherzig. Oder Schnitte, die Unvorteilhaftes eher betonen als kaschieren. Abgelaufene ungeputzte Schuhe, Laufmaschen, Flecken oder Löcher sind inakzeptabel. Fehlende, unpassende oder zu viele Accessoires sind immer ein Problem. Dann gibt es Kleidung, die macht Frauen nicht wirklich schöner. Da sage ich: Dafür ist unser Leben zu kurz! Was uns nicht schöner macht, darf in die Kleidersammlung.

Sie sind wertvoll: All Ihr Wissen, Ihre guten Ideen, Ihre Erfahrung. Ihr gutes Herz. Ihre Erfolge, Ihre Ziele. Ihre Beziehungen, Ihr Netzwerk. Das darf man auch sehen. Ihre Personenmarke sollte sich als erstes in einer Grundausstattung niederschlagen.

Ihr Personal Design: Ihr Design repräsentiert und visualisiert Sie, Ihren Personal Brand, Ihren Anspruch, Ihre Werte. Unternehmen haben ein Corporate Design, es definiert ihr visuelles Erscheinungsbild. Dazu gehören Elemente, wie ein Logo, eine Schrift, eine Farbe, die man dann z.B. auf Briefbögen, in der Innenarchitektur, in der Produkt- und Verpackungsgestaltung, im Corporate Clothing, Webdesign oder Werbeanzeigen wiederfindet. Was benötigen Sie für Ihre Personenmarke?

- Wenn Sie bei einer Firma angestellt sind, ist das beispielsweise nur relevant, wenn Sie parallel dazu ein eigenes Unternehmen aufbauen oder einen eigenen Blog betreiben.
- Wenn Sie eine eigene Firma haben, überlegen Sie: Wie getrennt oder verbunden ist Ihr Personal Brand mit dem Ihres Unternehmens?
- Wenn Sie selbstständig sind, dann brauchen Sie auf jeden Fall ein eigenes Personal oder Corporate Design mit einem Logo, Schriften und „Ihren“ Farben. Lassen Sie sich von einem Grafikdesigner oder einer -designerin ein Konzept entwickeln für die Gestaltung Ihrer Visitenkarten, Briefbögen und Webseite. Überlegen Sie, wie Sie Ihr Büro einrichten, Ihre Printmaterialien gestalten, wie Sie Ihre Präsentationen oder Produktverpackungen unverwechselbar designen.

Visitenkarten: Über die Art und Weise, wie Sie in Erinnerung bleiben wollen, haben wir ja schon gesprochen. Eine der besten Erinnerungshilfen, die ich kenne, ist die Visitenkarte. Und nein, sie wird nicht überflüssig sein, auch wenn wir uns gleich vor Ort noch in Xing oder LinkedIn verbinden können.

Eine Visitenkarte ist eine wunderbare Kontaktknüpferin, denn wir haben die Gelegenheit, sie so zu gestalten, dass sie uns ideenreich repräsentiert, unsere Marke transportiert und wir uns von den vielen Corporate-Einheitskärtchen positiv abheben können. Ich habe z.B. seit drei Jahren mein Foto auf meiner Visitenkarte,

was von sehr vielen „Empfängern" mit großem Dank aufgenommen wird: „Das ist eine gute Idee, da kann ich mich besser an Sie erinnern!", sagen die meisten und freuen sich über die Brücke.

Spielen Sie mit diesem schönen Aushängeschild!

Übung: Nehmen Sie sich zehn kreative Minuten und notieren Sie alle Elemente, die Sie auf Ihrer persönlichen Visitenkarte haben möchten. Hier ein paar hilfegebende Fragen.

- Wie können Sie das Format gestalten? Bleiben Sie im Standard oder versuchen Sie etwas Kleineres, Rundes oder eine Klappkarte, eine Karte mit Chip oder einen Gegenstand?
- Wie können Sie die Informationen, die Sie vermitteln wollen, neu aufbereiten? Pflicht sind: Vor- und Nachname – Berufsbezeichnung, Position – Firmenname & Logo – Telefonnummer – Anschrift – E-Mail-Adresse – Website, Blog oder Online-Profile. Was ist die Kür? Was können Sie ergänzen, weglassen? Foto, Text? QR-Code? Deutsch und Englisch oder andere Sprachen?
- Wie machen Sie mit der Haptik auf sich neugierig? Nehmen Sie dickes Papier, eines mit Struktur, geprägtem Relief, besonderen Kanten oder Rundungen? Matt oder glänzend? Papier oder ein anderes Material?

Wichtig ist, dass Ihre Visitenkarte nicht nur Ihre Professionalität und Wertigkeit ausstrahlt, sondern Neugierde weckt auf Sie und Ihre Person.

Das wunderbare Foto von Ihrem schönsten Ich:
„Was für ein schreckliches Foto! Kann man XYZ nicht mal sagen, dass ihr das Foto – das Pressefoto, das Profilfoto in Xing, auf der Facebook-Fanpage, der Webseite, dem Blog – gar nicht gerecht wird?"

In meiner über 25-jährigen PR-Erfahrung habe ich wirklich viele schlechte Bilder von Menschen gesehen: Unscharfe Bilder, dunkle Fotos, auf denen andere Menschen abgeschnitten wurden oder eine Schulter des Porträtierten fehlte, Fotos mit roten Blitzaugen, Fotos gänzlich ohne Lächeln oder mit dem „Messer-im-Rücken-Blick" oder solche, die definitiv an einem Bad-Hair-Day geschossen wurden.

Mein kuriosestes Erlebnis hatte ich, als ich einen neuen Vertriebsmitarbeiter eines Kunden um ein Foto für seine Vorstellung im Kundenmagazin des Unternehmens bat. Ich bekam von ihm ein Foto, auf dem der Mann nicht nur eine Skimütze, sondern auch einen hochgeschlossenen Skianorak und eine Skibrille trug!

Ich habe schon viele Kämpfe ausgetragen, um Menschen dazu zu bewegen, ein vernünftiges Foto für PR-Zwecke von sich machen zu lassen, auch Firmensprecher und Geschäftsführer gehörten dazu: „Ach, mich braucht doch keiner zu sehen!", „Das alte Bild geht doch noch!" oder „Ich hab für so was keine Zeit!" – so lauten die Standardausreden.

Dabei schaffen gute Fotos gute Verbindungen und machen gute PR für Sie. Journalisten beispielsweise entscheiden bei einem Überangebot von Statements stets für die Aussage der Menschen mit den attraktivsten Fotos.

Panzerknacker-Fotos verjagen Kunden

Geht es Ihnen auch so? Ich will mir erst ein Bild von dem Menschen machen, mit dem ich ins Geschäft kommen möchte. Ein Foto mit sympathischem Lächeln lädt mich eher ein, einen Blog zu lesen oder Beratungsdienstleistungen zu nutzen als ein Bild in der Skibrillen-Variante. Das Styling, die Wahl der Farben und Accessoires gibt mir darüber hinaus erste Informationen über die Persönlichkeit. Die Wertigkeit des Fotos sagt etwas darüber aus, welche Wertigkeit die Person für sich selbst empfindet und ob sie sich Gedanken über ihre Wirkung gemacht hat. Um es kurz zu machen:

- Fotos, die Ihnen und Ihrer Marke gerecht werden, sind Pflicht.
- Fotos, auf denen Sie sich von Ihrer Schokoladenseite in verschiedensten Varianten Ihrer Tätigkeiten zeigen, sind Pflicht.
- Fotos, die nicht älter als drei Jahre sind, sind ebenso Pflicht.

Eines der wichtigsten Elemente der Selbst-PR ist Ihr gutes Porträtfoto!

Bitte – wenn Sie das noch nicht erledigt haben – finden Sie eine gute Fotografin oder einen Fotografen und vereinbaren Sie einen Termin. Wie Sie jemanden finden? Fragen Sie nach Empfehlungen, sprechen Sie Menschen mit tollen Fotos einfach an und bitten Sie sie um den Kontakt. Wenn Sie keine Referenzen haben, lassen Sie sich Arbeiten von verschiedenen Fotografen zeigen und entscheiden Sie, ob Ihr Bauchgefühl ja oder nein sagt. Vergleichen Sie die Angebote von mindestens drei Fotografen.

Wie bereiten Sie ein Shooting optimal vor?

Wichtig ist es, dass Sie für den Fotografen ein genaues Briefing erarbeiten. Machen Sie sich im Vorfeld stichpunktartig Notizen zu den folgenden Fragen:

Wozu brauchen Sie die Bilder?

Webseite? Blog? Social Media? Presse? Flyer? Veranstaltungssituationen? Pass? Xing, LinkedIn? Für Ihr neues Buch? Für ein Display oder Roll-up? Für Lesungen? Plakate? Bewerbung? Akquise? Sprechen Sie auch vorher mit der Grafikdesignerin, welche Anforderungen Sie an die Fotos hat.

Je mehr der Fotografierende über Sie, Ihre Marke und Ihre Bedürfnisse weiß, desto besser. Falls Sie bei einem Unternehmen arbeiten: Zeigen Sie dem Fotografen und dem Styling-Team auch Ihr Corporate Design – Logo, Farben, Webseite, damit alles aufeinander abgestimmt wird.

Und besprechen Sie, wo die Fotos aufgenommen werden sollen. Die Location macht so viel aus! Ein Loft oder Natur? Eine Reportage in Ihrem Büro, an Ihrem Arbeitsplatz oder bei einer Veranstaltung oder während Ihres Vortrags? Ein Studio oder ein Straßenzug oder Platz an Ihrem Standort?

In welchen Situationen sollen Sie auf den Fotos zu sehen sein?
Brauchen Sie Motive in Aktion? Bei einem Vortrag vor großem Publikum? Beim Präsentieren, im Interview, beim Erklären, Beraten, bei dem, was Ihre Arbeit ausmacht? Brauchen Sie Fotos, auf denen Sie vor dem PC sitzen oder ein Buch signieren? Bei denen Sie ein Webinar abhalten, ein Meeting einer kleinen Gruppe leiten, ein Video drehen oder einen Podcast einsprechen? Brauchen Sie Fotos für Social-Media-Posts vor einer großen Fläche, einem neutralen Hintergrund, so dass man ein Zitat von Ihnen rechts oder links daneben einfügen kann? Je vielfältiger die Porträts, desto besser.

Pressebilder: Journalisten brauchen z.B. Porträts in „Passbildoptik“: Also eine Studioaufnahme, Mensch vor neutralem Hintergrund in Business-Kleidung, im Hoch- und Querformat und natürlich in Farbe.

Wie soll der Stil der Fotos sein?
Wie können Sie Ihre Personenmarke transportieren? Farben, Licht, Hintergrund, Umgebung, Blickwinkel, Bildausschnitt, Filter – all

das spielt eine Rolle bei der Komposition der Bilder. Überlegen Sie auch: Welche Gefühle sollen die Bilder vermitteln? Haben Sie Vorbilder, an denen sich Ihre Aufnahmen orientieren sollen? Welche Gesichtsausdrücke und Gesten möchten Sie auswählen?

Welche Kleidung möchten Sie tragen?
Ja, es ist wichtig, dass Sie sich wohlfühlen, aber leider funktionieren in vielen Fällen die Lieblingssachen nicht. Denn einige Stoffe und Strukturen haben auf Fotos keine Aussagekraft oder sind zu auffällig. Baumwolle z.B. ist oft zu stumpf, schluckt Licht und wirft unordentliche Falten. Der Faltenwurf von Satin oder Taft hingegen wirkt spannend und sinnlich. Dennoch muss der eigene Stil gerade auf einem Foto, das für die Ewigkeit festgehalten wird, unverwechselbar sein. Denken Sie an jahreszeitenneutrale Designs.

Stimmen Sie sich doch mit Ihrem Styling Coach vorher ab und bereiten Sie drei bis fünf Outfits vor: geschäftlich, lässig, kreativ, sportlich – je nach Marke und Anlass. Probieren Sie vorher alle Outfits an und machen Sie Selfies davon. Stimmen Sie Accessoires auf die unterschiedlichen Outfits ab.

Für Ihre Packliste:
Drei bis fünf Outfits: Bluse, Rock, Hose, Strumpfhose, Blazer, Jakke, Tücher, Hüte, Mantel, Schuhe, Strümpfe, ggf. passende Unterwäsche, Halsketten, Ohrringe, Armbänder für die drei bis fünf Outfits, Brillen oder Kontaktlinsen.

Außerdem: Makeup, Lippenstifte, Puder, Lidschatten, Rouge, Eyeliner, Nagellack, Wimperntusche, Haarspangen, Bürste, Kamm, Lockenstab, Fön, Haarspray oder Haargel.

Vereinbaren Sie einen Probetermin mit dem Friseur und der Visagistin, um den Look für den Tag zu testen. Wenn Sie mit dem Ergebnis zufrieden sind: Buchen Sie dann einen Termin am Tag des Shootings.

Was sollten Sie noch mitnehmen zum Fototermin?
Um eine möglichst große Ausbeute an Motiven zu haben, sollten Sie eine Auswahl von Gegenständen mitnehmen, die etwas mit Ihnen zu tun haben. Damit können Sie während des Shootings interagieren, was die Fotos viel lebendiger macht. Denken Sie z.B. an Blumen, Vasen, Kerzen, thematisch passende Deko-Gegenstände, Ihren Kalender, Ihre Bücher und Veröffentlichungen, Ihren Computer, Ihr Smartphone und sonstige Arbeitsgeräte. Vielleicht brauchen Sie auch noch ein paar Menschen, die bei einem Beratungsgespräch oder in einer Meetingsituation zu sehen sind?

Nun haben Sie Ihren Personal Brand definiert, Sie kennen Ihre Werte, Ihre Geschichten und Ihre Mission, Sie haben Ihren Stil entwickelt und die Grundlage für Ihren Auftritt gelegt. Im nächsten Kapitel geht es darum, wie Sie Ihre goldenen Verbindungen knüpfen können. Und im Anschluss daran finden Sie Ideen dafür, wie Sie Ihrem Online-Auftritt, wie z.B. Ihrer Webseite Ihren Stempel aufdrücken können.

KAPITEL 3

IHRE GOLDGRUBE: WIE SIE IHRE COMMUNITY AUFBAUEN

Männer pflegen ihre Old-Boys-Netzwerke, Verbindungen, Alumni-Netzwerke. Sie unterstützen sich in Seilschaften und sorgen erfolgreich dafür, dass bei den Besetzungsrunden oder der Auftragsvergabe immer im gleichen Männerteich gefischt wird.

Und die Frauen? Sie treffen sich meist nur in Frauennetzwerken. Ein Grund dafür mag es sein, dass Männer gerne unter sich sind. Ein anderer Grund: Wenn zu viele Männer zusammenkommen, haben Frauen keinen Spaß. Und: Viele Frauen wollen nicht in männerdominierte Führungs- und Netzwerkstrukturen einbrechen, weil sie keine Lust haben, sich „wie ein Mann" zu verhalten und Männer zu imitieren, um Anerkennung und Akzeptanz zu finden. Sie wollen einen weiblichen Stil finden und leben. Und doch kann eine gleichberechtige Arbeitswelt nur gelingen, wenn Männer und Frauen gemeinsam netzwerken.

Die Psychologin Silke Foth, Autorin des Buchs „Erfolgsrituale für Business-Hexen", rät deshalb: „Wir müssen Netzwerke aufbauen, in denen sich Frauen gegenseitig dabei unterstützen, auf weibliche Art erfolgreich zu sein. Das ist ein großer Hebel. Frauen sind auch immer dann erfolgreich, wenn sie strategische Allianzen mit Männern eingehen. Und zwar mit denen, die die Kompetenzen der Frauen sehen und anerkennen. Hier geht es um Eins-zu-eins-Formate, in denen Geben, Nehmen und Vertrauen eine wichtige Rolle spielen. Und der dritte Weg: Lernen, dass wir nicht kopieren sollen, sondern dass wir eigene Rituale einführen und andere eliminieren müssen. Bescheidenheit und Perfektionismus stehen uns übrigens dabei im Weg: Tue Gutes und rede darüber – so lautet das Motto!"

Was können Sie also tun, um …

- die Netzwerke zu finden, in denen sich Frauen in ihrem Vorankommen unterstützen?
- die männlichen Mentoren zu finden, die ein ehrliches Interesse an „mehr Frauen in Führungsrollen" haben, die sich regelmäßig mit Ihnen zu einem Mittagessen treffen, um Sie in Ihrem Vorankommen zu unterstützen? Durch Erfahrungsaustausch, konkrete Tipps, die Anbahnung von Kontakten und ein kontinuierliches Strategie-Brainstorming?
- Gutes zu tun und darüber zu reden?

Such dir den, den du brauchst, statt dich nur mit denen zu treffen, die du magst!

Diesen Satz hat *Prof. Susanne Porsche* auf einer IHK-Konferenz in München einmal gesagt. Weil wir alle nur eine begrenzte Energie ins Netzwerken stecken können, lohnt es sich, Ressourcen zu nutzen und Ressourcen zu schonen. Wenn Sie ein echtes Power-

Netzwerk aufbauen wollen, müssen Sie Zeit investieren, einsortieren und aussortieren und sich immer wieder überlegen:

Wo finde ich die, die dort sind, wo ich hinwill?

Mit der richtigen Strategie können Sie mit weniger Aufwand viel mehr erreichen. Machen Sie sich eine Liste der für Sie interessanten Menschen, abonnieren sie ihre Blogs oder folgen Sie ihnen in LinkedIn oder Facebook, kaufen Sie ihre Bücher. Versuchen Sie diese Menschen zu treffen, auf Veranstaltungen, Messen oder in Netzwerken.

Nicht immer braucht es eine feste Struktur, um sich zu begegnen und auszutauschen. Meine Lieblingsorte des Netzwerkens? Der Flur, die Küche. Mal eben schnell einen Tee mit jemandem trinken. Auf einem Barcamp oder in der Kantine zu einer Gruppe von unbekannten Menschen an den Tisch setzen und mit ihnen zu Mittag essen. In der Kaffeeküche Teegespräche führen. Beim Anstehen. Mit der Person sprechen, die neben mir sitzt bei einem Vortrag. Fragen. Lachen. Visitenkarten tauschen. Spaß haben.

Analoges und digitales Netzwerken verbinden:

Xing und LinkedIn machen es leicht, in Verbindung zu bleiben: Meine Kontakte teilen ihre Veranstaltungen dort, ich sehe ihre Blogartikel. Jedoch habe ich es mir zur Regel gemacht, mich dort nie mit Menschen zu verbinden, die ich nicht kenne. Und ich möchte Ihnen davon abraten, Menschen eine Einladung zur Verbindung zuzusenden, weil Xing es Ihnen empfiehlt oder damit Sie einfach mehr Kontakte haben. Ich schreibe dann immer zurück: „Bitte haben Sie Verständnis, dass ich mich nur mit Personen verbinde, die ich persönlich kenne. Lassen Sie uns kurz telefonieren, um mögliche Ansatzpunkte zu finden.“ Nur 20% der angeschriebenen Personen reagieren mit einem Terminvorschlag für ein Telefonat. Ein persönliches Kennenlernen oder eine Empfehlung einer vertrauten Person ist durch nichts zu ersetzen und ist die erfolgversprechendste Voraussetzung für ein gutes Gefühl.

WELCHE NETZWERKE PASSEN ZU IHNEN?

Die Zahl der Netzwerke ist groß: Es gibt z.B. Frauennetzwerke, Lean In-Circle, die auf dem Buch von Sheryl Sandberg beruhen oder Frauennetzwerke in Unternehmen, Männernetzwerke, gemischte Netzwerke, Clubs, wie Lions oder Rotary (auch hier wieder gemischt oder getrennt, Rotary hat sogar einen eClub), Branchennetzwerke, Karrierenetzwerke, Businessclubs oder regionale Vereinigungen, Unternehmerstammtische oder Events vom örtlichen Gewerbeverband. Auch die Haltung und Ausrichtung variieren: Es gibt Netzwerke mit gesellschaftspolitischem Auftrag, manche richten sich rein auf das Business aus, auf Erfahrungsaustausch oder Interessensvertretung. Und es gibt internationale, nationale und regionale Netzwerke.

Ich empfehle Ihnen eine Recherchetour: Lassen Sie sich von Geschäftspartnern, Kollegen und Freunden Netzwerke und Clubs empfehlen, gehen Sie auf Branchenveranstaltungen und Kongresse, informieren Sie sich im Web über die örtlichen Termine und kündigen Sie einen Informationsbesuch an.

AUS MEINER GOLDENEN SCHATZTRUHE

Ein Netzwerk mit guten Kontakten knüpft man nicht an einem Abend. Blocken Sie doch gleich mal ein bis zwei Stunden pro Woche in Ihrem Terminkalender für Telefonate, E-Mails und Treffen mit den Menschen aus Ihrem persönlichen Powernetzwerk! Das ist eine wichtige Investition. Mir hat das Netzwerken vor allem in Zeiten des Wandels sehr geholfen: Zu Beginn meiner Selbstständigkeit – die ersten zehn Jahre – bin ich zu den Treffen des Woman's Business Clubs gegangen, um mich mit Gleichgesinnten auszutauschen und Inspirationen zu finden. Doch dann hatte ich den Schwerpunkt meiner Tätigkeit von der IT-PR hin zum Bloggen und zur Selbst-PR verlegt. Ich habe neue Kundengruppen angesprochen und schlagartig erwies sich mein Netzwerk als wirksame Unterstützung und die Menschen darin als wunderbare Multiplikatoren.

Und was habe ich immer dabei? **Die Spezialagenten-Networking-Handtasche:** Q stellt für James Bond immer ein besonderes Set an technischer Ausrüstung für seine Einsätze bereit. Ich habe das auch, allerdings weniger explosiv. In meiner großen Business-Handtasche befinden sich z.B. Visitenkarten, Flyer oder Broschüren, das Buch, das ich veröffentlicht habe, mein Fotoapparat und das Smartphone, ein Block und Stifte für meine Notizen und Sketchnotes. Manchmal liegt darin ein Zettel mit ein paar Anhaltspunkten für den Elevator Pitch, ein Buch des Autors, der am Abend den Vortrag halten wird, ein paar Infos zu den Personen auf der Netzwerkveranstaltung oder drei Wünsche, die durch diesen Abend in Erfüllung gehen sollen. Manchmal nehme ich die meisten Dinge wieder mit nach Hause, weil es schöner ist, jemandem im Nachgang zu einer Veranstaltung etwas zuzuschicken, mit lieben Grüßen, einem Tipp, einem Link oder einem Foto der Begegnung. Post schafft Verbindung.

INTERVIEW MIT MONIKA SCHEDDIN: WIE MAN KONTAKTE AUFBAUT

Monika Scheddin ist nicht nur Präsidentin des Woman's Business Clubs, sondern auch Autorin des Klassikers „Erfolgsstrategie Networking" – und eines meiner Vorbilder! Sie sagt „Gutes Netzwerken ist zu 80 % Haltung und nur zu 20 % Methode oder Strategie". Ich habe sie nach ihren Netzwerktipps gefragt, die in Zukunft wichtig sein werden.

Gibt es eine Grundregel fürs Netzwerken?

Netzwerken bedeutet: Ganz viel reingeben ins Netzwerk, ohne Erwartungen. Dann abwarten und sich überraschen lassen. Ich habe aber auch festgestellt, dass es unvermuteter Weise schöne Beziehungen initiiert hat, wenn man Menschen ganz konkret um etwas bittet. Wichtig ist Klarheit, was braucht der andere, was brauche ich? Das macht Gemeinsames leichter.

Was muss ich beim Netzwerken von mir zeigen?

Frauen wollen kompetent, sympathisch, zuverlässig und vertrauenswürdig wirken. Männer nur eines: erfolgreich! Davon können wir lernen und zeigen, welche Erfolge wir schon erzielt haben.

Dann ist es wichtig, dass wir Persönliches preisgeben: Man kann sich nämlich nicht mit Firmen, sondern nur mit Menschen vernetzen. Aber mit einem Profilfoto in Facebook, auf dem ein Berg zu sehen hat, kann ich nicht kommunizieren. Also muss man sich zeigen. Ja, man darf zweifeln. Ja, man darf ein Scheitern spüren, wenn man sich aktiv wieder rausholt. Mitleid sollten Ihre Kontakte aber nicht haben.

Ich sage immer: „Sprechenden Menschen ist zu helfen!" Also ist es nützlich, immer eine Antwort auf die Frage „Was brauchst du?" parat zu haben.

Wie gelingt ein Kontaktaufbau?

Zum Beispiel durch Dranbleiben und Nachhaken: Follow-up ist eine Dienstleistung. Viele mögen aber das Gefühl nicht, jemandem nachzulaufen. Sie sind zu stolz dafür oder haben Angst vor einer Ablehnung. Doch Nachhaken wird als Wertschätzung verstanden. Ja, eine E-Mail rutscht immer weiter nach unten. Und dann muss ich mich in der Priorität mit meinem Anliegen wieder nach oben holen. Wenn ich Anfragen bekomme, möchte ich nett sein. Aber ich messe der Aktion erst dann Priorität zu, wenn die Person nachfragt.

Tatsachen schaffen. Aber bitte nicht dem Empfänger den schwarzen Peter oder das Problem zuschustern. Sagen Sie bitte, was Sie wollen bzw. an was Sie denken. Was Sie sich vorstellen können. Und was Ihr Gegenüber davon hat. Bleiben Sie verbindlich und serviceorientiert. „Ich schicke Ihnen den Text und melde mich dann Ende der Woche telefonisch". Und bleiben Sie gutgelaunt dran.

Es braucht durchschnittlich sieben Kontakte und zwei Jahre Zeit, bis eine Beziehung erntereif ist. Wie gesagt: im Durchschnitt.

Sie können den Nutzen nicht erahnen, aber in einem Gespräch herausfinden. Und dass es ein Gespräch gibt, hängt von Ihrem charmanten und gut gelaunten Dranbleiben ab. Entwickeln Sie kreative Ideen. Denn wenn Sie beim ersten Versuch schon aufgeben, wieso sollte Ihr potenzieller Geschäftspartner sich die Mühe machen?

Vieles passiert auf Augenhöhe: Tu's für mich! Das ist Netzwerken! Sätze wie: Ich möchte DICH dabeihaben. Oder: Ich brauche zwei Stunden deiner Zeit. Die Menschen wollen persönlich gesehen und gemeint sein. Sie wollen, dass man sich Mühe gibt. Erst dann reagieren sie. Und manchmal ist das ganz einfach: Seit 30 Jahren gibt es Serienbriefe und immer noch werden Namen falsch geschrieben oder die Anrede lautet: Sehr geehrte/r Frau/Herr Scheddin! Viele machen sich nicht die Mühe, den Ansprechpartner herauszufinden, und dann fühlen sie sich auch nicht angesprochen und die Kontaktaufnahme läuft ins Leere.

Was macht Menschen interessant?

Mir persönlich imponiert es, wenn jemand Haltung zeigt. Zum Beispiel, wenn man bei einem privaten Barbesuch nach einer Messe von jemandem hört: Ich brauche keine Quittung, ich werde doch nicht das Finanzamt für mein Vergnügen bezahlen lassen! Werte spielen eine wichtige Rolle.

Netzwerken hat für mich vor allem mit Großzügigkeit zu tun. Kleine Aufmerksamkeiten oder Gastgeschenke, die anderen eine echte Freude bereiten, eine kostenlose Arbeitsprobe als Appetithäppchen – das bleibt in Erinnerung, daran kann man anknüpfen.

Mir gefällt eine wertschätzende Wirksprache, mit der sich Menschen positionieren und auf charmante Art und Weise positionieren. So bat z.B. einmal jemand auf eine Bitte hin sehr galant darum, ihn aus einem wichtigen Grund aus dieser Bitte zu „entlassen"! Das hat Stil.

Offenheit ist wichtig: Ich übe mich immer wieder darin, mich lieber an die eigene Nase zu fassen, als andere von vorneherein in eine Schublade zu stecken oder zu beurteilen. Manchmal versuche ich bewusst Menschen kennenzulernen, obwohl sie vielleicht nicht in mein „Suchraster" passen und ich mache gute Erfahrungen damit.

Was mache ich, wenn mal was schiefgeht?

Stellen Sie sich die Frage: Will ich Recht behalten oder erfolgreich sein? Nehmen wir ein Beispiel: Eine Firma hatte Urheberrechte mit Inhalten aus einem meiner Bücher verletzt. Nun hätte ich klagen können, stattdessen habe ich aber eine Zehn-Punkte-Liste an das Unternehmen geschickt mit der Überschrift „Was ich mir wünschen würde!". Das hat sehr gut geklappt und wir haben eine langanhaltende Zusammenarbeit aus dieser Liste heraus entwickelt, von der beide Seiten profitieren. Wenn schon anders, dann besser!

Und wenn mal etwas nicht weitergeht: Business-Beziehungen haben einen Anfang und ein Ende. Wichtig ist, dass man sie mit Respekt und Wertschätzung beendet.

Wie oft sollte man Netzwerken?

Meine Regel lautet: Mindestens einmal pro Woche einen neuen Kontakt knüpfen und einen bestehenden Kontakt pflegen. Ich empfehle, alle Kontakte in Xing oder LinkedIn zu sammeln. Dabei vermerke ich das Datum und den Anlass des Kennenlernens sowie ein Merkmal oder eine Geschichte zu der Person für ein leichteres Erinnern. Zweimal pro Jahr revitalisiere ich meine Kontakte, z.B. zum Geburtstag. 50 Kontakte in meiner Datenbank, die 400 Adressen umfasst, erneuere ich in jedem Jahr rituell im November.

WIE SIE VERANSTALTUNGEN FÜR DEN AUFBAU IHRER ONLINE-COMMUNITY NUTZEN

Netzwerken – wo findet das eigentlich statt? Im echten Leben und online. Ich habe immer wieder erlebt, dass Events große Impulse für den Aufbau des eigenen Netzwerks geben: Neue Verbindungen knüpfen und alte pflegen, neue Fans und Follower gewinnen, selbst neuen Vordenkern folgen - dafür sind Veranstaltungen wie Messen, Konferenzen oder Barcamps ideal geeignet. Hier finden Sie die Tipps, mit denen Sie Events effizient dafür nutzen können, ihre Community aus dem echten Leben in die Onlinewelt hinein wachsen zu lassen:

Im Vorfeld: Kündigen Sie Ihren Eventbesuch auf Ihren Kanälen an. Teilen Sie Ihren Kontakten mit, dass Sie einen Vortrag halten oder an dieser Veranstaltung teilnehmen: In Xing, LinkedIn, auf Facebook, über Twitter, in Ihrem E-Mail-Newsletter.

Nutzen Sie alle Kanäle: Kündigen Sie Ihre Präsenz über Pressemitteilungen, Social Media, die Website Ihres Unternehmens, Ihren Blog, in Ihrer E-Mail-Signatur etc. an. Erzählen Sie Ihrem Publikum Geschichten darüber, was Sie dort machen werden, was Sie vorhaben und auf was sich Besucher freuen können. Machen Sie eine kurze Video-Vorschau, was Ihre Besucher erwarten können und berichten Sie über das, worauf Sie sich am meisten freuen. Nehmen Sie Ihr Smartphone und drehen Sie ein kurzes Video, in dem Sie erzählen: „Auf die .... Messe freue ich mich sehr, denn ich werde dort zum ersten Mal über das Thema .... sprechen, das zurzeit vielen Menschen bewegt, weil ...."

News Highjacking: Sie „entführen" aktuelle Nachrichten oder die des Veranstalters hin zu Ihrem Thema. Und das geht so: Im Vorfeld vieler Events werden der Presse von den Messeveranstaltern z.B. Studien oder Marktforschungsergebnisse rund um das Thema der Veranstaltung vorgestellt, um die Veranstaltung „ins Gespräch zu bringen". Und dazu können Sie einen Bezug herstellen und die Ergebnisse aus Ihrer Sicht einordnen, interpretieren oder ergänzen. Sie nutzen also die Aktualität und Breitenwirkung der PR des Veranstalters für Ihre Zwecke.

Ein Beispiel: Der Branchenverband Bitkom veröffentlicht vor jeder CeBIT die Ergebnisse einer Konjunkturumfrage unter Unternehmen aus der Informationstechnologie und Kommunikationstechnik. Als IT-Expertin könnten Sie dazu in Ihren Social-Media-Kanälen, im E-Mail-Newsletter, im Blog oder in einer Presseinformation dazu Stellung nehmen: Sehen Sie das auch so? Gibt es Erkenntnisse, die den Studienergebnissen widersprechen? Wie reagieren Sie oder Ihr Unternehmen auf die vorgestellten Trends? So könnten Sie verkünden: „Weil 80% der Unternehmen laut Bitkom-Studie in den nächsten zwei Jahren auf die Technologie X setzen, dreht sich mein Vortrag auf der Messe genau um dieses Thema." Was raten Sie in dieser Situation? Welche sind Ihre besten Tipps dazu? Oder es gibt ein aktuelles Ereignis, das in Bezug steht zu Ihrer Expertise und dem Veranstaltungsthema, das Sie dann aufgreifen? Zudem können Sie rund um das Event-Thema bloggen, auf den Event in Ihren Kanälen neugierig machen, Ihre Vorbereitungen zeigen, miterlebbar machen, Studien dazu finden und interessante Beiträge oder Artikel dazu aus den Medien zusammenstellen.

Bezug herstellen: Verbinden Sie das Thema oder Motto des Events mit eigenen Themen, Ihrem Nutzen und Ihren News zum Thema. Ein Beispiel: Die Re:publica in Berlin ist die nach eigenen Angaben größte Konferenz der digitalen Gesellschaft in Europa für Netz-Aktivisten, Blogger, Künstler, Geschäftsleute und Unternehmensvertreter. Das Motto der Re:publica 2017 lautete "Love out Loud!". Die Konferenz richtete damit den Fokus auf Menschen, Organisationen und Projekte, die sich gegen Hass, Gewalt und Ungerechtigkeit einsetzen. Was könnten Sie zu diesem Motto beitragen? Love out loud könnte für Sie z.B. bedeuten, eine Organisation zu unterstützen und darüber zu erzählen, die Menschen in Ihrem Unternehmen zu diesem Thema zu inspirieren und einen Bericht dazu zu veröffentlichen, ein Buch dazu zu empfehlen, Ihre zehn Experten zu diesem Thema zu interviewen usw.

Während und nach einer Veranstaltung: Hier können Sie mit interessanten und relevanten Inhalten aufwarten und Ihre Community mit spannenden Geschichten begeistern:

Beteiligen Sie sich an der Hashtag-Konversation! Was das ist? Ob bei Twitter, Facebook oder Instagram – überall stoßen Sie auf das Zeichen #. Der Begriff Hashtag setzt sich zusammen aus dem englischen Wort „hash" für das Schriftzeichen Doppelkreuz „#" und dem Wort „tag" für Markierung. Ein Hashtag ist also ein Wort, das mit diesem Doppelkreuz, auch Raute-Symbol genannt, versehen wurde. Dieses Schlagwort dient dazu, Nachrichten mit bestimmten Inhalten oder zu bestimmten Themen in sozialen Netzwerken auffindbar zu machen.

Mit diesen #-Begriffen, die meist am Ende eines Posts oder Tweets stehen, wird ein Beitrag in Facebook und Google+ in die

Schlüsselwort-Suche integriert und man kann Ihren Post finden, wenn andere nach dem Thema suchen.

Bei Twitter können Sie gezielt nach Hashtags suchen und so alle Tweets zu diesem Begriff finden. Twitter zeigt zudem eine stundenaktuelle Top-Liste der Hashtags an, in der Sie sehen können, welche Themen gerade besonders angesagt sind. Um selbst einen Hashtag zu verwenden, müssen Sie vor das Wort einfach nur das Doppelkreuz ohne Leerzeichen setzen, zum Beispiel #cebit17.

Fast jede Messe hat einen Veranstaltungs-Hashtag, der verwendet wird, um die Gespräche in den Social Media und vor allem in Twitter in Gang zu bringen und auffindbar zu machen. Die höchste Hashtag-Aktivität gibt es während der Veranstaltung, aber auch vorher und nachher posten viele Teilnehmer und Aussteller: Ihr Dankeschön, Ihre Blogartikel zum Event, Ihre Erlebnisse danach, auf der Anreise und Heimreise. Fragen Sie beim Veranstalter nach oder suchen Sie in seinem Social Media-Profil in Twitter, welcher Hashtag für die Veranstaltung relevant ist.

Was Sie während der Veranstaltung teilen können:

- Posten Sie in Twitter ein paar Mal am Tag 140 Zeichen z.B. über das Produkt, das Sie auf einer Messe am interessantesten fanden. Oder knackige Zitate aus Vorträgen.
- Erstellen Sie ein kurzes Facebook-Live-Video, in dem Sie von der Messe berichten: „Hallo, hier ist Daniela Heggmaier, ich bin heute auf der CeBIT, weil .... Die Besucherzahlen heute sind .... und ich will Ihnen kurz drei Highlights meines Messebesuchs zeigen: ....“ Auf einem Kongress können Sie die drei Inhalte aus der Eröffnungs-Keynote, die Sie am wichtigsten fanden, zusammenfassen und einen Überblick über die Themen und Vorträge geben, die am meisten Zulauf oder Fragen von den Zuschauern bekamen.
- In Instagram zeigen Sie z.B. ein Foto von sich mit einem Branchenprominenten, ihrem Pausencappuccino, einer schönen

Standdeko oder Sie geben jemandem die Kamera und bitten ihn, während Ihres Vortrags ein Foto von Ihnen zu machen, das Sie anschließend posten dürfen.

- Für YouTube können Sie eine zweiminütige Messereportage mit Ihrem Smartphone oder Tablet drehen mit kurzen Interviews, einer Mini-Zuschauerbefragung und ein paar Produktvorstellungen. Ich verwende dazu ein iPad mini mit einem externen Mikrofon. Zum Schneiden vor Ort verwende ich die App iMovie, über die Sie Ihr Video gleich in Ihren YouTube-Kanal oder in Facebook hochladen können. Für Ihren Podcast sammeln Sie die Inhalte per Audio mit Ihrem Smartphone und einem Mikrofon ein.
- In Ihrem Blog können Sie einen schriftlichen Beitrag mit Fotos über die Veranstaltung bringen und eventuell gleich mit Berichten von Medien und anderen Bloggern zum selben Thema vernetzen.

Nach der Veranstaltung:

Bloggen Sie über die Veranstaltung, wenn Sie öffentlicher Natur war: Was haben Sie gelernt? Können Sie die Veranstaltung empfehlen? Was haben andere darüber berichtet? Bei einem Barcamp z.B. ist das zeitnahe Bloggen über die Veranstaltung und die besuchten Sessions Pflicht und bietet eine gute Gelegenheit, Blogs zu vernetzen und sich gegenseitig – suchmaschinenfreundlich – Sichtbarkeit zu bescheren. Für mich ist das Schreiben über so eine Veranstaltung die ideale Gelegenheit, Gelerntes zu verinnerlichen und meine Themenkompetenz zu erweitern. Sozusagen ein kleines, öffentliches Event-Tagebuch! Wichtig: Investieren Sie nicht zu viel Zeit: Schreiben Sie eine DinA4-Seite mit den wichtigsten Fakten zusammen, ein paar Fotos: Wer, wie, wo, was, wann und warum? Das genügt.

Legen Sie ein „Storify" an, in dem Sie die interessantesten Blogposts, Tweets, Instagram-Bilder und Videos, die Sie und andere Veranstaltungsteilnehmer gepostet haben, zu einer Geschichte zusammenfügen. Die Daheimgebliebenen bekommen dann ein Gefühl für den Spirit der Veranstaltung. Bei diesem Dienst können Sie sich unter www.storify.com mit Ihrem Twitter- oder Facebook-Konto anmelden und Ihre Veranstaltungsgeschichte per Drag-and-Drop bauen. Sie fügen einfach Multimedia-Inhalte und Tweets von Twitter, YouTube- oder Vimeo-Videos, Fotos aus Flickr, kleine Audiodateien und Web-Feeds zusammen. Wenn Sie nur eigene Posts zusammenfügen, entgehen Sie der rechtlichen Herausforderung der Linkhaftung, die derzeit eine gesetzliche Herausforderung darstellt.

KREATIVE EIGENE EVENTFORMATE FÜR DIE SELBST-PR IM RICHTIGEN LEBEN

„Die kenne ich, die macht doch jedes Jahr diese Veranstaltung!" oder „Die? Ja, die organisiert doch immer diese tollen Events." Sätze, die wir immer wieder hören. Ja, es gibt Veranstaltungen, die untrennbar mit dem Namen einer Person verbunden sind. Eine der wirksamsten Maßnahmen der Selbst-PR: Veranstaltungen, die interessante Menschen zusammenführen.

Sie entscheiden, welche Geschichten und Ereignisse mit Ihrer Person in Verbindung gebracht werden. Und an was erinnern wir uns besonders intensiv?

- Wenn uns Menschen und Ereignisse emotional berühren.
- Wenn Menschen zusammenkommen.
- Wenn wir zusammen lachen.
- Wenn wir uns austauschen.
- Wenn neue Verbindungen entstehen.
- Wenn wir vielleicht singen oder tanzen und eine gute Zeit zusammen haben.

Kreative Formate für Treffen mit Menschen sorgen für den Aufbau und die Pflege Ihrer Community. In meiner Selbstständigkeit habe ich gelernt: In einer Zeit des beinahe täglichen Wandels hilft es, für Rituale der Vernetzung zu sorgen. Feste Institutionen sorgen für Geborgenheit, Orientierung, ein Stück Heimat. Kontinuität schafft Beziehung. Mit Veranstaltungen, die Ihre Handschrift tragen, zaubern Sie Verbindung, Erinnerung, Gemeinschaft, Austausch und Inspiration.

Wen möchten Sie in Ihren Kreisen haben? Veranstaltungen zu arrangieren braucht Zeit und manchmal auch Geld. Deshalb sollten Sie überlegen:

- Mit welchen Ideen, Aktionen und Veranstaltungen möchten Sie in Erinnerung bleiben?
- Was dient Ihren Zielen und schafft dafür gute Verbindungen?
- Welche Kreise möchten Sie mit welchen Formaten begeistern?
- Was inspiriert und etabliert Ihre Community?
- Wie kann man dem Event die eigene Handschrift verleihen? Welche Veranstaltungen zeigen Ihre Talente? Sie kennen tolle Menschen. Sie sind Fachfrau, wenn es um hippe Restaurants und Locations geht. Sie sind eine gute Gastgeberin: Sie sorgen für gute Gespräche. Sie moderieren locker einen Abend. Sie halten spannende Impulsvorträge.
- Was schont Ihre Ressourcen? Wie können Sie das zeitsparend und budgetkonform auf die Beine stellen?
- Ist es sinnvoll, Partner ins Boot zu holen und wenn ja: welche? Der Woman's Business Club und das Münchner Nettwerk beispielsweise luden zusammen im Jahr 2016 *Alexander Hartmann* als Referent für eine gemeinsame Veranstaltung ein. Als Raumsponsor bot sich die Münchner Filiale des Küchengeräte-Herstellers SMEG an, und alle profitierten: Die Netzwerke freuten sich über den großzügigen Platz in zentraler Lage und die Firma SMEG freute sich über die vielen Teilnehmerinnen, die vor und nach dem spannenden Vortrag ihre Herde und Kühlschränke bewunderten.

Wenn Sie eigene Events kreieren, dann sorgen Sie für Formate, die Ihrer persönlichen Marke entsprechen. Aspekte sind z.B. Thema, Details, Kulinarik, Entertainment, Musik, Künstler, Deko, Nachhaltigkeit oder die Wahl der Gäste. Verbinden Sie auf Ihre Art und Weise, das, was Sie können, was Sie ausmacht und was Ihnen Spaß macht mit den Bedürfnissen der Menschen, die Sie zusammenbringen wollen. Schauen wir uns ein paar Beispiele an:

Salon: Vor einigen Jahren habe ich eine Art Bücherclub ins Leben gerufen: Daniela Heggmaiers literarischer Salon. Der Salon findet ca. alle sechs Wochen in einem Restaurant in München statt. Mal sind es vier, mal sind es zwölf Leseratten, die sich einfinden. Jeder stellt sein Buch in ca. sieben Minuten vor und berichtet etwas über den Inhalt und wie das Buch zu ihm oder ihr gekommen ist. Für meine Gäste besteht die Gelegenheit, Gleichgesinnte zu treffen, sich auszutauschen und neue Bücher kennenzulernen. Und für mich? Der Salon verbindet mein Hobby „Lesen" mit den Begegnungen mit interessanten Menschen, ich bekomme dadurch die besten Buchtipps und erweitere mein Netzwerk. Manchmal blogge ich über die vorgestellten Bücher. Der Aufwand: Alle sechs Wochen eine E-Mail an den Verteiler schicken, den neuen Termin ankündigen und darum bitten, die Anmeldung in einer Doodle-Liste einzutragen. Dann ein paar Tage vor dem Salon den Tisch reservieren. Buch lesen und mitbringen. Das war's! Die Wirkung: Inspirationen, Qualitäts-Netzwerken und wunderschöne Abende, die in bester Erinnerung bleiben.

Anderen helfen: 2013 kam Webdesignerin *Marjeta Prah-Moses* die Idee: Sie wollte für Vereine und Ehrenamtliche etwas tun. Sie aktivierte ihr Netzwerk, rekrutierte rund 20 Spezialisten aus den unterschiedlichsten Disziplinen, u.a. PR, Strategie, Fotografie, Grafikdesign, Webseiten-Gestaltung, Motivation oder Selbstfürsorge aus der Region München. Mit „A runde Sach" (www.arundesach.de) gründete sich ein Kreis von Dienstleistern, der einmal pro Jahr im Rahmen einer Ausschreibung kostenfreie und professionelle Unterstützung für einen gemeinnützigen Verein oder eine Bürgerinitiative in München und Umland anbietet. A runde Sach setzt für den Verein z.B. eine Webseite, einen Katalog, ein Vereinsporträt oder eine Fotostory in sozialen Netzwerken um. Die Mitglieder von A runde Sach gewinnen Sichtbarkeit durch das Projekt sowie Anerkennung und Renommee durch die Zusammenarbeit mit dem Sozialreferat der Landeshauptstadt München. Die Dienstleister lernen sich durch diese Aufgabe untereinander besser kennen und arbeiten auch häufiger in Kundenprojekten zusammen.

Gemeinsam kochen: Für ein IT-Unternehmen habe ich immer in der Vorweihnachtszeit einen Pressekochkurs arrangiert. In der Genusswerkstatt in München zauberte Köchin *Zara Valenti* ein Drei-Gänge-Menü und zeigte uns ihre Tricks: Zehn Journalisten rührten und schnippelten und genossen gemeinsam mit den Sprechern des Unternehmens, unterhielten sich über die Branche und das, was Unternehmen in der IT-Welt so erleben. Die Runde kommt seit vielen Jahren in einer ähnlichen Besetzung zusammen und die hohe Qualität des Essens, die fachkundige und charmante Anleitung der Köchin sowie die heimelige Atmosphäre in einem kleinen Kochstudio in zentraler Lage wird von den Teilnehmern sehr geschätzt.

Eigenes Rahmenprogramm: Nutzen Sie Branchen-Veranstaltungen für Erlebnisse mit Ihrer Community. Suchen Sie nach einem freien Zeitpunkt rund um eine Messe oder Veranstaltung, z.B. der Vorabend oder währenddessen oder ein Early Morning Breakfast oder …? Und dann etablieren Sie Ihre eigene exklusive Gesprächsrunde – entweder auf dem Gelände oder außerhalb, die Sie in jedem Jahr zum gleichen Zeitpunkt organisieren und damit eine Tradition begründen. Vielleicht wollen Sie Journalisten einladen oder Kunden oder eine kleine exklusive Runde von

Branchenexperten? Meine Formate: Ein Whisky-Tasting-Abend während der CeBIT in Hannover mit Journalisten und ein Barabend am Vorabend einer IT-Konferenz in Frankfurt, ebenfalls mit Journalisten. Zwei liebgewonnene Traditionen, auf die ich heute noch angesprochen werde!

Sie sehen: Es gibt viele Möglichkeiten, Menschen auf ungewöhnliche Art und Weise zusammenzuführen. Sie gehen gerne wandern? Kreieren Sie ein Walk & Talk-Format. Sie haben eine Packung Lego Serious Play oder eine Carrerabahn zu Hause rumliegen? Spielen Sie zusammen! Inspirieren und pflegen Sie Ihre Community. Manchmal genügen nur ein Impuls, ein Anruf und eine Tischreservierung und schon kann etwas Wunderbares entstehen.

Fünf Tricks für eigene Veranstaltungen

1. Wenn sich die Teilnehmenden nicht kennen, bereiten Sie Namensschilder vor. Je älter die Personen, desto größer die Schrift darauf. Nicht lachen, seit ich eine Lesebrille brauche, sehe ich Namensschilder mit anderen Augen. Publikum Ü40 freut sich über Arial 16 und mehr!

2. Sorgen Sie für gute Fotomotive und Hintergründe, für Instagrammer, Fotografen und andere Social-Media-Begeisterte. Zum Beispiel Poster, Fotos aus Ihrem Business, ein Logo-Display, eine Wand mit Clippings, Ihre Lieblingssprüche, Muffins mit Logo-Zuckerguss, Blumen oder witzige Deko.

3. Bei Partys: Bilden Sie Tandems aus zwei Personen, die sich noch nicht kennen und lassen Sie sie gemeinsam eine Aufgabe lösen. Die Fotografin *Simone Naumann*, die sich in ihrer Arbeit der Disziplin „Visual Storytelling", also Geschichten erzählen mit Bildern, widmet, stellte bei ihrer Party die Aufgabe, den eigenen Beruf in einem Foto darzustellen und das Bild mit dem Hashtag #visualstorytellingtogo in Instagram zu posten. Da sind interessante Fotos und Gespräche entstanden.

4. Bei der Veranstaltung „Women_Create/Tech Munich“, zu der der Online-Payment-Anbieter Klarna und die Internet World Messe 2015 einluden, habe ich auf den Stehtischen „Gesprächskarten“ gefunden. Darauf standen drei Fragen für einen Gesprächseinstieg. Zudem wurden Visitenkarten gesammelt und jeweils zwei Teilnehmerinnen zu einem Blinddate in den folgenden Tagen der Konferenz zum Mittagessen zusammengeführt. Auf der Münchner Webwoche 2016 vom Isarnetz wurde eine Reihe von „Mystery Lunches“ organisiert: Man konnte auf einer Webseite eintragen, an welchem Mittagstermin man Zeit hatte und was man so tut und der Webservice https://mysterylunch.de/ kombinierte jeweils vier Personen an einem Mittagstisch. Das Unternehmen bietet diese Dienstleistung auch für Unternehmen an, um die eigenen Mitarbeiter untereinander besser ins Gespräch zu bringen.

5. Für den Fall, dass Sie Catering-Wünsche für Ihren Networking-Event abgeben dürfen, denken Sie an die unterschiedlichen Esser: Vegetarier, Veganer, Laktoseintolerante und Co. haben gerne ein gesundes und leicht bekömmliches Essen ohne größere „Nebenwirkungen“.

Fotos – die Verbindungsknüpfer
„Lassen Sie uns doch schnell ein Foto machen!" Das ist oft der ideale Anknüpfungspunkt für einen Kontakt auf einer Veranstaltung. Man macht z.B. ein Foto der Person in einer Situation, in der sie sich selbst nicht fotografieren kann und von der sie vielleicht gerne eine Erinnerung hätte: Wie sie einen Vortrag hält, eine Auszeichnung bekommt, sich mit einer bekannten Persönlichkeit unterhält. Und dann schickt man es ihr nach der Veranstaltung mit ein paar Grüßen zu. Oder fragt vor Ort gleich nach der E-Mailadresse und kündigt das Foto an.

Oder man postet es – mit Einverständnis der Person – in Facebook, Twitter oder auf einer anderen sozialen Plattform. Fotos verbinden – das ist mein goldener Netzwerk-Tipp!

LESETIPPS

Monika Scheddin: „Erfolgsstrategie Networking. Businesskontakte knüpfen und pflegen, ein eigenes Netzwerk aufbauen"

Teresa de Grosbois: „Mass Influence"

Silke Foth: „Erfolgsrituale für Business Hexen"

INTERVIEW MIT CHRISTIANE WOLFF: WIE MAN EIN EIGENES NETZWERK GRÜNDET

Als Christiane Wolff neu nach München kam, wollte sie nicht nur Menschen kennenlernen, sondern auch an ihrer Karriere arbeiten. Daher beschloss sie, ihr eigenes Netzwerk für Frauen in der Medienbranche zu gründen. Heute ist Christiane Wolff nicht nur Chief Corporate Communications Officer bei Serviceplan, sondern auch eine der am besten vernetzten Frauen, die ich kenne. In diesem Interview erzählt sie uns, wie sie das geschafft hat:

Warum hast du dein Netzwerk aufgebaut?
Ich kam aus Frankfurt und kannte in München genau zwei Personen. Ich wollte und musste daher etwas tun, um Leute kennenzulernen und wollte mich von Beginn an auch unbedingt mit anderen Führungskräften austauschen. Nach einem Netzwerkvortrag, den ich besucht habe, habe ich einfach mein eigenes Netzwerk gegründet – 1999 gab es davon auch einfach noch nicht so viele! Das Nettwerk gibt es heute in München, Frankfurt und Berlin mit insgesamt etwa 1000 Mitgliedern.

Würdest Du den Weg wieder gehen?
Vor 18 Jahren gab es einfach erst sehr wenige Netzwerke – und ich bin froh, dass ich es heute habe. Ich wüsste aber nicht, ob ich es heute noch mal machen würde, denn ein eigenes Netzwerk ist – neben dem Karrierefaktor und dem Spaß – auch wahnsinnig viel Arbeit.

Was sollte man vorher bedenken?
Wichtig ist, dass man weiß: Welches Ziel soll mein Netzwerk haben? Ist es ein Branchennetzwerk oder ein übergreifendes Netzwerk? Wie soll die Mitgliederstruktur aussehen? Wie finde ich meine Mitglieder? Welche Formate wähle ich? Welche Themen

sollen im Netzwerk diskutiert werden? Gibt es Vorträge, Diskussionen oder ist es nur ein virtuelles Netzwerk? Wie oft soll es Treffen geben?

Dann muss man sich mit den Werkzeugen beschäftigen: Gibt es eine Webseite oder geschlossene Nutzergruppen auf XING, Facebook oder LinkedIn? Wie kommuniziere ich mit den Mitgliedern? Gibt es einen Newsletter? Wie offen gehe ich mit meinen Kontakten um? Gibt es eine bezahlte Mitgliedschaft oder ist das Netzwerk kostenlos? Möchte ich einen Verein gründen? Das sind alles Themen, die man sich vorher überlegen muss. Und ganz wichtig: Wie viel Zeit habe ich dafür und wie viel Zeit kann und will ich für mein Netzwerk investieren?

Wie hast du diese Fragen für dich beantwortet?

Mein Ziel war und ist es, eine spannende Plattform für Frauen zu bieten. Und daran arbeite ich bis heute. Das Nettwerk ist zu einer festen Größe geworden und erfährt großen Zuspruch sowohl von interessierten Führungsfrauen aus der Kommunikationsbranche als auch von Unternehmen. Es gibt in der Regel einmal im Monat eine Veranstaltung und darüber hinaus werden über den Nettwerk-Newsletter weitere Veranstaltungen, Jobs und andere Services kommuniziert. Alle Mitglieder kenne ich persönlich und neue Mitglieder werden mir entweder empfohlen oder ich spreche gezielt Frauen an. Und es gibt eine Basis-Mitgliedschaft und eine Premium-Mitgliedschaft.

Welche Ressourcen braucht ein Netzwerk?

Im Unternehmen ist es gut und wichtig, dass Vorgesetzte das Projekt unterstützen. Bei Serviceplan ist das zum Glück der Fall. Räumlichkeiten sind ein großes Thema – besonders in München. Wo mache ich meine Veranstaltungen, wo trifft man sich? Gibt es einen Konferenzraum, den ich nutzen kann? Und noch einmal: Zeit.

Wie viele Menschen brauche ich für ein Netzwerk?
Hier in München habe ich einen Verteiler von circa 700 Personen. In den ersten Jahren war es so, dass ich mich um Ideen und Redner für Veranstaltungen gekümmert habe. Heute ist es so, dass Interessenten bei mir anrufen, die einen Vortrag halten, dass sie uns zu einem Event einladen wollen oder dass sie über das Netzwerk etwas verbreiten wollen. Daher habe ich seit einigen Jahren den Luxus, auswählen zu können, welche Themen ich im Nettwerk diskutieren und welche Veranstaltung ich anbieten möchte.

Die Resonanz ist sehr groß: Mindestens 50 bis 60 Prozent öffnen den Newsletter. Das ist eine sehr gute Quote und das Feedback auf die Veranstaltungen immer sehr positiv!

Wie viele Stunden wendest du dafür pro Monat auf?
Der Zeitfaktor ist einer, den man am wenigsten unterschätzen darf. Ich betreue das Nettwerk alleine und mache jeden Monat eine Veranstaltung. Zum Teil überschneiden sich die Veranstaltungen mit beispielsweise den Presseveranstaltungen von Serviceplan, da kann ich gut Synergien schaffen. Ich bekomme wöchentlich im Schnitt zehn Anfragen von Menschen, die gerne beim Nettwerk dabei sein, einen Vortrag halten oder eine Veranstaltung teilen möchten. Mit Frühstücksterminen habe ich übrigens bisher die besten Erfahrungen gemacht. Wichtig ist darüber hinaus eine zentrale Location.

Deine besten Netzwerk-Tipps?
Die Basis: neugierig sein! Und nicht nur beim Netzwerken, sondern das ganze Leben lang. Und einen Kurs für Improvisationstheater belegen! Dabei habe ich am besten gelernt, wie man auch in unangenehmen oder spontanen Situationen gut zurechtkommt.

Seien Sie mutig, gehen Sie auf Leute zu, sprechen Sie sie an. Auch andere Menschen gehen zu Veranstaltungen, weil sie andere kennenlernen wollen.

Wenn Sie ein Netzwerk gründen möchten, fragen Sie die

Menschen in Ihrem Umkreis, welche Netzwerke es schon gibt und wo sie sich bewegen. Schauen Sie sich Netzwerke an. Überlegen Sie dann: Was ist meine Idee, wie soll sich mein Netzwerk unterscheiden? Wie viel Zeit habe ich? Was möchte ich wirklich erreichen? Wie viel Investment kann ich reingeben? Vielleicht reicht es, wenn Sie z.B. nur zum Marketing Club gehen oder bei den Digital Media Women vertreten sind.

Nutzen Sie jedes Mittagessen zum Netzwerken. Verabreden Sie sich mit Menschen. Suchen Sie sich Hobbys aus, bei denen Sie Menschen kennenlernen können, vielleicht auch aus einer ganz anderen Branche.

Ich mache jedes Jahr was Neues. Ich versuche ein neues Land kennenzulernen und eine Fähigkeit zu erlernen. Dieses Jahr fange ich mit dem Boxen an.

Kommen Sie nicht mit der Erwartungshaltung: Ich bin jetzt hier und ich kriege etwas geliefert. Für jeden, der netzwerkt, gilt: erst geben. Überlegen Sie, was das sein könnte: Kontakte, die Sie haben, ein Vortrag, den Sie halten können oder eine Location, zu der Sie Zugang haben? Irgendwann bekommt man natürlich auch etwas zurück, aber erst einmal heißt es: geben!

KAPITEL 4

ONLINE GOLD – WIE SIE IM NETZ IHR WIRKUNGSFELD GESTALTEN

„Wenn wir vertrauensvolle Arbeitsplätze schaffen wollen und wenn wir uns tiefe, reiche und bedeutsame Beziehungen wünschen, dann müssen wir mehr von uns zeigen." – Frederic Laloux in „Reinventing Organizations"

Die Gretchenfrage lautet: Als wer wollen Sie wie im Netz wahrgenommen werden und in Erinnerung bleiben?

1. **Die Entertainerin:** Als Absenderin von Katzenbildchen, Facebook-Nametests, Urlaubsfotos, lustigen Pannenshow-Videos, Partyfotos und Latte-Macchiato-Inszenierungen?

2. **Das schwarze Loch:** Als die, die nie kommentiert, nichts liked, nie etwas von anderen teilt, deren Profilfoto das einer Landschaft ist? Als die, der das „mit den Social Media“ ganz suspekt ist und die für so eine Zeitverschwendung keine Zeit hat?
3. **Die goldene Managerin:** Als bekannte und anerkannte Expertin, als begehrte und erfolgreiche Führungskraft mit guten Ideen und Kontakten, die mit vielen anderen guten Leuten intensive Beziehungen und guten Austausch pflegt und das Ohr am Markt und am Kunden hat?

„Die ist aber interessant!“

Wann sagen Menschen so einen Satz? Interessant ist, wer interessiert ist, wer über spannende Erfahrungen berichten kann, wer über vieles Bescheid weiß – und an seinem Gegenüber interessiert ist. Wer Dinge in Frage stellt und ungewöhnliche, neue Antworten gibt.

Interessant ist, wer uns im beruflichen Kontext in den sozialen Medien regelmäßig besondere, nützliche und relevante Information bietet. Wer hier liefern kann, gewinnt jeden Tag aufs Neue die Aufmerksamkeit seiner Fans und Follower.

Interessant ist, wer Erfahrungsberichte, Informationen über neue Entwicklungen oder auch Hinweise auf Bedrohungen online stellt, denn sie stoßen in unseren Gehirnwindungen stets auf aufnahmefreudige Synapsen. So zum Beispiel Beate Wedekind, früher gefeierte Society-Reporterin und die erste Chefredakteurin der Publikumszeitschrift BUNTE. In Facebook betreibt sie die Fanpage „LET'S FACE IT. Beate #wwwedekind online. Aktuell und persönlich“ sowie die Facebook-Gruppe „WE NOW – Women Empowerment Now“. Darin greift sie Themen rund um die Gleichberechtigung von Frauen auf der ganzen Welt auf und liefert Links zu aktuellen Berichten und Studienergebnissen zusammen mit ihrer Interpretation.

Interessant ist, wer weder Schwätzer noch Spanner ist. Wer den positiven, motivierenden Spirit der Vernetzung lebt – und das alles in einem ganz persönlichen, wertschätzenden Stil. Diese Menschen empfinden wir als ambitioniert, konkret, sie polarisieren auf eine konstruktive Art und Weise. Das sind die Menschen, denen wir gerne folgen und zu deren Community wir gehören wollen.

Sag mir, wen du kennst und ich sage dir, wer du bist

Interessant ist, wer goldenen Glanz ausstrahlt, weil er gut vernetzt und verlinkt ist. „Social Proof" nennt man das. Dieser Begriff bezeichnet den in Social Media sichtbaren Beweis dafür, dass andere eine Person – oder ein Produkt – kennen, anerkennen und empfehlen, z.B. Experten aus dem Fachgebiet, Prominente, Menschen „wie du und ich", Freunde aus den eigenen Kreisen oder eine große Gruppe von Menschen. Je näher uns die Menschen sind, die jemanden empfehlen und der Person folgen, desto glaubwürdiger schätzen wir deren Ratschläge ein. Social Proof macht bekannt und verleiht Autorität.

Alle Verbindungen gemeinsam bilden eine Gemeinschaft: Ihre Community, Ihren Fanclub. Zugehörigkeit ist wichtig, denn sie bedient eines unserer Ur-Programme: In der Vergangenheit haben die überlebt, die auf eine Familie, Gruppe oder ein Netzwerk zurückgreifen konnten. Dieses Grundmuster haben wir auch heute noch in uns. Zugehörigkeit zu anderen – das bedeutet in unserem Innersten „Überleben". Deswegen messen wir dem so einen hohen Stellenwert bei, auch wenn es uns nicht bewusst ist.

Wer nach dem Ich-ohne-du-Prinzip lebt, postet sich in die Einbahnstraße

Im Netz gibt es auch Menschen, die zwar kommunizieren, aber

nur in einer Richtung, nämlich die **„Sender"**: Mein Selfie, mein Cappuccino, mein Artikel in der WirtschaftsWoche. Ich ich ich. Sie interessieren sich nicht für Fragen oder Bedürfnisse anderer. „Gefällt mir", „Teilen" und die Kommentarfunktion kennen sie nicht.

Doch das Netz ist bidirektional: Frage – Antwort, Hin – Her. Die Sender werden langfristig keinen Erfolg haben, denn die Empfänger spüren genau, ob man etwas aus einem Gefühl des Helfenwollens und mit Liebe zeigt oder aus reinem Narzissmus. Sie spüren das durch ihr Smartphone, Tablet oder ihr Notebook hindurch und werden kein Teil ihres Tribes. Und dann liken und sharen nur noch die, die sich Vorteile davon erhoffen. Dann bekommt der Artikel in der WirtschaftsWoche nur drei Likes, weil der Absender die Posts der anderen vorher auch nie wahrgenommen hat.

Vertrauen und Bindung – das bauen die Menschen zu den Ich-ohne-dus nicht auf. Und was Follower z.B. bei Facebook, Twitter und Instagram noch nervt: Werbung, Irrelevanz und zu viele Posts, das belegt eine Studie von Sprout Social aus dem Jahr 2016. Doch es gibt jede Menge Beispiele dafür, wie man es online richtig macht:

- *Danielle Laporte* aus Kanada, die ihre besten Tipps immer gleich weitergibt, hervorragend mit anderen Vordenkerinnen vernetzt ist, ganz klar sagt, wogegen und wofür sie ist, Geschichten erzählt, andere vorstellt, unterstützt und deren Inhalte teilt. Mit einer ungewöhnlichen Sprache provoziert sie und regt zum Nachdenken an: Mit „Truth Bombs" auf Facebook oder Instagram, kurzen Sätzen, Fotos, Fragen, die sie stellt, Texten darüber, was ihr gerade durch den Kopf geht. www.facebook.com/Danielle.LaPorte.Inc/

- *Arianna Huffington,* eine Amerikanerin griechischer Abstammung, die die gleichnamige „Huffington Post" gründete, und jetzt in ihren Büchern und Social-Media-Profilen zu einer gesunden Lebensführung mit viel Schlaf und einer geregelten Mediennutzung inspiriert. In ihrem Blog interviewt sie bekannte Menschen über ihre Work-Life-Balance. Ein Social-Media-Profil – auf den Punkt gebracht: nützlich, ästhetisch, voller sichtbarer Beziehungen zu den Vordenkern aus unterschiedlichen Bereichen. www.facebook.com/AriannaHuffington/

- *Miriam Meckel* aus Deutschland, sie ist Publizistin und Herausgeberin der WirtschaftsWoche. Regelmäßig sendet Sie Livestreams von Veranstaltungen, Links zu interessanten Artikeln und nimmt klar Stellung zu aktuellen Ereignissen. www.facebook.com/meckelmiriam/

Neuer Beruf: Corporate Influencer

Sich eine Online-Reputation aufzubauen bedeutet, in seine „Social Currency" zu investieren: Vertrauen, Reichweite und Bekanntheit. Manager werden heute nicht nur an ihrem Know-how und ihren bisherigen Erfolgen gemessen, sondern auch an ihrem Netzwerk und ihrer Community. Mit Fans, Followern und einer guten Online-Reputation sind Sie auf dem Arbeitsmarkt mehr wert. Inhaber von Unternehmen sowie Selbstständige gewinnen Kunden über ihre Persönlichkeit, die sie im Netz zeigen. Angestellte Führungskräfte können Mitarbeiter motivieren, Vertrauen aufbauen und mehr Kundennähe gewinnen – direkt über das Smartphone der Menschen, ohne Umweg über die Presse.

Selbst-PR dient aber nicht nur Führungskräften bei ihrer eigenen Karriere, sondern auch den Unternehmen, für die sie arbeiten. Immer öfter werden Chefs als Markenbotschafter in der Öffentlichkeit eingesetzt. Sie zeigen dann z.B. in einem Blog oder bei Twitter, in einer eigenen YouTube-Show oder bei Live-Events über Social Media etwas über die Innenansicht eines Unternehmens, über die Produkte und die Firmenkultur. Neue Mitarbeiter dadurch anzuziehen oder Kunden auf diese Weise zu gewinnen – das sind die Ziele der neuen

„Corporate Influencer", wie sie auch genannt werden.

Influencer? Sie haben das Wort noch nie gehört? Ein Influencer (von engl. to influence: beeinflussen) ist eine Person, die aufgrund ihrer starken Präsenz und hohen Ansehens in einem oder mehreren sozialen Netzwerken sowie in Blogs für Werbung und Vermarktung in Frage kommt. Die Themen der Influencer sind in der Regel z.B. Beauty, Fashion, Lifestyle, Food, Reisen oder Bücher. Aber immer häufiger bauen Unternehmen eigene Influencer auf, also Mitarbeiter, Experten oder Führungskräfte, die einen Einblick in das Unternehmen erlauben und es gegenüber Kunden, Fans und Followern repräsentieren. Die amerikanischen Vorbilder machen es uns vor: *Elon Musk* von *Tesla* oder *Marc Zuckerberg* von *Facebook*, bis zu seinem Tod *Steve Jobs* von *Apple*. Sie sind das Gesicht des Unternehmens und ein wirkungsvoller Bestandteil der Marke und wirken sie als Aushängeschild des Unternehmens.

Ein Beispiel aus Deutschland ist *Magdalena Rogl*, die als Head of Digital Channels bei Microsoft Deutschland den Bereich Social Media und Internal Communications leitet. Wenn Sie Magdalena Rogl z.B. auf Twitter folgen, bekommen Sie einen guten Einblick in ihre Arbeit bei Microsoft und Sie werden schnell verstehen, wie wertvoll diese Influencerin als Sympathieträgerin für das Unternehmen ist: Unterhaltsam, informativ und engagiert postet sie auf den verschiedenen Plattformen und repräsentiert die offene Unternehmenskultur des Software-Rie-

sen über die Münchner Community hinaus. Als Mutter von vier Kindern setzt sie sich außerdem für das Thema „Vereinbarkeit von Beruf und Familie“ sowie digitale Bildung ein.

Diese Influencer müssen sich langfristig an ein Unternehmen binden, mindestens drei bis fünf Jahre sollten es schon sein. Denn ein Influencer, der jedes Jahr von einem neuen Arbeitgeber schwärmt, wirkt unglaubwürdig. Für das Unternehmen jedoch besteht das Risiko, dass der Influencer seine Follower einfach zum nächsten Job mitnimmt. Das sind Übergänge, die mit viel Fingerspitzengefühl und Vertrauen gemanagt werden müssen.
Ein Unternehmen als Markenbotschafterin nach außen zu repräsentieren, verlangt Know-how. Dazu müssen Sie z.B. wissen, wie Sie sich in die Corporate Communications Ihres Unternehmens einbringen können. Auf diese Fragen sollten Sie eine Antwort kennen:

- Was schreibt die Social-Media-Policy vor? Wie stimme ich mich mit den Kommunikationsrichtlinien des Unternehmens ab?
- Welche Freigaben gilt es wann vom wem einzuholen? Was geben wir nach draußen, was nicht?
- Wie reagieren wir in PR-Krisen und im Falle eines Shitstorms?
- Wie kann ich meinen Job machen und auch noch Influencer sein?

Jetzt ist wieder Zeit für Ihr Notizbuch: Denken Sie nach über eine Rolle als Corporate Influencer. Wie passen Sie da hinein? Können, dürfen, wollen Sie sich als Unternehmensbotschafterin positionieren? Was dient langfristig Ihrer Karriere und Ihrer Sichtbarkeit? Wenn Sie selbstständig sind: Wie sehr „sind“ Sie das Unternehmen? Brauchen Sie zwei Präsenzen, eine für sich und eine für das Unternehmen, oder kaufen die Menschen SIE ein? Ja, es braucht Mut, sich online zu zeigen. Und es braucht Brainpower, um seine Selbst-PR wirkungsvoll und authentisch zu gestalten. Sehen wir uns die Strategien für viele Freunde, Fans und Follower an:

Was Sie Ihrer Community zeigen sollten

Zukunft: Orientierung und Vorausdenken sind gefragt! Stellen Sie immer wieder Ihre Thesen, Theorien, Ihr Engagement, Ihre Ziele und Kompetenzen vor, beantworten Sie Fragen zur Zukunft! Meine Lieblingsfrage in diesem Zusammenhang kommt von der Thrive-Labs-Gründerin *Priya Parker*: „Was ist der größtmögliche positive Wandel in der Welt, den Sie Kraft Ihrer Leidenschaft und Ressourcen bewirken können?"

Wohldosiertes: Experten dosieren, posten wohlüberlegt ein bis drei Mal am Tag – je nach Plattform: Qualität geht vor Quantität. Ausnahmen bestätigen die Regel, z.B. wenn man auf einem Event oder einem Barcamp ist, dann gibt's natürlich live mehr zu berichten. Der Papst – oder sein Social-Media-Referent – twittert täglich! Persönliches: Berufliches ja, Privates nein: Kinder und Familienleben bleiben privat und auch in den Social Media gelten Smalltalk-Regeln: Keine politischen oder sehr privaten Themen wie z.B. Krankheiten, Ehe, Kinder, Religion, Gehalt oder die negative Beurteilung von Kollegen und Mitarbeitern. Doch wissen sie genau: Perfektion schafft Aggression, denn nichts ist langweiliger, als wenn bei einem Menschen immer alles glatt läuft. Ja, die anderen dürfen Zweifel und Hindernisse sehen, aber in einem konstruktiven Kontext.

Parkettsicherheit: Experten, egal ob angestellt oder selbstständig, versehen ihre Profile in Xing, LinkedIn, Facebook, Twitter, YouTube usw. mit Fotos, die ihren Personal Brand reflektieren. Alle Profile haben aktuelle, aussagefähige Informationen, Empfehlungen und Referenzen. Natürlich ohne Rechtschreibfehler und mit einem korrekten Impressum.

Kontext: Die Profis machen sich über die Informationsbedürfnisse ihres Publikums Gedanken. Sie filtern Informationen: Was interessiert die Menschen in meiner Community? Welche Inhalte poste ich auf welcher Plattform? Welche meiner Geschichten erzähle ich wie? Welche Inhalte, Facts, News und Emotionen aus dem eigenen Kompetenzbereich sind nützlich, was wird gerne geteilt? Was kann nur ich posten?

Wahres: Experten bleiben bei der Sache, feiern und genießen ihre Erfolge, machen sie aber nicht größer, als sie sind und erwähnen immer dankbar ihr Team. Sie schreiben Blogartikel nicht ab, sondern zitieren sauber und nennen die Quelle bzw. den Urheber der von ihnen bemühten Inhalte. Sie klären Bild- und Nutzungsrechte und posten 80% Nützliches und maximal 20% Eigenwerbung. Sie überprüfen Fakten vor dem posten und kämpfen gegen „Alternative Facts" und „Fake News".

Erkenntnisse: Die Profis lernen von erfolgreichen Persönlichkeiten, lassen ihre Fans und Follower an eigenen Experimenten, Kreativ- und Lernprozessen teilhaben und machen ihr eigenes Ding draus. Gelerntes teilen sie gleich mit ihrer Community. Sie folgen gezielt Key Playern der eigenen Branche, aber auch aus branchenfremden Bereichen, kommentieren, loben, teilen, danken, bleiben stets in einer konstruktiven Haltung.

Konstruktives: Humor und positive, konstruktive Zusammenhänge: Wenn etwas nicht gut ist: Wie kann es besser laufen? Sie liefern Facts, Expertenmeinungen, sie stellen und beantworten Fragen. Sie haben keine Angst vor Konkurrenz und der Größe der anderen und denken aus der Fülle heraus. Die Profis achten auf das Gleichgewicht zwischen Geben und Nehmen, Empfehlen und Empfohlenwerden, Teilen und Geteiltwerden. Sie stellen ihre Bühnen auch anderen zur Verfügung, mit denen sie zusammenarbeiten und die sie toll finden. Sie teilen sinnstiftende Inhalte, deuten kohärent Zusammenhänge und liefern den Kontext, den man braucht, um Inhalte zu verstehen. Sie bloggen über das, was in ihrer Branche vor oder hinter den Kulissen passiert, schreiben

Bewertungen für Bücher in ihrer Nische, sie interpretieren und interviewen Experten oder interessante Menschen aus ihrem Umfeld. Vorbilder aus dem Bereich der Corporate Blogger sind z.B. *Harald Schirmer* (www.harald-schirmer.de) oder *Dr. Marcus Raitner* (http://fuehrung-erfahren.de/).

Wie finden Sie spannende Inhalte?

Das nennt man „kuratieren“: Sie spüren in Online-Medien spannende Informationen auf und teilen sie über Ihre Social-Media-Kanäle. Ich finde diese Inhalte z.B. in den Posts der Menschen, denen ich folge, in Blogs, in Facebook-Gruppen, in einem Feedly.com-Reader, in dem ich interessanten Medien und Blogs unter einer Oberfläche folgen kann, auf Twitter, in Gesprächen sowie beim Zeitunglesen.

Und dann kommen natürlich die Inhalte dazu, die Sie selbst gestalten und die Geschichten, die Sie selbst erleben. Was Sie posten können? Hier 10 Beispiele:

1. Nehmen Sie Ihre Leser mit auf Reisen, z.B. wenn Sie zu Veranstaltungen gehen. Was lernen, erleben Sie, wen treffen Sie? „Heute bin ich in Erlangen zu Besuch bei einem Kunden und habe noch ein wenig Zeit in der Innenstadt verbracht, da habe ich Folgendes erlebt …“
2. Zeigen Sie Ihnen, was bei Ihnen hinter den Kulissen passiert. „Heute bereiten wir den Versand der Einladungen zu unserem neuen Workshop vor…“. Liefern Sie Kontext: „Ich zeige euch das heute, weil meine Kundin X danach gefragt hat“ Wer keinen Kontext liefert, bei dem entsteht der Eindruck: „Ich weiß nicht, wer das ist und was das alles soll!“
3. Freuen Sie sich mit Ihren Fans über einen Erfolg, ein tolles Kundenfeedback, danken Sie ihnen für Kommentare, loben Sie Ihr Team. „Bestes Team ever, danke an @…………..!“
4. Berichten Sie über einen Selbstversuch, ein Experiment, Ereignis oder Erlebnis, mit einem Foto oder Video. „Ich bin heute bei einer Podiumsveranstaltung hier in ……….. und habe etwas

Kurioses, Lustiges, Außergewöhnliches erlebt, denn …"

5. Interviewen Sie einen interessanten Experten in einem Video. „Maria, was machst du heute auf diesem Barcamp?"
6. Teilen Sie interessante Artikel, die Sie z.B. in ZEITonline, einem Blog oder in einem Fachmagazin gelesen haben und erklären Sie, warum sie das Lesen empfehlen. „Diesen Artikel fand ich lesenswert, weil er als Einziger bisher diese Perspektive …"
7. Weisen Sie auf Veranstaltungen hin, die Sie auch besuchen: „Wen von euch treffe ich da?"
8. Kündigen Sie Ihren neuen Blogartikel oder Newsletter an und laden Sie dazu ein, ihn zu abonnieren.
9. Worüber haben Sie heute gelacht?
10. Zeigen Sie ab und zu SICH SELBST auf einem SELFIE. Ja, Sie haben richtig gelesen. Auch wenn sich das für Sie selbstverliebt und narzisstisch anfühlt, die meisten Likes gibt es – wenn das ein- bis zweimal im Monat vorkommt –, wenn die Inhaberin des Facebook- oder Instagram-Kontos sich selbst zeigt. Dann wirkt sie nahbar.

Anfangen und Dranbleiben: Wie Sie Ihre Online-Präsenz mit Freude aufbauen

Das Erfolgsgeheimnis? Erst lernen, dann lieben! Machen Sie es auf Ihre Weise! Sie suchen sich die Kanäle, die ihren Talenten entsprechen: Wer gut schreiben kann oder introvertiert ist, gestaltet einen Blog, wer gerne vor anderen spricht, bietet einen Video-Kanal oder Podcast an, wer das Kurze, Prägnante liebt, ist bei Twitter gut aufgehoben.

Arbeiten Sie nach Ihren Talenten. Sind Sie eher die Expertin, der Spürhund oder die Netzwerkerin? Wo liegen Ihre Stärken?

1. **Expertin:** Weiß wirklich viel über ihr Fachgebiet und kann sich allgemein verständlich ausdrücken.
2. **Spürhund:** Weiß immer, wo was steht, wie man an Hilfe kommt, hat den Überblick und findet für jedes Problem zehn Lösungsvarianten im Netz.

3. **Netzwerkerin:** Ist extrem gut vernetzt. Kennt viele, ist kontaktfreudig, holt andere gerne mit auf die Bühne. Oder kennt Gott und die Welt persönlich und hat keine Probleme, diese Experten auf ihrem Sofa zu einem Gespräch einzuladen.

Suchen Sie Ihre Nische, Ihren Lieblingskanal, bei dem Sie Ihre Talente am besten ausspielen können. Lernen Sie das, was Sie noch nicht können: Besuchen Sie Kurse, schauen Sie auf YouTube Tutorials an, buchen Sie Webinare.

AUS MEINER SELBSTVERSUCHS-SCHATZKISTE

Üben Sie sich in Geduld: Dranbleiben und Durchhalten, das sind die Erfolgskriterien beim Aufbau der Online-Präsenz. Meine Motivation: Ich habe Spaß an Social Media und halte mir immer wieder dankbar vor Augen, welche guten Beziehungen dadurch entstanden sind.

Am leichtesten fällt der Aufbau einer Community, wenn Sie kleine Schritte gehen: Mein Prinzip ist es z.B., mich von Montag bis Freitag täglich mit einem Beitrag „zu Wort zu melden", etwa mit einem Foto in Instagram, einem geteilten Artikel in Facebook, einem Event-Hinweis auf Twitter. Die Leserinnen und Leser freuen sich, wenn man Kontext liefert: Warum hat die Absenderin das geteilt? Was ist das Highlight an diesem Artikel? Wie passt das zu meinen Geschichten, Erfahrungen und meinem Warum? Mit einem Lächeln und viel Herz erobern Sie sich langfristig einen Platz im Herzen Ihrer Fans: Bleiben Sie relevant!

Meine Erfahrung zeigt: Sie können auch nur mit drei Followern etwas bewegen, wenn es die richtigen sind. Auch wenn über 90% der Menschen, die im Netz sind, weder etwas posten noch auf „Gefällt mir" klicken: Sie nehmen das wahr, was Sie zeigen!

- Ich habe Menschen getroffen, die ich kaum kannte, und die sich mit den Worten: „Bis morgen früh in Instagram!" verabschiedeten, weil ich dort immer ein Naturfoto von meinem Spaziergang poste.
- Ich habe mich über Kommentare gefreut, wie „Mach doch mal ein Buch aus deinen Fotos, die sind so schön!" oder „Die Atmosphäre, die du hier zauberst, ist wunderbar."
- Ich war auf einem Kongress, wurde einer Frau vorgestellt, die – nachdem sie meinen Namen hörte – als erstes sagte: „Du bist aber gut vernetzt!"

Online habe ich keine Tausende von Followern, sondern ein Qualitätsnetzwerk von Experten, Multiplikatoren, Kunden und Netzwerkpartnern, die ich persönlich kenne. Es ist effektiver, 70 engagierte Follower zu haben, als 700 passive. Diese Beziehungen tragen mein Business. Und auch ich habe einfach nur irgendwann angefangen. Erst mal hinter dem Gartenzaun. Da habe ich zugeschaut. Gelesen. Beobachtet. Kurse belegt und gelernt. Seit 2009 bin ich in Xing, seit 2011 in Facebook und Twitter. 2012 habe ich mit dem Bloggen angefangen. Das alles war ein Prozess, man lernt im Gehen, man experimentiert, tauscht sich aus, bekommt Feedback und lernt weiter. Kein Online-Star ist mit 2.700 Fans vom Himmel gefallen!

Der amerikanische Autor *Mark W. Schaefer* beschreibt in seinem Buch „Known" Fallstudien von Menschen, die ihr Business online aufgebaut haben, z.B. über YouTube, Instagram oder einen Blog.

Er berichtet, dass alle erst einmal das Thema oder Geschäftsfeld finden mussten, das nicht nur ihren Talenten und ihrer Leidenschaft entsprach, sondern auch relevant für eine kritische Masse von Menschen war. Anschließend identifizierten sie „ihren" passenden Kanal und gestalteten dafür Inhalte, die noch nie jemand in dieser Form gebracht hatte. Dann produzierten sie über einen langen Zeitraum hinweg täglich „ihre" besonderen Inhalte in Form von Videos, Fotos, Texte oder Podcasts, die sie auf „ihrem" Kanal zeigten. Sie bauten sich damit ein Publikum auf, das groß genug war, um davon leben zu können. Erfolgreich waren die, die eine intensive Bindung zu ihrem Publikum pflegten und sich an den Bedürfnissen der Leser, Hörer oder Zuschauer orientierten.

Woran man Online-Erfolg festmacht? Quantitativ z.B. an mehr Erwähnungen und Followern in den Social Media, an einer Verlinkung des Webauftritts, auch mit Multiplikatoren und Influencern. Qualitativ an Anfragen für Interviews in Podcasts, für Gastartikel in anderen Blogs und für Vorträge in Clubs oder Netzwerken.

In allen Fallstudien, die Schaefer in seinem Buch analysierte, spielten Konsequenz, Widerstandsfähigkeit und Hartnäckigkeit eine wichtige Rolle sowie das Durchhaltevermögen, um weiterzumachen und einfach nicht aufzugeben. Im Durchschnitt dauerte es ca. zweieinhalb Jahre, bis die Blogger, YouTuber, Instagrammer oder Podcaster bekannt wurden. Das ist ein Wert, den ich auch im Rahmen meiner „Selbstversuche" bestätigen kann.

IHRE PROFILE IN SOCIAL-MEDIA- UND BUSINESS-PLATTFORMEN

Und wo soll ich mich nun zeigen? Das werden Sie sich jetzt fragen. Schauen wir uns an, welche die besucherstärksten Online-Plattformen sind:

Im Jahr 2016 nutzten 41 Prozent (33 Millionen Menschen) in Deutschland die Social-Media-Plattformen mindestens einmal im Monat. An erster Stelle steht YouTube (69 Prozent), gefolgt von Facebook (61 Prozent) und WhatsApp (55 Prozent), so der Digital Report 2017 der Agentur „We Are Social".

Social Media zu verstehen bedeutet: Ausprobieren, testen, lernen. Jede Plattform hat ihre Eigenheiten und dazu kommt, dass es immer wieder neue Plattformen gibt, andere verschwinden. Hier habe ich Ihnen die wichtigsten Plattformen Stand 2017 beschrieben. Bleiben Sie dran und fragen Sie Kunden, Mitarbeiter, Branchenkollegen, Freunde oder Experten, welche Plattformen sie nutzen und welche Erfahrungen sie damit machen.

Facebook: Unter allen Social-Media-Plattformen bietet Facebook die größte Reichweite. Facebook hat sich von einem sozialen Netzwerk zu einem Newsreader entwickelt. Private Nachrichten werden hier kaum noch geteilt. Hier gibt es Fotos, Links zu nützlichen Informationen, Veranstaltungen, Aktionen und Inspiration. Was man hier z.B. tun kann:

1. Eröffnen Sie Ihre eigene Facebook-Gruppe, um Ihre Community in Facebook mit mehr Sichtbarkeit zu erreichen.
2. Schließen Sie sich Facebook-Gruppen an, um etwas zu lernen, sich auszutauschen, Ihre Inhalte zu teilen und neue Kontakte kennenzulernen. Es gibt Gruppen für so ziemlich jedes Thema in Facebook, wichtig ist, dass Sie sich die Gruppenregeln nach Ihrem Eintritt durchlesen und daranhalten.
3. Stellen Sie in Facebook Ihren Followern Fragen, rufen Sie zur Interaktion auf, machen Sie Umfragen.
4. Posten Sie Fotos, gestalten Sie Live-Videos von einem aktuellen Event oder zu Ihrem aktuellen Blogpost-Thema. Videos sind sehr beliebt, Posts mit Fotos verzeichnen 2,3-mal mehr Interaktionen als ohne Bild.
5. Teilen Sie Ihre Blogartikel in Facebook: In meinem Blog kommt die Hälfte der Besucher über Suchmaschinen, 40% über Facebook, der Rest über LinkedIn, Xing, Twitter und meinen E-Mail-Newsletter sowie andere Verlinkungen durch Kommentare oder Erwähnungen in anderen Blogartikeln.
6. Teilen Sie Ihre Veranstaltungen.
7. Sie brauchen zunächst einen persönlichen Account bei Facebook, bei dem Sie sich mit einzelnen Personen verbinden

können. Achten Sie darauf, Ihre „Freunde" gewissen Gruppen zuzuordnen und private Inhalte nur echten Freunden sichtbar zu machen. Bei Facebook können Sie zudem Fanpages anlegen, die andere Menschen abonnieren können, ohne persönlich mit Ihnen verbunden zu sein. Eine Facebook-Fanpage hat sich zur Pflicht für Firmen entwickelt. Sie können dabei auf Statistikfunktionen zurückgreifen und die Reichweite Ihrer Seite messen.

„Wenn es kostenlos ist, sind Sie das Produkt", lautet eine alte Internetweisheit, deshalb unterliegt Ihre Sichtbarkeit ganz und gar den Launen von Facebook. Eine umfassende Sichtbarkeit erzielen Sie nur, wenn Sie Werbung schalten. Da die Auswahl der richtigen Strategie und Zielgruppe eine kleine Wissenschaft für sich ist, sollten Sie sich von Facebook-Ads-Spezialisten beraten lassen. Der Vorteil: Schon mit kleinen Budgets lässt sich Vieles erreichen.

Sie brauchen ein Profilfoto von sich, ein Bannerbild, das Sie sich bei www.canva.com bauen können sowie ein Impressum. Die Facebook-Fanpages mit den meisten Followern in Deutschland werden übrigens von Fußballstars betrieben.

Was es mir bringt: Information, Finden interessanter Events und Inhalte, in Verbindung bleiben, sehen und gesehen werden, Teilnehmer für Veranstaltungen finden, andere kennenlernen, Ausbau meiner Reichweite, Zusammenarbeit in Projekten in Facebook-Gruppen, Community Management, Unterhaltung, Werbung, Aufmerksamkeit für meine Blogartikel.

Instagram: Eine Plattform für Smartphone-Fotografie. Circa 4,2 Millionen Nutzer besuchen Instagram in Deutschland, die Mehrheit ist weiblich. Das ist der Ort, um schöne quadratische Fotos, kurze Videos und kleine „Storys" zu posten. Die Fotos können Sie mit verschiedenen Filtern, die Ihnen Instagram anbietet, aufpeppen. Der Kanal ist sehr interaktiv, es gibt häufige Kommentare und Reaktionen. Wichtig ist, dass Sie ca. 5-12 Hashtags, die zu Ihnen und Ihrem Foto passen, angeben sowie einen kurzen Text. Posten Sie ein bis zwei Fotos täglich. Oder Sie posten Storys: Kurze Videos und Bilder, die Sie zusätzlich beschriften bzw. bemalen können, und die Sie durch Aneinanderreihung zu einer Geschichte verbinden können. Storys werden nach 24 Stunden automatisch gelöscht.

Für eine einheitliche Bildsprache achten Sie darauf, dass Ihre Fotos zueinander passen, dass Sie einheitliche Filter verwenden und die Motivauswahl Ihren Themen folgt. Nach jedem Foto, das Sie posten, sollten sie die Bilder von anderen liken, kommentieren, auf Kommentare reagieren, die Personen finden, die da sind, wo Sie hinwollen, und ihnen folgen. Es gibt einen privaten Auftritt, auf den andere erst nach ihrer Erlaubnis zugreifen können, persönliche sowie Business-Accounts, die Ihnen statistische Auswertungen und Werbemöglichkeiten anbieten. Auch hier unterliegt die Sichtbarkeit Ihrer Fotos den Algorithmen von Instagram, das übrigens zu Facebook gehört.

Was es mir bringt: Kleine Auszeit, Kanal für mein Hobby Naturfotografie, erlaubt Einblicke in meine Arbeit, Verbindung mit anderen, Erweiterung der Reichweite, Kreieren einer besonderen Atmosphäre. Viele Influencer mit großer Followerschaft, wie z.B. @pamela_rf, @bibisbeautypalace, @lisaandlena oder @dagibee verdienen hier Geld, in dem sie Dinge auf ihren Fotos zeigen von Firmen, die pro Beitrag Werbegeld zahlen. Dieser Weg verlangt ein hohes Engagement der Instagrammer.

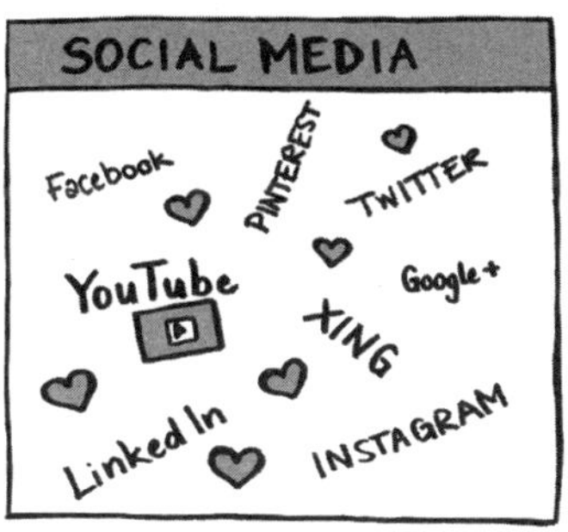

Twitter: 12 Millionen deutsche User besuchen Twitter monatlich. In chronologischer Reihenfolge tauchen die sogenannten Tweets im eigenen Profil oder im News-Feed der Abonnenten – „Follower“ genannt – auf. In 140 Zeichen gibt es hier nützliche Informationen, zeitnahe Updates, Anekdoten, Zitate, Inspiration, Fotos, Links zu Artikeln oder Links zu Blog-Posts. Hier können Sie zu speziellen Themen über die Hashtags recherchieren. Stellen Sie Fragen, tweeten Sie Links zu Ihren Blogbeiträgen. Verteilen Sie Lob und Anerkennung für einen spannenden Vortrag, nützlichen Tipp oder eine Verlinkung. Für Retweets anderer Twitterer bedanken Sie sich, den Namen des Absenders sollten Sie mit eine @-Zeichen versehen, um die Person zu benachrichtigen. Viele Journalisten posten und recherchieren hier. Sie können anderen persönliche Nachrichten senden. Sie brauchen eine Kurzbiografie in 160 Zeichen, ein Profilfoto, ein Banner-Bild sowie ein Impressum. Bekannteste Twitterer sind Medienstars sowie Nachrichtenredaktionen, Politiker oder Comedystars. Follower finden die, die schon bekannt sind, oder die, die Originelles posten. Wer britischen Humor liebt, sollte z.B. dem britischen Sänger James Blunt auf Twitter folgen. Einer seiner bekanntesten selbstironischen Tweets vom Dezember 2016 lautete: „If you thought 2016 was bad – I'm releasing an album in 2017“!

Was es mir bringt: Sichtbarkeit, Reichweite, Vernetzung: Besonders relevant ist Twitter als Kanal für „Live-Berichterstattung“ auf Konferenzen, Barcamps und Messen für die Vernetzung aller Teilnehmenden untereinander.

YouTube: Der Kanal für Videos. YouTube ist heute die zweitgrößte Suchmaschine nach Google und das hat Gewicht! Wer einen YouTube-Kanal besucht, will unterhalten, informiert oder unterrichtet werden. Besonders gut genutzt werden Tutorials und Schritt-für-Schritt-Anleitungen rund ums Kochen, Basteln, Autoreparieren sowie Musikvideos und Humorvolles. Schauen Sie sich um, z.B. bei den jungen YouTubern, wie Julien Bam. Tolles Entertainment! Kein Wunder, dass die Kinder von heute als Berufswunsch „YouTuber“ nennen.

Erstellen Sie ein Einführungsvideo für Ihren Kanal: Was erwartet die Zuschauer hier? Sie sollten einen Vor- und Abspann für Ihre Videos kreieren, z.B. bei Fiverr.com, ein „Deckblatt" für das Video gestalten mit den Inhalten, in der Kurzbeschreibung fügen Sie Links ein sowie relevante Hashtags.

Was es mir bringt: Menschen, die sich ein Bild von einer Person machen wollen, finden über ein Video in der Regel den schnellsten Zugang. Hier ist der Platz für Videos von Vorträgen und Veranstaltungen oder kleinen Sendeformaten, in denen Sie Menschen interviewen, Ihre besten Tipps und Schritt-für-Schritt-Anleitungen geben oder Ihre eigenen Geschichten erzählen können.

Pinterest: Hat Schätzungen zufolge ca. 3 Millionen aktive Nutzer in Deutschland – zwei Drittel davon sind Frauen. Pinterest ist eine visuelle Suchmaschine und wirft Bilder aus rund um die Themen Mode, Wohnen, Lebensmittel oder Reisen/Tourismus. Das macht Pinterest zu einem leistungsfähigen Traffic-Lieferanten für Blogs. Viele Menschen holen sich dort Inspiration, z.B. für die Gartengestaltung oder Einrichtung. Interaktion und Kommunikation spielen eine untergeordnete Rolle. Nutzer sammeln auf ihren eigenen Pinnwänden Bilder und Beiträge von anderen. Die Pinnwände lassen sich thematisch strukturieren. Man kann anderen Nutzern folgen und bekommt deren neueste „Pins" im eigenen Feed angezeigt.

Was es mir bringt: Finden von schönen Fotos, die ich als Mood-Boards für Bilderwelten zusammenstelle oder als Inspiration für Bildsprache nutze. Hier gibt es zudem interessante Infografiken, die Prozesse, Daten und Fakten visuell aufbereiten. Da kann ich viel lernen. Viele Blogger schwören auf Pinterest und bezeichnen die Plattform als ihre wichtigste Quelle für neue Blogbesucher.

Google+: Hier ist der Platz für Einsichten und Gedanken, in der Regel kürzer als Blogbeiträge, Grafiken, Videos, Tutorials, Tipps und Inspiration. Google+ eignet sich für den Aufbau von Communitys, tiefergehende Diskussionen und das Folgen von amerikanischen Meinungsmachern. Sie brauchen ein Bannerbild sowie ein Impressum. Unter den Top Accounts in Deutschland sind viele Fußballer und ihre Vereine, allerdings nur wenige Frauen. Was es mir bringt: Man sagt, dass Blogbeiträge, die auf einem Google+-Account geteilt werden, mehr Sichtbarkeit bei Google bekommen. Belegen kann ich das nicht. In der Hitliste der Plattformen, die Besucher auf meinen Blog bringen, rangiert Google+ stets weit unten.

Die Business-Plattformen Xing und LinkedIn: Xing oder LinkedIn? Eine der meistgestellten Fragen meiner Kunden. Die Antwort: Kommt drauf an! Aussagefähige Profile in beiden Business-Netzwerken sind zum Standard geworden. Nicht nur, weil sie suchmaschinenrelevant sind, sondern auch, weil man dadurch Anfragen, neue Kontakte oder Aufträge bekommt, man seine Community bequem abbilden und man seinen Expertenstatus sichtbar machen kann. Für Headhunter sowie Personalverantwortliche sind Xing und LinkedIn die Plattformen Nummer eins, um sich umzuschauen, welche Kandidaten für eine neue Position geeignet sind.

LinkedIn verfügt über weltweit 450 Millionen Nutzer, davon im Jahr 2017 zehn Millionen aus der DACH-Region, und ist das führende Netzwerk für international agierende Unternehmen, Fach- und Führungskräfte sowie Experten. Die Plattform wächst und die Möglichkeit, in LinkedIn Pulse eigene Blogartikel in Deutsch zu veröffentlichen, macht LinkedIn zu einer relevanten Größe für deutschsprachige Experten:

- Sie können ein persönliches Profil und eine Unternehmensseite erstellen.
- Im Profil können Sie über den beruflichen Werdegang, Ausbildung, Kenntnisse, Interessen, Auszeichnungen und Qualifikationen informieren.
- Ihre Kenntnisse und Erfahrungen können von anderen LinkedIn-Nutzern bestätigt werden und Sie können Referenzen

anderer LinkedIn-Mitglieder im Profil angeben. Das verleiht Ihnen Glaubwürdigkeit.

- Sie können Gruppen aus verschiedensten Themenbereichen beitreten, um sich auszutauschen.
- Sie haben die Möglichkeit, Ihr Profil in mehreren Sprachen anzubieten.
- Die Blog-Funktion „Artikel schreiben" eignet sich für umfassende eigene Beiträge, in denen Sie aktuelle Ereignisse reflektieren, Trends zeigen oder Tipps geben.

Xing verzeichnete 2017 mehr als 12,5 Millionen Nutzer und wird fast ausschließlich im deutschsprachigen Raum genutzt. Ein Profil bietet Möglichkeiten, Ihre Expertenkenntnisse wirksam darzustellen und erhöht die Sichtbarkeit bei den Suchmaschinen.

- Im Profil können Sie Kontaktmöglichkeiten, Fähigkeiten, Berufserfahrungen, Ausbildungen, Qualifikationen, Auszeichnungen, Sprachen sowie Interessen auflisten.
- In Ihrem Profil können Sie Ihr „Portfolio" mit einer Übersicht über Ihre Kenntnisse und Angebote zeigen. Hier können Sie in Kachelform Bilder, Texte, Videos oder PDFs hinterlegen.
- Ihren Blog können Sie mit Ihrem Profil über einen RSS-Link verbinden, so dass Ihre neuen Beiträge automatisch in Ihrem Statusupdate auf Xing erscheinen.
- Sie haben die Möglichkeit, eine Unternehmensseite anzulegen.
- Sie können vielen Fach- und regionalen Gruppen, Interessensvereinigungen und Branchenbezogenen Gruppen beitreten. Stellen Sie eine Beitrittsanfrage und beachten Sie die jeweiligen Kommunikationsregeln.

Ob Sie nur in einem Netzwerk vertreten sind oder in beiden, ob Sie kostenpflichtige oder kostenlose Accounts nutzen: Sorgen Sie für einheitliche Auftritte über alle Netzwerke hinweg. Gleiches gutes Foto, gleiche Kompetenzen, Referenzen, Keywords. Drei sind besser als dreihundert: Beschränken Sie sich auf die wichtigsten Suchwörter. Und verleihen Sie Beziehungen Gewicht und verbinden Sie sich nur mit Menschen, die Sie persönlich kennen und gut finden.

Bemühen Sie sich um eine lückenlose Darstellung Ihres Lebenslaufs. Verlinken Sie alle Ihre Online-Präsenzen untereinander. Achten Sie überall auf ein Impressum. Da sich die Unterbringungsorte dafür bei den Plattformen regelmässig ändern, googeln Sie einfach „Impressum Xing bzw. LinkedIn" und folgen Sie den Anleitungen. Veröffentlichen Sie regelmäßig nützliche Beiträge oder Links, ohne große Eigen- oder reine Produktwerbung. Nutzen Sie regionale und themenbezogene Fachgruppen für den Dialog.

Was mir Xing und LinkedIn bringen: Beide Plattformen sind meine „sich selbst aktualisierenden Datenbanken". In Xing-Gruppen finde ich regelmäßig neue Leser für meine Blogbeiträge. Die Blog-Funktion von LinkedIn nutze ich für Themen, die für Führungskräfte interessant sind. Dort gibt es diskussionsfreudige Leser.

Das Social Intranet Ihres Unternehmens: Viele Unternehmen verfügen über ein eigenes soziales Netzwerk, ein sog. Social Intranet, mit dem Ziel einer dynamischen Wissensvermittlung und kollaborativen Zusammenarbeit. Inhalte werden von Mitarbeitern und Führungskräften erstellt und mitgestaltet, sie können sich untereinander vernetzen, Blogbeiträge schreiben und sich an Wikis und Foren beteiligen. Sehen Sie sich einfach um: Hat Ihr Unternehmen so etwas? Wenn ja, welche Rolle möchten Sie und Ihre Abteilung darin spielen? Wollen Sie bloggen? Sich als Expertin für ein bestimmtes Fachgebiet oder einen Markt positionieren?

Ihr eigenes soziales Netzwerk: Wenn Sie ein eigenes Unternehmen haben oder selbstständig sind, können Sie Ihr soziales Netzwerk für Gleichgesinnte, Kunden und Mitarbeiter eröffnen. Anbieter sind z.B. Tixxt oder Ning. Hier finden Sie mehr Aufmerksamkeit als in den etablierten Plattformen, die voller Werbung, Ablenkung und Inhalte anderer Anbieter sind. Sie müssen aber so verlockende Inhalte und einen hohen Nutzen bieten, damit sich Ihr Tribe auf den regelmäßigen Besuch Ihres sozialen Netzwerkes einlässt.

DAS AUSHÄNGESCHILD IM NETZ: IHRE WEBSEITE

Es gibt einen zentralen Anlaufpunkt im Internet und das ist Ihre Webseite. Auf dieser Informationsplattform finden die Besucher alle Antworten auf die Fragen „Wer sind Sie und was machen Sie und wo sind Sie sonst noch?" Eine eigene Webseite ist heute Pflicht v.a. für Selbstständige und Unternehmerinnen.

1. Sie ist Ihre Visitenkarte im Netz und informiert über Ihre Person, Ihre Mission, Ihre Geschichte, Ihre Produkte, Partner und Dienstleistungen, Ihr Team, Ihre Referenzprojekte und zufriedene Kunden.
2. Sie öffnet die Türe zu Ihnen, bietet Kontaktinfos, E-Mail-Formular, Anfahrtswege und Öffnungszeiten. Man kann dort einen E-Mail-Newsletter abonnieren oder kostenlose Whitepaper oder E-Books herunterladen.
3. Sie ist das Aushängeschild für Ihren Personal Brand. Sie ist nach Ihrem Personal oder Corporate Design gestaltet, in Ihren Farben, mit Ihren Schriften.
4. Als Marketing-Basislager beherbergt sie manchmal auch den Vertrieb in Form eines Webshops.
5. Sie bietet einen Event-Kalender und Hintergrundinformationen, z.B. in einem Glossar oder in FAQs (häufig gestellte Fragen).
6. Als Portal führt sie zu allen sozialen Kanälen, in denen Sie vertreten sind, wie z.B. YouTube, Facebook-Fanpage, Instagram, Xing, LinkedIn und zum Blog – wenn er nicht Bestandteil der Webseite ist.

7. Sie ist das Basislager für Informationen, die Journalisten über Sie benötigen.

Aktualität und regelmäßige Updates sind oberstes Gebot. Eine ungepflegte Webseite mit veralteten Informationen gibt eine schlechte Visitenkarte nach außen ab. Achten Sie auf mobiloptimiertes Design und eine klare und intuitive Struktur, damit die gewünschten Informationen ohne Hürden gefunden werden können. Kombinieren Sie eine professionelle Gestaltung mit kurzen Ladezeiten. Eine Webseite braucht unbedingt ein Impressum und eine Datenschutzerklärung und sollte auch sonst rechtssicher gestaltet sein. Wenn Sie bei der Wahl der Domain überlegen: Ihr Name gibt Ihnen den größten Handlungsspielraum bei der zukünftigen Gestaltung Ihrer Businessfelder und Themenbereiche.

DER BLOG – TRAFFIC FÜR IHRE ONLINE-PRÄSENZ

Was ist das eigentlich, ein Blog? In diesem, für alle Internet-Nutzer einsehbaren Tagebuch oder Journal schreibt regelmäßig ein Blogger über Ereignisse, Sachverhalte, Meinungen oder Gedanken, häufig in der Ich-Perspektive. Andere Blogger können sich beteiligen, entweder durch Gastbeiträge oder in Gemeinschaftsblogs.

Die einzelnen Beiträge – Blogposts genannt – sind in einer chronologisch sortierten Liste – der aktuellste ganz oben – angeordnet und werden mit Fotos oder Infografiken illustriert. Sie ähneln in vielen Fällen der Kolumne, teilweise angereichert durch journalistisch recherchierte Inhalte.

Inhaltlich beschäftigen sich Blogs mit einem oder mehreren Themen, manche haben Mediencharakter und ähneln den Nachrichtenportalen. Leser können Beiträge kommentieren oder in Diskussionen mit dem Blogautor treten.

Blogs wollen mit interessanten, nützlichen Inhalten (= Content) kontinuierlich neue Leser finden, binden und sie inspirieren oder zu Kunden machen. Der Blog gibt die Antwort auf die Frage „Wie hilfst du mir?“: Er ist wie eine Zeitung, greift aktuelle Fragestellungen auf, stellt den Bezug zu Events und Ereignissen her. Er beantwortet Fragen von Kunden und liefert – angereichert mit tollen Bildern, Videos oder Podcasts – interessante Hintergrundinformationen über das jeweilige Sachgebiet des Blogbetreibers. Weil die Suchmaschinen hochwertige Blogartikel lieben, haben die Blogautoren über „Tags“ (Schlüsselbegriffe oder Suchworte) die Gelegenheit, gefunden zu werden.

Sieben gute Gründe für einen Blog

1. Wer bloggt, ist präsent: Wer kontinuierlich nützliche Informationen bereitstellt, gewinnt Aufmerksamkeit, wird bekannt und baut langfristig das Vertrauen seiner Community auf. Der Blog und seine Inhalte bleiben Eigentum seines Betreibers. Bei einer Facebook-Fanpage dagegen entscheidet Facebook über die Sichtbar- und Verfügbarkeit der Informationen – je nach aktuellen Werbestrategien. So mancher hat viel Zeit in seine Facebook-Fanpage investiert, die Sichtbarkeit aber hat stark abgenommen. Man könnte es damit vergleichen, ein Haus auf einem gemieteten Grundstück zu bauen. Mit einem Blog bietet sich die Gelegenheit, dauerhaft eine eigene Plattform und ein eigenes Publikum aufzubauen.
2. Wer bloggt, zeigt Einzigartigkeit: In einem Blog ist es möglich, seine einzigartigen Erfahrungen, das besondere Wissen, die individuelle Kompetenz gepaart mit der Unternehmer- oder Unternehmenspersönlichkeit zu zeigen.
3. Wer bloggt, hat einen Salon: Wer sich Gastbeiträge oder Interviews mit interessanten Persönlichkeiten in seinen Blog holt, nutzt seinen Gästen, bereichert die Leser und zeigt sein einzigartiges Netzwerk sowie sein Networking-Talent.
4. Der Blog holt Traffic auf Ihre Webseite und erhöht Ihre Sichtbarkeit in den Suchmaschinen.

5. Auch Journalisten recherchieren in Blogs.
6. Der Blog ist Ihre Referenzmappe im Internet.
7. Wer bloggt, lernt über sein eigenes Business und die Wünsche der Kunden dazu.

Der Blog ist für mich seit fünf Jahren Dreh- und Angelpunkt in meiner Kommunikationsstrategie. Er baut meinen Expertenstatus auf und vernetzt mich mit vielen interessanten Persönlichkeiten. Wenn ich mich zeige, dann lasse ich mein Herz sehen! Denn wenn man ein Herz durch den Blog hindurchspüren kann, lernen die Menschen die Bloggerin „online" kennen. Das erzeugt ein Gefühl von Nähe. Dadurch wächst Vertrauen. Und die Türe öffnet sich schneller, wenn Sie anklopfen bei einer neuen Kundin oder für eine neue Position. „Kontakte anwärmen" nennt man das: Nähe beschleunigt einen Beziehungsaufbau, auch wenn er am Anfang erst mal nur online abläuft.

Aber: Überlegen Sie genau, welchen Teil Ihres Herzens Sie im Netz zeigen. Erinnern Sie sich: Sichtbarkeit bedeutet nicht komplette Transparenz. Sichtbarkeit bedeutet, dass Sie sich mit den Inhalten im Netz zeigen, die Ihr Warum, Ihre Expertise zeigen und die für Ihre Community und Ihre Arbeit relevant sind.

Bloggen oder nicht Bloggen?

Nicht jeder Mensch ist ein Blogger, nicht jeder kann die Zeit oder die Mittel für einen Blog aufbringen. Und es ist nicht das Bloggen alleine: Die einzelnen Artikel müssen auch aktiv verteilt werden in den verschiedenen sozialen Kanälen und Kommentare beantwortet werden. Ein Aufwand, der gut zu überlegen ist: Themen finden, Interviews führen, Blogartikel verfassen, Bilder finden, Blogartikel bekannt machen – da können pro Blogartikel schnell drei bis sechs Stunden ins Land gehen.

Wer sich den Blogger-Lifestyle vorstellen kann, sollte seine Community fragen: Welche Erwartungen habt Ihr an meinen Blog, welche Themen sollen behandelt werden, wie oft sollen

Artikel erscheinen? Dann ist es leichter abzuschätzen, wie man seine Ressourcen einteilen kann, um so ein Projekt auf die Beine zu stellen. Sie müssen übrigens nicht alles alleine machen: Holen Sie sich ruhig Unterstützung bei der Konzeption eines Blogs oder bei der Umsetzung.

Wichtigste Regel: Alle Online- und Social Media-Auftritte, Profile im Web und der Blog führen zum „Basislager Website". Idealerweise ist der Blog Teil der Webseite. Kann man noch nachträglich einen Blog integrieren? Weil das eine der Fragen ist, die mir am häufigsten gestellt werden, habe ich mit WordPress-Spezialistin Marjeta Prah-Moses im folgenden Interview gesprochen.

INTERVIEW MIT MARJETA PRAH-MOSES: WIE MAN EINEN BLOG STARTET

Es ist gar nicht so schwer, mit dem Bloggen anzufangen, wenn man weiß, wer man ist, was man will, für wen man es macht und wo man Hilfe findet. Ich habe Marjeta Prah-Moses, Expertin für Wordpress-Programmierung, dazu befragt:

Was mache ich, wenn ich mich mit dem Bloggen nicht auskenne und einfach loslegen möchte?

Dann sind Sie Gleichloslegenblogger: Beiträge und Fotos veröffentlichen, ohne Gedanken an Technik, Sicherheit und Updates. Einfach publizieren, mit anderen in den Dialog gehen. Vielleicht auch nur mal das Bloggen und die Abläufe kennenlernen. Ein Weg auch für Führungskräfte-Blogger mit wenig Zeit, die ihren Namen als Logo gestaltet haben, aber keinem einschränkendem Corporate Design unterliegen.

Sie haben die Wahl zwischen verschiedenen Blogplattformen.

Anbieter sind z.B. Blogspot.com, Blogger.de oder Wordpress.com. Der Einstieg geht leicht und schnell. Einmal kostenlos angemeldet können Sie auf fertige Themes, also Design-Vorlagen zurückgreifen und sich aus einer großen Auswahl etwas aussuchen. Um Technik und Kosten für Hostingpartner brauchen Sie sich nicht zu kümmern, denn die Plattformen sind in einer Grundversion kostenlos. Dafür darf der Anbieter Werbung auf Ihren Seiten schalten.

WordPress.com zählt zu den führenden Blogplattformen. Sie ermöglicht eine umfangreiche Gestaltung der Blogs, eine große Auswahl von Features (z.B. über Plugins) und man kann entweder die kostenlose URL www.meinName.bloganbieter.com oder gegen Gebühr die URL www.meinName.com wählen, falls die Domain nicht vergeben ist, die dann auch dem Blogger gehört. Es gibt kostenpflichtige Upgrades, z.B. für extra Speicherplatz, das Anzeigen von Videos, einen Shop und die Unterbindung von Werbung auf der Website. Der Dienst lohnt sich für eine schnelle Einrichtung einer Website oder eines Blogs. Vor allem, wenn Sie wenig Kenntnisse in Programmieren oder Bloggen haben.

Und wenn ich meinen Blog zum Business machen oder einen Firmenblog aufziehen möchte?

Dann sind Sie Corporate Blogger. Dabei müssen Sie die Blogplattform bzw. das Redaktionssystem an Ihre Anforderungen anpassen können. Der Blog soll Interesse wecken, Aufträge generieren oder Kooperationen finden. Vielleicht hängt ein Shop dahinter.

WordPress.org liefert die State-of-the-Art-Software. Unter WordPress.org kann man die Wordpress-Software herunterladen. Sie ist kostenlos, jedoch benötigen Sie einen Provider für Ihre Website z.B. all-inkl.de oder domainfactory.eu, der die Installation von WordPress auf deren Webserver unterstützt. Das ist kostenpflichtig.

Auf diese Weise haben Sie die volle Kontrolle über den Blog

und die Domain sowie Zugriff auf sämtliche Funktionen ohne Einschränkungen. Ihrer Kreativität und Handlungsfreiheit sind keine Grenzen gesetzt. So lassen sich Themes – kostenlos oder Premium – von Drittanbietern einbinden. Man ist selbst für alles verantwortlich, d.h. man darf sich um Updates und Sicherheit kümmern.

Diese Variante ist für ambitionierte Blogs bzw. Corporate Blogger gedacht, die Werbung auf ihrem Blog schalten oder Affiliate-Programme nutzen wollen.

Was ist, wenn ich schon eine Webseite habe und der Blog damit verbunden werden soll?

Entweder Sie integrieren Ihren Blog in Ihre Webseite oder Sie starten ihn als Projekt in einer externen Blogplattform. Ein Blog kann in einem eigenen Content Management System (CMS) laufen, z.B. WordPress. Dafür wird entweder eine Sub-Domain der Website genutzt. Oder der Blog kann eine eigene Domain erhalten. In die Kategorie „eigene Domain" fällt ein Blog bei wordpress.com oder einem anderen Blogsystem wie Tumblr.

Für die Suchmaschinenoptimierung ist es optimal, den Blog über eine Sub-Domain der Website laufen zu lassen, also z.B. unter blog.eigenewebsite.de. So kann der Blog von der Reichweite und Backlink-Stärke der Hauptdomain profitieren. Startet man den Blog mit einer eigenen Domain, fängt die Bewertung durch Suchmaschinen von Null an und der Blog braucht viel länger, um sich eine gute Position bei den Suchmaschinen zu erarbeiten.

Man kann den Blog auch in das bestehende CMS als Teil der Website integrieren. Wird die Website z.B. mit Wordpress, Typo3 oder Drupal betrieben, wird auch in diesem System der Blog geführt. Dies wird als Verzeichnis bezeichnet, die URL wäre dann z.B. eigenewebsite.de/blog. Der Nachteil: Der Blog ist an die Technik der Website gebunden – ist diese nicht ‚responsive' für mobile Endgeräte, ist es der Blog auch nicht. Bei der immer stärkeren Nutzung von Mobilgeräten kann das fatal sein.

Ist die Website „responsive“, ist die Nutzung eines Verzeichnisses für den Blog aus SEO-Perspektive sogar vorzuziehen. Die Inhalte des Blogs profitieren von der Suchmaschinen-Bewertung der Domain. Gleichzeitig profitiert auch die Website von den Bloginhalten, da sie eine regelmäßige Aktualisierung und einen Ausbau der Website darstellen. Das wird von Suchmaschinen positiv bewertet.

Dein goldener Tipp für Blogstarter?

Die Plattformen sind einfacher als Sie denken. Vielleicht spielen Sie – bis Sie sich „eingebloggt“ haben – im ersten Schritt mit WordPress.com. Sie können dann später immer noch zur WordPress.org-Variante wechseln, dabei müssen Sie allerdings die Domain ändern, eventuell aufgebaute Sichtbarkeit, Suchmaschinen-Ranking und Verlinkung gehen verloren.

NICHT REDEN, HANDELN! DAS KOCHREZEPT FÜR IHREN BLOG

Sie wollen Ihren eigenen, ganz besonderen Blog starten? Gratulation! Dann skizzieren Sie Ihre Ideen: Was können nur Sie in einem Blog bieten? Über welche Themen möchten Sie berichten? Wofür schlägt Ihr Herz? Leichter geht das mit diesen vier Schreibübungen:

1. Verfassen Sie einen kurzen Zeitungsartikel, der mit dem Satz: „Er ist der einzige Blog, der ...“ beginnt.
2. Verfassen Sie einen Blogartikel mit der Überschrift: „7 Gründe, warum Sie meinem Blog folgen sollten.“ Bieten Sie Rat, Hilfe, Lösungen, Unterhaltung, gute Geschichten, lustige Bilder, Austausch in einer Community?
3. Wenn aus Ihrem Blog ein Buch entstehen sollte: In welcher Abteilung Ihres Lieblingsbuchladens oder Ihrer Bibliothek würde es stehen, in welcher Rubrik würde es der Online-Buchhandel

anbieten? Wie würde das Cover aussehen?

4. Wenn Ihr Blog eine Gaststätte wäre, wie müsste man sich die vorstellen? Szene-Café, Kantine, Gourmet-Restaurant, Disco, Cocktailbar, Traditionsgaststätte oder Tagesbar mit vegetarischen Mittagsgerichten? Gibt's da Musik? Wenn ja, welche? Wie ist die Lage, wie groß ist Ihre Gaststätte, wie verhält sich das Servicepersonal? Welche Zeitschriften liegen rum? Finden Konzerte, Partys, Events, Hochzeiten dort statt? Wie ist das Licht, die Dekoration, nach was riecht es, wann hat sie geöffnet? Wie sehen Ihre Gäste aus und über was sprechen Sie? Wie lautet das Motto Ihres Lokals, wie sieht die Speise-/Getränkekarte aus?

Mit diesen Schreibübungen finden Sie leichter zu den Gestaltungsmerkmalen Ihres Blogs. Wenn Sie mit externen Dienstleistern arbeiten, bildet diese Vorarbeit eine wunderbare Vorlage für die Umsetzung!

Legen Sie die einzelnen Bestandteile Ihres Blogprojekts fest:

Domain: Welchen Namen soll der Blog haben? Soll Ihr Blog Teil Ihrer Webseite sein? Oder eine separate Publikation?

Zeitplanung: Die einzelnen Schritte sind: Konzeption, Artikelproduktion (ca. 20), Designerstellung, Testphase, ggf. Überarbeitung und Bekanntmachung.

Budget: Welche finanziellen und zeitlichen Ressourcen benötigen Sie für den Blog? Denken Sie z.B. an Honorare für Design-Dienstleister, Bilder, Grafiken, Hosting...

Design: Wie ist die Bildsprache? Wie sind Gestaltungsmerkmale von Fotos und Grafiken? Welches Wordpress-Theme verwenden Sie, sind ggf. Anpassungen nötig?

Tonalität, Sprache & Stil: Wie sprechen Sie Kunden an? Erstellen Sie ein Glossar wichtiger Begriffe. Überlegen Sie, in welchen Sprachen Sie bloggen wollen. Wenn Sie z.B. in Englisch bloggen, erhöht sich die Zahl Ihrer potenziellen Leser und Fans um ein Vielfaches.

Content- und Redaktionsplan: Worüber schreiben Sie wann in den nächsten zwölf Monaten? Was macht Ihren Content einzigartig, besser, nützlicher? Was brauchen Ihre Leser? Ich empfehle immer, Blogartikel vorzuproduzieren, damit Sie in arbeitsreichen Zeiten trotzdem Ihre Sichtbarkeit aufrechterhalten können. So mancher Blogger schreibt an einem Tag vier Beiträge und verteilt sie dann auf den kommenden Monat. Die eher impulsiv veranlagten Blogger schreiben „eruptiv", also genau dann, wenn man eine gute Idee hat. Ob strategisch oder wenn einen die Muse küsst – Spaß soll es machen und Vorratshaltung schadet nie!

Impressum, Datenschutzerklärung: Sprechen Sie ggf. mit Ihrem Anwalt oder nutzen Sie einen Impressumsgenerator im Internet, damit Sie rechtssicher aufgestellt sind.

Kommentare: Wer beantwortet die Kommentare, Fragen der Leser? In welchem Zeitrahmen? Ich habe meinen Blog so eingestellt, dass Kommentare erst nach meiner Freigabe sichtbar sind.

Häufigkeit der Blogposts: Je mehr Blogartikel, desto mehr Besucher, desto mehr Traffic, desto mehr Stammleser, desto mehr neue Besucher, desto mehr Sichtbarkeit und Reichweite! Qualität vor Quantität: Lieber vier gut recherchierte, spannende Blogposts pro Monat als 20 uninteressante Me-Too-Texte. Ein echter Gamechanger für meine Sichtbarkeit war es übrigens, wöchentlich zu bloggen!

Tags: Nach welchen Begriffen werden Sie gesucht und gefunden? Überlegen Sie, welche Begriffe oder Fragen für Ihre Nische wichtig sind und bauen Sie diese in Ihre Blogartikel ein. Schließlich soll man Sie doch in den Suchmaschinen finden können!

Start: Wenn Sie jetzt z.B. als Gleichloslegenblogger bei Word Press.com starten wollen, dann sehen Sie sich eines der vielen

Video-Tutorials bei YouTube an. Wenn Sie einen WordPress.org-Blog wählen und selbst kein Know-how haben, dann brauchen Sie eine Unterstützung für das Grafikdesign sowie die WordPress-Programmierung. Holen Sie sich Angebote ein, Ihr Briefing ist Ihr Blogkonzept und Ihr Personal Brand.

Bloggen ohne Blog: Wenn Sie bloggen möchten, ohne einen eigenen Blog auf die Beine zu stellen, dann nutzen Sie z.B. im B2B-Umfeld die Blogfunktion in LinkedIn. Darüber hinaus gibt es die überwiegend Englischsprachige Plattform www.Medium.com, in der Sie Artikel auch auf Deutsch veröffentlichen können. Eine dritte Möglichkeit bieten Gastartikel oder Interviews in anderen Blogs, Podcasts oder Video-Blogs.

WIE SIE EINEN WIRKLICH GUTEN BLOGARTIKEL SCHREIBEN

Was Ihren Content auszeichnet, ist die Kombination von aktuellen, relevanten Informationen mit Ihrer Persönlichkeit – Ihrer Meinung, Ihrer Erfahrung, Ihrem Nutzen, Ihrem Schreibstil. Die Artikel müssen klar, wahr und nachvollziehbar sein. Sie sollten stets Fakten und Meinung klar trennen. Machen Sie aus einem Aspekt einen Artikel, nehmen Sie sich inhaltlich nicht zu viel vor. Wenn zu viele Ideen in Ihrem Kopf schwirren, konzipieren Sie eine Artikelserie! Lassen Sie einen roten Faden durch den Text fließen.

Die Überschrift: Sie soll den Leser dazu verführen, den Beitrag zu lesen. Zudem suchen die Suchmaschinen vor allem in den Überschriften nach relevanten Schlüsselbegriffen. Wenn Sie also wichtige Begriffe bereits in Ihre Überschriften packen, können Sie mehr Traffic auf Ihre Seite ziehen. Wichtig: Die Schlüsselbegriffe müssen in Ihrem Artikel vorkommen. Ist dem nicht so, wird Ihr Blog von den Suchmaschinen vielleicht als Spam bewertet und Sie werden nicht gefunden.

Der Einstieg: An welcher Stelle wird der Kunde emotional abgeholt? Welches seiner Probleme löst der Artikel? Warum soll sie / er weiterlesen? Welchen Nutzen zieht er aus dem Artikel?

Das Bild: Bilder sind Hingucker, denn ein Bild sagt mehr als 1.000 Wörter. Benennen Sie Ihre Bilder nach Ihren Schlüsselwörtern (Tags) zu Ihrem Text. Das hilft, den Traffic auf Ihrem Blog zu erhöhen. Tools für die Keyword-Recherche sind z.B. Google Keyword-Planer, KeywordSpy, Majestic, Moz, SEMrush, SEMrush SEO Ideas, SEO Book Keyword Tool, SpyFu, Ubersuggest oder WordStream's Keyword Tool.

Die Links: Sie sind ein Zauberwerkzeug, um Quellen für Ihre Informationen zu belegen und den Lesern Zusatzinfos zu geben. Sie können zu Ihren eigenen themenverwandten Artikeln verlinken, dann erhöhen Sie die Verweildauer in Ihrem Blog. Sie können aber auch zu Medienseiten, zu Blogs anderer Autoren führen und Ihre Informationen belegen, ergänzen. Von Google werden externe Links positiv bewertet!

Erzählen Sie Ihre Geschichten: Welche Heldenreise erleben Sie wo in welchen Schritten? Was ist nachher besser als vorher durch welche Entwicklung? Welche Gefühle kommen vor? Ihr Storytelling macht Ihren Blog lebendig und interessant. Welche Geschichten wurden im Netz zu Ihrem Thema bereits erzählt? Welche Keywords machen Ihre Geschichte auffindbar?

Finden Sie den richtigen Ton: Vermeiden Sie Übertreibungen, schreiben Sie nie schlecht über andere, bemühen Sie sich um wahrheitsgetreue Informationen. Bleiben Sie konstruktiv, authentisch, positiv.

Wählen Sie eine einheitliche Sprache: Jugendlich frisch und flapsig oder seriös und wissenschaftlich – ganz nach Zielgruppe. Erstellen Sie ein Poster für Lieblingswörter: Welche Begriffe, Formulierungen sind in Ihrer Branche üblich? Und klären Sie, ob Sie Ihre Leser mit Du oder Sie ansprechen.

Immer schön bei der Wahrheit bleiben: In Zeiten der Filterblasen und „Alternative Facts" honorieren Leser sorgfältig recherchierte Inhalte und Ehrlichkeit. Der kritische Blick auf die Dinge wird geschätzt. Und der Gesetzgeber verlangt, dass sogenannte „Sponsored Posts" als Werbung gekennzeichnet werden.

Artikel mit Happy End: Rufen Sie Ihre Leser am Ende jedes Artikels dazu auf, Kommentare abzugeben, über ihre Erfahrung mit dem Thema zu berichten, oder zusätzliche Infos dazu einzustellen. Sie können auch zu Aktionen aufrufen: Interessante Blogs zu besuchen, an einer Aktion teilzunehmen, sich für ein Webinar anzumelden, an einem Gewinnspiel oder einer Umfrage teilzunehmen, Ihren Newsletter zu abonnieren, Inhalte Ihres Blogs mit anderen zu teilen, etc.

Die Lesbarkeit: Vermeiden Sie Bleiwüsten, lange Absätze ohne Struktur – das mag keiner online lesen! Drei bis vier Sätze, dann ein Absatz. Wichtige Wörter, Aussagen, Zitate fett markieren oder hervorheben. All das erleichtert die Lesbarkeit. Längere Artikel können Sie als Serie aufbereiten. Große Bilder und leicht verständliche Grafiken lockern das Layout auf und wecken das Interesse!

WIE SIE LESER FÜR IHREN BLOG FINDEN

Blogger müssen regelmäßig etwas dafür tun, um ihren Blog zu vernetzen sowie Leserschaft zu finden und binden:

Laden Sie in Ihren Blog ein: Verbreiten Sie den Link zu Ihrem Blog:

- in Ihrem E-Mail-Absender,
- auf Visitenkarten, Briefpapier, Formularen, Verpackung, Empfehlungskärtchen, Postkarten oder T-Shirts mit der URL,
- in Ihrem Newsletter: Einem Blogticker oder im P.S.,
- auf Xing zusammen mit einem kurzen Teaser-Text, der beschreibt, um was es geht,
- in Werbung, Anzeigen, Broschüren,
- durch Links von der eigenen Webseite oder Integration in die eigene Webseite oder über
- Links in Partner-Webseiten.

Nutzen Sie jede Gelegenheit im direkten Gespräch mit Kunden und Partnern, auf Ihre interessanten Blog-Informationen hinzuweisen:

Bloggernetworking: Nutzen Sie Ihren Blog als Vernetzungsplattform für das echte Leben! Gehen Sie in Netzwerke und Business Clubs. Hören Sie sich Vorträge an, über die Sie je nach Thema in Ihrem Blog berichten.

Vernetzen Sie sich mit anderen Bloggern: Besuchen Sie Blogger-Stammtische, Konferenzen, Treffen. Pflegen Sie den Erfahrungsaustausch, helfen Sie anderen, bitten Sie um Hilfe. Stellen Sie ggf. Gemeinschaftsprojekte auf die Beine. Gibt es keine solchen Events in Ihrer Nähe, organisieren Sie sie selbst. Über Xing oder lokale Facebook-Gruppen finden Sie Gleichgesinnte aus Ihrer Umgebung.

Gäste haben, Gast sein: Networking-Tool Nummer 1: Interviews. Sie sind eine gute Möglichkeit, sich gemeinsam mit anderen Bloggern ein neues Publikum zu erschließen. Wenn man eine gewisse Bekanntheit erreicht hat, sind viele andere Blogger und Experten, die über verwandte Themen schreiben, bereit, Interviewfragen zu beantworten. Das bringt nicht nur hochwertige Inhalte für den eigenen Blog, sondern Aufmerksamkeit in der eigenen Nische sowie neue Leserkreise.
Gastartikel auf themenverwandten Blogs sind eine effektive Vermarktungsmaßnahme. Neben einem Backlink baut man vor allem neue Kontakte auf und kann sich neuen Lesern präsentieren.

Teilen Sie Ihre Inhalte: Sie können es in WordPress so einstellen, dass Ihr Beitrag nach seiner Veröffentlichung ganz automatisch in

- Ihrer Facebook-Fanpage,
- in Ihrem Twitter-Account und
- Ihrem LinkedIn-Konto erscheint.
- Zudem wird der Beitrag per RSS-Feed und somit in Ihrem Xing-Profil automatisch veröffentlicht und an
- die Wordpress-E-Mail-Abonnenten geschickt.

Einen Link in Ihrem Google+-Profil müssen Sie selbst einstellen. Setzen Sie ein gelungenes Foto zu Ihrem Beitrag in Ihre Instagram- und Pinterest-Seite, das generiert zusätzlichen Traffic. Verweisen Sie auf die Inhalte in Ihrem Blogartikel.

Das automatische Posten der Blogposts hat den Nachteil, dass WordPress als Einstieg ganz unkreativ den Artikelanfang benutzt und damit den Blogartikel in jedem Kanal gleich ankündigt. Das trägt nicht wirklich eine persönliche Handschrift, deshalb teile ich in Facebook die Beiträge manuell.

Bitten Sie Ihre Leser, mithilfe von Social Media Sharing Buttons Ihre Beiträge im Social Web zu teilen und zu empfehlen. Tragen Sie Ihren Blog in Blogkataloge und Verzeichnisse ein und finden Sie neue Leser in diesen „Charts".

Fragen in Foren beantworten: In Frageportalen stellen Menschen ihre Fragen ein, andere Nutzer antworten mit Lösungen und Tipps. Dies ist eine Gelegenheit, Leser, die zu Ihrem Themenbereich eine Frage haben, zu Ihrem Blog zu schicken. Beantworten Sie Fragen z.B. in Gutefrage.net, Lycos iQ oder wer-weiss-was.de. Bei Ihren Antworten integrieren Sie einen Link zu einem passenden Blogpost.

Facebook: Neben der Pflege Ihrer Facebook-Fanpage könnten sich interessante Kontaktmöglichkeiten auch in Facebook-Gruppen ergeben. Vielleicht können Sie auch hier Fragen beantworten und Beiträge zu Ihren Fachgebieten liefern?

LinkedIn und Xing: Xing und LinkedIn verfügen über eine breite Auswahl von Gruppen zu unterschiedlichsten Fachgebieten, in denen Sie Ihre Blogbeiträge teilen können. Treten Sie Gruppen bei, beteiligen Sie sich an Diskussionen, weisen Sie auf Ihre Blogbeiträge hin.

Andere Blogs kommentieren und abonnieren: Setzen Sie sich das Ziel, regelmäßig qualifizierte Kommentare auf anderen Blogs zu hinterlassen. Teilen Sie Ihre Sicht der Dinge mit, sagen Sie danke, wenn Ihnen der Beitrag geholfen hat, hinterlassen Sie Links, auch zu Ihren Veröffentlichungen, stellen Sie Fragen.

Aktionen anderer Blogger und eigene Aktionen: Blogparaden und Blogkarnivals: Blogparaden sind nützlich, um Kontakte zu anderen Bloggern zu knüpfen und auf sich aufmerksam zu machen. Dabei legt ein Blogger als Veranstalter ein Thema und einen #-Begriff dazu fest. Er veröffentlicht einen Blogpost und fordert seine Leser auf, innerhalb eines vorgegebenen Zeitraums – ca. eine bis vier Wochen – einen Artikel zu diesem Thema im eigenen Blog zu veröffentlichen und auf seinen Ursprungsartikel im Kommentar zu verlinken.

Nutzen Sie Blogs als PR-Tool: Senden Sie besonders interessante Beiträge an relevante Journalisten zusammen mit dem Angebot von Zusatzinfos, eines Interview oder bieten Sie dem Medium an, einen Artikel zu schreiben.

27 IDEEN FÜR BLOGARTIKEL

100 FAQ: Zusammenstellung aller Fragen, die Kunden Ihnen stellen. Jede Beantwortung einer Frage = ein Blogpost	Gewinnspiele, Verlosung, Wettbewerbe	Kundenfallstudie
Artikel-Serien	Glosse, Cartoon	Meinung zum Thema
Befragungen, Umfragen, Marktstudien: Selbst beauftragt oder Einschätzung zu veröffentlichtem Material	Grundlagen über Ihr Thema: Produkt, Service, Theorie	News
Bericht von einem Event, Messe, Konferenz > Interview	Hintergrund 1: Menschen, Gesichter, Geschichten hinter den Kulissen	Porträts von Partnern
Blog-Karnivals, Blogparaden, Group Writing Projekten	Hintergrund 2: Umfassender Artikel zu einem Thema	Ressourcen-Listen: nützliche Sammlung von den besten Links zu bestimmten Themen

Büchertipps, Rezensionen: Einen Aspekt aus den Büchern durch Ihre „Brille“ betrachten, Bezug zu Ihrer Themenstellung herstellen	Ihre besten Tipps: 10 Gebote, 8 goldene Regeln, 7 Tipps wie X garantiert gelingt, wie man besser, effizienter, beliebter ist, wie man Geld und Zeit einspart, wie man im Trend liegt. Checklisten, To-Do-Listen	Rückblicke
Die verrückte Rubrik: Der heiße Umfragedienstag, das schnelle Freitagskochrezept, die Montagmorgenfrage an, der Samstagswitz ...	In die Glaskugel geschaut: Zukunftsentwicklungen, Trends	Schritt-für-Schritt-Anleitungen, Tutorials für Newcomer in Ihrem Spezialgebiet: Menschen lernen gerne oder schauen zu, wie jemand in einem Video etwas Interessantes macht
Einzigartige Erfahrungen mit besonderen Menschen	Interessante Produkte, Dienstleistungen	Tests: Selbst durchgeführt oder von Lesern oder von anderen Bloggern
Gastartikel	Interview	Veranstaltungshinweise, Berichte von Veranstaltungen

WIE SIE MIT KREATIVEN BILDERWELTEN VERZAUBERN

Viele Geschichten wurden erzählt, weil gute Fotos vorhanden waren. Und viele gute Geschichten wurden nicht erzählt, weil es keine Bilder dazu gab. Fotos bringen Sichtbarkeit, gute Fotos Unverwechselbarkeit. In der PR, im Blog, in Social Media.

Bilder transportieren Gefühle und Informationen einfach schneller. Die Forscher sagen, dass unser Gehirn Bilder, Grafiken oder Videos 60.000-mal schneller als Text verarbeitet. Menschen lieben Bilder. Die Siegeszüge der bildlastigen Plattformen Instagram und Pinterest beweisen das.

Bilder von Menschen schaffen Vertrauen. (Falls Sie das Kapitel übersprungen haben, schauen Sie dazu auch noch mal die Tipps in „The Elements of Style: Was Sie für einen wertigen Business-Auftritt brauchen“ an.) Bilder von Produkten tragen zu einer schnelleren Kaufentscheidung bei. Bilder machen PR und bringen Bloginhalte auf den Punkt. Prägnante Fotos liefern hohe Clickraten, viele Likes und Shares.

Ob es Veranstaltungen sind, über die Sie berichten wollen, ob Sie Illustrationen für Ihren Blog benötigen oder ob Sie Pressebilder zur Verfügung stellen wollen: Es lohnt sich, gute Fotos zu haben und eine unverwechselbare Bildsprache. Die Fotos von Bilddatenbanken sind zwar professionell, haben aber in der Regel wenig mit der Persönlichkeit des Bloggers zu tun.
Mein Erfolgskonzept: Selbermachen! Weil die Smartphonekameras immer besser werden, ist es heute einfacher denn je, selbst zu fotografieren.

Ob Sie für die Fotos bezahlen oder nicht, in jedem Fall müssen Sie die Herkunft des Bildes korrekt in Ihrem Blog ausweisen.

DER GOLDSPRAY-TIPP

www.canva.com: Bietet Abwechslung zu den gekauften oder kostenfreien Bildern aus den verschiedenen Bilddatenbanken. Canva ist einfach zu bedienen. Zuerst einen Account anlegen. Canva bietet verschiedene Bildgrößen/-vorlagen für unterschiedliche Zwecke sowie viele Layouts, Grafiken, Fotos, Textelemente und Hintergründe an. Zudem können Sie eigene Fotos hochladen und bearbeiten mit Filtern, Texten usw. Viele Inhalte sind kostenfrei. Die meisten Elemente kauft man für 1 US-Dollar pro Stück. Kauft man ein Zehn-Dollar-Paket, bekommt man dafür 11 Elemente.

Grafiken, Infografiken: Die berühmte Tortengrafik kennen wir alle. Diese und andere Motive erleichtern die visuelle Informationsaufnahme. Sie können sie nutzen, um Sachinformationen zu transportieren. Dazu zählen z.B. Zahlenreihen, Größenverhältnisse, Ortslagen, Struktur von Organisationen oder die Abfolge von Prozessen. Sie können die unterschiedlichsten Diagramme z.B. anhand der Vorlagen in Canva erstellen.

Comics, Zeichnungen, Bilder: Sie können zeichnen? Sie kennen Zeichner, die in der Lage sind, Ihre Themen witzig zu transportieren? Dann nutzen Sie dieses Talent zur Illustration Ihrer Blogposts.

Menschen: Wenn Sie jemanden fotografieren und das Bild veröffentlichen wollen, muss die Person vorher schriftlich zugestimmt haben. Bereiten Sie ein Formular vor, das Sie sich unterschreiben lassen. Vordrucke dazu finden Sie im Internet.

Stil: Verwenden Sie durchgängig bestimmte Accessoires, Blickwinkel, Farben oder Hintergründe. Was macht Ihre Bildsprache unverwechselbar?

DER EXKLUSIVE KANAL FÜR IHRE GUTEN KONTAKTE: IHR E-MAIL-NEWSLETTER

Einige meiner Kunden, die regelmäßig E-Mail-Newsletter an ihre Kunden und Interessenten versenden, berichten von begeistertem Feedback auf ihre persönlichen Nachrichten und – das kann ich aus eigener Erfahrung berichten – es entstehen jedes Mal konkrete Anfragen und Projekte aus einem E-Mail-Newsletter.
Ein Rechenbeispiel verdeutlicht, warum ein regelmäßiger E-Mail-Kontakt so wichtig ist: 89% der Deutschen sind im Netz. Davon sind 36% in Social Media vertreten. Und die restlichen 64%? Die erreichen Sie per E-Mail!

Der E-Mail-Kanal knüpft den direkten Draht zum Kunden. Denn: Man darf Interessenten nur über einen „erlaubten" Zugang

E-Mails zusenden. Die Erlaubnis bekommt man über das sog. Double-Opt-In-Verfahren oder eine schriftliche erteilte Erlaubnis. Das hat der Gesetzgeber so geregelt und deshalb haben Sie hier schon eine geöffnete Türe vor sich: Ein Mensch, der sich in Ihre Liste einträgt, WILL per E-Mail von Ihnen hören! Deshalb nutzen Sie dieses Medium dafür, exklusive Inhalte zu teilen.

Kostenlose Leistung gegen E-Mail-Adresse

In vielen Fällen tragen sich die Interessenten in eine Liste ein, weil sie in einer Webseite oder einem Blog ein kostenloses Freebie herunterladen wollen, also z.B. ein Whitepaper, einen Bericht, eine Checkliste oder ein E-Book. Dieser Deal gelingt langfristig, wenn das, was der Interessent danach zugeschickt bekommt, anders, nützlich und interessant daherkommt: Bringt ein E-Mail Newsletter die Leser zum Lachen, Handeln, Nachdenken? Sind sie nach der Lektüre schlauer? Melden sie sich für eine Veranstaltung an? Oder leiten sie den Newsletter sogar weiter? Gefragt sind relevante und inspirierende Inhalte. Die Grundregel: Wenn 80% Nützliches darin zu finden ist, akzeptieren die Leser 20% Werbung.

Ein wichtiges Erfolgsgeheimnis für gerne gelesene Newsletter ist das, was ich als **„Liebesbrief-Mindset“** des Absenders bezeichne. Newsletter haben dann hohe Öffnungsraten und lösen eine begeisterte Resonanz aus, wenn die E-Mail-Newsletter-Verfasser mit Herz ans Schreiben gegangen sind.

Die Schreiber haben nicht gedacht: „Ich will jetzt endlich was verkaufen!“ Nein, die erfolgreichen E-Mail-Newsletter-Versender haben ihre Texte so geschrieben: „Der Newsletter ist ein Zeichen meiner Wertschätzung an meine Kunden, Follower und Interessenten. Ich bin gerne im Kontakt und im Dialog mit Menschen. Ich liebe mein Business. Ich schreibe meinen Kunden, weil ich es kann und will, nicht weil ich muss. Ich teile meine besten Tipps hier. Das Schreiben macht mir richtig Spaß! Ich liebe meine Kunden!"

Rubriken im Newsletter:

1. Ein persönliches **Anschreiben** in Ihrem Stil, bei dem die Leser emotional andocken können
2. Ihren **Blogticker** mit Hinweisen auf ihre aktuellen Blogartikel oder Ihre Artikel in anderen Medien
3. **Eventhinweise**
4. Ein besonderes **Bild**, eine Fundsache oder ein Comic
5. Eine **Serie** (das ABC zu Ihrem Fachgebiet, Porträts von Mitarbeitern, interessanten Menschen)
6. Ein Tipp, eine **Empfehlung**

Wie erstellen Sie einen E-Mail-Newsletter?

Es gibt zahlreiche Anbieter für E-Mail-Marketing, wie z.B. Mailchimp und Activecampaign, die Ihnen die Verwaltung Ihrer Verteiler, verschiedene Vorlagen, den Versand sowie Reports ermöglichen. Bei diesen amerikanischen Anbietern bestehen datenschutzrechtliche Bedenken, weil von Abonnenten gesammelte Daten auf Servern in den USA gespeichert werden. Deutsche Anbieter sind z.B. Cleverreach, Newsletter2go oder rapidmail. Im Netz finden Sie immer wieder Vergleiche der gängigsten Systeme, die aktuelle Tarife und Leistungsunterschiede ausweisen, sowie umfangreiche Tutorials, mit denen Sie die Arbeitsweise kennenlernen können.

Immer häufiger kommt die Frage: Haben Sie ein Video von Ihrem Vortrag? Ein Trend bei Bewerbungen ist ein Link, der zu einer Video-Vorstellung führt.

Geschichten per Video in seinem Blog oder YouTube-Kanal zu erzählen, ist für viele jedoch absolutes Neuland. Dazu kommen die Unsicherheit, ob und wie man vor der Kamera auftreten soll sowie das mangelnde Wissen, was es alles braucht, um Videos zu produzieren. Und doch ist es so wichtig, sich damit zu beschäftigen: Um 174% steigt die Kaufbereitschaft, wenn Kunden ein Video zu einem Produkt gesehen haben. Wenn etwas in Facebook besonders häufig geteilt wird, dann sind es Videos. Und: Videos haben eine um 41% höhere Klickrate.

Ob Sie einen Blogbeitrag als Video gestalten, ob Sie von einer Veranstaltung berichten oder ein Tutorial oder eine Schritt-für-Schritt-Anleitung erstellen – probieren Sie es einfach aus! Mit Smartphones kann man heute Videos in guter Qualität drehen. Was Sie für ein Video brauchen?

1. Ein Smartphone oder Tablet oder eine digitale Videokamera oder eine Video-fähige Spiegelreflexkamera.
2. Ein Mikrofon, das idealerweise über Bluetooth mit dem Aufnahmegerät verbunden ist. Sie können auch ein Mikrofon mit einem digitalen Diktiergerät mit USB-Anschluss verbinden und die Tonspur separat aufnehmen. Auf diese Weise können Sie mehr Abstand zur Kamera halten und haben trotzdem einen guten Ton. Wenn Sie Außenaufnahmen machen, brauchen Sie bei Wind einen Fellpuschel über dem Mikrofon, um Windgeräusche zu vermeiden.

3. Ein Stativ, denn die Kamera sollte ruhig gehalten werden. Sie sollten nicht zoomen, nicht wackeln, nicht schwenken.
4. Einen leistungsfähigen PC zum Schneiden der Videos und für den Upload auf YouTube oder Vimeo.
5. Eine Software für das Schneiden der Videos, z.B. iMovie oder Magix Video Deluxe. Wenn ich etwas aufzeichnen möchte, das sich auf dem PC abspielt, wie z.B. eine Powerpoint-Präsentation oder ich ein Interview aufnehmen möchte, das ich über Skype führe, verwende ich die Screenflow-Software Camtasia.
6. Licht: Zwei Softbox-Fotoleuchten auf Stativ sind ideal geeignet für eine Ausleuchtung in geschlossenen Räumen.
7. Hintergrund: Entweder Sie verwenden einen „Green Screen", also einen grünen Hintergrund, den Sie nachher in der Videoschnitt-Software entfernen und durch einen anderen Hintergrund ersetzen oder Sie suchen sich einen neutralen Hintergrund in einem Raum aus.
8. Das richtige Outfit: Wählen Sie eine Kleidung ohne Muster: Mutige oder kleinteilige Muster wirken oft irritierend auf dem Bildschirm. Schmuckstücke können das Licht ungünstig reflektieren. Vermeiden Sie schwarze oder weiße Oberteile.

Was Sie vor der Aufzeichnung durchgehen sollten:
Sind alle Telefone ausgeschaltet, auch die Benachrichtigungen am PC, z.B. für E-Mail? Säubern Sie die Linse der Kamera. Hängen Sie ein „Nicht stören"-Schild an Ihre Türe! Überprüfen Sie zwischendurch immer wieder: Wie wirkt das Licht auf dem Video? Wie sind die Schatten, sind die Gesichter optimal ausgeleuchtet? Stellen Sie die Kameraposition so ein, dass sich die Linse auf Höhe der Stirn der Person befindet, die gefilmt wird, sonst werden Gesichter verzerrt dargestellt. Ganz wichtig: Testen Sie vorher Ihr Equipment: Ist die Kamera OK? Funktioniert das Mikrofon? Wissen, Sie, wie man Kamera und Mikrofon ausschaltet oder die Einstellungen verändert? Sind die Akkus von allen Komponenten geladen? Testen Sie auch die Tonqualität mit einem Kopf-

hörer: Wie hören Sie sich auf der anderen Seite an? Klarer Klang, keine Hintergrundgeräusche?

Drehbuch: Überlegen Sie die Inhalte, die Sie vermitteln wollen, die Geschichte, die Sie rüberbringen möchten, Szenen, Blickwinkel, Einstellungen, Einblendungen. Wenn Sie ein Interview machen, überlegen Sie die Einleitung und die Fragen.

Haltung: Sitzen Sie gerade. Wenn Sie stehen, nehmen Sie automatisch eine lockere Haltung ein und können besser atmen. Ich habe schon viele Videos im Netz gesehen, in denen versteinerte Menschen ohne ein Lächeln in die Kamera gesprochen haben und sie wirkten, als wären sie am Hintergrund festgenagelt. Ein bisschen Bewegung ist OK, zu viel wirkt hektisch.

Blickkontakt: Schauen Sie in die Kamera! Kleben Sie sich einen Smiley direkt neben das Objektiv. Sehen Sie in die Kamera und nicht auf das Mikrofon, Ihre Präsentation oder Ihre Notizen! Nicht vergessen: LÄCHELN!

Nehmen Sie sich viel Zeit: Drehen Sie mehrere Versionen. Ich brauche in der Regel fünf bis sieben Anläufe, bevor ich zufrieden bin. Überprüfen Sie die Aufzeichnungen immer wieder: Ist der Ton OK? Wie wirken Gestik, Mimik und Haltung? Wiederholen Sie Ihren Part so lange, bis Sie es so sagen, wie Sie es sagen müssen! Lernen Sie Ihre Texte nicht auswendig, sondern sprechen Sie, als ob Sie es einem Freund erzählen würden. Legen Sie zwischendurch eine Pause ein, machen Sie einen Spaziergang, ein bisschen Gymnastik oder lachen Sie eine Runde.

Verständlichkeit: Sprechen Sie laut, deutlich, nicht zu schnell. Wärmen Sie Ihre Stimme vorher auf, atmen Sie ruhig. Damit die Kehle nicht zu trocken wird: Stellen Sie sich etwas zu trinken bereit. Sprechen Sie mit Pausen zwischen den Sätzen, dann können Sie das Video hinterher besser schneiden.

Nachproduktion: Wenn Sie alles gedreht haben, geht es ans Schneiden. Denken Sie an einen Vorspann, den Sie sich z.B. bei www.fiverr.com produzieren lassen können, an Untertitel, einen Abspann und Musik. Bei der Musik achten Sie darauf, dass Sie GEMA-Gebühren für die Nutzung von Musiktiteln bezahlen müssen. Alternativ können Sie im Netz nach kostenloser, GEMA-freier Musik suchen, bei der Sie lediglich die Quelle nennen müssen. Wenn Sie Ihr Video in Ihren YouTube- oder Vimeo-Kanal stellen, geben Sie ihm einen aussagekräftigen Namen, damit es auch gefunden werden kann. Fügen Sie dem Beschreibungstext einen klickbaren Link zur Website hinzu und machen Sie es auf Ihren Social-Media-Kanälen bekannt.

IHR EIGENER RADIOSENDER: PODCASTS

Ein eigener Radiokanal? Eine eigene Sendung? Das klingt reizvoll, nicht wahr? Viele Menschen hören Podcasts nebenbei: beim Joggen, Aufräumen oder im Zug. Sie nutzen die Zeit für Information und Unterhaltung, und das kann Ihre Nische sein! Sie haben eine angenehme Stimme? Sie unterhalten sich gerne mit anderen Menschen? Sie haben Interesse an diesem Format, hören selbst gerne Podcasts und haben keine Berührungsängste mit der Technik? Dann legen Sie los!

Inhalt: Zu Beginn sollten Sie sich für Ihren Kanal ein übergeordnetes Thema überlegen und es auf die einzelnen Episoden in den kommenden 12 Monaten herunterbrechen. Sie können breit angelegte Shows produzieren, eine Talkrunde oder Interview-Formate wählen oder mit einem Co-Moderator eine Sendung gestalten. Sie können ein Nischenthema bedienen und Elemente wie den Tipp des Tages, Tests oder Interviews einfügen. Schauen Sie sich um, was es in Ihrem Bereich schon oder noch nicht gibt: Wie können Sie Ihren Podcast ganz unverwechselbar mit Ihrem Stil produzieren?

Frequenz: Überlegen Sie, wie oft Sie podcasten wollen – wöchentlich, zweiwöchentlich – und wie lange die Episoden sein sollen. In der Regel dauern Podcasts zwischen einer Viertel- und einer Stunde.

Skript: Entwerfen Sie eine Struktur pro Beitrag, z.B. mit einem Intro, mit aktuellen Ankündigungen, Top-10-Branchennews mit Ihrem Kommentar, einem schnellen Tipp und einem Outro, nämlich das, was im Film der Abspann ist. Für die ersten Episoden können Sie vielleicht die Themen Ihrer erfolgreichsten Blogartikel aufgreifen, wenn Sie schon einen Blog haben. Erstellen Sie ein Skript pro Folge, in dem Sie grob die Inhalte, die Dauer der einzelnen Bestandteile und die jeweiligen Überleitungen sowie den Ablauf festlegen – da hilft, um im zeitlichen Rahmen zu bleiben.

Equipment: Sie brauchen ein gutes Mikrofon. Suchen Sie einfach im Netz nach aktuellen Technik-Empfehlungen von Podcastern für Podcaster. Neben den Mikrofonen benötigen Sie Kopfhörer, einen Computer und Aufnahmesoftware wie z.B. Audacity oder GarageBand.
Der Raum, in dem Sie aufnehmen, sollte möglichst mit Teppich ausgestattet und es sollten wenige Geräusche von außen, wie z.B. Straßenlärm, wahrnehmbar sein. Oder Sie machen das, was so manche Comedy-Spezialisten tun: Für ihre Radiobeiträge öffnen sie ihren Kleiderschrank und nehmen dort auf. Denn die Stoffe der Kleidungsstücke schlucken den Hall.

Schneiden: In dieser Phase erfolgt das Herausschneiden von Versprechern, das Zusammenfügen einzelner Gesprächsteile und Tonspuren, das Einfügen des Intros und Outros, das sie entweder selbst mit der App GarageBand produzieren oder sich von Audio-Dienstleistern erstellen lassen können. Passen Sie die Lautstärke der einzelnen Teile auf ein Lautstärkelevel an. Wenn Sie andere

Audiokomponenten, wie verschiedene Soundeffekte und Hintergrundmusik, einfügen, stellen Sie sicher, dass sie die Sprecher nicht übertönen und Sie auch die Rechte dafür erworben haben. Die so entstandene MP3-Datei laden Sie nun auf einen Medienserver, wie z.B. blubrry.com, libsyn.com oder podbean.com, und versehen sie mit Texten für Titel und Beschreibung. Der Medienserver erzeugt eine URL, mit der Sie Ihren Podcast bei Verzeichnissen wie iTunes, Google Music, Stitcher und Soundcloud anmelden können. Tragen Sie Ihren Podcast anschließend auf Portalen der Podcastszene ein, wie z.B. Podcastclub.de, Podster.de oder Podcast.de.

Zuhörer: Social Media bieten eine gute Möglichkeit, neue Folgen anzukündigen.
Die meisten Podcasts sind Talkformate, sogenannte „Laber-Podcasts". Lernen Sie von anderen, hören Sie sich diese Podcasts an und überlegen Sie, wie Sie Ihre besondere Radiosendung auf den Weg bringen können: Gästeliste Geisterbahn, Podcast Ufo, Fest & Flauschig mit Oli Schulz und Jan Böhmermann bei spotify, Deutschlandfunk Nova, Eine Stunde Film, Viertausendhertz, Eine Stunde was mit Medien, Herrengedeck, Einschlafen Podcast oder Almost Daily.

GOLDENE FUSSSPUREN IM NETZ: WIE SIE IN SUCHMASCHINEN GEFUNDEN WERDEN

Heute schon den neuen Chef gegoogelt? Oder die Nachbarin? Der Name einer Suchmaschine ist zu einem Verb geworden für etwas, das wir alle jeden Tag tun. Und nicht nur wir, alle suchen auf Google und nahezu jeder ist dort auch zu finden.
Ein Ranking auf den vorderen

Plätzen der Suchmaschinen kann ein Business über viele Jahre hinweg ernähren. Eine gute Online-Reputation kann Türen öffnen und bares Geld wert sein. Negative Bewertungen oder Unsichtbarkeit aber können auch Türen schließen.

Wann haben Sie Ihren Namen zum letzten Mal gegoogelt? Was haben Sie gefunden?

- Artikel, die Sie geschrieben haben?
- Ihre Social-Media-Profile oder die in Xing und LinkedIn?
- Ihre Website oder Ihren Blog?
- Kommentare über Sie in Bewertungsseiten?
- Berichterstattung in den Medien über Sie?
- Oder vielleicht auch nichts?

Goldmarie oder Pechmarie: Gefällt Ihnen, was Sie gefunden haben? Stehen andere viel besser da? Was sind Ihre Ziele? Ein neues Business oder einen Online-Shop starten? Sich von Mitbewerbern abheben? Sie wollen, dass Ihre Interviews und Artikel im Ranking ganz nach vorne kommen?

DER GOLDSPRAY-TIPP

Etwa alle drei Monate sollten Sie den Namen Ihrer „Mitbewerber" oder Vorbilder googeln. Beobachten Sie, was sich bei den Suchergebnissen im Ranking verändert. Welche Themen waren besonders erfolgreich? In welchem Kontext erscheinen sie? Welche Plattformen oder Themen wirken sich positiv auf das Ranking aus? Was können Sie davon für Ihre Sichtbarkeit ableiten?

Richten Sie sich einen „Google News Alert" oder eine Benachrichtigung bei „Talk Walker" ein, damit Sie immer gleich informiert werden, sobald Ihr Name, Firmenname oder der Ihres Mitbewerbers im Web auftaucht.

INTERVIEW MIT CATHRIN TUSCHE:
SEO – DRANBLEIBEN UND VERNETZEN!

Damit Menschen, Produkte oder Dienstleistungen im Internet gefunden werden können, gibt es SEO – Search Engine Optimisation. Expertin für Suchmaschinenoptimierung ist Cathrin Tusche, sie zeigt uns ihre Erfolgsstrategien:

Was können wir tun, um mit unseren Themen in den Suchmaschinen gefunden werden zu können?
Am wichtigsten ist die Website – ich bezeichne sie gerne als das „Flaggschiff" im Online-Marketing. Hierhin werden alle Besucher geführt, über Suchergebnisse, Links aus den sozialen Medien, über Erwähnungen im Internet oder auch über Printprodukte wie Visitenkarte oder Fachartikel, die vielleicht schon veröffentlicht wurden. Diese Website sollte wirklich professionell gestaltet sein. Es lohnt sich, Geld in die Hand zu nehmen, um sich eine ansprechende Seite erstellen zu lassen. Selbstgebastelte Baukasten-Websites sind ein NoGo.

Was ist effektiver: Bloggen, in Social Media aktiv sein oder Presseberichterstattung vorantreiben?
Wenn es um Suchmaschinenoptimierung und eine Sichtbarkeit in den Suchergebnissen von Google und Co geht, dann ist Bloggen das Mittel der Wahl. Denn Google benötigt vor allem Texte, um zu verstehen, um welche Themen es auf einer Website geht. Die Blogartikel können über diverse Suchbegriffe der Nutzer gefunden werden. Für eine statische Website ohne Blog ist es schwerer, sichtbar zu werden. Blogartikel liefern den Inhalt, der in den sozialen Medien verteilt werden kann. Presseberichterstattungen sind ein adäquates Mittel, um Links zur eigenen Website zu generieren, was sich sehr gut auf die Sichtbarkeit auswirken kann.

Text, Fotos, Video: Was bringt am meisten?

Am besten ist die Kombination aus allen drei Content-Formen. Diese „Rich Media"-Beiträge können dann auch bei der Google-Bildersuche und auf YouTube gefunden werden. YouTube ist übrigens nach Google die zweitgrößte Suchmaschine, deshalb lohnt es sich, seine Videos dort hochzuladen und auf der eigenen Website einzubetten. Text hat den Vorteil, dass er von Google am leichtesten durchforstet werden kann. Aber wir wollen ja die Nutzer begeistern und die wünschen sich Bilder – packende Fotos, anschauliche Grafiken und informative oder unterhaltsame Videos.

Wie und wo finde ich die richtigen Keywords, Schlagworte, nach denen meine Kunden oder Interessenten suchen?

Natürlich hat man eine Vorstellung von den Suchbegriffen, die potenzielle Kunden auf die Website lenken sollen. Allerdings machen viele den Fehler, viel zu generische Begriffe auszuwählen. Gerade wenn die Konkurrenz groß ist, ist es fast aussichtlos mit allgemeinen Begriffen wie „Führungskräftetraining" oder „Trachtenschmuck" in den Suchergebnissen zu ranken. Ich empfehle immer, die Keyword-Recherche im Bekannten- und Freundeskreis zu beginnen: „Wie würdet Ihr nach meiner Leistung, nach meinem Produkt suchen?" Auch Kunden sind eine gute Informationsquelle. Viele suchen nicht nach Produkten oder Dienstleistungen, sondern nach Lösungen, also sollte man aus Kundensicht denken. Das ergibt längere Keyword-Kombinationen, sogenannte „Long Tail Keywords", z.B. „Kommunikation mit Mitarbeitern verbessern".

Was mache ich mit Suchergebnissen, die unvorteilhaft für mich sind und die ich loswerden möchte?

Man muss sich immer im Klaren sein, dass das Internet nichts vergisst. Es werden zwangsläufig immer Bilder von vor X Jahren auftauchen, die man vielleicht nicht mehr sehen möchte. Zur Beruhigung muss ich sagen, dass die auch niemanden wirklich interessieren und man sich selbst mehr daran stört als andere. Loswerden kann man sie nur, indem man sie entweder selbst aus den sozialen Netzwerken entfernt bzw. die jeweiligen Betreiber von Websites bittet, diese zu entfernen. Google selbst entfernt nur in Ausnahmefällen Bilder.

Wie lange dauert es, bis ich dank SEO erste Erfolge sehe?

SEO ist ein sehr komplexes Thema, was aber nicht heißt, dass es eine Raketenwissenschaft ist. Die Erfolgsstrategie: die Website kontinuierlich pflegen und verbessern, regelmäßig relevante zielgruppengerechte Inhalte zur Verfügung stellen und in den sozialen Netzwerken aktiv sein.
Dann muss man sich weniger mit Keyword-Recherchen beschäftigen und kann sich darauf konzentrieren, den Lesern die richtigen Lösungen und Tipps zur Verfügung zu stellen. Den eigenen SEO-Erfolg kann man übrigens nicht erkennen, in dem man sich selbst oder die Suchbegriffe, für die man gefunden werden möchte, googelt. Google weiß über die IP-Adresse, was du vorher gegoogelt hast und wo du dich befindest und zeigt dir dann bevorzugt deine eigene Seite an in dem Glauben, dass es das ist, was du sehen willst. Ein anderer Nutzer sieht ein anderes Suchergebnis. Nutze daher ein SEO-Tool wie beispielsweise OnPage.org, um das Ranking für diverse Keywords zu erfahren.

Dein goldener Tipp für Sichtbarkeit in den Suchmaschinen?
Dranbleiben, Hartnäckigkeit zahlt sich aus!

ZEIT UND ANDERE RESSOURCEN: IHRE GOLDENE ONLINE-GLANZSTRATEGIE

Die ARD / ZDF-Onlinestudie 2016 zeigt, dass die Deutschen täglich zwei Stunden und acht Minuten im Netz verbringen. Die unter 30-Jährigen surfen doppelt so viel. Der größte Teil der Internetnutzung entfällt auf Kommunikation und Medien. Die meistgenutzten Dienste sind Facebook und WhatsApp. Über eine halbe Stunde täglich werden Medieninhalte konsumiert, elf Minuten entfallen auf das Streamen von Fernsehbeiträgen, bei den unter 30-Jährigen sind das 30 Minuten täglich durch die Beliebtheit der YouTuber bei den 14- bis 19-Jährigen.

Ja, da geht viel Zeit ins Land, die man früher anders genutzt hat. Sie kennen das sicher: Manchmal sucht man etwas, dann überprüft man diverse Suchergebnisse, kommt zu einem anderen Themenfeld und schon schaut man sich drei TED-Talks in YouTube an, die eigentlich gar nichts mit der ursprünglichen Fragestellung zu tun haben. Das „Nichtaufhörenkönnen" ist für viele Menschen ein Problem und ein Grund, gar nicht erst in Social Media und die Online-Selbst-PR einzusteigen. Doch das muss nicht sein. Wer sich leicht ablenken lässt, dem helfen Tools, wie die Apps SelfControl, Productivity Owl, RescueTime oder Time Out, um seine Internetnutzung bewusst zu beschränken. Mir hat die Ritualisierung meiner Social-Media-Aktivitäten geholfen:

1. Morgens ein 15-Minuten-Slot für den Instagram-Aufritt: Ein Bild vom Morgenspaziergang auswählen, aufbereiten, Text verfassen, Hashtags auswählen, teilen, andere Fotos liken und kommentieren.
2. Danach 30 Minuten für die Facebook-Präsenz: Teilen, liken, posten, bedanken, kommentieren.
3. Abends ein Fünf-Minuten-Blick in Twitter: Teilen, liken, posten, bedanken, kommentieren.
4. Einmal in der Woche – wenn möglich – einen Blogbeitrag schreiben, bebildern, online stellen und verteilen. Das dauert je nach Länge des Beitrags zwischen zwei und vier Stunden.
5. Einmal wöchentlich in Xing und LinkedIn neue Kontakte verbinden, Events recherchieren und Profil ggf. aktualisieren. Dauert ca. 10 Minuten.
6. Einmal im Monat – je nach Event oder anderen Anlässen – ein

Video für den YouTube-Kanal erstellen, dauert für einen 8-Minuten-Film für die Vorbereitung, das Aufnehmen, Schneiden und online stellen ca. drei bis fünf Stunden. Facebook-Live-Videos sind schneller zu erstellen, da Sie nur die Vorbereitung, das Üben und die Zeit der Aufnahme rechnen müssen.

7. Einmal im Monat die Webseite aktualisieren: Termine, Angebote, Testimonials. Dauert ca. 30 Minuten.
8. Einmal im Monat einen E-Mail-Newsletter verfassen und versenden: Das dauert je nach Umfang zwischen zwei und drei Stunden.

Im Schnitt verwende ich für meine Online-Community-Pflege, mein Marketing und meinen Vertrieb als Selbstständige drei bis vier Tage pro Monat. Das hört sich erst mal viel an, ist es aber nicht, weil es auch Urlaubsmonate gibt und ich in Projektphasen oder beim Schreiben dieses Buchs das Bloggen, den Newsletter und das Videoprojekt zurückfahre. In diesen „leiseren Zeiten" aber kann ich von meinen bereits publizierten Inhalten profitieren. Zum Beispiel dadurch, dass ich „Evergreens" aus meinem Blog immer mal wieder auf meiner Facebook-Fanpage teile.

Wer einen guten Plan hat, tut sich leichter. Dazu gehört die Auswahl der Plattformen, auf denen Sie aktiv sein möchten. In einem Redaktionsplan notiere ich mir vierteljährlich meine Themen, die ich in den verschiedenen Plattformen jede Woche posten möchte. Viele Social-Media-Strategen planen das im Voraus und bereiten ihre Posts mit Werkzeugen wie Hootsuite, Buffer oder Coschedule vor. Das heißt, sie stellen die Beiträge ein und terminieren sie für die gewünschten Erscheinungsdaten, an denen sie „von alleine" online gehen. Berücksichtigen Sie bei der Themenplanung Messen, saisonale Gegebenheiten, Branchenevents, eigene Veranstaltungen, Feiertage o.ä. und lassen Sie Raum für den aktuellen Bezug auf Ereignisse und die Beantwortung von Kundenfragen. So könnte Ihr Redaktionsplan aussehen:

	Facebook	Twitter	Xing	LinkedIn	Blog	Newsletter
Januar						
Februar						
März						
April						
Mai						
Juni						

	YouTube	Podcast	Instagram	Pinterest	Google+	Sonstiges
Januar						
Februar						
März						
April						
Mai						
Juni						

Angestellte Führungskräfte werden ihr Zeitbudget anders planen. Überlegen Sie: Was ist Bestandteil meines Jobs? Was mache ich zum „Privatvergnügen“ und was betrachte ich als eigenes Investment in meine Karriere? Wieviel Raum gibt mir mein Arbeitgeber?

Neben dem zeitlichen Aufwand müssen Sie auch mit Kosten und Gebühren z.B. für Dienstleistungen, Datendienste, Plattformen und Hardware rechnen. Software und manche Geräte müssen Sie sowieso anschaffen, wie die Textverarbeitungssoftware zum Schreiben Ihrer Blogartikel oder Ihr Smartphone, das sind die „Costs for being in Business“. Vieles wird ggf. auch von einem Arbeitgeber übernommen.

Diese Liste dürfen Sie regelmäßig hinterfragen: Wofür zahle ich z.B. bei Xing? Dafür, dass ich sehen kann, wer mein Profil anschaut? Wenn Sie kein echter Power-User oder Headhunter sind oder Kunden und Veranstaltungsteilnehmer über die Plattform rekrutieren, dürfen Sie getrost die kostenlose Basismitgliedschaft nutzen.

Hier finden Sie eine Liste der potenziell kostenpflichtigen Services und Dinge. Tragen Sie ein, was Sie schon haben, noch anschaffen möchten und wie Ihr einmaliges und laufendes Budget aussehen wird. Wenn Sie sich dann dagegenhalten, welche Chancen sich durch Ihr glänzendes Onlineprofil ergeben haben, welchen Job, welche Kundenkontakte Sie bekommen haben und wieviel bekannter und vernetzter Sie nach ca. zweieinhalb Jahren geworden sind, haben Sie einen guten Anhaltspunkt für den Erfolg Ihrer Selbst-PR. Ein Erfolgstagebuch, in das Sie erfreuliche Anekdoten und Ereignisse eintragen, wird Ihnen dabei gute Dienste leisten. Notieren und aktualisieren Sie regelmäßig Ihr „Vorher“ und „Nachher“ in Bezug auf Followerzahlen, Reichweite, Anfragen, besondere Kontakte und die Erreichung der Ziele, die Sie sich gesetzt haben.

	Einmalig	Laufend pro Monat
BLOG Hosting, Domain, Themes Einmalige Einrichtung, Grafik, Wordpress-Programmierung Unterstützung bei Podcasts, Videoproduktion Internet-Zugang, Mobiltelefon Gebühren, E-Mail Gebühren, Podcast Hosting Fotos von Bilddatenbanken oder Canva		
HARDWARE UND SOFTWARE Computer, Tablet, Smartphone, Fotoapparat, Stativ, Lampen, Videokamera, Mikrofon, Kopfhörer, Software, Speicher, Datensicherung		
GEBÜHREN FÜR MITGLIEDSCHAFT IN XING UND LINKEDIN		
E-MAIL-NEWSLETTER		
WEITERBILDUNG Workshops, Online-Kurse, Bücher		
WERBUNG Ads auf Facebook, Twitter, Instagram, GoogleAdwords oder bei Bing		

LESETIPPS

Ulrich Dorn und Simone Naumann: „Fotografie mit dem Smartphone“

Cathrin Tusche: „Das Google-Analytics-Buch“

Mark W. Schaefer: „Known“

KAPITEL 5

PRESSEARBEIT: WIE KOMME ICH IN DIE MEDIEN?

„Ich nenne ‚Journalismus' alles, was morgen weniger interessant ist als heute" – André Gide

Bin ich interessant genug für die Medien? Oder: Was, wenn der Journalist was Falsches oder Negatives daraus macht? Das höre ich, wenn ich danach frage, warum tolle Expertinnen so selten in den Medien auftauchen. Die ZEIT-Redakteurin *Anna-Lena Scholz* beklagte sich 2017 in einem Artikel mit dem Titel „Mediale Sichtbarkeit – Das schüchterne Geschlecht" über Wissenschaftlerinnen, die sich nicht trauen in die Medien zu gehen:

„Stattdessen erhalte ich Nachrichten wie diese: Bin ich wirklich die richtige Expertin? Kann ich noch mal drüber schlafen? Danke für Ihre Anfrage, aber ich möchte mich lieber nicht exponieren. Das Format behagt mir nicht. Ich schaffe das nicht.

Die Zaghaftigkeit, mit der viele Wissenschaftlerinnen vor der Schwelle zur medialen Sichtbarkeit verharren, hat mich erst überrascht und dann verstört. Sie wirkt wie eine Selbstkannibalisierung ausgerechnet jener Frauen, die schon weit gekommen sind." Der Blog der WirtschaftsWoche berichtete im Februar 2017 über das Ergebnis einer Studie, in der über 38.000 Artikel aus 250 deutschsprachigen Print- und Online-Medien daraufhin untersucht wurden, welche der 80 CEOs aus DAX und MDAX wie oft vorkamen:

„VW-CEO *Matthias Müller* und Deutsche-Bank-CEO *John Cryan* sind die Top-Manager, die am häufigsten in der Presse vorkamen im vergangenen Jahr. (...) Die einzige Frau unter den 80 ist RTL-Co-Chefin Anke Schäferkordt auf dem 45. Rang."

Doch gerade die mediale Sichtbarkeit ist so wichtig! Wenn wir in der Presse vorkommen, erzielen wir durch den „Umweg" der Nachricht über die Journalisten und damit den redaktionellen Teil eines Mediums eine größere Wirkung: Wenn Journalisten als neutrale Vermittler über eine Expertin, ihr Produkt oder ihre Idee berichten, ist die Information glaubwürdiger. Zudem haben Medien eine hohe Reichweite und können schneller dafür sorgen, dass wir in einer Fach-Community oder einem breiten Publikum bekannt werden. Kurz gesagt: Medienberichterstattung zementiert Ihren Expertenstatus!

Also, liebe Führungsfrauen, Selbstständige und Unternehmerinnen, vorwärts: Sprechen Sie regelmäßig mit den Journalistinnen und Journalisten. Bauen Sie Beziehungen auf und pflegen Sie sie. Bieten Sie wichtigen Redaktionen exklusive Einblicke in Ihre Themen. Und: Zeigen Sie sich in Blogs oder auch Twitter, denn auch dort recherchieren Pressevertreter.

Für Führungsfrauen, die in Unternehmen angestellt sind, ist es wichtig, dass Sie hierbei mit der Pressestelle eng zusammenarbeiten und definieren, für welche Themenbereiche Sie als Expertin und Unternehmenssprecherin zur Verfügung stehen werden. Bestehen Sie auf ein Medientraining, in dem Sie auf Interviews und auf das „Corporate Messaging", also die Themen, Trends, Argumentationsketten sowie das Storytelling Ihres Arbeitgebers vorbereitet werden.

Für Selbstständige und Inhaberinnen von Unternehmen ist es wichtig, dass sie sich mit der Arbeit an Ihrem Personal Brand, Ihrer Positionierung und Ihren Geschichten auf Ihre Sichtbarkeit in den Medien vorbereiten.

Sorgen Sie dafür, dass die Journalisten wissen, dass es Sie als Expertin gibt. Denn dann werden sie bei einer Recherche zuerst bei Ihnen nachfragen, denn sie wissen, dass Sie bei Ihnen stets spannende Fakten und unverwechselbaren Standpunkten bekommen werden.

Und wie können Sie in den Medien vorkommen? Das gelingt z.B. als Expertin mit einem Statement in einer längeren Reportage, als Autorin eines Fachartikels, als Interviewpartnerin in einem Print-, Online-, TV- oder Radio-Interview oder als zitierte Expertin bei einem Feature. Sie kommen auch vor, wenn es Ihnen gelingt, sich als Frontfrau oder Vorbild für einen Trend oder eine Bewegung zu zeigen, wenn Sie als Inhaberin oder Gründerin ein neues Produkt vorstellen oder über das Wachstum Ihres Unternehmens in der Region berichten oder wenn Sie die Initiatorin einer neuen Studie sind.

Schauen wir uns die Grundlagen der Pressearbeit und die einzelnen Werkzeuge einmal an:

WORIN UNTERSCHEIDET SICH PR VON WERBUNG?

Das Wichtigste zuerst: PR hat nichts mit Werbung zu tun. Der Bankier *Alfred Münchmeyer* erklärte den Unterschied so:

„Wenn ein junger Mann ein Mädchen kennen lernt und ihr sagt, was für ein großartiger Kerl er ist, so ist das Reklame. Wenn er ihr sagt, wie reizend sie aussieht, dann ist das Werbung. Aber wenn das Mädchen sich für ihn entscheidet, weil sie von anderen gehört hat, was für ein feiner Kerl er wäre, dann ist das Public Relations!"

In einer Anzeige können Sie sich über den grünen Klee loben, weil Sie dafür bezahlen und deshalb den Inhalt bestimmen dürfen. Bei der Pressearbeit jedoch wird der Inhalt von Journalisten für den redaktionellen Teil aufbereitet. Eine Garantie für eine unveränderte Wiedergabe der Botschaften gibt es nicht. Deshalb unterstützt PR die Medien: Die Inhalte werden mundgerecht aufbereitetet und serviert, damit die Journalisten sie ohne großen Aufwand übernehmen können.

WIE ERSTELLEN SIE EINEN PR-PLAN?

Erstens: Definieren Sie Ihre Ziele: Was möchten Sie durch PR erreichen? Sie möchten z.B.

- mit PR Ihr Image aufbauen, verbessern oder verändern?
- Ihren Bekanntheitsgrad erhöhen oder das Erscheinungsbild verändern?
- neue Zielgruppen ansprechen, veränderte Vertriebswege einschlagen oder zusätzliche Märkte erschließen?
- Mitarbeiter motivieren, an das Unternehmen binden oder neue finden?
- einer Idee zum Durchbruch verhelfen oder das Meinungsklima zu einem Thema in eine neue Richtung bringen?

Malen Sie sich die Schlagzeile von morgen aus, die Sie sich wünschen: „Firma X hat Turnaround geschafft" oder „Ihr Name bringt neuen Schwung in das Innovationsmanagement von Firma X". Diese Übung wird Ihnen dabei helfen, die richtigen Nachrichten zu finden, die Sie Ihrer Wunsch-Schlagzeile näherbringen!

Zweitens: Zielgruppen. Überlegen Sie, wen Sie mit Ihrem Wissen, Können, Produkten beeindrucken wollen. Und: Welche Medien sie lesen, hören, sehen.

Drittens: Maßnahmen, Zeitplan, Umsetzung, Budget. Welche

Nachrichten gibt es bei Ihnen in den kommenden Monaten, wie können Sie mit Ihren Themen auf Trends und aktuelle Entwicklungen aufsetzen? Wie und bei welchen Redaktionen möchten Sie z.B. mit Presseinformationen, Interviews, auf Messen oder mit einem Fachartikel vertreten sein? Wie viel Zeit haben Sie und wie viel Budget, um Ihre PR-Ziele zu verwirklichen? Wer kann Ihnen helfen, wo sind Ressourcen?

Viertens: Erfolgskontrolle. Wie definieren Sie Erfolg und wie wollen Sie ihn messen?

Ein Beispiel: Nehmen wir an, Sie sind Expertin für Achtsamkeit und haben gerade ein Buch über „Meditation & Firmenkultur" veröffentlicht. Sie möchten nun Ihr Buch bekannt machen und deshalb als Expertin mit den Medien sprechen, die HR-Themen, Führung und Prävention behandeln. Sie planen eine Redaktionstour und besuchen eine Reihe von Redaktionen: TV, Radio, Tagespresse, Magazine und Fachzeitschriften. An Kosten entstehen Reisekosten, Kosten für die Bücher, die Pressemappen, eventuell das Honorar Ihrer PR-Frau. Dazu kommt Ihre Arbeitszeit für die Vor- und Nachbereitung sowie die Durchführung der Termine. Für jede Redaktion sehen Sie sich an, wie Sie das Thema für die Bedürfnisse des jeweiligen Mediums aufbereiten können und bieten den Redaktionen Interviews z.B. zu diesen Themen an:

1. ARD *alpha*: Wie wir morgen arbeiten werden
2. Brigitte Woman: Mein wunderbares Arbeitsleben: Meditiere – und es ist egal, wo du arbeitest
3. Der Spiegel: Die neuen Manager zwischen Buddha und Meditationskissen
4. Deutschlandradio: Die unachtsame Gesellschaft: Wie uns die digitale Transformation verändern wird
5. Edition F: Der Traum von der gesunden Workforce – Wie (Buchautorin) für ein neues Arbeiten kämpft
6. Frankfurter Allgemeine Zeitung: Trend Achtsamkeit – wie Unternehmen sich darauf vorbereiten können

7. Handelsblatt Online: New Work – drei Wege, wie Unternehmen heute agile, effiziente Kommunikation schaffen können

Sie recherchieren im Vorfeld ergänzende Informationen, aktuelle Studien oder Ereignisse, die zu Ihrem Thema und der Redaktion passen, die Sie besuchen werden. Sie bringen das Buch mit zu den Redaktionsbesuchen, bieten drei Exemplare zur Verlosung unter den Hörern oder Zuschauern an und Sie haben eine Pressemappe im Gepäck: Darin befinden sich eine Presseinformation über Ihr Buch, eine Liste mit Links für weitere Recherchen zum Thema, Kontakte zu Experten ergänzender Disziplinen bzw. von Kunden, mit denen Sie erfolgreich arbeiten und die vorher zugesagt haben, dass sie der Presse gegenüber von ihren Erfahrungen mit Ihren Methoden und Techniken berichten werden, Ihre Kurzvita, eine Veröffentlichungsliste, Ihr Foto, das Buchcover.
Bieten Sie auch an, Leseranfragen und -briefe schriftlich oder in einer aktuellen Stunde Höreranfragen live im Studio zu Ihrem Thema zu beantworten.

Ihre Erfolgskontrolle: Sammeln Sie Aus- und Mitschnitte. Setzen Sie Links auf Ihre Webseite zu der erfolgten Berichterstattung, teilen Sie sie in Social Media.

DIE PRESSESEITE IN IHRER WEBSEITE

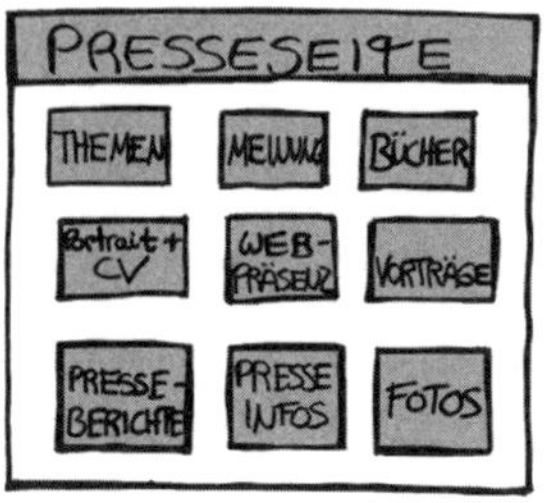

Sie wollen in die Medien? Dann sagen Sie es auch! Machen Sie sich auffindbar! In den wenigsten Webseiten oder Blogs von Speakern, Beraterinnen oder Coaches gibt es eine Presseseite. Und wenn, dann werden in dieser Seite höchstens ein paar Artikel verlinkt, über die Person schon erschienen sind.

Doch dieses Online-Pressezentrum könnte so viel mehr. Zeigen Sie sich von Ihrer interessantesten Seite und geben Sie den Journalisten Ideen für Themen. Zeigen Sie, in welchen Bereichen Sie als Expertin Rede und Antwort stehen.

1. **Ihre Themen:** Welche Trends, welche aktuellen Themen befinden sich in Ihrem Fachgebiet? Wofür sind Sie Expertin? Welche Aussagen belegen das? Zu welchen Themen bieten Sie Facharbeitel oder Interviews an? Eine Liste Ihrer Top-10-Blogartikel.
2. **Ihre Position:** Ihre Thesen, Meinung, Zitate. Vielleicht vertreten Sie eine besondere Richtung in Ihrem Fachgebiet? Wo arbeiten Sie anders? Wo haben Sie einzigartige Erkenntnisse, Methoden? Machen Sie das klar in einer Rubrik „Standpunkte".
3. **Ihre Bücher und Veröffentlichungen**, Ihr Blog und Ihre Gastartikel in anderen Blogs.
4. **Ihre Vorträge:** Links zu Inhalten und Videos, bzw. Berichten über Ihre Vorträge.
5. **Ihre Porträts:** Fotos von Ihnen in unterschiedlichen Auflösungen zum Download.
6. **Ihre Bilder:** Pressebilder und Infografiken zu Ihren Themen.
7. **Ihre Facts & Figures:** Ihr Lebenslauf, einmal kurz, einmal ausführlicher, der über Ihre Karrierestationen, Preise, Auszeichnungen und fachliche Erfahrungen berichtet.
8. **Ihre Präsenzen im Web:** Links zu anderen Profilen in Xing, LinkedIn, Instagram, Videos bei YouTube, O-Töne, z.B. in Soundcloud oder einem Podcast sowie Ihre Kontaktinfos.
9. **Ihre Presseberichterstattung:** Welche Berichte sind schon über Sie und von Ihnen erschienen? Bedenken Sie: Artikel einscannen und als Foto oder pdf online stellen dürfen Sie nicht, Sie dürfen den Artikel aber verlinken und auf jeden Fall die Ausgabe, das Thema, die Überschrift des Mediums nennen, in dem Ihr Artikel erschienen ist.
10. **Ein Archiv Ihrer Presseinformationen** und Fotos bzw. Grafiken dazu.

Der Pressebereich muss frei zugänglich sein. Eine Registrierung wird von den Journalisten eher als Hindernis wahrgenommen.

Die Kunst besteht darin, die richtige Information in der richtigen Form an die richtigen Journalisten in denjenigen Medien zu bringen, die Ihre Zielgruppen lesen, hören oder sehen. Ein riesiger Informationsberg landet täglich auf den Tischen der Fach-, Wirtschafts- oder Tageszeitungsjournalisten. Beim Selektieren gewinnen die Nachrichten im Kampf um die Veröffentlichung, die der Leserschaft größtmöglichen Nutzen versprechen und sogenannte Nachrichtenwerte bedienen. Je mehr dieser Werte eine Nachricht in sich vereint, desto höher ist die Wahrscheinlichkeit, dass sie veröffentlicht wird. Sehen wir uns die einzelnen Werte anhand des Meditationsbuch-Beispiels an: Wie kann man das Thema mit den einzelnen Werten aufbereiten?

1. **Aktualität:** Das Buch ist gerade eben veröffentlicht worden. Das Thema ist aktueller denn je, weil gerade ein Promi in den Burnout gegangen ist, weil eine brandneue Studie die Wirksamkeit von Meditation belegt.
2. **Folgenschwere:** Meditation ist deshalb so wichtig, weil so viele Menschen von Burnout bedroht sind und das erhebliche Kosten im Gesundheitswesen verursachen wird.
3. **Nähe:** Die Autorin wohnt in Stuttgart, also werden die lokalen Medien interessiert daran sein, über die Expertin aus „den eigenen Reihen" zu berichten.
4. **Öffentliche Bedeutung:** Die Gesundheitspolitik setzt auf Prävention und Meditation ist eine Maßnahme, die genau in diese Strategie passt.
5. **Dramatik:** Die Stresslevels der Manager steigen dramatisch, die Folgen: Depression, Burnout, Schlaganfälle in immer jüngeren Jahren, bei immer mehr Männern und Frauen.

6. **Kuriosität:** Wie Meditation auch beim Friseur, Zahnarzt und bei der Bahnfahrt zur Vorstandssitzung gelingt.
7. **Kampf:** Gerade Männer lehnen Meditation als esoterischen Unsinn ab. Wie eine Geschäftsführerin ein Meditationsprogramm in ihrer Firma durchsetzte, welche Konflikte sie erlebte und wie die Männer heute darüber denken
8. **Liebe:** Wie Mediation den Arbeitsplatz zu einem besseren Ort machen kann.
9. **Gefühl:** Eine Stuttgarter Firma meditiert zusammen mit jungen Flüchtlingen und erlebt Erstaunliches.
10. **Fortschritt:** Wie Meditation den Menschen in 2022 mehr Gesundheit, Sicherheit und Bequemlichkeit verschaffen wird
11. **Prominenz:** Meditieren wie Oprah Winfrey: Was Sie vom Erfolgsgeheimnis des US-Fernsehstars lernen können.

WIE SIE DIE MEDIEN FINDEN, DIE ÜBER IHRE THEMEN BERICHTEN

Hören Sie sich einfach mal um, welche Medien von Ihren Kunden, Kollegen, Geschäftspartnern oder befreundeten Experten gelesen, gehört oder gesehen werden! Googeln Sie: Geben Sie Ihre Keywords bei Google News ein und analysieren Sie, welche Publikationen darüber berichten. In welchen Medien kommen Menschen vor, die ein ähnliches Spezialgebiet haben wie Sie? Die wichtigsten Kanäle:

- Tageszeitungen (überregional, regional, lokal), Boulevardpresse
- Publikumstitel: Frauenmagazine, TV-Zeitschriften, Focus, Spiegel
- Fachhandelsmagazine
- Anzeigenblätter

- (businessorientierte) Fachtitel
- Wirtschaftstitel, z.B. WirtschaftsWoche
- Online-Redaktionen
- Fernsehen und Hörfunk (überregional, regional, lokal, öffentlich-rechtlich oder privat)
- Nachrichtenagenturen, z.B. dpa, Reuters, AFP, ADN
- Freie Journalisten und Redaktionsbüros
- Blogs, YouTube-Kanäle, Podcasts

Nutzen Sie das Pareto-Prinzip und konzentrieren Sie sich auf die 20% der Redaktionen, mit denen Sie 80% Ihrer Zielgruppe erreichen können. Lernen Sie die Medien kennen, in denen Sie mit Ihren Inhalten vertreten sein möchten! Nur dann erfahren Sie, wie die Journalisten in den einzelnen Redaktionen welche Themen aufbereiten und welche Infos sie benötigen.

Ihre goldene Presseliste

Ob in Excel oder in einer maßgeschneiderten Datenbank: Bauen Sie sich eine goldene Liste Ihrer Pressekontakte auf, aus der Sie Verteiler für unterschiedliche Themen erstellen können. Wenn Sie Kategorien definieren, vermeiden Sie Streuverluste und verärgerte Journalisten, die mit den falschen Informationen zugeschüttet werden.

Halten Sie Ihre Datenbank aktuell. Sie sollte nicht nur die Basisdaten – also Anschrift, Telefonnummer und E-Mail-Adresse – sondern auch Angaben, die Ihre Kontakte zu den Journalisten beschreiben, umfassen. Also z.B. welche Pressemitteilungen sie erhalten und welche Artikel sie veröffentlicht haben, über welche Lieblingsthemen sie schreiben sowie Informationen zu Interessen, Hobbys und Familie. All diese Angaben erleichtern Ihnen den nächsten Gesprächseinstieg.

Die Kontaktinfos zu den Redaktionen können Sie entweder über die Webseiten der Publikationen recherchieren und bei der Redaktionsassistenz Ihren speziellen Ansprechpartner erfragen. Oder Sie nutzen Nachschlagewerke wie Kroll Presse-Taschenbücher, Oeckl Taschenbuch des öffentlichen Lebens sowie die Services von Stamm und Zimpel, wo sie maßgeschneiderte Redaktionsadressen und Verteiler kaufen können.

BEISPIELE: 36 THEMEN FÜR IHRE PRESSEARBEIT

Auszeichnung, Preis, Award	Kommentar zu aktuellen Ereignissen	Personalien: Neue Mitarbeiter oder Personalwechsel	Trends, Marktforschungsergebnisse
Bildung: Azubi-Stellen, Aktionen mit Schulen, Stipendien	Kostenloser Service: E-Book, Newsletter, Whitepaper, Beratung	Produktionsverfahren und Technologien entwickelt	Umfirmierung, Umbenennung von Produkten
Corporate Social Responsibility: Soziales, Nachhaltigkeit, grüne Initiativen, Spenden	Kurioses: Wie ein Coach einer Bäckerei ein Rekordjahr bescherte	Prominenz: Zu Besuch oder gemeinsame Aktion	Versandkosten, Lieferbedingungen: Neu, besser, günstiger
Einstellen eines Produkts oder einer Dienstleistung	Meilenstein, z.B. 77.777 ausgelieferte Produkte	Rechtliche Aspekte, neue Gesetze, politische Initiativen	Vertragsunterzeichnung mit neuen Kunden
Erfolg: Herausforderungen und wie Sie sie bewältigt haben	Neu: Produkt, Service, Website	Reorganisation Ihres Unternehmens	Vorhersagen für Ihre Branche
Ergebnisse: Studien, Forschungsprojekte, Umfragen	Neue Einsatzbereiche für Ihre Produkte	Seminar, Webinar, Workshop, Training	Vortrag auf einer Konferenz oder Veranstaltung
Firmenjubiläum	Neugründung, Geschäftseröffnung, Startup	Sponsoring einer Veranstaltung oder eines Teams	Wachstum: Neue Niederlassung, Tochterfirma, Ausbau, Umzug
Fusion oder Zukauf eines Unternehmens	Neupositionierung	Tag der offenen Tür	Wettbewerb, Gewinnspiel, saisonale Aktionen, Sonderangebote
Hilfreiche Tipps aus Ihrer Branche	Partnerschaft mit einem anderen Unternehmen	Teilnahme an Messen, Events, Konferenzen	Zertifizierungen

Das richtige Timing ist erfolgsentscheidend

Alle Redaktionen unterliegen einem strengen Zeitplan, der Abgabetermine und Produktionsabläufe regelt: Tageszeitungen entstehen nicht generell nur am Vortag. Wie auch in Wochenpublikationen sind große Schwerpunkthemen, Reportagen und alle zeitunkritischen Hintergrundberichte bereits lange vor dem eigentlichen Redaktionsschluss fertig.

Monatsmagazine haben einen Vorlauf von bis zu acht Wochen. Beachten Sie dies vor Messen und planen entsprechend langfristig. Wenn Sie beispielsweise den Redaktionsschluss einer Monatspublikation verpassen, kann es Ihnen passieren, dass Sie aus Gründen der Aktualität auch in der nächsten Ausgabe nicht vorkommen.

Welcher Journalist schreibt zu welchem Zeitpunkt über welches Thema? Werfen Sie einen Blick in die Mediadaten Ihrer Zielmedien, dort finden Sie meist eine Übersicht über die Schwerpunktthemen und Termine, die für die einzelnen Ausgaben geplant sind. Überlegen Sie, zu welchen Specials Sie ein Interview, eine Anwenderstory oder einen Fachartikel anbieten können. Einen solchen Katalog können Sie bei PR-Agenturen oder Medieninfodiensten wie www.zimpel.de beziehen.

Verbinden Sie Ihre Themen: mit den Jahreszeiten, mit Empfehlungen für Festtage oder mit neuen gesetzlichen Bestimmungen. Wird verstärkt über die schlechte Konjunkturlage berichtet, kann Ihre Meldung über Ihren florierenden Kleinbetrieb, der sogar noch Personal einstellt, Anklang finden. Liefern Sie den Journalisten handfeste Erfolgsnachweise, mit denen sie interessante Geschichten entwickeln können.

1. Oversharing bringt nichts. Wer ständig wahllos inhaltslose Pressinformationen veröffentlicht, nervt.
2. Fakten, Fakten, Fakten: Aufschneider sind nirgends gern gesehen. Seien Sie in Gesprächen ehrlich. Unwahrheiten können einen Kontakt langfristig ruinieren.
3. Seien Sie zuverlässig. Wenn Sie einem Journalisten zu einem gewissen Termin ein Interview, ein Statement oder Bild zusagen, müssen Sie den Termin einhalten. Wenn Sie merken, dass etwas dazwischenkommt, sagen Sie rechtzeitig Bescheid. Für das Ziel – von den Medien angesprochen zu werden – kommt es auf Ihre Kompetenz und Reaktionszeit an. Geben Sie den Redaktionen die größtmögliche Hilfestellung auf ihre Anfragen. Beantworten Sie Anrufe und Mails so schnell wie möglich. Versprechen sie nichts, was Sie nicht einhalten können.
4. Erfolgreiche Pressearbeit zeichnet sich durch Kontinuität aus. Wer regelmäßig nützliche Themen und Qualität liefert, ist langfristig ein respektierter, glaubwürdiger Ansprechpartner, eine Institution, eine feststehende Größe.

WIE KÖNNEN SIE KONTAKTE AUFBAUEN UND PFLEGEN?

Der Journalismus lebt von persönlichen Kontakten. Journalisten brauchen Leute, die ihnen Informationen zutragen. Dies können Experten sein, die einen komplizierten Sachverhalt erklären oder Klatsch und Tratsch für einen Szene-Report kennen. Daher ist ein Journalist durchaus an möglichst vielen Kontakten interessiert. Ihr Ziel: Dass der Journalist Sie zuerst anspricht. Sie trauen sich nicht, anzurufen? Viele Redakteure vermitteln den Eindruck, als wollten sie mit niemandem sprechen. Doch wenn Sie eine aktuelle, relevante Information anbieten können, die in das Themengebiet des Redakteurs passt, haben Sie immer eine Chance.

Gehen Sie davon aus, dass Sie nicht der einzige Anrufer sind. Als Anrufzeit empfiehlt sich je nach Publikation kurz vor oder nach der Mittagszeit. Stellen Sie sich kurz vor und kommen Sie dann gleich zum Thema und Grund Ihres Anrufs: „Guten Tag, Herr/Frau … Ich habe gesehen, dass Sie letzte Woche über das Thema XYZ berichtet haben. Dazu würde ich Ihnen gerne einen aktuellen Themenvorschlag machen. Die Geschichte ist spannend, denn als erstes Unternehmen werden wir morgen …“ Erwecken Sie nicht den Eindruck, als ob Sie dem Redakteur etwas verkaufen wollen. Bieten Sie Aktualität, transportieren Sie Nutzwert und werten Sie Ihre Informationen mit aktuellen Marktzahlen und Umfrageergebnissen auf, wie bei einem Elevator Pitch!

MENSCHEN, TIERE, SENSATIONEN: IHRE PRESSEINFORMATION

Journalisten erhalten jeden Tag Hunderte von Presseinformationen und entscheiden deshalb innerhalb von Sekunden über ihr Schicksal. Ist der Inhalt nicht sofort erfassbar, landet sie im Papierkorb. Also muss der Einstieg sitzen.

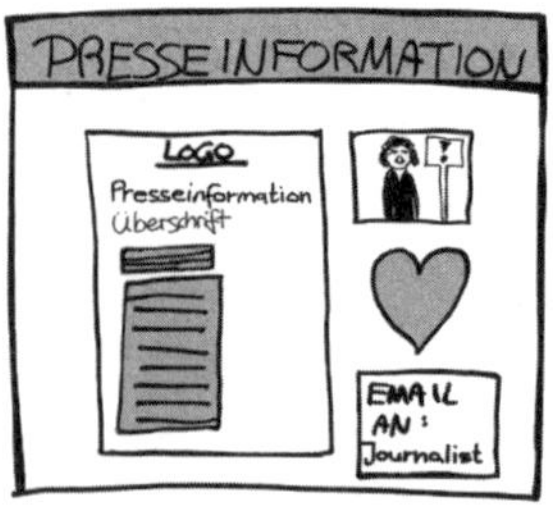

Der erste Abschnitt enthält die wichtigsten Informationen: Wer, Was, Wann, Wo, Wie, Warum? Aus Überschrift und Vorspann müssen der gesamte Inhalt und die Botschaft der Pressemitteilung hervorgehen. Das Wichtigste zuerst: Die einzelnen Absätze erläutern – mit abnehmender Wichtigkeit – den Sachverhalt und bieten zusätzliche Informationen.

Vermeiden Sie Superlative. Verzichten Sie auf werbliche Aussagen, Eigenlob und eine häufige Nennung des Firmennamens. Es geht um Fakten. Bilden Sie leicht verständliche, kurze Sätze. Füllwörter wie „schon, denn, ja, also, wirklich, eigentlich“ sind direkte Streichkandidaten. Verzichten sie auf Kauderwelsch, Abkürzungen und unerklärte Akronyme.

Stellen Sie an das Ende jeder Pressemitteilung Ihr Kurzporträt oder das Ihres Unternehmens. Beschreiben Sie in wenigen Sätzen das Geschäftsfeld der Firma, Gründungsdatum, Mitarbeiterzahl, Kundenstruktur, Firmensitz und geben Sie den Link zu Ihrer Webseite an. Nennen Sie darunter Ansprechpartner und Kontaktinfos.

PRESSEMITTEILUNG VON MARIE

MARIE VON MALLWITZ VERLAG
Bücher für Businessfrauen
Ungererstraße 58
80805 München
Tel. 089-48 92 00 48

Presseinformation

Selbst-PR: Der goldene Weg zu mehr Sichtbarkeit und Erfolg

Autorin: Daniela Heggmaier
Marie von Mallwitz Verlag, München
Erscheinungstermin: 10. November 2017
264 Seiten, Hardcover
ISBN 978-3-946297-06-2

München, 7. November 2017 *– Wer bekannt ist, ist anerkannt und wer anerkannt ist, der hat es leichter im Beruf. Doch viele Frauen zögern, sich eine Bekanntheit aufzubauen. Damit es die Chefinnen in Zukunft leichter in Führungsetagen oder ihrer Selbständigkeit haben, hat Daniela Heggmaier ein Standardwerk rund um die Selbst-PR im Netz und im echten Leben geschrieben. Das Buch zeigt, wie Frauen mit Hilfe ihrer spezifischen Talente unverwechselbar und bekannt werden können, mit ihren Themen, speziellem Wissen, Werten und Initiativen. Und zwar so, dass sie als Expertinnen authentisch wahrgenommen werden. Das öffnet Herzen und Türen, verkürzt Bewerbungszyklen und erhöht deutlich den Marktwert. Auf 264 Seiten beschreibt die Autorin selbst getestete Strategien, Taktiken, Tipps und Tricks, damit weibliche Führungskräfte und Selbständige so sichtbar werden können, dass Aufträge und Empfehlungen fast wie von selbst den Weg auf den Schreibtisch finden.*

Anhand von konkreten Beispielen beschreibt Daniela Heggmaier, wie Businessfrauen ihre Marke und ihren Stil entwickeln und ihre Community aufbauen können. Das praktische Nachschlagewerk vermittelt Sicherheit nicht nur im Umgang mit digitaler Selbst-PR, wie Blog oder Social Media, sondern auch für das Auftreten im echten Leben, wie durch Vorträge, Bücher, Pressearbeit oder aktives Netzwerken. Es ist der Leitfaden für den Wettbewerbsvorteil Nummer eins im Zeitalter der Mosaikkarrieren und der Digitalisierung: Die Sichtbarkeit!

Das Buch wartet auf mit Checklisten, konkreten Hilfestellungen und einer Reihe von Interviews mit erfahrenen Expertinnen und Experten unterschiedlicher Disziplinen: Werner „Tiki" Küstenmacher, bekannt aus Funk- und Fernsehen, als Karikaturist und als Erfolgsbuchautor (Simplify your Life), hat das Vorwort für dieses Buch verfasst. Aus der Praxis berichten z.B. Deutschlands Top-Personalberaterin Sophia von Rundstedt, die Intro- und Extro-Expertin Dr. Sylvia Löhken, die Storytellerin Katja Schleicher, die Styling-Expertin Jasmin Leheta, die Networking-Expertin Monika Scheddin, die Nettwerk-

1

PRESSEMITTEILUNG VON MARIE

MARIE VON MALLWITZ VERLAG

Gründerin Christiane Wolff, die Wordpress-Fachfrau Marjeta Prah-Moses, die SEO-Expertin Cathrin Tusche, die Journalistin Svenja Lassen, die Schauspielerin und Stimmtrainerin Nicola Tiggeler sowie die 30fache Buchautorin und Theologin Marion Küstenmacher.

„Das neue Karrieremuster ist das der Mosaikkarriere, die bis zu 20 Stationen pro Berufsleben aufweisen kann. Da sind eine gute Reputation und ein funktionierendes Netzwerk überlebenswichtig, um eben 20mal empfohlen, engagiert oder angestellt zu werden," sagt Daniela Heggmaier. „Durch das Internet sind wir auf Knopfdruck vergleichbar: Xing und LinkedIn spucken Tausende von Kandidaten und Anbietern mit ähnlichen Kompetenzen und Fähigkeiten aus. Ich habe dieses Buch geschrieben, weil der gute Ruf, der einem vorauseilt und vertrauensvolle Beziehungen zu anderen Menschen in Zukunft erfolgsentscheidend sein werden. Ich erlebe Selbst-PR als das effektive und effiziente Mittel, um eine Community, Vertrauen und Aufmerksamkeit für eine lebenslange Karriere und ein lukratives Business aufzubauen. Sichtbar kompetent und bekannt zu sein, das ist die Arbeitslosenversicherung 4.0", so Daniela Heggmaier weiter.

Die Autorin:

Daniela Heggmaier ist PR-Mentorin sowie Blog- und Schreibcoach. Sie hilft weiblichen Führungskräften, Unternehmerinnen und Solopreneuren bekannt zu werden und sich von den richtigen Kunden finden zu lassen. Sie inspiriert in Workshops, Schreibwerkstätten, Mastermind-Gruppen und in Vorträgen zu einem zukunftsorientierten und gewinnbringenden Reputationsaufbau.

www.danielaheggmaier.com

Der Verlag:

Der Marie-von-Mallwitz-Verlag mit Sitz in München wurde 2015 gegründet und konzentriert sich auf Bücher für Businessfrauen. Also für arbeitende Frauen mit Anspruch, die sich weiterentwickeln wollen, Neues lernen wollen und dabei auch noch Spaß haben. Das Verlagsprogramm bietet jährlich zwei Neuerscheinungen, u.a. den bekannten Divenkalender von Monika Scheddin.

www.marie-von-mallwitz-verlag.de

Marie von Mallwitz Verlag

Ungererstraße 58

80805 München

Ansprechpartnerin für die Presse:

Barbara von Graeve

T +49 170 541 64 09

F +49 89 48 92 00 58

2

Das Datum zeigt die Aktualität an. Ein fünf Zentimeter breiter Rand auf der rechten Blatthälfte bietet Platz für Notizen. Ein 1,5-zeiliger Zeilenabstand erhöht die Lesbarkeit, wie auch regelmäßige Absätze und Zwischenüberschriften. Die Länge sollte der Wertigkeit der Meldung angemessen sein, weniger ist mehr. Drei Seiten sind das Maximum.

Versenden Sie die Presseinformation per E-Mail, am besten zwischen 9 und 10 Uhr. Nur mit einer attraktiven Betreffzeile bekommen Sie Aufmerksamkeit, z.B.:

- Themenvorschlag: Wie Stuttgarter Landwirte den Bauernmarkt umkrempelten
- Themenvorschlag: Megatrend Female Shift – Wie das Unternehmen X mehr Frauen in Führungspositionen bringt
- Themenvorschlag: Wie das lokale Unternehmen X mit einem neuen Produkt den Weltmarkt aufmischt

Fassen Sie sich kurz, bieten Sie Fotos zum Download, Videos, Podcasts oder ein Interview an und nennen Sie die Kontaktdaten, unter denen man Sie nach dem Versand erreichen kann. Dateianhänge gelten grundsätzlich als verpönt. Bieten Sie Bilder nur mit einem Link zum Download an. Senden Sie Fotos nie unaufgefordert mit. Ihr E-Mail-Absender sollte Ihren Namen anzeigen und nicht „Info" oder „Presse" oder anonyme Mailserver-Adressen. Versenden Sie Ihre E-Mails immer mit Ihrer Signatur und fügen Sie die Empfänger – falls Sie kein Serienmail mit personalisierter Ansprache verwenden – im Blindcopy-Modus – ohne sichtbare Adressliste – ein.

WIE SIE MIT FACHARTIKELN IHR KNOW-HOW ZEIGEN

Vor allem in Fachzeitschriften besteht die Möglichkeit, Fachartikel zu platzieren. Begrenzte Budgets zwingen Redaktionen dazu, vermehrt PR-Artikel anzunehmen, statt selbst zu recherchieren. Wer hier neutrale, faktenorientierte Artikel mit hohem Nutzwert für die Leser anbietet, macht sich nachhaltig beliebt.

Ein Fachartikel analysiert meist einen bestimmten Sachverhalt. Als Anwenderbericht erklärt er beispielsweise, wie die Einführung einer neuen Technik die Abläufe im Unternehmen optimiert und verbessert. Achten Sie beim Erstellen auf den Schreibstil des jeweiligen Mediums. Stimmen Sie das Thema und den Umfang vorher genau ab. Liefern Sie den Text und dazu passendes Bildmaterial zum vereinbarten Abgabetermin ab. Versuchen Sie Daten und Fakten klar und distanziert wiederzugeben. Liefern Sie Antworten z.B. zu diesen Fragen:

1. Wer wie wo was wann warum?
2. Aktuelle, ausführliche Marktzahlen zum Thema?
3. Wo ist Handlungsbedarf? Was wünschen die Anwender, Kunden?
4. Was sind die gesetzlichen Regelungen, Standards, was wird im Markt akzeptiert?
5. Geschichtliches? Gründe für eine Einwicklung?
6. Was wird die Zukunft bringen?
7. Welchen Erfahrungen machen welche Kunden, Anwender wie und wann und wo?
8. Wo können sich die Leser noch über das Thema informieren?

INTERVIEWT WERDEN: WIE MAN SICH AUF EIN INTERVIEW VORBEREITET

Eine Interviewanfrage kommt ins Haus? Gratulation! Doch vielen fehlt die Erfahrung: Was soll ich sagen? Wie soll ich mich auf das Interview vorbereiten? Was will der Journalist von mir wissen? Keine Angst: „Interviewtwerden“ kann man lernen!

In vielen Fällen bekommt man die Fragen zugeschickt, die man schriftlich beantwortet und mit Bildern ergänzt an den Journalisten oder Blogger zurückschickt. Manche Interviews werden persönlich geführt: Der Interviewpartner schreibt mit und nimmt ergänzend das Gesagte auf ein Diktiergerät oder per Handy auf oder filmt mit dem Smartphone bzw. der Videokamera.

Ein Interview bietet eine gute Chance, für seine Idee, sein Unternehmen oder die eigene Person zu begeistern. Deshalb sollte man sich gut darauf vorbereiten. Je besser die Vorbereitung, desto erfolgreicher das Interview. Es ist immer einfacher, wenn man so eine Situation einmal in einem Medientraining geübt hat. Ideal ist es, wenn ein PR-Spezialist das Interview begleitet, um eventuell nachzureichendes Material zu organisieren und Feedback geben können: Was war gut? Was kann beim nächsten Mal besser werden?

Was Sie bei Video- und Audio-Interviews beachten sollten: Ganz wichtig: Reden Sie mit dem Interviewer! Und nicht mit dem Mikrofon, das Sie dem Interviewer auch nicht aus der Hand nehmen sollten. Und sprechen Sie den Interviewer mit seinem Namen an!

Bei einem Radio-/Podcast-Interview ist langsames Sprechen das Erfolgskriterium Nummer eins. Wiederholen Sie bei Versprechern in Ruhe das Gesagte. Legen Sie Pausen ein, damit das Interview – wird es nicht live gesendet – hinterher sauber geschnitten werden kann. Bei einem TV-/Video-Interview achten Sie auf Stimmlage, Haltung, Gesten und wählen Sie eine günstige Sitzposition. Positiv kommen ruhige Bewegungen an, die Blickrichtung sollte dem Journalisten zugewandt sein. Vermeiden Sie blaue, rote, grüne oder weiße Kleidung. Uni-Farben, Pastellfarben oder wei-

10-Punkte-Checkliste: Wie Sie ein Interview vorbereiten

TO DO	TERMIN	ERLEDIGT
Termin sowie Dauer des Interviews abstimmen und festlegen.		
Ort oder Raum für das Interview organisieren und vorbereiten: Ansprechendes Ambiente, aufgeräumt, störungsfreier Hintergrund, ruhig, Getränke, ggf. ein Snack!		
Den Journalisten vorab um die Inhalte/Fragen für das Interview bitten.		
Wer ist der Journalist? Über was hat sie/er wo und wie in der Vergangenheit geschrieben? Gibt es Informationen über Lieblingsthemen, Lebenslauf, vorherige Karrierestationen?		
Hintergrundinformationen über das Medium und die Leserschaft vorbereiten. Letzte Artikel über ähnliche Themen lesen.		
Inhalte und mögliche Antworten recherchieren. Mögliche, kritische Fragen antizipieren und ebenfalls Antworten, Hintergrundmaterial sowie Fakten zusammenstellen. Recherchieren Sie Geschichten, aktuelle Marktzahlen, Studien, Umfragen, arbeiten Sie sich in das Thema ein. Welche Informationen tragen dazu bei, Glaubwürdigkeit zu vermitteln und das Produkt, die Lösung, die Strategie, das Management und die Organisation in einem seriösen Rahmen darzustellen?		
Fragen und Antworten vorher durchgehen. Doch lernen Sie die Antworten niemals auswendig, damit das Gespräch noch spontan klingt!		
Informationen darüber einholen, wann und wo das Interview veröffentlicht bzw. gesendet wird. Um Aufzeichnung kümmern.		
Pressemappe mit Hintergrundinformationen, Bildmaterial sowie Fotos vorbereiten		
Schauen Sie sich Interviews mit Menschen unterschiedlichster Branchen in Magazinen und Zeitschriften an. Was können Sie daraus lernen?		

che Schattierungen sind in Ordnung. Vermeiden Sie starke Kontraste wie schwarz-weiß, horizontale Streifen, große oder auffällige Schmuckstücke. Ein Schal in weinrot wird oft empfohlen, weil er einen angenehmen Farbton ins Gesicht widerspiegelt. Überprüfen Sie, ob Frisur, Schal oder Schmuck gut sitzen. Idealerweise besprechen Sie das Outfit vorher mit dem Styling-Coach Ihres Vertrauens.

Übrigens: Sie können den Journalisten höflich darum bitten, Ihnen das Interview vor der Veröffentlichung zur Verfügung zu stellen, was er aber nicht tun muss. Wenn er dazu bereit ist, schlagen Sie nur Korrekturen vor, wenn Zahlen, Fakten nicht korrekt widergegeben wurden. Alles, was Formulierungen angeht, ist Sache des Journalisten!

Nach dem Interview ist vor dem Interview: Auch hinterher sollten Sie den Kontakt mit dem Journalisten halten, proaktiv News anbieten und rechtzeitig weitere Interviewmöglichkeiten anbieten.

Goldene Regeln für das Interview

1. Sprechen Sie nur über Themen, in denen Sie sich auskennen. Reichen Sie Antworten auf Fragen, die Sie nicht beantworten können, nach.
2. Warum, was, wie: Verfolgen Sie während des Interviews eine konsistente Argumentationskette. Schließen Sie jede Aussage kurz und pointiert mit einer Schlussfolgerung ab. Illustrieren und belegen Sie Ihre Botschaften durch Marktforschungsergebnisse oder Beispiele. Kommen Sie immer wieder zurück zu den Punkten, über die Sie berichten wollen. Sprechen Sie bildhaft mit Metaphern und Analogien, vermeiden Sie Superlative und Fachchinesisch: Fachidiot schlägt Kunden tot! Journalisten kennen alle rhetorischen Tricks und Ablenkungsmanöver. Legen Sie interessante und relevante Fakten auf den Tisch, leeres Blabla interessiert keinen.
3. Sprechen Sie niemals negativ über Wettbewerber oder Kollegen, lassen Sie sich nicht provozieren, vermeiden Sie emotionale Reaktionen. Sprechen Sie niemals über Vertrauliches nach

dem Motto „Und das bleibt jetzt unter uns, bitte schreiben Sie das nicht“. Journalisten haben das Recht, alle Informationen zu verwenden. Sprechen Sie nie über wettbewerbsrelevante Informationen.

4. Sie fühlen sich angegriffen oder kritisiert? Fragen Sie nach, was genau gemeint ist und wie Begriffe definiert werden. Vermeiden Sie eine Verteidigungshaltung. Erklären Sie stattdessen, WARUM Sie etwas so oder so gemacht haben.
5. Vermeiden Sie „Kein Kommentar“. Wenn Sie eine Türe schließen, öffnen Sie eine andere: „Das ist vertraulich, was ich Ihnen aber sagen kann …“
6. Antworten Sie auf negative Fragen kurz und gehen Sie dann zum Hauptthema des Interviews zurück. Kommentieren Sie Krisensituationen erst, nachdem Sie sich mit der Materie vertraut gemacht haben.
7. Seien Sie freundlich, lächeln Sie, bedanken Sie sich!

WENN SIE PR-HILFE VON AUSSEN BRAUCHEN …

Ein erfahrener Dienstleister kann zu einem schnelleren Weg in die Medien verhelfen. Viele Unternehmen lagern ihre Pressearbeit oder Teilprojekte an spezialisierte PR-Agenturen oder freie Berater aus. Sie übernehmen beispielsweise die strategische Beratung, den Aufbau von Kontakten und Verteilern, erstellen Konzepte, setzen Maßnahmen um und werten die PR-Erfolge aus.

Seien Sie sich darüber im Klaren, dass Pressearbeit Geld kostet und eine Agentur, obwohl sie Arbeit abnimmt, auch Arbeit auf Ihrer Seite generiert. Ein externer Dienstleister muss kontinuierlich informiert, gebrieft und gesteuert werden.

Überlegen Sie, wer zu Ihnen, Ihrem Budget, Ihrem Anforderungsprofil und Ihrer Branche passt. Die Verbindung „Große Agenturen – großes Geld“ muss nicht immer stimmen. In der Regel sind Sie bei knappen Ressourcen aber bei einem kleinen

Dienstleister besser aufgehoben. Oft verfügen inhabergeführte Agenturen über engere Kontakte zu Journalisten aus bestimmten Branchen.

WIE SIE VERANSTALTUNGEN FÜR IHRE MEDIENPRÄSENZ NUTZEN KÖNNEN

Eine Messe ist ein Arbeitsplatz für Journalisten: Für sie gilt es, die interessantesten Neuheiten der Messe zu finden und darüber zu berichten. Ihr Sammelpunkt ist das Pressezentrum. Dort gibt es Pressefächer, in denen die Aussteller ihre Pressemappen auslegen. Parallel dazu bieten die Messen virtuelle Pressefächer an. Darin finden Journalisten die Neuigkeiten, die die Firmen auf der Messe präsentieren, zusammen mit Texten, Fotos, Interview-Angeboten und Statements von Firmensprechern.

Schauen Sie doch einfach mal im Pressezentrum vorbei. Wenn Sie schon Kontakte zu Journalisten aus Ihrem Fachgebiet geknüpft haben, treffen Sie dort immer alte Bekannte. Ideal aber ist es, sich im Vorfeld einer Messe mit den gewünschten Redakteuren zu verabreden.

Wie Sie herausfinden können, welche Journalisten auf einer Veranstaltung sind? Viele Messegesellschaften veröffentlichen für Aussteller die Liste der akkreditierten Journalisten. Sie sehen sich die Liste der Medienpartner der Veranstaltung an. Sie rufen bei den Redaktionen an, von denen Sie vermuten, dass sie auf die Messe kommen werden und erkundigen sich bei der Redaktionsassistenz, welcher Redakteur vor Ort sein wird. Und dann senden Sie eine Gesprächseinladung mit ein paar Themenvorschlägen an Ihren Presseverteiler per E-Mail und fragen telefonisch nach.

Wenn Sie die Interviewte sein werden, dann üben Sie vorher, idealerweise in einem Pressetraining:

- Was ist das Neue, Besondere, über das Sie sprechen werden?
- Was ist Ihre Rolle, Ihre Geschichte?

- Wer kann das Produkt, den Service wann wie wo und warum zu welchem Preis kaufen? Glauben Sie mir, der Preis ist wichtig! Ich habe schon Journalisten gesehen, die empört Pressemappen weggeworfen haben mit Kommentar: „Wenn Sie mir nicht sagen können, was die Software kosten soll, dann kann ich auch nicht darüber berichten!"

Für Ihre persönliche PR-Messe-Checkliste:

- Pressemitteilung über neue Produkte: Vor der Veranstaltung zusenden, ggf. mit Sperrfrist oder zu Beginn der Veranstaltung veröffentlichen.
- Pressemappe anbieten: Hintergrundinformation über Unternehmen, Person, Fotos, Messeneuheiten.

WIE SIE DAS MEISTE AUS IHREN CLIPPINGS HERAUSHOLEN KÖNNEN

Sammeln Sie die Links, Mitschnitte oder Ausschnitte, auch Clippings genannt, die über Sie in den Medien erschienen sind! Das ist wichtig, denn dann können Sie überprüfen, wie erfolgreich Sie mit Ihrer Selbst-PR waren und auch bei Kunden- oder Bewerbungsgesprächen Ihre Medienpräsenz eindrucksvoll zeigen.

Wie Sie zu Clippings kommen? Nach einem Interview bitten Sie den Journalisten darum, Ihnen den Erstverkaufstag des Magazins zu nennen. Manche Redaktionen senden auch Belegexemplare zu. Bei größeren Presse-Aktionen, bei denen Sie nicht alle Zeitschriften kaufen oder lesen können, haben Sie die Möglichkeit, so genannte Clipping-Services (z.B. www.ausschnitt.de) für die Medienbeobachtung zu beauftragen. Sie finden die Ausschnitte oder erstellen Mitschnitte aus Fernsehen und Hörfunk nach Suchworten, die Sie definieren können.

Achtung auch beim Pressespiegel: Wenn Sie einen Pressespiegel mit Kopien Ihrer Clippings erstellen, bedenken Sie bitte, dass die Herstellung und die Verbreitung von Pressespiegeln Urheber- bzw. Nutzungsrechte an den Artikeln berühren, sodass grundsätzlich die entsprechenden Rechte gegen Entgelt bei den Verlagen bzw. den Autoren einzuholen sind. Elektronische Pressespiegel dürfen ohne die Zustimmung der Urheber nur innerhalb des Unternehmens nur in Form von Bilddateien, die keine Volltexterfassung ermöglichen, versendet werden. Wenn Sie elektronische Pressespiegel an Dritte verschicken oder in anderen Dateiformaten speichern möchten, müssen Sie die Rechte an den Artikeln erwerben. Informationen dazu finden Sie bei der Verwertungsgesellschaft (VG) Wort.

AUS MEINER GOLDENEN SCHATZTRUHE:

- Wenn Sie einen besonders schönen Artikel in einer Zeitschrift erzielt haben, kaufen Sie doch ein paar Exemplare davon und senden Sie das Heft mit einem netten Anschreiben an Menschen, die für Sie wichtig sind.
- Weil man Print-Artikel weder kopieren noch einscannen und online teilen darf, weil Sie damit Urheberrechte verletzen, organisiere ich für Kunden Sonderdrucke. Meist ist das ein Leporello mit 6-8 Druckseiten mit dem Titelblatt des Magazins, dem Artikel und eventuell einer eigenen Anzeige, das Sie beim Verlag bestellen können. Auch ein Sonderdruck eignet sich gut für ein Mailing an liebe Kunden und Geschäftspartner.
- Online-Artikel, in denen Sie zitiert oder interviewt werden, sollten Sie natürlich in den Social Media teilen.
- Die Selbst-PR-Mappe: Ich habe ein Fotoalbum angelegt mit Bildern aus meiner über 20jährigen Selbstständigkeit: von Kunden, Journalisten, Pressereisen, Pressekonferenzen, Interviews und natürlich auch von den „Best of"-Clippings. Schöne Erinnerungen, die stolz machen. Ich habe gemerkt: Kunden blättern gerne darin.

INTERVIEW MIT SVENJA LASSEN: FRAU BEISST HUND UND WAS SICH JOURNALISTEN WÜNSCHEN

Journalisten bekommen täglich Hunderte von Presseinformationen, Einladungen zu Events oder Artikelangebote. Da ist es manchmal nicht ganz leicht, gesehen oder gehört zu werden. Wie man sich professionell auf den Weg zu den richtigen Ansprechpartnern in den Redaktionen macht, darüber berichtet Svenja Lassen, Senior Editor für Job & Karriere bei der Frauenzeitschrift Cosmopolitan:

Was können Frauen tun, um öfter in der Medienrealität vorzukommen?

Sichtbar werden. Heißt: Persönlichkeit zeigen und starke Meinung vertreten. Präsentieren Sie sich, Ihr Thema oder Ihre Dienstleistung in Ihrem persönlichen Netzwerk, bei Veranstaltungen und auf der Bühne. Überlegen Sie, was Sie als Person besonders macht, wodurch Sie sich von Wettbewerbern unterscheiden und betonen diese Stärken. Spielen Sie Ihren USP über alle Kanäle – denken Sie darüber nach, wie er auf Ihrer Website, Visitenkarte, im Foto und in Texten immer wieder betont wird. Das schafft Wiedererkennungswert!

Wie und wo findet man die richtigen Journalisten für die eigenen Themen?

In welchem Medium würden Sie Ihre Geschichte am liebsten lesen? Sie sollten Ihr Wunschmedium genau kennen. Überlegen Sie sich selbst daher schon vorab, in welches Ressort Ihre Story gut passen könnte und ob das Wunschmedium überhaupt Geschichten wie die Ihre bringt.

Wie betreibt man Kontaktpflege mit Journalisten?

Recherchieren Sie, welches Ressort und welcher Ansprechpartner passend sind. Fragen Sie, ob Ihr Angebot gerade erwünscht und passend ist oder wann und wie Sie sich am besten melden sollten – telefonisch, persönlich oder per Mail.

Wie kann ich Interviews oder Beiträge anbieten – ohne zu nerven?
Bereiten Sie sich vor! Im Telefonat mit der Redaktion haben Sie nicht viel Zeit zu überzeugen und die Besonderheit Ihrer Geschichte zu erklären (Stichwort „Elevator Pitch"). Und fragen Sie, was der Journalist genau von Ihnen braucht, welche Informationen Sie ihm wie zukommen lassen können.

Welche Storys werden immer gesucht?
Alles was neu, anders, überraschend, interessant und spannend ist – und man nicht schon in ähnlicher Form x-mal gelesen oder gesehen hat. Überspitzt und plakativ gesagt: „Frau beißt Hund" – nicht andersrum!

Gibt es Vorbilder, von denen wir in Sachen PR lernen können?
Viele. Schauen Sie sich Geschichten über andere Menschen an, die ihnen gefallen. Was spricht Sie daran an, was können Sie sich abschauen? Wichtig ist dabei nur, dass Sie authentisch bleiben und Ihre Selbst-PR auch zu Ihrer Person passt.

Dein goldener Tipp für den Weg in die Medien?
Man sollte immer gute, aktuelle Fotos von sich haben und diese jederzeit auf spontane Anfrage hin versenden können. Viele Magazine haben heute weder Geld noch Zeit für eigene Fotoproduktionen. Mit einer Auswahl an professionellen Bildern steigern Sie Ihre Chance, um es in ein Heft zu schaffen. Und: Trauen Sie sich, optisch wie inhaltlich Farbe zu bekennen und anzuecken – das macht Sie für Medien interessant.

LESETIPPS

Daniela Heggmaier und Karl Fröhlich:
„Public Relations: Effiziente Öffentlichkeits- und Pressearbeit"

Daniela Puttenat: „Praxishandbuch Presse- und Öffentlichkeitsarbeit:
Der kleine PR-Coach"

KAPITEL 6

STANDING OVATIONS: WIE SIE MIT VORTRÄGEN DIE HERZEN IHRES PUBLIKUMS GEWINNEN

„Rede nur, wenn Du gefragt wirst, aber lebe so, dass man dich fragt."

– Paul Claudel

Menschen kaufen von Menschen, die sie kennen und denen sie vertrauen. Ist uns jemand sympathisch, fühlen wir uns von seiner Energie angezogen, ist seine Kompetenz glaubwürdig, dann können wir uns für eine Person entscheiden, sie weiterempfehlen. Ein Vortrag ist eine Gelegenheit, jemanden aus der Nähe kennenzulernen. Wer begeisternd und überzeugend auftritt, bekommt Aufmerksamkeit in einer besonderen Qualität:

1. **Persönlicher Kontakt:** Wenn wir jemanden zum Greifen nahe vor uns haben, gewinnen wir einen besseren Eindruck von einer Person, als wenn wir nur von ihr lesen. Wir hören die Stimme, sehen die Bewegungen, beobachten Reaktion und Humor, spüren die Wirkung auf andere. Wir können ein Gefühl dafür entwickeln, wie dieser Mensch tickt und eine Beziehung aufbauen.

2. **Effizienz:** One-to-many – so nennen die Amerikaner dieses Format. Sie sprechen vor vielen Menschen und damit nutzen Sie Ihre Zeit effektiv, denn wenn Sie – one-to-one - mit jedem aus dem Publikum einzeln sprechen würden, bräuchten Sie x-mal so lange. Sie sparen also Zeit – und das mit mehr Wirkung.
3. **Sie werden Meisterin Ihres Fachs:** Die beste Art, eine Sache zu erlernen, ist, diese Sache zu unterrichten! Deshalb ist Reden halten genauso wichtig wie bloggen: Indem wir die Inhalte so aufbereiten, dass sie für das Publikum spannend, interessant und unterhaltsam sind, setzen wir uns weiter mit der Materie auseinander, tauchen tiefer ein, um sie dann leicht verständlich vermitteln zu können. Sie erinnern sich vielleicht? In der Schule haben wir manchmal Spickzettel geschrieben. Und sobald das Schulaufgabenwissen komprimiert auf einem kleinen Zettel stand, war es auch schon in unserem Kopf verankert. Immer wenn ich einen Vortrag halte, mache ich die gleiche Erfahrung wie damals vor der Klassenarbeit.
4. **Status:** Wer vor einem Publikum steht, dem spricht man Autorität, Wissen und Erfahrung zu. Wer am Rednerpult steht, ist Experte oder hat eine ganz besondere Geschichte zu erzählen. Sonst wäre sie oder er ja gar nicht eingeladen worden. Speaker werden als einflussreiche, kompetente Persönlichkeiten mit Renommee wahrgenommen, zu ihnen schaut man auf.
5. **Bekanntheit:** Sie erweitern mit jedem Event Ihr Publikum: Ihr Name steht in den Ankündigungen im Internet, auf den Broschüren und in der Nachberichterstattung. Möglichkeiten, neue Kontakte zu gewinnen, gibt es viele, etwa wenn Sie während Ihres Vortrags Ihren Twitter-Namen nennen und Sie Ihr Publikum dazu inspirieren, live über den Vortrag zu twittern. Dadurch sorgen Sie dafür, dass man über Sie spricht. Oder wenn Sie sich nach dem Vortrag in Xing mit neuen Kontakten verbinden, Sie neue Follower gewinnen oder Sie eine Liste auslegen, in der sich die Teilnehmenden für den Bezug Ihres Newsletters anmelden können.

6. **Pressekontakte:** Vorträge bieten eine ideale Gelegenheit zur Kontaktanbahnung mit Journalisten. Viele Journalisten werden so auf Persönlichkeiten aufmerksam, hören sich einen Vortrag an, um die Person oder das Thema besser kennenzulernen. Später suchen sie dann die Gelegenheit, um ein Interview zu führen oder die Experten in ihrer Datenbank für ein bestimmtes Fachgebiet und zukünftige Recherchen zu speichern.
7. **Buchmarketing:** Sie haben schon ein Buch veröffentlicht? Dann können Sie Vorträge auf Veranstaltungen dazu nutzen, Interesse dafür zu wecken und es auch gleich vor Ort zu verkaufen. Der Erfolgsautor *Tiki Küstenmacher* macht seit vielen Jahre gute Erfahrungen damit: Nehmen Sie immer einige Exemplare mit, legen Sie sie auf einem Tisch aus, legen Sie eine durchsichtige Tasche mit Wechselgeld daneben, auf der Sie das Schild „Vertrauenskasse“ anbringen. Tiki Küstenmacher sagt, es wurde bei keiner seiner vielen Lesungen Geld oder Bücher gestohlen. Bieten Sie während des Vortrags an, gekaufte Bücher zu signieren.
8. **Vorträge können die Welt verändern.** Vor anderen zu sprechen, das schafft Gelegenheiten, z.B. um ein Momentum für ein Projekt aufzubauen, Unterstützer zu finden oder Einfluss zu gewinnen. Ein Beispiel: 2017 besuchte ich ein Barcamp in München. Hier kann jeder Teilnehmer eine Session anbieten, d.h. über ein Thema in einem eigenen Workshop sprechen. Ich packte spontan die Gelegenheit beim Schopfe, die Session kam zustande. Über 20 Menschen waren dabei, haben darüber getwittert, in Facebook und Instagram gepostet, sich mit mir auf verschiedenen Plattformen verbunden: neue Fans. Nun, das wäre alles nicht passiert, wenn ich sitzen geblieben wäre und mich nur fürs Zuhören entschieden hätte. Nichts zu riskieren ist oft das Riskanteste, was man tun kann. Im Großen: denken Sie an Martin Luther King und „I have a dream“ oder die Rede von Steve Jobs, in der er über „Connecting the dots“ sprach und damit sehr viele Menschen zum Nachdenken bewegt hat.

WIR BRAUCHEN WEIBLICHE SPEAKER AUF DEN PODIEN UND KONFERENZBÜHNEN!

Auf den Medientagen in München kämpfen verschiedene Frauennetzwerke seit Jahren dafür, dass der Anteil der Rednerinnen auf über 30% oder 40% steigt. Und das ist schon ziemlich hoch, wenn man bedenkt, dass so manche Konferenz oder Podiumsdiskussion mit unter 10% oder gänzlich ohne Frauen auskommt.

Die Ursachen: Die Kongress- oder Messeveranstalter müssen sich oft den männerorientierten Speakerwünschen der Hauptsponsoren beugen oder empfinden die Frauenlosigkeit in den Panels einfach nicht als Problem. Eine weitere Herausforderung, die von den Veranstaltern der Medientage genannt wurde: In vielen Fachbereichen sind Frauen als Speaker weder sichtbar, noch auffindbar.

Und warum sind wir nicht auffindbar? Netzwerkexpertin Monika Scheddin betont in ihren Keynotes immer wieder, dass Frauen einfach anders ticken: Sie wünschen sich, dass man auf sie zukommt, dass sie gefragt werden, ob sie so eine Aufgabe übernehmen wollen. Und in der Zeit, in der diese Frauen auf Angebote warten, haben zehn männliche Kollegen ihre Vorschläge eingereicht und die Redemandate gewonnen. Was können wir daraus lernen? Wir müssen uns unsere „Redebereitschaft" groß auf die Fahnen schreiben, auch wenn das für uns einen massiven Schubs aus der Komfortzone bedeutet! Denn es lohnt sich: Die Wahrnehmung steigt, auch die Autorität, durch Vorträge kommen wertvolle Kontakte zustande. Sehen wir uns an, wie Sie sich sichtbar machen können.

ACH, SIE HALTEN AUCH VORTRÄGE? WIE SIE WAHRGENOMMEN WERDEN

Machen Sie Ihr Thema und Ihren Vortrag auffindbar, z.B. in Plattformen speziell für weibliche Speaker: In die Datenbank von www.speakerinnen.org können Sie sich kostenlos eintragen. Die Women Speaker Foundation (www.women-speaker-foundation.de) bietet Expertinnen, Rednerinnen und Moderatorinnen eine Vermarktungsplattform und unterstützt sie bei ihrer Positionierung im Rednerinnen-Markt. Oder Sie schauen sich nach Branchenvereinigungen um, so werden z.B. an die Digital Media Women viele Speaker-Anfragen gestellt, wenn es um Digitalisierung und Medien geht.

Vortrags-Abstract: Stellen Sie die Informationen über Ihren Vortrag auf einer DinA4-Seite zusammen und auf Ihrer Webseite bereit: Thema, Zielgruppe, Dauer, Arten von Veranstaltungen, für die Ihr Vortrag geeignet ist, Ablauf, benötigte Technik, Referenzen etc.

Die Erfolgsgeheimnisse vielgebuchter Redner: Positive Referenzen sowie eine klare Positionierung in ihrem Fachgebiet. Dazu kommen eine hohe Glaubwürdigkeit und Affinität für das Thema, das besonders, aktuell, relevant sein sollte. Beliebt sind Speaker, die spannende, einzigartige Erfahrungen und eine hilfreiche Story, die mit anschaulichen Beispielen illustriert wird, zu bieten haben. Und natürlich diejenigen mit einem unterhaltsamen, emotional berührenden und motivierenden Vortragsstil. Gerne gebucht werden bekannte Personen, die z.B. Autor eines Bestsellers zum Thema sind, über eine gute Medienpräsenz und viele Fans in Social Media verfügen und mit einem unterscheidbaren Profil sowie mit Ecken und Kanten aufwarten können.

Ein Video zum Vortrag: Das Video sollte Ausschnitte des Vortrags zeigen mit guter Ausleuchtung, einem frischen Styling und verständlichem Ton. Ideal ist es, wenn im Video begeistertes Publikumsfeedback nach dem Vortrag zu sehen ist. Eineinhalb bis drei Minuten genügen.

Sprechen Sie über Ihre Vorträge, die Sie schon gehalten haben, listen Sie in einem Eventkalender auf, wo man Sie demnächst treffen kann und berichten Sie auf allen Kanälen.

Lernen Sie und vernetzen Sie sich: Ein Startpunkt ist etwa der Berufsverband für Speaker in Deutschland GSA, German Speakers Association (www.germanspeakers.org). Er bietet eine Vielzahl von Netzwerkveranstaltungen und Schulungen für Redner an.

WO SIE VORTRÄGE HALTEN KÖNNEN:

- Messen, Kongresse, Tagungen,
- Netzwerke, Clubs (z.B. *Rotary* oder *Lions*),
- Salons,
- Podiumsdiskussionen,
- eigene Veranstaltungen,
- Firmenevents, Partnerveranstaltungen, Hausmessen,
- Barcamps, sog. „Unkonferenzen", bei denen sich das Vortragsprogramm am Morgen bei der Sessionplanung aus den Teilnehmenden heraus rekrutiert (eine Übersicht über aktuelle Barcamps in Deutschland, Österreich und in der Schweiz finden Sie unter www.barcamp-liste.de),
- kreative Eventformate mit Kurzvorträgen und Socialising, wie z.B. Pecha Kucha, 12min.me oder Powerpoint Karaoke.

Erstellen Sie eine Wunschliste für die Events, auf denen Sie gerne mit einem Vortrag oder auf einer Podiumsdiskussion vertreten wären. Recherchieren Sie, ob es für Ihre Wunsch-Veranstaltungen einen „Call-for-Papers" gibt, also der Veranstalter selbst um Vorschläge für sein Programm bittet. Entwickeln Sie Themenvorschläge für die Veranstalter und senden Sie Ihnen einen Abstract mit den wichtigsten Inhalten, Ihrer Kurzbiografie, Referenzen, Infos zu Publikationen, ein Foto sowie Links zu Ihren Online-Profilen zu. Haken Sie freundlich nach.

Wenn Sie die Zusage für den Event bekommen haben: Klären Sie rechtzeitig die Logistik. Gibt es vor Ort Fotografen oder wird ein Video erstellt, das Sie später für Ihre Referenzen nutzen können?

Gelegenheiten und Anlässe, eine Rede zu halten, gibt es viele:

- Ein feierlicher Anlass, wenn die Seniorchefin Geburtstag hat oder das Unternehmen sein zehntes Jubiläum feiert.
- Ein Zusammensein, bei dem man Menschen begrüßt und auf eine Veranstaltung einstimmt, vor dem Essen oder zur Vernissage-Eröffnung.
- Eine motivierende Rede, bei der man Menschen von einer Idee oder Methode überzeugen möchte.

Führungskräfte halten Vorträge oder Präsentationen vor Mitarbeitern, der Geschäftsleitung oder vor Kunden. Als Experten sind sie auf Podiumsdiskussionen vertreten oder sprechen auf einem Kongress im Namen Ihres Arbeitgebers. Sie sprechen über das, was für ihre Kunden oder Investoren interessant ist. Sie werden für etwas werben, etwas ankündigen, Menschen begeistern, Verbündete finden oder Mitarbeiter motivieren. Manchmal müssen sie auch unliebsame Sachverhalte in konfliktreichen Situationen kommunizieren. Sie achten auf das Corporate Wording, also die definierte Wortwahl ihres Unternehmens, die Folien und Bilder passen zum Corporate Design.

Mit welchen Themen Sie Ihr Unternehmen repräsentieren können? Hier finden Sie drei Beispiele für Vortragstitel von Industrievertretern bei der Handelsblatt-Jahrestagung „Strategisches IT-Management 2017“:

- „Deep Learning: Die Revolution in der Künstlichen Intelligenz“, Dr. Damian Borth, Deutsches Forschungszentrum für Künstliche Intelligenz (DFKI) GmbH
- „Auf dem Weg zur Kundenbindung 4.0 – wie die IT bei Miles & More Innovationstreiber wird“, Ralf Gernhold, Miles & More GmbH
- „Business und IT als homogene Organisation – Agile Produktentwicklung bei Lotto24 – Ein Erfahrungsbericht“, Kai Hannemann, Lotto24 AG

Unternehmer, Selbstständige oder Berater sprechen häufiger über ihre Ideen für die Zukunft, über ihre persönlichen Geschichten oder wie sie ein Problem bewältigt haben. In ihren Reden zeigen sie, wie sie sich und anderen geholfen haben, erfolgreicher, glücklicher oder gesünder zu sein. Experten sprechen über die aktuellen Herausforderungen und Trends, die als Verstärker wirken. Hier einige Beispiele für Vortragstitel von der GSA Convention 2017:

1. Michael Rossié: Reden. Macht. Sinn. – Speaker machen Unsinn!
2. Dr. Monika Hein: Empathisch sprechen auf der Bühne. So erreichst du die Herzen der Zuschauer (und so nicht).
3. Ulrike Scheuermann: MACHT EUCH NACKIG! – Wie Speaker mit weniger Hülle mehr Herzen erreichen

Weil Menschen lernen wollen: Machen Sie sich auf die Suche nach relevanten und interessanten Vortragsthemen! Schreiben Sie in Ihr Notizbuch:

- Was tut sich gerade aktuell in Ihrer Branche, was viele Menschen brennend interessiert? Fragen Sie doch in Ihrem Netzwerk einmal herum: Was sind eure Ziele? Was sind die zehn Fragen, die ihr unbedingt beantwortet haben wollt?
- Unter welchem Titel steht der Event, bei dem Sie sprechen sollen?
- Was aus Ihrer Erfahrung und Expertise muss das Publikum lernen, um erfolgreich zu sein? Welchen persönlichen, eventuell sogar privaten Nutzwert für das Publikum können Sie in Ihre Vorträge einbauen?
- Wie können Sie diese Themen in Bezug zu Ihren Storys, Ihrer Kompetenz und Ihren Zielen setzen?

Verpassen Sie Ihrem Vortrag einen knackigen Titel. Er darf provokant sein und soll Neugierde wecken. Die „Fünf Gründe, warum sich alle Männer über 50 morgen einen Hund kaufen müssen" sind einfach interessanter als die „Ergebnisse einer Studie über Herz-/Kreislauferkrankungen".

Interessant ist, was relevant ist, was neugierig macht, was unterhält, was begeistert.

Und wenn Sie sich nicht sicher sind, ob ein Thema ein interessantes Thema ist? Oder ob Ihr Vortrag gut ankommt? Testen Sie Ihr Thema als kurzen Impulsvortrag vor unterschiedlichem Publikum: Fragen Sie Freunde und Familie, ob Sie den Vortrag im kleinen Kreis halten können. Wenn Ihr Thema ein breites Publikum anspricht, bieten Sie ihn den Volkshochschulen in Ihrer Umgebung an. Mein Lieblingsforum: Barcamps. Oder vielleicht schließen Sie sich den Toastmasters an? Toastmasters International ist eine 1924 in den USA gegründete Non-Profit-Organisation zur Förderung der Kunst des öffentlichen Redens. Es gibt weltweit etwa 15.900 Clubs, die mit einem rhetorischen Trainingsprogramm aufwarten. Da bekommen Sie Übung und können sich ausprobieren.

GOLDENE TIPPS FÜR EINEN GELUNGENEN VORTRAG

Einstieg: Die ersten 10 bis 20 Sekunden sind die wichtigsten, denn mit einem starken Einstieg bekommen Sie die Aufmerksamkeit Ihres Publikums. Verschwenden Sie diese Zeit nicht mit Organisationskram oder dem üblichen „Danke, dass ich heute hier sein darf!", sondern knüpfen Sie an ein aktuelles Ereignis an oder steigen Sie mit einer aufrüttelnden These oder einer provokanten Frage ein: „Was würde Angela Merkel tun, wenn ...?"

Inhalt: Erzählen Sie Geschichten (mehr dazu im Kapitel „Ihr goldener Glanz: So werden Sie eine Marke" und im Interview mit Katja Schleicher) und reichern Sie Ihren Vortrag mit Anekdoten sowie Beispielen an. Bauen Sie einen Spannungsbogen auf, der seinen Höhepunkt in Ihrer Botschaft findet oder in einen Appell mündet. Was sollen die Zuhörer anschließend tun? Mit welchem Schlusssatz entlassen Sie Ihr Publikum? Wenn Ihre Zuhörer nur eine Sache mitnehmen können von Ihrem Vortrag: Welche wäre das? Konzentrieren Sie sich auf wenige Aussagen. Stellen Sie drei bis fünf twitterfähige Zitate bereit.

Wie können Sie in Erinnerung bleiben? Wie können Sie sich von anderen abheben? Wie können Sie unterhalten, die Menschen zum Nachdenken und Lachen bringen? Was macht Ihren ganz besonderen Vortragsstil aus? Textlastige Folienpräsentationen, die abgelesen werden, sind out. Platzieren Sie lieber zehn gute Bilder, die Emotionen wecken. Spielen Sie mit dem Publikum, beziehen Sie es in Ihren Vortrag ein. Gibt es eine kleine „artistische" Einlage? Beantworten Sie Fragen während oder nach dem Vortrag? Lassen Sie Ihr Publikum gleich etwas ausprobieren? Speakerin Jumi Vogler verschenkte beispielsweise bei einem ihrer Vorträge über Humor im Business an jede Teilnehmerin eine rote Schaumstoffnase. Diese Nase trage ich seither immer in meiner Handtasche und konnte sie auch schon wirkungsvoll einsetzen. Können Sie etwas verschenken?

Bereiten Sie sich vor: Welche Fragen könnten gestellt werden und wie werden Sie antworten? Bauen Sie ein Gespräch mit dem Publikum in Ihren Vortrag ein? Wann lassen Sie Fragen zu? Wie sieht Ihr Plan B aus, falls mal was schiefgeht? Können Sie Ihren Vortrag auch ohne Beamer, Redemanuskript oder Mikrophon halten?

Ihr Personal Brand bestimmt Ihren Auftritt: Ihre Marke liefert Ihnen Inhalte, eine einzigartige Story, einen individuellen Vortragsstil und ein passendes Styling auf der Bühne.

WIE SIE IHREN VORTRAG IN DEN SOCIAL MEDIA INSZENIEREN KÖNNEN

Nehmen Sie Ihre Fans mit auf die Reise, erzählen Sie die Geschichte von Ihrem Auftritt:

- Kündigen Sie in den sozialen Medien rechtzeitig an, auf welcher Veranstaltung Sie über welches Thema reden werden. Posten Sie z.B. „Gerade bereite ich meinen Vortrag bei …… am Donnerstagabend in ……………… vor. Präsenz zeigen auf Messen und Veranstaltungen – das ist mein Thema."
- Wie lautet der Hashtag des Events? Nutzen Sie ihn, um im Vorfeld dafür online die Werbetrommel auf Ihren Kanälen zu rühren, z.B. „Freue mich auf das Treffen mit @WritingKitten auf der #cebit2017".
- Drücken Sie Ihre Vorfreude aus: Vielleicht kann Sie jemand fotografieren, wie Sie am Schreibtisch sitzen, wenn Sie Ihren Vortrag zusammenstellen? Oder Sie fotografieren die Eventbroschüre neben Ihrer Teetasse? Posten Sie z.B. „Heute bereite ich meinen Vortrag ………… für die #Cebit2017 vor. Spannend zu sehen, wie sich der Markt für ………… seit der letzten Messe verändert hat!" Hier zeige ich Ihnen ein Instagram-Foto, das ich gepostet habe, kurz bevor ich zu einem meiner „Magic-Box"-Vorträge losgefahren bin. In vielen Kommentaren haben mich Fans gefragt, was denn nun in der Box gewesen sei.

- Welche Motive sehen Sie auf den Instagram-Accounts der großen Stars? Richtig, die Stars selbst. Schauspielerin *Gwyneth Paltrow* zeigt sich auf jedem dritten oder vierten Foto ihres Instagram-Accounts. Und welche Fotos bekommen die meisten Herzen auf dieser Plattform, aber auch in Facebook? Richtig, die Fotos, in denen man sich selbst zeigt. Diese Fotos haben mehr Likes, Sichtbarkeit und Interaktion. Auch wenn das auf andere „mediengeil" wirkt: Nutzen Sie Ihre Präsenz und fangen Sie Ihren Vortrag mit ein paar Fotos und einem Video ein. Sie halten ja nicht jeden Tag einen Vortrag, oder? Schließen Sie sich mit den Event-Fotografen kurz: Dürfen Sie Bilder verwenden? Kostet die Nutzung etwas? Wie kommen Sie an Bilder oder Videos? Diese Fotos sind sehr praktisch, wenn Sie in Ihrem Blog, auf Ihrer Website oder in Social-Media-Kanälen über den Vortrag berichten möchten.

- Sorgen Sie für Selfies mit den anderen teilnehmenden Rednern, dem Moderator, dem Publikum, die Sie in den kommenden Tagen in Ihren Kanälen teilen können. Sie wissen ja: Prominenz belebt das Geschäft! Bedanken Sie sich für gute Gespräche auf der Veranstaltung, für Feedback, Tweets, neue Follower und Kommentare. Nutzen Sie dafür Ihre Heimreise: Worauf sind Sie stolz, worüber sind Sie glücklich?
- Welches Feedback bekommen Sie zu Ihrem Vortrag? Teilen Sie Tweets und Facebook- oder Blog-Beiträge, die sich auf Ihren Vortrag beziehen, nach dem Event. Später können Sie sie in einem Nachbericht in Ihrem Blog mit Impressionen von der Veranstaltung teilen: Was habe ich gelernt? Wen habe ich getroffen? Welche Fragen kamen aus dem Publikum? Was waren besonders heiß diskutierte Themen? Was ist für Ihr Publikum relevant und wichtig? Teilen Sie Ihre Erkenntnisse. Aber dosieren Sie Ihre Botschaften: Ein paar Mal am Tag twittern ist OK, aber 20 Fotos von einer Veranstaltung auf Instagram sind zu viel.

AUS MEINER GOLDENEN SCHATZTRUHE:

Wie ich mich auf die Bühne getraut habe? Das war ein Prozess. Und er dauert an, weil ich weiß, was ich verbessern kann, Schritt für Schritt. Ich glaube: Nichts zu riskieren ist das Riskanteste, was man tun kann. Deshalb wollte ich lernen und so habe ich einfach angefangen:

1. Am Anfang habe ich viele unterschiedliche Gelegenheiten

wahrgenommen, um einen Vortrag zu halten. Ich durfte das z.B. in Netzwerken tun, bei privaten Gelegenheiten wie Geburtstagen, bei einem Rotary-Club, in Salons, bei eigenen Netzwerk-Veranstaltungen wie dem Ideen-Summit der MANAGERIN und vor allem auf Barcamps. Je mehr Sicherheit ich gewann, desto größer waren die Bühnen, auf die ich mich getraut habe.

2. Gute Vorbereitung, klare Ziele und ein Konzept – daraus schöpfe ich Energie: Eine Gesangsausbildung in einer Gruppe, die mir den Mut gaben, auch live vor anderen zu singen – das ist noch eine Stufe schwieriger als zu sprechen in meinen Augen. Ein Stimmtraining in einer Gruppe bei einer Schauspielerin, ein Vortrags-Einzelcoaching bei einer Sängerin. Outfitgestaltung zusammen mit einem Styling-Coach. Positives Feedback von vorangegangenen Veranstaltungen. Alles zusammen gibt mir die Kraft weiterzugehen.
3. Ich habe Formate und Bühnen gefunden, die mir leichtfallen und Freude bereiten, weil sie zu meinen Begabungen passen, z.B. Salon-Vorträge in einem kleinen, exklusiven Rahmen. Hier kann ich meine Stärken und meine Kreativität voll ausspielen. Ein erfolgreiches Format ist z.B. meine „Magic Box“. Das ist eine Schachtel, die ich für jeden Vortrag anders mit kleinen Gegenständen bestücke, die zum jeweiligen Thema passen. Während meines Vortrags hole ich die Gegenstände nach und nach heraus und erzähle Geschichten dazu. Manchmal gestalte ich ein „Bügelbrettmuseum“, das ich zu Beginn des Vortrages feierlich eröffne. Sie können das auf diesem Bild sehen. Ich lade die Zuhörer zu einer Museumsführung durch die Geschichte der darauf platzierten Gegenstände ein, sie werden dadurch zu Miterlebenden und die herausgezogenen Gegenstände verankern die Themen in ihren Köpfen.

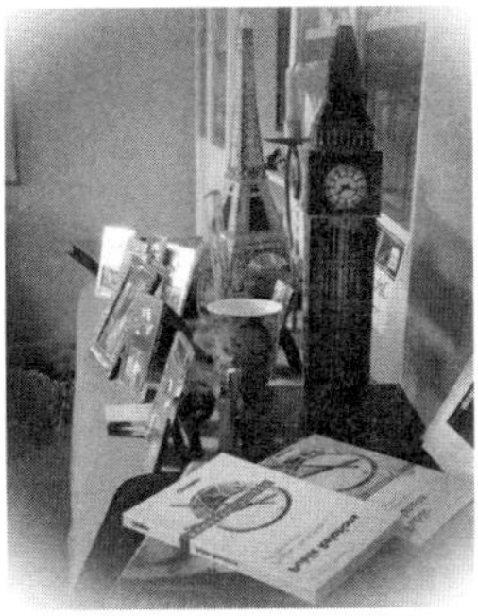

4. Die Finanzexpertin *Annegret Kitzmann-Schubert* hat mir einen Trick verraten, der mir immer wieder geholfen hat, Vortragsgelegenheiten entspannter wahrzunehmen: „Wenn ich einen Vortrag halte, stelle ich mir immer vor, dass jemand im Publikum sitzt, den ich liebe und der über das jeweilige Thema noch nicht so gut Bescheid weiß. Wenn ich z.B. meiner Mutter die neuen Bestimmungen der Abgeltungssteuer erkläre, kann ich das mit mehr Gefühl und mit den passenderen Worten tun als für ein Publikum, das mir noch unbekannt ist."
5. Die Lächeltherapie: Eine echte Überraschung erlebte ich, als ich vor meinem ersten Auftritt vor ca. 200 Personen im Münchner Künstlersaal zusammen mit meinen damaligen Kolleginnen unseren Auftritt einstudierte. Wir zeichneten unsere Vorträge mit der Videokamera auf. Oh, wie haben wir gelacht, als wir unsere vor Angst versteinerten Gesichter im Fernseher sahen! Unser Trick: Lächeln! Unser Team setzte sich mit einem Permanentgrinsen in die erste Reihe, um die jeweiligen Sprecherinnen auf der Bühne zum Lächeln zu animieren. Hat gut funktioniert! Vocal Coach *Liz Howard* gab mir Jahre später einen ähnlichen Tipp: Sie riet mir, im Publikum verteilt „Unterstützer" zu platzieren, um sie dann im Laufe des Vortrags immer wieder anzulächeln und Blickkontakt aufzunehmen: Mal vorne rechts, mal hinten links, mal in der Mitte. Da fällt das Lächeln viel leichter und Sie verteilen Ihre Aufmerksamkeit auf das gesamte Publikum!

GOLDSPRAY-TIPP

Lernen von Vorbildern Schauen Sie sich die TED-Talks im Netz an. TED steht für „Technologie, Entertainment & Design“ und ist ein Ideenkonferenzformat aus Kalifornien, bei dem Vordenker, Unternehmer und Künstler ihre Ideen und Visionen, ihre „idea worth spreading“, in maximal 18 Minuten vorstellen. Seit 2009 gibt es unabhängig organisierte TED-Events weltweit, die TEDx genannt werden („x“ für „extended“). Sie können lernen: Welche Themen kommen an? Wie gestalten die Redner ihre Vorträge? Wie reagiert das Publikum? Welchen Einstieg wählen die Redner?

Meine Lieblingsvorträge:
Sherry Turkle: „Connected, but alone?"
Simon Sinek: „Start with why: How great leaders inspire action"
Will Stephen: „How to sound smart in your TEDx Talk"

LESETIPPS

Barbara Messer: „Inhalte merk-würdig vermitteln: 45 Methoden, die den Merkfaktor erhöhen“

Nancy Duarte: „resonate oder wie Sie mit packenden Storys und einer fesselnden Inszenierung Ihr Publikum verändern“

Nicola Tiggeler: „Mit Stimme zum Erfolg“

Wie ist das für Sie, vor einem Publikum zu sprechen? Fühlen Sie sich wohl dabei? Haben Sie das Gefühl, Sie könnten sich damit anfreunden? Wenn ja, dann machen Sie sich auf den Weg!
Unser wichtigstes Instrument bei Vorträgen? Unsere Stimme!

INTERVIEW MIT NICOLA TIGGELER: DIE STIMME IST IHRE WICHTIGSTE VISITENKARTE

Als Schauspielerin liebt sie die Bühne, in Deutschlands Chefetagen schult sie Führungskräfte in ihren Stimmtrainings: Nicola Tiggeler. Für alle, die von Lampenfieber geplagt sind und denen es schwerfällt, Vorträge zu halten, habe ich sie nach ihren besten Tipps gefragt:

Was kann man für seine Stimme tun, um bei einem Vortrag möglichst wirkungsvoll rüberzukommen?
Die Stimme ist unser wichtigstes Instrument, deshalb müssen wir an der Stimme arbeiten! Sie werden überrascht sein, was man mit ein paar Stunden Stimmtraining alles erreichen kann!

Zuerst sollte man zu einem Stimmprofi gehen, um eine Bestandsaufnahme zu machen: Was kann ich schon gut und was genau kann ich verbessern? Viele Frauen kommen zu mir, weil z.B. ihre Stimme als zu hoch, zu schrill oder zu leise wahrgenommen wird, weil sie sich mehr Modulation wünschen oder langsamer und mit Pausen sprechen lernen wollen. Das sind Punkte, an denen man sehr gut arbeiten kann.

Es ist schwer, die eigene Stimme einzuschätzen, weil wir uns selbst ganz anders wahrnehmen als andere Menschen. Aber egal, ob wir zu langsam oder ohne Pausen sprechen, ob wir uns zu oft räuspern oder Äh sagen: Mit einer Zehnerkarte kann man viel bewegen!

Was sollte man vor jedem Auftritt tun?
Sie sollten die Gelegenheit nutzen – vielleicht im Auto, in der Garderobe oder einem Nebenraum – um ein paar Übungen zu machen. Wärmen Sie die Stimme auf: Summen Sie ein Liedchen, singen Sie. Wenn Sie nirgendwo alleine sein können: Dehnen und lockern Sie sich körperlich, gähnen Sie tief und summen Sie zumindest ein bisschen, das hilft.

Atmen Sie tief in den Bauch und atmen Sie auch aus! Das ist das Zauberwort: Ausatmen! Mit dem Gedanken an Erleichterung, im Sinne von: Es – ist – gut! Genießen sie es. Beobachten Sie ihren Atem, atmen Sie bewusst!

Was mache ich, wenn plötzlich meine Stimme versagt?

Schauen wir uns ein Beispiel an, das ich selbst erlebt habe: Ausgerechnet während meines Vortrages „Ihre Stimme bestimmt!“ vor vielen Hunderten Zuhörern ist mir das passiert: Erst wurde meine Stimme plötzlich rau, dann wackelig … Ein Schluck Wasser machte die Sache nur noch schlimmer, denn ich verschluckte mich und ein nicht auskurierter Reizhusten brach sich ungeniert seine Bahn. Angekündigt als die Stimmexpertin – und dann ohne Stimme!

Es gab nur zwei Möglichkeiten: Abbrechen – was keine echte Option war – oder irgendwie weitermachen. Ich kommentierte also eher röchelnd, welche Übungen ich meinen Kunden für so einen Fall empfehle und hatte die Gelegenheit, in Echtzeit zu überprüfen, ob das klappt. Netterweise summte und brummte das ganze Auditorium geduldig und wohlwollend mit mir, und dann kam auch meine Stimme nach einer gefühlten Ewigkeit wieder zurück.

Dieses Erlebnis zeigte mir auf eindringliche Weise, wie wichtig und wertvoll es ist, bei sich zu bleiben, nicht außer sich zu geraten. Sich selbst zu vertrauen. Seinen Fähigkeiten und seiner Persönlichkeit Raum zu geben – und auch dem Mut zum Scheitern!

Was kann man gegen Lampenfieber tun?

Face your fears! Wenn Sie oft genug üben, werden Sie das Ereignis „Vortrag halten“ mit immer positiveren Erlebnissen verbinden. Das Vertrauen, das Sie gewinnen, wird Ihnen beim nächsten Auftritt helfen.

Zeigen Sie sich von Ihrer menschlichen Seite und lassen Sie – wo immer es angebracht ist – die Menschen an Ihren Gefühlen teilhaben.

Und haben Sie den Mut, Fehler zu machen. Es ist noch kein perfekter Redner vom Himmel gefallen und alle haben mal klein angefangen. Nur wenn Sie Fehler machen, können Sie sich weiterentwickeln. Perfektion schafft Aggression – bei Ihnen und den Zuhörern. Perfektion schafft oft auch Langeweile, deshalb zeigen Sie Mut und Leidenschaft für Ihr Thema.

Und mein letzter Tipp lautet: Machen Sie sich schön. Wenn Sie sich in Ihrer Kleidung gut fühlen, nichts zwickt, einengt oder verrutscht, können Sie mit dem sicheren Gefühl, ein super Outfit zu tragen, auf die Bühne gehen und dann geht alles viel leichter.

KAPITEL 7

IHR GOLDSTÜCK: WIE SIE IHR BUCH SCHREIBEN

Fühlen Sie das auch? „In mir steckt ein Buch!“ Wenn Sie das so empfinden, halten Sie die Augen offen, denn vielleicht kommt Ihr Buch schneller zu Ihnen, als Sie denken.

Viele Menschen fühlen diese tiefe Sehnsucht, ein (Sach- oder Fach-)Buch schreiben zu wollen, um der Öffentlichkeit etwas mitzuteilen: ein Manifest. Ein besonderes Wissen, das vielen Menschen hilft. Eine unglaubliche Geschichte. Und manche Menschen fühlen „Ich sollte ein Buch schreiben“, weil es für ihr Image gut ist. Und wenn sie Glück haben, wird beim Schreiben das Gefühl „Ich will ein Buch schreiben“ daraus. Doch wenn Sie den Satz „Ich muss ein Buch schreiben“ in sich tragen, dann kann es sein, dass die Leser das spüren und Sie all die Zeit vergeblich investiert haben.

Warum Sie ein „Buch schreiben wollen“ sollten

Ein Buch ist eines der effektivsten Werkzeuge, um ein Thema zu besetzen und damit bekannt zu werden. Um zu zeigen, dass Sie die anerkannte, vertrauenswürdige und glaubwürdige Expertin sind. Jemand, der die Lösung für ein wichtiges Problem kennt. Und es ist ein Weg, um einem Fachgebiet seinen Stempel aufzudrücken.

Doch ein Buch tut noch viel mehr für Sie: Autoren hinterlassen bei den Suchmaschinen einen größeren Fußabdruck im Netz als diejenigen, die keine Bücher veröffentlichen. Der Online-Buchhändler Amazon hat sich zu einer mächtigen Suchmaschine entwickelt. Wer also in einem Fachgebiet eine Rolle spielen will, ist sichtbarer mit einem veröffentlichten Werk.

Das Buch – der Sichtbarkeits-Turbo

Zudem liefert Ihnen ein Buch viele Selbst-PR-Gelegenheiten: Die Inhalte, über die Sie geschrieben haben, können Sie anschließend neu aufbereiten für Ihren Blog, Gastbeiträge, Artikel in Fachpublikationen oder Podcasts. Das Buch liefert über viele Monate hinweg Anlässe, Themen und Inhalte, ohne dass Sie das Rad neu erfinden müssen. Und all diese Anlässe, über Ihr Buch zu reden, erweitern Ihr Netzwerk, z.B. durch Recherchegespräche, Experteninterviews während des Schreibens und anschließend bei Lesungen oder Pressegesprächen.

Doch ein Buch wirkt auch nach innen. Einmal geschrieben ist wie zehnmal gelesen, so sagt man: Der beste Weg, um sich mit einem Thema auseinanderzusetzen, ist, ein Buch darüber zu schreiben. Ganz tief in eine Materie einzutauchen, in vielen Quellen zu recherchieren und sich intensiv mit dem Erkenntnisinteresse der eigenen Zielgruppen zu befassen, das bringt Sie voran. Und vielleicht entstehen daraus auch neue Geschäftsideen? Zum anderen fühlt es sich einfach gut an, sein Wissen mit anderen zu teilen, Menschen zu helfen und mit seinem Buch einen Beitrag zu leisten.

Wer schreibt, der bleibt

Eine Frage, die ich allen stelle, die über das Buchschreiben grübeln: **Was soll über Sie in Erinnerung bleiben?** *Oprah Winfrey* hat einmal mit *Maya Angelou*, einer US-amerikanischen Schriftstellerin, Professorin und Bürgerrechtlerin, über das gesprochen, was man auf der Welt hinterlässt. Maya sagte zu ihr: „Your legacy is every life you've ever touched". Jedes Leben, das man einmal berührt hat, das ist Ihr Nachlass. Mit einem Buch hat man über viele Jahre hinweg die Gelegenheit, das Leben vieler Menschen zu berühren.

Sicher hat es in Ihrem Leben auch Bücher gegeben, die Ihr Leben verändert haben. Weil Sie ein Mensch durch seine Erzählweise verzaubert und in eine neue Welt entführt hat? Weil Sie lachen mussten? Weil sie etwas Wichtiges gelernt haben? Ein Buch gibt Ihnen die Gelegenheit, ein paar Stunden lang oder immer mal wieder zwischendurch zum Nachschlagen den Kopf Ihrer Leser auszufüllen und in engem Kontakt zu stehen. Ein Buch ist der Ort für Ihre Kompetenz, Ihre Erfahrungen und die Geschichten, die Sie der Welt erzählen möchten.

BÜCHER UND GELDVERDIENEN?

„Schreiben ist der einzige Beruf, mit dem man, ohne lächerlich zu wirken, kein Geld verdienen kann," hat der französischer Roman- und Tagebuchautor Jules Renard einmal gesagt.

Mit einem Buch ein Einkommen zu erwirtschaften, das gelingt nur wenigen. Bestseller-Auflagen von über 100.000 Stück erreichen 99,9% der veröffentlichten Titel einfach nicht. Für alle anderen Autoren sind Bücher eine Investition in ihre Karriere, ihr Business, ihre Sichtbarkeit und Bekanntheit. Oder in ihr Hobby. Denn viele zahlen drauf.

Ein Buch zu schreiben ist heute ein gewaltiger Akt der Großzügigkeit und des Vertrauens in eine positive Zukunft. Wenn Sie alleine die Zeit rechnen, die Sie benötigen, um ein Buch zu schreiben, kommen Sie mit den ausgezahlten Autorenhonoraren nie auf einen adäquaten Stundensatz. Ihre Belohnung als veröffentlichte Autorin: Bekanntheit, Expertenstatus, Reputation, Autorität, Sichtbarkeit im Netz, Anerkennung, Presseberichterstattung, Erweiterung des Publikums und das Renommee, eine veröffentlichte Autorin zu sein!

Aus der Investition in ein Buch lässt sich langfristig ein Einkommen auf anderen Wegen erzielen, wie z.B. durch Vortragsengagements, Beratungs-Aufträge, die Empfehlung für eine Führungsposition oder auch höhere Beratungsstundensätze, die Sie als anerkannte Expertin auf dem Gebiet erzielen können.

Und es gibt noch weitere Einkommensquellen: Heute entstehen wahre Produkt- und Marketingwelten um ein Buch herum. Da gibt es die App, das Arbeitsheft oder das Kartenset zum Buch, das Spiel, das T-Shirt und sonstige Merchandising-Ware, das Webinar, das Seminar oder der Workshop zum Buch. Das ist das Geschäft, das Sie rund um Ihr Buch aufbauen können.

IHR BUCH, IHR THEMA

Viele Expertinnen haben schon schulterzuckend zu mir gesagt: „Ach, es gibt doch schon so viele Bücher zu meinem Thema, da brauche ich nicht auch noch eines zu schreiben." Stimmt, alle Geschichten sind schon einmal erzählt worden, nur nicht von Ihnen! Nehmen Sie etwas – wie es der amerikanische Künstler Austin Kleon in seinem Buch „Alles nur geklaut" vorschlägt – und kombinieren Sie es neu! Mit Ihren Geschichten! Auf Ihre Weise! Mit Ihren Erfahrungen! Nehmen Sie Ihre Community mit auf eine Reise zu dem Ort, den noch nie ein Mensch zuvor gesehen hat in einer Welt voller Ideen, Möglichkeiten und nützlicher Tipps: in Ihre Welt!

Ja, allein im Jahr 2015 hat es über 76.000 deutschsprachige Neuerscheinungen gegeben. Und doch braucht die Welt Ihr Buch:

1. Sie haben eine neue, eigene Methode entwickelt, um ein Problem zu lösen, die vielen Menschen hilft? Dann wird es höchste Zeit für Ihr Buch über dieses Verfahren „Die Ihr-Nachname-Formel" oder die „Die Ihr-Nachname-Lösung" oder der „Der Ihr-Nachname-Faktor".
2. Sie besetzen eine besondere Nische? Es gibt in Ihrem Fachbe-

reich nur wenig oder wenig gute Literatur? Und für eine große Community interessant und relevant?

3. Sie haben eine einzigartige Lebenserfahrung gemacht oder eine ganz besondere Geschichte zu erzählen, von der viele andere Menschen profitieren können?
4. Sie haben schon einen vielgelesenen Blog veröffentlicht, den Sie neuen Leserschichten bekannt machen möchten? Dann haben Sie einen großen Vorteil, denn die Aufrufzahlen zu den einzelnen Artikeln geben Ihnen einen guten Indikator dafür, welche Themen wichtig, interessant und relevant sind.
5. Sie sind in Ihrer Szene schon bekannt genug, dass Ihre Community sich ein Buch von Ihnen wünscht, um mehr über Sie oder Ihre Ideen zu erfahren? Sie werden ständig auf Konferenzen und Events als Speaker eingeladen? Sie bekommen viel Medienpräsenz?
6. Sie haben ein großes Netzwerk aufgebaut und eine aktive Online-Community, Sie verfügen über Marketingwissen und können selbst für die Promotion Ihres Buches sorgen? Sie trauen sich die Selbstvermarktung zu?
7. Sie besetzen einen Trend als einer der ersten und bringen ein Buch, dessen Zeit gekommen ist?

Ein Buch zu schreiben, ist in der Regel kein Spaziergang. Ein solcher Schritt will gut überlegt sein. Recherchieren Sie, was die Menschen brauchen, die Sie beeindrucken wollen. Überlegen Sie, was Ihr Buch bewirken soll. Mit einem Buch können Sie die Leser unterhalten, ihnen Hoffnung machen oder ihnen das Gefühl geben, nicht alleine zu sein. Vielleicht können Sie auch historische Entwicklungen, die Gegenwart oder die Zukunft erklären sowie Ihren Lesern konkrete Hilfe zur Selbsthilfe an die Hand geben. Durch Selbstversuche, Befragungen, Interviews, Checklisten, besondere Grafiken und Bilder erzeugen Sie IHREN Mehrwert. Und zusammen mit Ihren Stärken, Ihrem Netzwerk und Ihrer ganz besonderen Geschichte entsteht daraus das Buch, das NUR SIE schreiben können.

„Ich habe ein interessantes Thema gefunden und ich will ein Buch draus machen! Wie geht das?" Die Antwort: Das kommt auf die Ziele an, die Sie mit dem Buch erreichen wollen. Nur ein paar Beispiele:

Für Coaches: Ein Arbeitsbuch als Ergänzung zu Coachings in kleiner Auflage für Kunden, mit dem diese nach den persönlichen Treffen weiterarbeiten können.

Für Expertinnen mit großen Business-Zielen: Ein Fachbuch, ein Sachbuch oder einen Ratgeber, der die Bestsellerlisten anführt und Ihr Thema durch die Medien jagt.

Für Künstlerinnen: Ein DIY-Bastel- oder Kochbuch, ein Fotobildband als Coffeetable-Buch.

Für Unternehmerinnen, Erfinderinnen, Lebenskünstlerinnen, Politikerinnen: Sie sind schon bekannt und wollen Ihre Memoiren oder Ihre Lebensgeschichte veröffentlichen.

Für Gründerinnen von Start-ups oder Szene-Unternehmerinnen: Um Ihre Firma zur Kultmarke zu machen, schreiben Sie das „Buch zur Firma oder zum Produkt".

Form follows function – sagen die Architekten. Und so ist das auch bei dem Bauplan für Ihr Buch: Umfang, Form, Auflage, Veröffentlichung, Vertriebsweg und Vermarktung hängen sowohl von Ihnen als auch von den Bedürfnissen Ihrer Leser ab.

Der Anfang ist die Hälfte des Ganzen: Manchmal muss es kein großes Projekt sein. Fangen Sie einfach an mit einem kleinen Buch, lassen Sie es bei einer Self-Publishing-Plattform wie z.B. www.bod.de drucken und verschenken Sie die erste Version – 20 Stück – an Freunde, Familie und Bekannte. Aus diesem Testlauf und dem Feedback, das Sie erhalten, können Sie Ihr Buch bei einem Verlag anbieten oder verfeinern und einen neuen Weg damit gehen. Es gibt nichts Gutes – außer man tut es!

Früher führte der Weg zum gedruckten Buch nur über den Verlag oder über einen Literaturagenten:

Exposé verfassen, die zum Thema passenden Verlage heraussuchen, die richtigen Lektoren finden, Exposés hinschicken, anrufen, Zu- oder Absage bekommen. Oder: Buchagenten finden, Exposé hinschicken und ihn überzeugen. Der Agent sucht und findet dann den richtigen Verlag und bekommt im Erfolgsfall rund 15 % des Autorenhonorars. Das ist keine Garantie für ein veröffentlichtes Buch, jedoch wird ein Agent daran arbeiten, anhand seines Fachwissens und der Kenntnis des Literaturbetriebs ein erfolgversprechendes Produkt auf die Beine zu stellen. Der Agent findet nicht nur den Verlag, sondern er verhandelt auch die vertraglichen Konditionen, z.B. für Honorarvorschüsse, Staffelung des Honorars nach Auflagen, Rechtevergabe, wie z.B. Filmrechte, Aufführungsrechte oder Rechte an internationalen Ausgaben, etc.

Die Verlagssuche kann lange dauern. Und das ist auch schon der große Vorteil beim Selfpublishing: Heute schreiben, morgen als E-Book hochladen und verkaufen. Das geht. Das war auch der Grund, weshalb sich der Autor des Buchs „Meconomy" *Markus Albers* 2010 als einer der ersten Autoren, die zuvor schon einen Bestseller in einem Verlag veröffentlicht hatten, für den Selbstverlag entschied. Der Berliner Selfpublishing-Anbieter epubli produzierte für Albers das gedruckte Buch und sorgte für den Vertrieb sowie die Verfügbarkeit des E-Books im Amazon Kindle Store und in Apples iBookstore. Für die Vermarktung des Buchs richtete Albers eine eigene Webseite unter www.meconomy.me ein mit einem Blog, Interviews, Statements zum Buch, Textauszügen als Leseproben, Presseberichterstattung über das Buch sowie einem Shop und Informationen über den Autor. Wenn man das gedruckte Buch bei Amazon bestellte, konnte man zwischen verschiedenen Cover-Farben wählen!

Selfpublishing verlangt Know-how, Budget und Zeit

Und das zeigt den Nachteil beim Selfpublishing: Der Autor muss alles alleine machen! Nicht nur Covergestaltung, Grafik und Lektorat – also die Überprüfung von Rechtschreibung, Klarheit, Verständlichkeit, Lesefluss und Relevanz, sondern auch Vertrieb und Vermarktung. Ganz schön viel, wenn einem das Fachwissen, die Erfahrung, die Kontakte oder die Zeit dazu fehlen. Dafür bleibt aber mehr von den Einnahmen beim Autor hängen. Bei „Books on Demand", kurz BoD, der führenden Self-Publishing-Plattform, die Publikationsdienstleistungen für Verlage und Selbstpublikationen anbietet, gehen bis zu 50 % des Nettoverkaufspreises des E-Books an den Autor, beim gedruckten Buch sind das zwischen 10 und 20 %.

Die Selfpublishing-Plattformen bieten kostenpflichtige Unterstützung an. Dazu gehören die Hilfe bei der Formatierung oder dem Hochladen des Manuskripts als Pdf auf die Plattform, bei der Vergabe der ISBN sowie bei Lektorat oder Titelgestaltung. Die Autoren können zwischen einem gedruckten Buch oder E-Book oder beidem wählen. Beim Selbstverlag können die Autoren mit Plattformen wie Amazon direkt arbeiten oder Anbieter wie epubli nutzen, die das Buch auch an andere Plattformen wie Apple, Google und stationäre Läden wie Thalia liefern.

Wichtig ist, dass Sie für Ihr Buch eine eigene ISB-Nummer bekommen, denn nur damit können Sie Ihr Buch im VLB, dem „Verzeichnis lieferbarer Bücher", eintragen, damit es von Buchhändlern gefunden und bestellt werden kann.

Selfpublishing als Test-Plattform

Verlag oder Selfpublishing? Diese Erfolgsgeschichte zeigt, dass auch eine Kombination zum Erfolg führen kann:

Nachdem Buchverlage auf ihre Manuskripteinsendungen mit Absageschreiben geantwortet hatten, ließ die Taunuskrimi-Autorin *Nele Neuhaus* ihr erstes Buch in einer Auflage von 500 Stück bei einem Book-on-Demand-Verlag drucken. Sie bot ihre Krimis Buchhändlern in der Region an und organisierte selbst Lesungen. Die Nachfrage wuchs und 2008 wurde der Ullstein-Verlag auf ihre Krimis aufmerksam, denn ihr Buch „Mordsfreunde" hatte sich im Weihnachtsgeschäft 2007 besser verkauft als „Harry Potter". Ihre Krimis haben seither feste Plätze in den Bestsellerlisten mit einer Gesamtauflage von über einer Million verkauften Büchern, die in über 20 Länder erscheinen.

Der goldene Weg in die Öffentlichkeit führt immer noch über den Verlag, denn das Renommee, von einem Verlag „veröffentlicht" worden zu sein, hat Gewicht. Bücher aus Verlagen erscheinen zudem in den meisten Fällen in höherer Qualität. So habe ich Bücher gelesen, die im Selbstverlag erschienen sind und die nur so strotzten vor Rechtschreibfehlern, schlechter grafischer Aufbereitung und inhaltlichen Lücken. Denn ein Verlag macht ein Buch einfach besser durch ein gründliches Lektorat, eine professionelle Umschlaggestaltung und einen Satz, der von erfahrenen Grafikern designt wird.

Ein Verlag macht ein Buch auch bekannter durch Pressearbeit, Vertrieb, Werbung und Veranstaltungen. Mit einem Verlag im Rücken können Sie sich als Autorin auf das Schreiben und die Vermarktung konzentrieren. Der Verlag ist Ihr Image-Aushängeschild und Qualitätslabel im Gespräch mit Buchhändlern, Journalisten und Lesern. Ein Verlag bewahrt Sie aber auch vor Risiken, denn werden z.B. nicht genug Bücher einer Auflage verkauft, bleibt er auf den Kosten sitzen und nicht Sie.

INTERVIEW MIT MARION KÜSTENMACHER: TIPPS FÜRS BÜCHERSCHREIBEN UND WAS MAN ÜBER DEN LITERATURBETRIEB WISSEN MUSS

Diese Interviewpartnerin kennt das Verlagsgeschäft besser als viele andere: Marion Küstenmacher war nicht nur über viele Jahre hinweg Lektorin in einem Verlag, sondern ist auch Autorin von mehr als 30 Büchern. Unter anderem veröffentlichte sie mit ihrem Mann Werner Küstenmacher eine Reihe der erfolgreichen simplify-Bücher, darunter den in neun Sprachen übersetzten Bestseller „Simplify your Love".

Verlag oder Selfpublishing?

Ich habe mit beidem Erfahrung und ziehe den Verlag vor. Beim Selfpublishing muss man selbst die Funktionen eines Verlags übernehmen und sich in viele technische und vertriebliche Details einarbeiten. Dafür gibt es schlaue Bücher, mit deren Hilfe man abschätzen kann, ob man diese Arbeit auch selbst leisten will und kann.

Literaturagentur – ja oder nein?

Für Top-Autoren oft schon selbstverständlich. Ein guter Agent hat exzellente Verlagskontakte und ist von meinem Manuskript begeistert.

Wie finde ich einen Verlag? Wie positioniere ich mein Buch dort?

Normalerweise finden Verlagslektoren und Redakteure ihre Autoren. Sie denken in der Regel in Halbjahres-Programmen, sind mit ihrer Planung ein bis drei Jahre voraus. Als Autorin muss ich also deren Verlagsprogramm im Internet studieren und abschätzen, ob mein Thema dort hineinpasst und einen erkennbar neuen Ansatz bietet, der in Zukunft aktuell sein wird. Dann stellt man ein kompaktes, aussagefähiges Exposé zusammen.

Wie sieht ein überzeugendes Exposé aus?
Viele Verlage formulieren ihre Wünsche auf ihren Webseiten. Daran sollte man sich halten. Ich empfehle allgemein beim Sachbuch: eine Seite Anschreiben ans Lektorat, ein bis zwei Seiten Inhaltsverzeichnis und Zusammenfassung des Contents in drei bis vier Sätzen, maximal zehn Seiten Leseprobe, kurze Bio, die Kompetenz belegt. Vollständige Kontaktdaten nicht vergessen!

Die Chance, dass ein unangefordert eingereichtes Manuskript vom Verlag angenommen wird, ist allerdings nicht sehr groß. Bei Absagen: weitersuchen, man kann in ein anderes Programm passen.

Wie komme ich an „mein Thema"?
Man ist Spezialist auf einem Gebiet. Man hat zusätzlich eine gute Schreibe und vielleicht auch schon Artikel geschrieben oder Vorträge gehalten. Dabei lernt man, ob und wie sich bei anderen Resonanz zum Thema aufbaut.

Wie lange dauert es, ein Buch zu schreiben?
Völlig unterschiedlich. Ich habe bisher über 30 Bücher geschrieben. Eines war in zweieinhalb Monaten fertig, weil ich mich fast ausschließlich darauf konzentrieren konnte. An einem anderen arbeite ich jetzt schon drei Jahre, weil der Stoff in mir nur langsam reift. Für ein Sachbuch brauche ich im Schnitt ungefähr 18 Monate, inklusive Recherche, während ich „nebenher" berufstätig bin.

Dein bester Tipp, um ein Buch zu schreiben?
Ich spüre, dass dieses Buch jetzt von mir geschrieben werden will. Das gibt innere Sicherheit. Manchmal ist der Titel da, manchmal eine innovative Idee, manchmal ein starkes Bild, um das sich alles gruppiert. Bei Belletristik kann das eine Figur sein, die mit ihrer Geschichte oder einer Szene plötzlich auftaucht und Gestalt annehmen will. Der größte Teil ist aber immer auch Handwerk und Disziplin. Das kann und muss man üben. Gute Tipps findet

man dazu auf der Internetseite von Andreas Eschbach, selbst erfolgreicher Autor.

Wie vermarkte ich ein Buch am besten?

Bei Sachbuchautoren gehen die Verlage davon aus, dass man selbst auch Promotor ist. Die Kombination Vortrag / Lesung / Seminar plus Büchertisch ist gut. Manche Bücher werden zu Lieblingen der Presse und dadurch bekannt – wobei die Verkaufszahlen heutzutage deutlich kleiner sind als noch vor 20 Jahren. Andere forciert der Buchhandel. Eines meiner Bücher war für Presse und Buchhandel zu innovativ. Es ist allein durch Lesernetzwerke, eine eigene Webseite zum Buch und Social-Media-Aktivitäten zum Laufen gekommen. Das war nochmal einiger Aufwand, hat sich aber bei inzwischen sieben Auflagen gelohnt.

AUS MEINER GOLDENEN SCHATZTRUHE

Mein erstes Buch über Public Relations kam von selbst zu mir: Ein Journalisten-Kollege wurde von einem Verlag angesprochen, ob er Interesse hätte, einen Pocket-Guide über PR zu schreiben. Er sagte zu, wollte es allerdings nicht alleine verfassen. Und da kam ich ins Boot: Karl Fröhlich beleuchtete die Themen aus der Sicht des Journalisten und ich von der anderen Seite, nämlich der einer PR-Beraterin mit vielen Jahren Berufserfahrung. Zu zweit schreiben geht schneller und macht mehr Spaß, weil es immer jemanden für den Austausch und schnelle Feedbackrunden gibt. Viele Jahre haben wir uns gefreut, dass wir unser Buch, das in zwei Auflagen erschienen ist, immer wieder in Flughafenbuchhandlungen und an anderen Orten entdeckt haben.

Einiges hat sich daraus ergeben, plötzlich Buchautorin zu sein:

Ich bekam Anfragen von potenziellen Kunden für PR-Beratung, ich habe ein PR-Seminar gehalten und in den Suchergebnissen in Google wird mein Name auch heute noch im Zusammenhang mit dem Buch angezeigt – auch wenn die zweite Auflage schon vor vielen Jahren erschienen ist, nämlich 2008. Ich hätte in Bezug auf meine Sichtbarkeit und Bekanntheit sowie für mein Geschäft noch viel mehr aus dem Buch machen können, hätte ich mich nicht gerade mitten in der Familienphase befunden, als die zweite Auflage auf den Markt kam, und hätte ich damals schon die Social-Media-Kanäle gehabt, die uns heute zur Verfügung stehen.

WIE SIE IHR BUCH VERMARKTEN

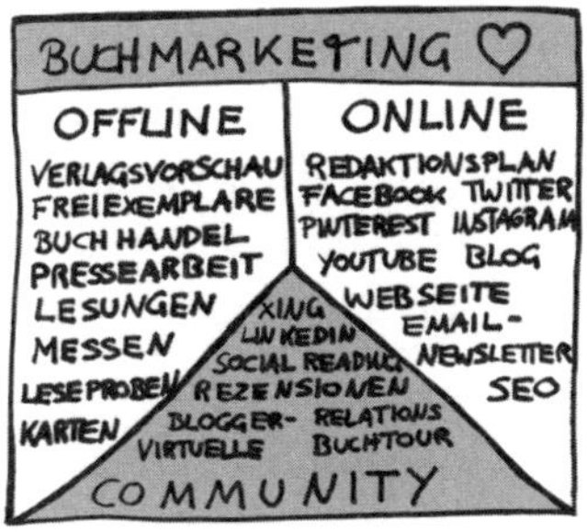

Sie erinnern sich noch an den Erstverkaufstag der Harry Potter-Bücher, bei denen die Fans schon am Vorabend vor den Buchhandlungen campten? Nun, der Buchmarkt hat sich seither etwas gewandelt und das ist wohl auch noch nie bei einem Ratgeber, Sach- oder Fachbuch vorgekommen. Aber Sie können vor dem Erscheinen Ihres Buchs so einiges tun, damit es bekannt wird.

Der ideale Zeitpunkt für Ihre Marketingplanung ist der Tag, an dem Sie Ihre erste Textversion des Buchs beim Verlag abgegeben haben. Nun geht es also darum, Ihr Buch in die Medien zu bringen und nicht nur durch Online-Marketing, sondern durch vielfältige Maßnahmen auch außerhalb des Internets, das sog. Offline-Marketing, Vorbestellungen und Buchkäufe zu erreichen.

So ein Marketingplan ist ein hartes Stück Arbeit: Legen Sie fest, welche Themen aus dem Buch wann, wie und in welchen Kanälen positioniert werden. Sie recherchieren, welche Ressourcen, Partnerschaften, Allianzen und welches

Budget zur Verfügung stehen. Auch die Aufgabenteilung ist wichtig: Welche Aufgaben übernehmen Sie, welche der Verlag? Lassen Sie sich inspirieren: Was können Sie vom Buchmarketing anderer Autoren oder Verlage lernen? Welche Ideen haben die Menschen aus Ihrem Netzwerk?

Natürlich ist es im Vorfeld einer Veröffentlichung wichtig, dass Sie sich online eine Community in Social Media sowie einen Newsletter-Verteiler aufgebaut haben. Wenn Sie erst damit anfangen, sobald das Buch herauskommt, ist es zu spät.

Sehen wir uns nun die beiden Bereiche Ihres Marketingplans genauer an. Die Maßnahmen können von Genre zu Genre und von Budget zu Budget variieren, auch der verfügbare „Womanpower" und Zeiteinsatz spielen eine Rolle.

Sieben Tipps rund um Ihr Offline-Buchmarketing:

1. Sichern Sie Ihrem Buch einen guten Platz in der **Verlagsvorschau** und vielleicht auch eine Werbeseite in anderen Büchern, die gerade bei Ihrem Verlag erscheinen.
2. Erstellen Sie Ihre Masterplanliste, in der Sie festlegen, an wen Sie **Freiexemplare** für Rezensionen, Blogartikel, Verlosungen, als Belegexemplar versenden. Das können Freunde, Kollegen, Mentoren, Journalisten, Multiplikatoren, Netzwerker, Co-Autoren, Interviewpartner oder Projektkollegen sein. Denken Sie daran: Nicht verschenken, was man nicht auch verkaufen kann! Kreieren Sie Deals mit anderen Autoren, wie z.B. „besprichst du mein Buch, bespreche ich deines". Damit Sie rechtzeitig vor der Veröffentlichung des Buches mediale Aufmerksamkeit erzeugen können, versenden Sie drei Monate vor dem offiziellen Erscheinen Vorabdrucke des Buches an die Medien. Dadurch haben die Journalisten genug Zeit, um Ihr Buch zu lesen, Buchbesprechungen zu schreiben und Rezensionen und Aktionen rund um Ihr Veröffentlichungsdatum zu planen.
3. Planen Sie Aktionen, mit denen Sie den **Buchhandel** begeistern können. Besondere Lesungen? Werbemittel? Aufsteller?

Werbeaktionen? Ein gutes Format ist eine Lesung, bei der man für die Besucher ein kostenloses 30-minütiges Coaching anbietet. Für die Teilnehmer bereiten Sie ein zweiseitiges Handout vor mit Ihren besten Tipps, den drei Schritten für den kleinen Erfolg – zusammen mit drei Buchtipps, wovon ein Buch natürlich von Ihnen ist! Das ist ein Format, das Kunden gerne in Anspruch nehmen.

4. Erstellen Sie Ihren Presseverteiler und wählen Sie aus, welche Redaktionen Sie in Ihrer **Pressearbeit** ansprechen werden. Legen Sie fest: Welche Pressemitteilungen senden Sie wann an welche Redaktion? Welche Interviews führen Sie zu welchen Gelegenheiten bei welchen Anlässen? Planen Sie Redaktionsbesuche oder eine Redaktionstour. Einige Beispiele hierzu finden Sie in diesem Buch im Kapitel „Pressearbeit". An welche aktuellen Trends oder saisonalen Ereignisse können Sie inhaltlich andocken mit Ihrem Thema? Wer wertet die Berichterstattung aus und kümmert sich um die Medienbeobachtung?
5. Planen Sie **Lesungen:** Wo können Sie Ihr Buch präsentieren? Bei Karrieremessen, bei Veranstaltungen mit anderen Autoren oder Partnern? Im privaten Rahmen? In Vorträgen? Finden Sie Kooperationspartner, die Sie bei Lesungen unterstützen möchten: Wer hat ein Interesse, dass Sie Ihr Publikum in seinen Laden führen? Vielleicht ein Antiquitätenladen, ein Hotel mit besonderem Ambiente oder eine Firma mit einer ganz besonderen Location? Zaubern Sie ein einmaliges Angebot: Eintritt, Essen, Getränke und Ihr Buch zum Genießerspezialpreis? Die kanadische Autorin Danielle Laporte schnürte bei einer Ihrer Lesungen zu ihrem Buch „White Hot Truth" sogar ein zweites Buch mit in das Angebot: zum Verschenken!
6. Planen Sie **Messeauftritte** mit Ihrem Verlag bei der Frankfurter oder Leipziger Buchmesse. Denken Sie gegebenenfalls an geeignetes Werbematerial wie Roll-up-Banner, Flyer und natürlich Visitenkarten mit dem Buchcover auf der einen und Ihren Kontaktdaten auf der anderen Seite.

7. Drucken Sie Leseproben von Ihrem Buch und streuen Sie sie in einem Mailing, legen Sie sie bei Veranstaltungen und Netzwerktreffen aus. Das kann auch eine Din-lang-Karte sein, ein Lesezeichen mit Ihren coolsten Tipps oder ein **Buchflyer**.

Acht Ideen rund um Ihr Online-Buchmarketing

1. Ihr **Social-Media-Redaktionsplan:** Wann sprechen Sie wie wo über das Buch: In Ihrem Blog, in Ihren Social-Media-Kanälen, in den Business-Plattformen, Ihren Netzwerken? Lassen Sie Ihre Follower an der Entstehungsgeschichte Ihres Buchs teilhaben, dokumentieren Sie den Launch und berichten Sie über alles, was Sie danach mit Ihrem Werk erleben: mit Fotos, Texten, Videos und Podcasts. Die einzelnen Schritte Ihrer Buchreise könnten so aussehen: Buch begonnen, Manuskript beim Verlag, Buch in der Überarbeitung, Buch geht in Druck, Vorfreude auf das Buch. Natürlich alles, ohne vorher zu viel über den Inhalt zu verraten. Dann kommt das „Unboxing"-Video, d.h. Sie lassen ein Live-Video mitlaufen, sobald Sie vom Verlag Ihre erste Kiste mit Büchern bekommen. Sie zeigen, wie Sie sie auspacken und zum ersten Mal Ihr „Buch-Baby" in Händen halten. Dann posten Sie regelmäßig Updates, Lob von anderen, Berichterstattung in den Medien, Berichte und Fotos von Events usw. Nehmen Sie Ihre Fans mit auf Ihre Buchreisen!
2. **Facebook** und **Facebook Ads:** In Ihrer Facebook-Fanpage muss Ihr Buch natürlich vorkommen. Sie posten Fotos, Vidoes und Texte über den aktuellen Status. Links zu Ihrer Verlagsseite mit Bestellmöglichkeit können Sie immer wieder als Anzeige schalten, denn dann bekommen Sie auch die gewünschte Sichtbarkeit, die Facebook ansonsten rein nach Gusto verteilt und die ohne bezahlte Ads manchmal gegen Null geht.
3. Wenn Sie Ihre Buchstorys auf **Twitter** in 140 Zeichen erzählen, überlegen Sie, welchen einzigartigen, einprägsamen Hashtag-Begriff Sie für Ihr Buch festlegen wollen.

4. Teilen Sie Fotos und Infografiken rund um Ihr Buch in **Pinterest** und **Instagram:** Motive könnten sein: Sie und Ihr Buch. Das Buch und das Cover auf einem Tablet, sollten Sie eine E-Book-Version anbieten. Terminhinweise für Lesungen. Zitate aus dem Buch. Empfehlung eines (prominenten) Lesers zusammen mit seinem Foto. Entwickeln Sie Ihre eigene Bildsprache rund um Ihr Buch: Blickwinkel, Farben, Schriften, Bildkomposition.
5. Teilen Sie Videos, Berichte von Veranstaltungen oder Interviews rund um Ihr Buch in **YouTube**. Zeigen Sie einen Trailer zu ihrem Buch, in dem Sie erklären, worum es dabei geht. Drehen Sie kurze Inhaltsangaben zu den einzelnen Kapiteln.
6. Geben Sie Ihrem Buch in Ihrem **Blog** und Ihrer **Webseite einen Raum**: Legen Sie sich einen Redaktionsplan zurecht: Wann schreiben Sie in welcher Artikelform über Ihr Buch? Wen können Sie zu Interviews darüber einladen? Zeigen Sie das Buch, nennen Sie Bestellmöglichkeiten, teilen Sie positive Rezensionen, Links zu Presseartikeln und weisen Sie auf Veranstaltungen rund um das Buch hin. Bieten Sie Journalisten eine Online-Pressemappe zum Download an mit Fotos vom Buch, von Ihnen und Presseinformationen dazu.
7. Nutzen Sie **E-Mail-Marketing** für Ihr Buch: Bieten Sie auf Ihrem Blog oder Ihrer Webseite ein Probekapitel Ihres Buches im Tausch gegen die E-Mail-Adresse zum Download an. Informieren Sie Ihre Leser über Ihren Newsletter regelmäßig über Events, Aktionen und Erfolge rund um Ihr Buch. Erstellen Sie einen Veröffentlichungsplan und stimmen Sie ihn auf Ihre Blog-, Social-Media- und sonstigen PR-Aktivitäten inhaltlich und zeitlich ab.
8. Optimieren Sie die Sichtbarkeit Ihres Buchs bei den **Suchmaschinen**: Arbeiten Sie hier mit Ihrem Verlag zusammen, identifizieren Sie Suchworte, nach denen Ihre Leser nach Ihren Informationen suchen könnten. Für Ihre SEO-Aktivitäten ist die Fülle der Aktivitäten wichtig: Verlinkung, Bloggen, Social Media, Presseberichterstattung, Amazon usw.

Fünf Ideen rund um Ihr Buchmarketing zusammen mit Ihrem Netzwerk

1. **Xing, LinkedIn:** Weisen Sie auf Lesungen und alle Events rund um Ihr Buch hin, informieren Sie die relevanten Gruppen über Ihr Buch, teilen Sie dort Ihre Blogartikel.
2. Nutzen Sie **„Social Reading"** für Ihre Buchpromotion. Was das ist? Menschen lesen online gemeinsam Bücher, kommentieren, empfehlen und unterhalten sich darüber. Zum Beispiel in der englischsprachigen Plattform Goodreads, der weltweit größten Community, die zu Amazon gehört. Dort sind auch deutsche Bücher und Autoren vertreten. Autoren können dort z.B. Events, Lesungen ankündigen, Bücher verschenken, Frage-Antwort-Gruppen einrichten, Videos posten, Blogartikel einbinden oder bezahlte Werbung schalten. Lovelybooks ist eine deutsche Community. Wer bereits ein Buch in einem Verlag veröffentlicht hat, kann sich als Autor registrieren und Leserunden anbieten, um Rezensionen zum eigenen Buch zu bekommen. Hier recherchieren auch Buchblogger auf der Suche nach neuen Büchern, die sie besprechen können. Es ist also durchaus interessant, als Autor auf dieser Plattform vertreten zu sein. Leser stimmen zudem in Rankings zu verschiedenen Genres über ihre Lieblingsbücher ab.
3. **Buchrezensionen:** Rezensionen in Amazon sind ein wichtiges Kaufkriterium für Ihr Buch. Stecken Sie viel Energie in dieses Tool. Bitten Sie Freunde, Familie, Netzwerkpartner nach und nach darum, positive Bewertungen zu verfassen. Nur nicht alle auf einmal! Ideal ist es, wenn die Rezensionen von Lesern kommen, die einen verifizierten Kauf bei Amazon bestätigt bekommen, denn dann wirken sie glaubwürdiger als die Rezensenten, die das Buch eventuell von Ihnen geschenkt bekommen haben oder vielleicht gar nicht besitzen. Wichtig ist auch, dass Sie Rezensenten begeistern, die auch wirklich zur Zielgruppe gehören. So könnte sich die Rezension Ihres 18-Jährigen Neffen für Ihr Management-Buch vielleicht etwas holprig anhören,

weil vielleicht noch die nötige Berufserfahrung fehlt. Kontrollieren Sie regelmäßig Ihre Rezensionen, bedanken Sie sich bei den Rezensenten und legen Sie bei Amazon eine aussagefähige Autorenseite an. Bringen Sie „Leihbücher" in Umlauf zum Weitergeben für Rezensionen. Sollten Sie einen begeisterten Leserbrief oder eine E-Mail erhalten, antworten Sie einfach: „Vielen herzlichen Dank für Ihre Nachricht. Wir wissen Ihr Lob sehr zu schätzen. Nun haben wir eine Bitte an Sie: Bitte nehmen Sie sich nur fünf Minuten Zeit und schenken Sie uns eine Rezension. Sie tun es nicht nur für die Sache, sondern für uns Autoren, die auf diese Weise weitere begeisterte Leser wie Sie gewinnen können. Vielen herzlichen Dank!"

4. Nutzen Sie **Blogger Relations** für Ihr Buch: Eine große Zahl von Bloggern veröffentlicht Buchbesprechungen. Welche Blogs passen zu Ihren Themen? Was können Sie den Bloggern anbieten? Ein Rezensionsexemplar, Interview, Video, die Einladung zu einem Event, eine Verlosung oder gemeinsame Aktion?
5. Starten Sie eine **virtuelle Buchtour**: Suchen Sie nach relevanten Blogs und fragen Sie, ob die Blogger an einer Teilnahme an Ihrer Buchtour interessiert sind. Orchestrieren Sie Ihre Beiträge so, dass täglich einer Ihrer Beiträge auf einem anderen Blog erscheint. Ihre Gastbeiträge sollten aufeinander aufbauen und das Thema des jeweiligen Blogs mit dem Ihres Buchs verbinden – ob in Artikeln, Videos oder Podcasts. Sobald ein Gastbeitrag online geht, sollten Sie Kommentare dazu zeitnah beantworten.

BEWÄHRTE STRATEGIEN FÜR ERFOLGREICHES BUCHSCHREIBEN

Schon wieder drei Tage an Keywortsuchlianen durch den Webdschungel gehangelt – ohne eine Seite geschrieben zu haben? Und der Abgabetermin für das Buch rückt näher? Job und Familienleben nehmen mehr Zeit in Anspruch als gedacht?

Der Trick: große **Schreibprojekte klein und damit bewältigbar machen.**

Schreibprojekte planen: Was schreibe ich wann und bis wann? Wie viele Kapitel gibt es, welchen Umfang sollen die einzelnen Texte haben, welche Bilder, Grafiken, Checklisten brauche ich? Wann muss ich abgeben, online stellen? Mit anderen Menschen Zwischenstadien besprechen oder Korrekturphasen einplanen? Welche Pufferzeiten baue ich ein? Wann ist mein Urlaub? In welcher Form muss ich Texte, Grafiken und Bilder liefern?

Alles wird einfacher, wenn man jeden Tag etwas für sein Schreibprojekt tut, und wenn es nur 15 Minuten sind: Jeden Tag zwei Seiten schreiben, oder 4.000 Zeichen, oder 15 Minuten schreiben und 10 Minuten planen, redigieren, organisieren. Wenn das tägliche Pensum geschafft ist: Einen Punkt im Kalender einzeichnen, die Punkte verbinden und die Kette nicht abreißen lassen. Auf diese Weise werden große Aufgaben klein. Und das Schreibprojekt wächst fast von alleine.

Die Version des Schreibens, die den offensten Umgang mit den Textentwürfen ermöglicht, ist das „Livewriting“ oder Liveschreiben. Man schreibt sein Buch also öffentlich, d.h. man veröffentlicht es Kapitel für Kapitel z.B. auf seinem Blog. Die Leser sind also schon bei der Buchentstehung eingebunden und der Autor kann auf Fragen gleich beim Schreiben eingehen. Nach dem Liveschreiben kann das Buch veröffentlicht werden. Ein Prozess, der gut für extrovertierte Autoren geeignet ist, die Spaß haben an der Interaktion mit ihrer Community und deshalb besser dranbleiben können.

Daten sichern: „Laptop mit Doktorarbeit in der S-Bahn vergessen“, diese Überschrift habe ich einmal in einer Tageszeitung gelesen. Das kann passieren. Ist aber nicht so schlimm, wenn man seine Texte regelmäßig auf ein externes Laufwerk sichert. Ideal ist es, monatlich eine solche Sicherungskopie z.B. in einem Bankschließfach unterzubringen. Je nach Vertraulichkeit kann man die Daten auch in der Cloud seines Vertrauens sichern. Manche Autoren senden Zwischenversionen des Textes an ihre Büros, Agenten, Freunde oder sichern immer mal wieder die aktuell erstellten Texte auf einem USB-Stick.

Ablenkungsfrei schreiben: Ping – eine E-Mail. Ping – eine Facebook-Nachricht. Ping – eine Nachricht von … Wer an einem PC mit Internetanschluss arbeitet, wird häufig vom konzentrierten Arbeiten abgelenkt. So manche Recherche verlief im Sand und endete da, wo man gar nicht hinwollte. Also: Suchen Sie sich phasenweise auch einen analogen Schreibort, z.B. in Ihrem Lieblings-Café ohne WLAN. Was brauchen Sie, um produktiv schreiben zu können? Ruhe? Telefone auf die Mailbox umleiten! Eine Schreibreise planen – eine Woche und nur Sie und Ihr Schreibprojekt! Ordnung? Büro aufräumen!

AUS MEINER GOLDENEN SCHATZTRUHE

Als Kick-off für das Schreiben dieses Buchs habe ich einen Arbeitsurlaub eingelegt. Ich habe mir in einer Pension am Ammersee ein schönes Zimmer mit Seeblick reserviert – ohne Fernsehen, Radio und WLAN. Nur mit Bett, Tisch, Stuhl, Seeblick und Strom. Eine Woche lang habe ich erste Texte geschrieben, den Aufbau geplant, Interviewfragen gestaltet sowie erste Interviewtermine angestoßen und vereinbart. Für mich als berufstätige Mutter war es der einzige Weg, eine lange Zeit konzentriert, am Stück an einem Projekt zu arbeiten. Nur so kommt Struktur in ein Werk, nur so ist der Kopf frei für Verknüpfungen, die am heimischen Schreibtisch vielleicht nicht entstanden wären.

Bereiten Sie sich auf Ihr neues Leben als Bestseller-Autorin gut vor! Sobald Sie den Text Ihres wunderbaren Buchs in trockenen Tüchern haben, packen Sie Ihre Autorinnen-Handtasche:

1. Sorgen Sie für hervorragende Fotos von sich selbst, von Ihnen mit dem Buch und von dem Buch selbst. Haben Sie alle Materialien Ihrer Pressemappe (Presseinformation, Fotos, Backgrounder) immer auf einem USB-Stick dabei.
2. Nehmen Sie stets die Flyer, gedruckten Leseproben und Visitenkarten mit Informationen über Ihr Buch mit. Manche Autoren bieten Autogrammkarten bei ihren Lesungen an.
3. Verwenden Sie bei allen Gelegenheiten eine Handtasche, die so groß ist, dass neben Ihrem üblichen Kram auch ein Exemplar Ihres Buches hineinpasst. Sie sollen das Buch nicht verschenken, aber zumindest herzeigen können. Verschenken Sie Ihr Buch an Menschen, bei denen Sie sich sicher sind, dass Sie eine Empfehlung oder eine Rezension bei Amazon verfassen werden. Wenn Sie es verschenken wollen, senden Sie das Buch lieber per Post nach, zusammen mit einem individuellen Anschreiben und freundlichen Grüßen. Dann bleiben Sie länger in Erinnerung.
4. Gehen Sie vor, während und nach dem Launch regelmäßig online, damit Sie keine Kommentare, Rezensionen oder Buchbesprechungen verpassen, für die Sie sich bedanken oder auf die Sie reagieren sollten. Machen Sie Fotos und Selfies von Ihren Erlebnissen rund um Ihr Buch und teilen Sie sie auf Ihren Social-Media-Kanälen. Ein Smartphone oder Tablet ist daher Pflicht in Ihrer Autorinnen-Handtasche!
5. Planen Sie eine Launch-Party und laden Sie alle ein, die Ihnen bei der Erstellung Ihres Buchs geholfen haben! Sie sollten immer ein paar Einladungskarten in Ihrer Handtasche haben.
6. Bitten Sie Ihr Netzwerk um Hilfe bei der Buchvermarktung: Welche sind Ihre zehn wichtigsten Multiplikatoren? Welche

Menschen haben Einfluss, viele Follower und Autorität? Kreieren Sie ganz besondere Aktionen mit diesen Menschen. Was können Sie für diese Menschen tun? Und wie können die Ihnen helfen? Die kleine Aktion zwischendurch: Drücken Sie bei Veranstaltungen Promis ihr Werk in die Hand, machen Sie ein Selfie mit ihnen zusammen oder ein kurzes Video und zeigen Sie es in Social Media. Teilen erwünscht!

7. Idealerweise bitten Sie eine bekannte Persönlichkeit, die Sie sehr schätzen, dass sie oder er Ihnen ein Vorwort für Ihr Buch schreibt. Das ist ein weiteres Qualitätsmerkmal und Aushängeschild für Ihr Werk! Dass es aber auch ohne ein Promi-Vorwort klappen kann, bewies Eckart von Hirschhausen bei seinem Buch „Die Leber wächst mit ihren Aufgaben". Er bat Harald Schmidt darum, das Vorwort für sein Buch zu schreiben, doch der meinte, das sei zwar ein spannendes Buch, aber Vorwörter würde „doch eh keine Sau" lesen. Der Autor fragte, ob er das so verwenden dürfe und Schmidt sagte ja. Auf dem Cover ist nun ein Aufkleber mit der Information „Ohne Vorwort von Harald Schmidt" zu finden. Und das weckt die Neugierde der Leser noch viel mehr!

LESETIPPS

Elmar Weixlbaumer und Monika B. Paitl: „Bestseller! Wie Sie Ihr Buch zum Erfolg pushen."

Natalie Goldberg: „Schreiben in Cafés"

Tom Oberbichler: „Mission Bestseller"

KAPITEL 8

UND JETZT GEHT'S LOS!

So gerne würde ich jetzt in Ihr Notizbuch schauen, denn ich bin ganz gespannt auf Ihre Ideen und Initiativen! Sicher haben Sie schon einige Geistesblitze aufgeschrieben: Eine Party, die Sie veranstalten wollen. Ein Netzwerk, dem Sie sich anschließen möchten. Ein Blogartikel, den Sie schreiben wollen. Eine Zeitschrift, der Sie einen Fachartikel anbieten möchten. Bleiben Sie dran: Ein Vortrag ist besser als kein Vortrag. Vielleicht nehmen Sie sich für dieses Jahr auch nur das Stimmtraining vor. Denken Sie dran: Done is better than perfect! Feiern Sie Ihre Erfolge!

Was auch immer Sie unternehmen werden: Gehen Sie raus! Trauen Sie sich! Die Welt wartet auf Sie und Ihre Talente. Die Frauen auf der ganzen Welt brauchen mutige, verantwortungsbewusste Vorreiterinnen, freundliche Inspiratorinnen und kreative Mentorinnen.

Ich wünsche mir, dass dieses Buch einmal in einem zukünftigen „Museum of Female Shift“ stehen wird, weil es zum zündenden Funken für so manche Konzernchefin, Forscherin, Künstlerin, Politikerin, Netzwerkerin oder Flottenkapitänin geworden sein wird.

Von Herzen lade ich Sie ein, Ihr volles Potential zu leben: Nicht zu konsumieren, sondern zu gestalten und gute Verbindungen zu knüpfen für Ihre goldene Zukunft. Ich wünsche Ihnen viel Freude, allzeit gute Dialoge, brillante Ideen, beständiges Lernen und ein goldenes Händchen bei der Wahl Ihrer Netzwerkpartner. Die Arbeitswelt von morgen hält viele spannende Entwicklungen für Sie bereit: Unter neuen Bedingungen werden wir forschen, führen, lachen, lieben, Mutter sein, Autonomie leben und den Wandel vorantreiben. Erlauben Sie sich, groß zu denken – zum Wohle aller!

Sie haben noch die eine oder andere Frage? In meinem Blog unter www.danielaheggmaier.com finden Sie umfangreiche Tipps rund um alle Disziplinen der Selbst-PR sowie das kreative Schreiben. Unter diesem Link können Sie zudem meinen kostenlosen 100-Tage-Aktionsplan für Ihre Selbst-PR anfordern.
Link: http://eepurl.com/c66xOb

Und wenn Sie noch mehr wissen wollen, dann schreiben Sie mit uns im Magic Bloghouse, der Schreibwerkstatt für Blogger, schließen Sie sich zwölf Monate lang den Mastermind Bloggers an oder abonnieren Sie meinen Newsletter. Ich freue mich auf Sie!

Auch im Marie von Mallwitz Verlag erschienen:

Katharina Hofer-Schillen:
DIE MAMI CHALLENGE – Inspiration und Selbstcoaching für berufstätige Mütter und die, die es werden wollen

Kinder, Job, Familie, Haushalt – uns Mamis wird heutzutage viel abverlangt. Freie Zeit für einen selbst wird da zum puren Luxus. Das Multi-Tasking-Dilemma verbunden mit dem Drang zum Perfektionismus tragen ebenfalls dazu bei, dass wir an den Rand unserer Kräfte kommen. Unzufriedenheit schleicht sich ein. Es ist höchste Zeit, etwas grundlegend zu ändern.
Die Mami-Challenge hilft, mithilfe praktischer Coachingtools herauszubekommen, wie der Ist-Zustand aussieht, wo der persönliche Weg hinführen und wie die Zukunft aussehen soll. Ermutigende Motivationsgeschichten zeigen auf, wie man das Leben entspannter, erfüllter und strukturierter gestalten kann. Ob beruflich oder privat: Wir alle können in Jeder Sekunde entscheiden, ob und wie wir unser Leben ändern wollen!

128 Seiten, Hardcover mit Prägung und Schutzumschlag
ISBN: 978-3-946297-01-7
Preis: 19,90 €